삼총사 3

삼총사 3

알렉상드르 뒤마 · 이규현 옮김

Les Trois Mousquetaires

민음사

3권 차례

난로 연통의 쓰임새 · 7

아토스 부부의 재회 · 19

생 제르베 보루 · 28

총사들의 회의 · 38

가정 문제 · 64

숙명 · 86

아주버니와 제수의 이야기 · 97

장교 · 108

억류 첫날 · 123

억류 이틀째 날 · 133

억류 사흘째 날 · 144

억류 나흘째 날 · 157

억류 닷새째 날 · 170

고전적인 비극을 무기로 · 191

탈출 · 201

1628년 8월 23일, 포츠머스 · 214

프랑스에서 · 230

베튄의 카르멜회 수도원 · 238

악마의 두 모습 · 257

물방울 · 266

붉은 망토의 사나이 · 288

심판 · 296

사형 집행 · 308

추기경의 사자 · 315

에필로그 · 329

작품 해설/이규현—세기를 넘는 역사 모험 소설의 걸작 · 332

난로 연통의 쓰임새

우리의 세 친구는 아무런 의심도 없이, 다만 타고난 의협심과 모험심에서, 누구인지 알 수는 없으나 추기경이 특별히 보호해 주고 있는 누군가를 위해 봉사했다. 이는 분명한 사실이었다.

그런데 과연 누구였을까? 삼총사는 우선 이것이 궁금했다. 그러나 아무리 생각해도 만족할 만한 해답이 나오지 않았다. 포르토스가 주인을 불러 주사위를 가져오라고 했다.

포르토스와 아라미스가 탁자에 앉아 주사위 놀이를 시작했다. 아토스는 생각에 잠겨 방 안을 거닐었다.

아토스는 중간이 끊어진 난로 연통 앞을 오락가락했다. 이 연통은 한쪽 끝이 위층의 방으로 이어져 있었다. 연통 앞을 몇 번이고 왔다 갔다 할 때마다 아토스의 귀에 어떤 속삭임이 들려왔다. 마침내 그가 이 속삭임에 주의를 기울이게 되었다. 아토스가 연통 쪽으로 다가가자 몇 마디가 뚜렷이 들렸다. 그가 짐작하기에 매우 중대한 문제에 관한 이야기인 듯했다. 그래서 친구들에게 조용히 하라고 신호를 보냈다. 그러고는 허리를 굽히고 연통 구멍에 귀를 바짝 댔다.

"이봐, 밀레디." 추기경이 말하고 있었다. "중대한 문제야. 우선 거기 앉아요. 얘기를 해야 하니까."

"밀레디라니!" 아토스가 중얼거렸다.

"주의해서 듣겠습니다, 추기경 예하." 여자 목소리가 대답했다. 이 목소리에 아토스가 몸을 부르르 떨었다.

"작은 배 한 척이 라 푸앵트 요새 근처의 샤랑트 강 어귀에서 당신을 기다리고 있어. 승무원은 영국인이고 선장은 내 부하인데, 내일 아침에 닻을 올리기로 되어 있어."

"그럼 오늘 밤에 거기로 가야겠군요?"

"지금 당장, 내 지시를 받자마자. 문밖에 두 사나이가 기다리고 있는데, 그들이 당신을 호위할 거야. 내가 먼저 여기서 나갈 테니까, 당신은 내가 나간 뒤 반 시간쯤 있다가 나가도록 해요."

"알겠습니다, 예하. 그럼 저에게 맡기실 임무를 말씀해 주세요. 예하의 기대에 어긋나지 않도록 할 각오가 되어 있으니, 분명하게 구체적으로 말씀해 주시기 바랍니다. 제가 조금이라도 실수를 하지 않도록 말입니다."

두 사람 사이에 잠시 침묵이 흘렀다. 분명히 추기경은 이제부터 시작하려는 이야기를 생각하고 있었고, 밀레디는 이제부터 나오는 이야기를 기억 속에 꼭 새겨두려고 모든 정신을 집중하고 있었다.

아토스가 이 틈을 타서 두 친구에게 안에서 문을 잠그라고 말했다. 그러고는 가까이 와서 함께 듣자고 손짓했다.

두 총사는 편히 앉아 들으려고 의자 세 개를 가져왔다. 그래서 셋이서 머리를 가까이 대고 앉아 귀를 기울였다.

"당신은 런던으로 떠나도록 해요." 추기경이 계속했다. "런던에 가면 버킹엄을 만나도록 하시오."

"그러나 예하께서 한 가지 유의하셔야 할 것이 있습니다." 밀레디가 말했다. "다이아몬드 장식끈 사건 이후로, 공작은 늘 저를 의심하고 경계하고 있습니다."

"그러니까 이번에는 그의 신용을 얻을 필요가 없어." 추기경이 말했다. "솔직하고 공정하게 담판을 지으러 가는 거니까."

"솔직하고 공정하게요." 밀레디가 야릇하게 알 듯 말 듯한 표정을 지으며 따라했다.

"그래, 솔직하고 공정하게." 추기경이 똑같은 어조로 말을 이었다. "이번 담판은 당당하게 해야 할 거야."

"예하의 지령은 하나도 어김없이 수행하겠습니다. 어서 분부를 내려주십시오."

"내가 보냈다고 전하고 버킹엄을 만나서 이렇게 전해요. 그의 계획은 나도 다 알고 있다, 하지만 나는 꿈쩍도 하지 않는다, 그가 조금이라도 움직임을 보이면 나는 왕비를 없애버릴 테다 하고 말이야."

"예하의 위협이 성공할 거라고 생각하십니까?"

"아무렴, 그렇고말고. 나에게는 증거들이 있으니까."

"그 증거들을 상대에게 제시할 수 있어야 합니다."

"그렇겠지. 그럼 당크르 부인 댁에서 가장 무도회를 베풀던

날 저녁에 공작이 왕비와 만난 사실에 관한 부아 로베르와 보트뤼 후작의 보고서를 내가 공표하겠다고 전해요. 그리고 그가 조금도 의심하지 않도록, 그날 저녁 공작은 기즈 기사가 입도록 되어 있던 무굴 제국 황제의 옷을 기즈 기사로부터 3,000피스톨에 사서 입고 왔었다고 말해 줘."

"알았습니다, 예하."

"공작이 이탈리아 주술사의 차림새로 밤중에 루브르 궁으로 잠입한 사실도 소상히 알고 있어. 내가 확보한 정보의 진실을 의심하지 않도록, 공작은 검은 얼룩과 해골과 엑스 자 모양으로 뼈를 그린 하얀 여자 옷을 망토 아래 입고 있었다고 말해 줘. 만약 들켰을 경우, 무슨 큰 사건이 일어날 때마다 사건을 예고하는 조짐처럼 루브르 궁에 나타난다는 유명한 여자 유령처럼 행세하려고 했었다고 말이야."

"그게 전부입니까?"

"아미앵 사건도 다 알고 있다고 말해 줘. 나는 그 정원을 배경 삼아, 그날 밤 그 장면에 나왔던 주요 인물들을 등장시켜, 멋들어진 줄거리로 짧은 소설을 하나 써볼까 한다고 말해."

"그렇게 말하겠습니다."

"그리고 몬터규를 잡았다는 말도 해줘. 몬터규는 지금 바스티유에 가둬놓았어. 그에게서 아무 편지도 발견하지 못한 게 사실이지만, 그가 알고 있는 것은 물론, 그가 모르는 것까지도 고문으로 다 털어놓게 만들 수 있다고 말이야."

"놀랍습니다."

"끝으로 이런 말도 덧붙여 줘. 공작은 레 섬에서 철수할 때 엉겁결에 슈브뢰즈 부인의 편지를 숙소에 놓고 갔는데, 이 편지는 왕비를 꽤나 위태롭게 할 수 있지. 왕비가 국왕의 적을 사랑하고 있을 뿐만 아니라 프랑스의 적과 음모를 꾸미고 있다는 것을 그 편지로 입증할 수 있기 때문이라고 말이야. 어때, 내가 말한 걸 다 기억할 수 있겠소?"

"들어보세요. 당크르 부인 댁의 무도회, 루브르 궁의 하룻밤, 아미앵의 야회, 몬터규의 체포, 그리고 슈브뢰즈 부인의 편지, 이상이지요."

"그래, 맞았어." 추기경이 말했다. "바로 그거야, 당신은 참 기억력이 좋군, 밀레디."

"하지만……." 추기경의 칭찬을 들은 여자가 대꾸했다. "이 모든 근거에도 불구하고 공작이 포기하지 않고 계속 프랑스를 위협한다면요?"

"공작은 사랑에 미쳐 있어. 아니, 사랑 때문에 바보가 되어버릴 지경이야." 리슐리외가 몹시 고통스런 듯이 말을 이었다. "옛날의 편력 기사처럼, 오직 연인의 사랑을 얻기 위해 전쟁까지 감행했어. 그러니까 이번 전쟁으로 인해 그의 말마따나 가슴에 품은 사랑하는 여인의 명예와, 어쩌면 자유까지 잃어버릴 수 있다는 것을 알게 된다면, 틀림없이 다시 생각하게 될 거야."

"그렇지만……." 밀레디가 집요하게 말했다. 자기가 맡게 될 임무를 철저하게 파악하고 싶다는 것을 입증하려는 듯했다. "그렇지만 끝끝내 고집을 부린다면요?"

"끝내 고집을 꺾지 않는다면……. 아마 그러지는 않을 거야." 추기경이 말했다.

"그럴지도 몰라요." 밀레디가 말했다.

"끝내 고집한다면……." 추기경이 잠시 쉬었다가 다시 말을 이었다. "끝내 고집한다면, 글쎄, 국가들의 상황을 변화시킬 만한 사건에나 기대를 걸 수밖에."

"역사적으로 그런 사건의 예를 몇 가지 들려주신다면, 아마 제가 앞으로 일을 처리해 나가는 데 필요한 신념이 생길 수도 있을 텐데요." 밀레디가 말했다.

"좋아, 예를 들자면……." 리슐리외가 말했다. "1610년 앙리 4세 대왕이 버킹엄 공작의 경우와 아주 비슷한 이유 때문에 오스트리아를 양면에서 치려고 플랑드르와 이탈리아를 동시에 침략하려 하셨지. 그때 어떤 사건이 일어나서 오스트리아를 구하지 않았던가? 그때 오스트리아 황제와 똑같은 행운이 프랑스 왕에게 오지 말라는 법은 없지 않겠나?"

"예하께서 말씀하시려는 것은 페로느리 가의 암살이죠?"

"맞았어." 추기경이 대답했다.

"그때 자객 라바야크(앙리 4세의 암살자―옮긴이)가 받은 무서운 형벌을 생각한다면 한순간이라도 그를 모방하려는 사람은 없지 않을까요?"

"어느 시대이건, 어느 나라에서건, 특히 종교 문제로 분열되어 있는 나라의 경우에는, 순교자가 되기를 꿈꾸는 광신도가 있게 마련이야. 아 참, 그렇지, 이제 생각이 나는데, 청교도들은 버킹엄 공작에 대해 분개하고 있을 뿐만 아니라, 그 설교자들은 공작을 예수의 적이라고까지 부르고 있어."

"그래서요?" 밀레디가 물었다.

"그러니까……." 추기경이 무심한 듯 이야기를 계속했다. "우선은 젊고 빼어난 미인으로서, 공작에게 복수하려는 사람을 찾는 것이 좋을 거야. 그런 여자가 반드시 있을 거야. 공작은 여복이 많은 사람이야. 영원히 변치 않겠다고 맹세하면서 여기저기 수없이 사랑을 뿌리고 다녔을 테니까, 틀림없이 그의 배반을 원망하는 여자들이 제법 있을 거야."

"아마 그런 여자를 찾을 수 있을 것입니다." 밀레디가 냉정하게 말했다.

"아, 그래. 그런 여자가 자크 클레망(앙리 3세의 암살자 ─옮긴이)이나 라바야크의 칼을 광신자의 손에 쥐어주기만 하면 프랑스를 구할 수 있을 거야."

"그럴지도 모르지만, 그러면 여자도 공범이 될 텐데요."

"라바야크나 자크 클레망의 공범이 일찍이 알려진 적이 있던가?"

"아니요. 하지만 그건 아마 공범들이 너무 높은 지위에 있어서 감히 찾지 못했기 때문일 거예요. 공범들을 찾아 나서기만 했어도, 사람들이 몰려와서 재판소에 불을 지르지는 않았을 것입니다."

"그러니까 당신은 재판소의 화재가 우연한 일이 아니란 말이지? 다른 원인이 있었다고 생각하는군?" 리슐리외가 물었다. 그런 건 그다지 중요하지도 않다는 말투였다.

"저만의 생각이 아니라 사실을 말씀드리고 있을 뿐입니다." 밀레디가 대답했다. "제가 몽팡시에 양(오를레앙 공작의 딸─옮긴이)이거나 마리 드 메디시스 왕비라면 이렇게까지 경계하진 않겠습니다만, 저는 단순히 클라릭 부인에 불과하거든요."

"옳은 말이야." 리슐리외가 말했다. "그래서 무엇을 원하는가?"

"지령서가 한 장 필요합니다. 제가 프랑스의 가장 중요한 국

난로 연통의 쓰임새 **13**

익을 위해 일한다고 생각할 수 있도록 모든 것을 사전에 승인받고 싶습니다."

"하지만 우선 내가 아까 말한 여자, 공작에게 복수해야겠다는 여자를 찾아야 할 거야."

"알겠습니다." 밀레디가 대답했다.

"다음으로는 하느님의 정의에 도구로 쓰일 불행한 광신자를 찾아야 할 거야."

"찾아내겠습니다."

"그럼, 됐어." 공작이 말했다. "조금 전에 당신이 요청한 지령서는 그때 가서 요구해야 맞을 것 같네."

"예하의 말씀이 옳습니다." 밀레디가 말했다. "저에게 맡겨주신 임무에서 실질적으로 해야 하는 일 이외의 것을 생각한 것은 저의 불찰입니다. 그럼 저의 임무를 다시 한 번 정리해 보겠습니다. 추기경 예하의 명으로 버킹엄 공작에게 전할 말은 다음과 같습니다. 당크르 부인 댁에서 열린 야회에서 공작이 갖가지 변장을 하고 왕비에게 접근한 사실을 예하께서 다 알고 계신다는 것, 이탈리아 주술사의 옷차림을 한 버킹엄 공작과 왕비가 루브르 궁에서 만났다는 증거를 예하께서 확보하고 계신다는 것, 아미앵 사건과 관련하여 그때의 정원을 배경으로, 거기에 등장했던 주요 인물들을 등장시켜서 아주 멋들어진 소설 한 편을 꾸미도록 하셨다는 것, 몬터규가 바스티유에 갇혀 있는데 고문을 통해 기억하는 일은 물론, 잊어버린 일까지도 털어놓게 할 수 있다는 것, 끝으로 공작의 숙영지에서 발견된 슈브뢰즈 부인의 편지를 예하께서 가지고 계시다는 것, 그 편지는 그것을 쓴 당사자뿐 아니라 그것을 쓰게 한 분까지도 위험에 빠뜨릴 만하다는 것, 그리고 이 모든 것에도 불구하고 공작이 계속 고집을 부린다면, 저의 임무는 거기까지니까 다만 하느님께 프랑스를 구할 기적을 내려주시기를 빌 따름이라는 것. 이렇지요, 예하. 이것들 말고 또 있나요?"

"바로 그거야." 추기경이 무뚝뚝하게 대답했다.

"그러면……." 밀레디가 자신에 대한 추기경의 어조 변화를 알아차리지 못하고 말했다. "각하의 적에 관해서는 지시를 받았으니까, 이제는 저의 적에 관해 한 말씀 드려도 괜찮겠습니까?"

"당신에게도 적이 있나?" 리슐리외가 물었다.

"예, 있습니다. 반드시 각하의 지원이 있어야 합니다. 왜냐하면 각하를 위해 일을 하다가 적을 만들었으니까요."

"그게 누군데?" 추기경이 물었다.

"우선 보나시외라는 요사한 계집입니다."

"그 여자는 망트 감옥에 있어."

"다시 말씀드리자면 거기에 있었습니다." 밀레디가 말을 이었다. "하지만 왕비가 폐하의 허락을 받아 그 여자를 어느 수도원으로 옮겨놓았습니다."

"수도원으로?" 추기경이 말했다.

"예, 수도원으로요."

"어느 수도원으로?"

"그것은 저도 모릅니다. 워낙 비밀리에 일어난 일이었습니다……."

"내가 알아내지."

"그럼, 그 여자가 어느 수도원에 있는지 알아봐 주시겠습니까?"

"어려울 건 없겠지." 추기경이 말했다.
"감사합니다. 그런데 적이 또 한 사람 있습니다. 보나시외 부인과는 다른 이유로 무서운 적입니다."
"누구?"
"그 여자의 애인입니다."
"이름이 뭔가?"
"예하께서도 잘 알고 계시는 사람입니다." 밀레디가 격분하여 외쳤다. "추기경님에게나 저에게나 사악한 악마 같은 자입니다. 예하의 근위대와 부딪쳤을 때 총사대의 편에 섰고, 예하의 밀사인 바르드 백작을 세 번이나 칼로 찔렀으며, 다이아몬드 장식끈 사건을 무산시켰을 뿐만 아니라, 제가 보나시외 부인을 납치했다는 사실을 알고는 저를 죽이려고 한 놈입니다."
"아! 그래!" 추기경이 말했다. "누군지 대충 짐작할 수 있겠네."
"파렴치한 다르타냥 말씀입니다."
"참 대담한 녀석이야." 추기경이 말했다.
"대담한 만큼 더욱 경계해야 할 놈입니다."
"버킹엄과 내통하고 있다는 증거가 있어야 할 거야." 공작이 말했다.
"증거 말씀입니까!" 밀레디가 외쳤다. "얼마든지 입수해 드리겠습니다."
"아, 그래! 그렇다면 일이 아주 간단해지지. 증거를 가져와요. 그러면 바스티유로 보낼 테니까."
"감사합니다, 예하! 그런데 그러고 나서는요?"
"바스티유에 갇히면 후일을 걱정할 필요가 없어." 추기경이 들릴 듯 말 듯 작은 목소리로 말했다. "아! 정말이야." 그가 계속 말했다. "당신의 적을 처치해 버리는 것처럼 내 적도 그렇게 쉽게 처치할 수 있다면 좋으련만. 그리고 그 같은 사람들이 벌받지 않게 해달라고 당신이 나에게 부탁한다면!"

"예하!" 밀레디가 말을 이었다. "물건에는 물건으로, 목숨에는 목숨으로, 인간에는 인간으로 바꿔야 합니다. 그를 저에게 주십시오. 그러면 다른 사람을 드리겠습니다."

"무슨 뜻인지는 모르겠고, 또 알고 싶지도 않지만, 아무튼 당신의 청을 들어주고 싶어." 추기경이 말했다. "그토록 비천한 놈이라면 당신 소원대로 해주어도 무방하겠어. 다르타냥이란 자가 방종하고, 싸우기나 좋아하는 배신자라면 말이야."

"비열한 놈입니다, 예하, 비열한 놈!"

"그럼 종이와 펜과 잉크를 줘." 추기경이 말했다.

"여기 있습니다."

잠시 침묵이 흘렀다. 추기경이 무슨 말을 쓸지 생각하고 있거나 벌써 뭔가를 쓰고 있는 듯했다. 이제까지 그들이 주고받은 말을 한마디도 놓치지 않고 듣고 있던 아토스는 양손으로 두 친구의 손을 잡고 그들을 한쪽 구석으로 끌고 갔다.

"아니, 왜 이래?" 포르토스가 말했다. "왜 대화를 끝까지 듣지 않는 거야?"

"쉿!" 아토스가 나직한 목소리로 말했다. "우리에게 필요한 얘기는 다 들었어. 물론 자네들이 끝까지 듣고 싶다면 들어도 좋아. 그러나 나는 나가야겠네."

"나간다고!" 포르토스가 말했다. "추기경이 자네를 찾으면 뭐라고 대답하지?"

"추기경이 찾기 전에 자네들이 먼저 이렇게 말해 줘. 여관 주인의 말을 들으니 가는 길이 안전하지 못할 것 같은 생각이 들어서 내가 먼저 떠났다고 말이야. 추기경의 시종에게는 내가 미리 한마디 해두겠어. 그 밖의 일은 나에게 맡겨. 걱정할 것 없어."

"조심하게나, 아토스!" 아라미스가 말했다.

"염려하지 말게." 아토스가 대답했다. "자네도 알다시피 난 언제나 침착하니까."

포르토스와 아라미스는 다시 난로의 연통 옆으로 가서 제자리에 앉았다.

한편 아토스는 태연하게 밖으로 나갔다. 두 친구의 말과 함께 덧문에 매어놓았던 자신의 말을 타러 갔다. 돌아갈 길을 살피기 위해 먼저 떠날 필요가 있다는 얘기를 시종에게 간단히 납득시켰다. 권총의 탄약을 살펴보는 척하다가 칼을 들고 주위를 두리번거리면서 진영으로 통하는 길을 따라 말을 몰았다.

아토스 부부의 재회

아토스의 예상대로 추기경은 얼마 안 있어 아래층으로 내려왔다. 그가 총사들이 있는 방문을 열었다. 포르토스와 아라미스가 주사위 놀이에 열중하고 있었다. 그는 재빠른 눈길로 방 안 구석구석을 둘러보고는 한 사람이 없다는 것을 알아차렸다.
"아토스 군은 어디 있나?" 그가 물었다.
"여관 주인 이야기를 듣고는 아무래도 길이 안전하지 않을 것 같다면서 미리 떠났습니다."
"자네들은 뭘 하고 있었나, 포르토스 군!"
"저는 아라미스로부터 5피스톨을 땄습니다."
"자, 이제 나와 함께 돌아갈 수 있지?"
"무슨 일이든 분부대로 하겠습니다."
"그럼 어서 말을 타게나. 밤도 깊었으니까."

시종이 대문 앞에 대령해 있었다. 추기경의 말을 고삐로 부리고 있었다. 조금 떨어진 어두운 곳에 두 사나이와 세 마리의 말이 보였다. 이 두 사나이는 밀레디를 라 푸앵트 요새까지 안내해서 그 여자가 배에 오르는 것을 지켜보기로 되어 있었다.

시종이 추기경에게 무언가 이야기했다. 두 총사들이 아토스에 관해 이미 추기경에게 전한 말이었다. 추기경이 알았다는 몸짓을 했다. 그러고는 올 때처럼 조심스럽게 얼굴을 가리고 다시 길을 떠났다.

추기경은 시종과 두 총사의 호위를 받으면서 진영으로 돌아가도록 내버려두고 우리는 아토스에게로 돌아가 보자.

아토스는 밖으로 나가 75미터가량을 같은 속도로 말을 몰았다. 그러다가 일단 아무도 눈에 띄지 않는 곳에 이르자, 말을 오른쪽으로 달려 샛길로 들어가서는 15미터쯤 되돌아와 덤불 속에 숨어서 일행이 지나가는 모습을 엿보고 있었다. 친구들이 쓰고 있는 모자의 넓은 테와 추기경이 입고 있는 망토의 금술이 눈에 띄었다. 그들이 길모퉁이를 돌아가기를 기다렸다가 그들이 보이지 않게 되자 여관으로 급히 되돌아왔다. 여관에서 금방 문을 열어주었다.

여관 주인이 그를 알아보았다.

"우리 장교님이 2층에 계시는 여자에게 중요한 이야기를 빠뜨리셨소. 그래서 내가 명령을 받고 그 말을 전하러 왔소."

"어서 올라가십시오." 주인이 말했다. "아직 방에 계십니다."

아토스가 주인의 대답을 듣고는 가능한 한 발소리를 죽여 계단을 올라가 방문 앞에 이르렀다. 빼꼼히 열린 문틈으로 밀레디가 보였다. 모자를 쓰고 있는 중이었다.

그가 방으로 들어가 문을 잠갔다.

빗장 걸리는 소리에 밀레디가 돌아보았다.

아토스는 망토로 몸을 감싸고 모자를 눈까지 푹 눌러쓰고서 방문 앞에 우뚝 섰다.

밀레디는 조각처럼 말없이 서 있는 그의 모습을 보고 겁이 났다.

"누구세요? 무슨 일로 오셨어요?" 그녀가 소리쳤다.

"설마 했는데, 확실히 당신이로군!" 아토스가 중얼거렸다.

그가 망토를 걷고 모자를 추켜올렸다. 밀레디 쪽으로 걸어갔다.

"나를 알아보겠소, 부인?" 그가 말했다.

밀레디가 한 걸음 앞으로 나왔다. 그러고는 마치 못 볼 것이라도 본 것처럼 뒷걸음질쳤다.

"저런!" 아토스가 말했다. "좋아, 나를 알아보는 것 같군."

"라 페르 백작!" 밀레디가 새파랗게 질려 중얼거렸다. 벽 때문에 더 이상 갈 수 없을 데까지 뒷걸음질쳤다.

"그렇다, 밀레디." 아토스가 대답했다. "라 페르 백작이 당신을 만나러 저승에서 일부러 돌아왔다. 그러니, 추기경 예하가 말씀하듯이, 앉아서 이야기하자."

밀레디는 이루 말할 수 없는 공포에 사로잡혀 한마디도 못하고 주저앉았다.

"너는 정말 이 세상에 온 악마지?" 아토스가 말했다. "너의 힘은 위대해. 알고 있어. 그러나 인간은 제아무리 무서운 악마라도 하느님의 가호로 무찔러왔어. 너는 이미 내 앞에 나타난 적이 있었지. 난 그때 너를 쓰러뜨렸다고 믿었는데 내가 잘못 생각했거나, 지옥이 너를 되살려냈나 보군."
 밀레디는 무서운 기억을 불러일으키는 그 얘기를 듣자 고개를 숙이고 희미한 신음 소리를 냈다.
 "그래, 지옥이 너를 부활시켰어." 아토스가 말을 이었다. "지옥이 너를 부자로 만들고, 지옥이 너에게 다른 이름을 주고, 지옥이 너에게 다른 얼굴까지 만들어주었어. 그러나 지옥도 네 영혼의 더러움과 네 육체의 낙인을 지우지는 못했어."
 밀레디가 용수철에 튕기듯 벌떡 일어섰다. 그 여자의 눈이 섬광처럼 번뜩였다. 아토스는 여전히 앉아 있었다.
 "내가 죽었다고 생각했지, 그렇지 않아? 네가 죽었다고 내가 생각했듯이 말이야. 그런데 아토스라는 이름에는 라 페르 백작이 숨어 있었어. 마치 클라릭 부인이라는 이름에 안느 드 브뢰유가 감춰져 있었던 것처럼! 갸륵한 네 오빠가 너를 나와 결혼시켰을 때는 바로 그 이름이었잖아? 우리의 인연은 참으로 얄궂기도 하군." 아토스가 웃으면서 계속했다. "우리가 지금까지 살아온 것은 서로 상대방이 죽었다고 생각했기 때문일 뿐이야. 그리고 추억이 때때로 참을 수 없는 고통을 주기도 하지만, 살아 있는 인간만큼 고통을 주지는 않기 때문이기도 했어."
 "도대체 누가 당신을 보낸 거죠?" 밀레디가 다 죽어가는 목소리로 말했다. "나에게서 무엇을 원하세요?"
 "나는 네 눈에 띄지 않았지만 너를 줄곧 지켜보고 있었어! 이 말을 하고 싶었다."
 "내가 무엇을 했는지 아신단 말이에요?"
 "네가 추기경을 위해 일하기 시작한 이래 오늘 저녁에 이르기까지, 너의 행적을 하루도 빠뜨리지 않고 이야기할 수 있어."

밀레디의 핏기 없는 입술로 믿을 수 없다는 듯한 미소가 스쳐갔다.
"들어봐. 버킹엄 공작에게서 다이아몬드 장식끈의 보석 두 알을 훔친 건 바로 너였어. 보나시외 부인을 납치한 것도 너야. 바르드 백작에게 반해서 그와 함께 밤을 보낼 생각으로 다르타냥에게 문을 열어준 것도 너였지. 바르드한테 배반당한 줄로 오해하고 연적의 손으로 그를 죽이려던 것도 너였어. 연적인 다르타냥에게 자신의 추악한 비밀이 탄로나자 이번에는 두 명의 암살자를 보내 그를 죽이려고 한 것도 너였고. 계획이 실패한 것을 알고는 가짜 편지와 함께 친구가 보낸 것처럼 꾸며서 독을 탄 포도주를 그에게 보낸 것도 너였지. 그리고 이 방에서 지금 내가 앉아 있는 이 의자에 앉아, 리슐리외 추기경에게 버킹엄 공작을 암살하겠다고 약속하고 대신 다르타냥을 살해해도 좋다는 허락을 추기경으로부터 받아낸 것도 바로 너야."
밀레디는 얼굴이 새파래져 있었다.
"그래, 당신은 사탄이군요?" 그 여자가 말했다.
"그럴지도 모르지." 아토스가 말했다. "어쨌든 내 말을 잘 들어봐. 버킹엄 공작은 암살을 하건 암살을 사주하건 나와는 상관이 없어! 내가 모르는 사람일 뿐 아니라 영국인이니까. 그러나 다르타냥은 손가락 하나 건드리면 안 돼. 그는 내가 사랑하는 친구야. 내가 지켜줄 수밖에 없어. 만약 그에게 손을 댄다면 너의 죄도 그것으로 마지막일 거야."
"다르타냥은 내게 지독한 모욕을 주었어요." 밀레디가 나지막한 목소리로 말했다. "그러니까 살려둘 수 없어요."
"누군가가 너를 모욕한다는 것이 말이나 될까?" 아토스가 껄

걸 웃으면서 말했다. "그가 너를 모욕했으니 살려둘 수 없단 말이지!"

"살려둘 수 없어요." 밀레디가 말을 이었다. "먼저 그 여자를, 다음에는 그를."

아토스는 현기증을 느꼈다. 여자다운 구석이라고는 하나도 없는 이 여자를 보고 있으니 무서운 기억이 되살아났다. 지금처럼 상황이 위험하지 않았던 그때 당시에도 이미 자신의 명예를 위해 이 여자를 죽이려 했다는 생각이 떠올랐다. 그러자 이제 또다시 이 여자를 죽여버리고 싶은 생각에 휩싸였다. 살인의 욕망이 뜨거운 열기처럼 온몸을 사로잡았다. 그가 일어섰다. 허리띠에 손을 가져가 권총을 빼들고 탄환을 쟀다.

죽은 사람처럼 새파래진 밀레디가 고함을 지르려 했다. 그러나 혀가 얼어붙어 인간의 소리가 아니라 야수의 울부짖음 같은 소리만 터져나왔다. 검은 휘장에 몸을 기댄 채 산발을 하고 있는 모습은 공포 그 자체였다.

아토스가 천천히 총을 올렸다. 팔을 뻗어 권총을 밀레디의 이마에 들이대듯이 겨누었다. 그러고는 단호한 결심으로 침착을 잃지 않은 무서운 목소리로 말했다.

"추기경이 서명한 서류를 지금 당장 내놔라. 그러지 않으면 네 골통을 박살내 버릴 테니까."

상대가 딴 사람이라면 밀레디도 '설마' 하는 생각을 했으리라. 그러나 그 여자는 아토스가 어떤 사람인지 잘 알고 있었다. 그래도 그녀는 꼼짝하지 않고 있었다.

"일 초의 여유를 주겠다. 결정해라." 그가 말했다.

밀레디는 그의 얼굴이 씰룩거리는 것을 보고 정말로 총을 쏠 모양이라고 생각했다. 그 여자가 얼른 가슴에서 한 장의 종이를 꺼내 아토스에게 내밀었다.

"자요!" 그 여자가 말했다. "지옥에나 가버려요!"

아토스가 종이를 받아들고 총을 허리띠에 다시 꽂았다. 등불 가까이 가서 진짜인지 가짜인지 확인하려고 그 종이를 펴서 읽었다.

이 서류의 소지자가 행한 일은 나의 명령에 의해, 그리고 국가의 이익을 위해 행한 일임을 증명함.

1627년 12월 3일
리슐리외

"이제 네 이빨을 뽑았으니, 이 독사 같은 계집아, 물 테면 물어봐라." 아토스가 다시 망토를 걸치고 모자를 쓰면서 말했다.

그가 뒤도 돌아보지 않고 방에서 나갔다.

대문 앞에서는 두 명의 사나이가 말을 잡고 기다리고 있었다.

"다 알겠지만, 추기경 예하께서는 저 여자를 지체 없이 라 푸앵트 요새까지 바래다주고 배를 탈 때까지 곁을 떠나지 말라고 분부하셨소."

그들은 이미 받은 명령과 같은 그의 말에 알았다는 듯 고개를 끄덕였다.

아토스가 사뿐히 안장에 올라타고는 말을 달려 출발했다. 큰 길 대신에 지름길로 접어들었다. 말에 사정없이 박차를 가했다. 때때로 말을 멈추어 주변의 소리에 귀를 기울이곤 했다.

몇 차례 멈춘 끝에 큰 길에서 몇 마리의 말발굽 소리를 들었다. 추기경 일행이 틀림없다고 생각했다. 다시 한 번 박차를 가하여 길도 없는 덤불 속을 달렸다. 추기경 일행을 앞지르기 위해서였다. 그러고는 주둔지로부터 150미터쯤 떨어진 곳에서 큰길로 나왔다.

"누구냐?" 그가 먼 데서 다가오는 일행을 보고 고함을 질렀다.

"우리의 용감한 총사가 아닌가." 추기경이 말했다.

"예, 그렇습니다, 예하."

"아토스 군이로군. 이렇게 경계를 나와주니 고맙네. 자, 여러분, 이제 다 왔어. 자네들은 왼쪽 문으로 가게. 암호는 '루아 에 레'야."

추기경은 이렇게 말하고 나서 삼총사에게 고개를 까딱하여 인사하고는 시종을 거느리고 오른쪽 길로 갔다. 그날 밤은 추기경도 진지에서 잘 예정이었다.

"이봐, 아토스." 추기경에게 들리지 않을 거리에 이르자 포르토스와 아라미스가 입을 모아 말했다. "추기경이 그 여자의 요구대로 서류에 서명했네."

"나도 알아." 아토스가 조용히 말했다. "그 서류는 내가 가지고 있거든."

삼총사는 막사로 돌아갈 때까지 보초에게 암호를 말하는 것 말고는 서로 한마디도 하지 않았다.

다만 무스크통을 플랑셰에게 보내 주인에게 참호 근무를 끝내는 대로 곧장 총사대 숙사로 와달라는 말을 전하게 했을 뿐이다.

한편 밀레디는 아토스의 예상대로, 대문 앞에서 기다리고 있던 사나이들을 순순히 따라갔다. 그 여자는 추기경에게 달려가서 모두 이야기해 버릴까 하는 생각을 하기도 했다. 그러나 자기가 모든 걸 폭로하면 아토스 쪽에서도 가만있지 않을 것이 뻔했다. 아토스가 자신의 목을 매달았다고 말하면, 아토스는 낙인 이야기를 할 터였다. 그러므로 차라리 아무 말 없이 이대로 떠나서 능란한 수완을 발휘하여 추기경을 만족시킨 뒤에 복수해 달라는 편이 낫다고 생각했다.

따라서 예정대로 밤새 여행을 계속했다. 아침 7시에 라 푸앵트 요새에 도착했다. 8시에는 배에 올랐다. 그리고 추기경의 인장이 찍힌 운항 허가증에 의하면 바욘 행으로 추정되는 배가 9시에 닻을 올리고 영국을 향해 출항했다.

생 제르베 보루

다르타냥이 세 친구에게 갔다. 모두 같은 방에 모여 있었다. 아토스는 생각에 잠겨 있었고, 포르토스는 콧수염을 손질하고 있었으며, 아라미스는 푸른 벨벳으로 제본된 조그마한 성경을 읽고 있는 중이었다.

"다들 웬일이에요!" 그가 말했다. "무척 중요한 일이 있는 모양이죠. 별일도 아닌데 저를 불렀다면 가만두지 않을 겁니다. 보루를 점령하여 그걸 부수느라 하룻밤을 꼬박 새우고 좀 쉬려던 참이었거든요. 그런데 여러분들은 왜 안 오셨어요? 참으로 격전이었는데!"

"우리는 다른 데에 갔었네. 거기도 호락호락하지는 않았어!" 포르토스가 콧수염을 쓰다듬어 올리면서 대답했다.

"쉿!" 아토스가 말했다.

"오! 그래요!" 다르타냥이 말했다. 그는 아토스가 눈살을 약간 찌푸리는 뜻을 얼른 알아차렸다. "무슨 새로운 사건이 있는 모양이군요."

"아라미스." 아토스가 말했다. "자네는 그저께 파르파요 주막으로 점심을 먹으러 갔었지 아마?"

"응."

"거긴 어때?"

"식사는 아주 형편없었어. 그저께는 교리 때문에 고기를 먹지 않는 날이었는데도 고기 요리밖에 없었으니까."

"아니!" 아토스가 말했다. "항구인데 생선이 없단 말이야?"

"사람들 얘기를 들어보면……." 아라미스가 다시 성경으로 눈을 돌리면서 말했다. "추기경이 쌓은 방파제 때문에 물고기가 다 먼 바다로 달아나버렸다는 거야."

"좋아, 내가 묻고 싶은 건 그런 것이 아닐세." 아토스가 다시 말을 이었다. "거기서는 아무 방해도 받지 않고 자유롭게 지낼 수 있는지 물었네."

"귀찮은 놈들이 아주 많지는 않았던 듯해. 그래, 사실 자네가 원하는 정도라면, 파르파요 여관이 괜찮을 거야, 아토스."

"그렇다면 파르파요 여관으로 가자." 아토스가 말했다. "여기는 벽이 종잇장같이 얇으니까."

다르타냥은 아토스의 행동 방식에 익숙해져 있어서 그의 말, 몸짓, 신호로 곧장 상황의 심각성을 알아차렸다. 따라서 그의 팔을 붙들고 말없이 밖으로 나왔다. 포르토스도 아라미스와 이야기하면서 뒤를 따랐다. 그들은 도중에 그리모를 만났다. 아토스가 따라오라고 손짓하자 그리모는 여느 때처럼 잠자코 복종했다. 이 사람은 가련하게도 말하는 법을 거의 다 잊어버릴 정도였다.

일행이 파르파요 여관에 도착한 시각은 아침 7시였다. 먼동이 트기 시작했다. 그들은 아침 식사를 주문해 놓고 방으로 들어갔다. 여관 주인이 조용히 식사할 수 있는 방으로 그들을 안내했다.

그런데 불행하게도 밀담을 나누기에는 적합하지 않은 시간이었다. 조금 전에 기상의 북이 울려 모두들 잠자리에서 일어나고 있었다. 그리고 축축한 아침 공기를 내몰기 위해 간이식당으로 한잔 하러 모여들었다. 용기병, 스위스 용병, 근위대원, 총사, 경기병 할 것 없이 끊일 줄을 모르고 들어왔다. 여관 주인으로서는 무척 반가운 일이겠지만, 네 사람의 기대는 완전히 어긋나 버렸다. 그래서 그들은 동료들의 인사나 건배 또는 농담에 무뚝뚝하게 응했다.

"이거 이러다간 싸움 나게 생겼네." 아토스가 말했다. "우리는 지금 싸움질할 때가 아니야. 다르타냥, 간밤에 있었던 일을 얘기하게. 그러면 우리도 간밤에 있었던 일을 이야기할 테니."

"아, 참." 경기병 한 사람이 브랜디 잔을 들고 홀짝홀짝 마시면서 건들건들 걸어오더니 말했다. "자네들 근위대는 간밤에 참호에 나가 있었지. 라 로셸 군대와 한바탕 싸운 것 같던데."

다르타냥이 아토스를 쳐다보았다. 대화에 끼어든 이 불청객에게 대답을 해야 하는지 묻는 눈치였다.

"아니, 뷔지니 씨가 뭐라고 하잖아." 아토스가 말했다. "자네에게 말을 거는데 안 들리나? 간밤에 일어난 일을 말해 봐. 저 양반들이 알고 싶어하니까."

"보루 하나를 빼앗지 않았소?" 맥주잔으로 럼주를 마시고 있던 한 스위스 용병이 물었다.

"예, 그렇소." 다르타냥이 고개를 까딱하면서 대답했다. "이미 들었겠지만, 우리는 보루의 한쪽 모퉁이에다 화약통을 밀어넣고 폭파시켜 커다랗게 구멍을 뚫어놓았죠. 이 보루는 어제오늘에 만들어진 것이 아니어서, 나머지도 모두 금방이라도 무너질 듯하게 되어버렸어요."

"어느 보루죠?" 불에 구우려고 칼끝에 거위를 꽂아 들고 있는 용기병이 물었다.

"생 제르베 보루요." 다르타냥이 대답했다. "거기서 라 로셸 병사들이 우리 공병을 괴롭히고 있었거든요."

"격전이었소?"

"그렇다고 할 수 있죠. 우리 쪽은 다섯 명, 라 로셸 측은 여덟아홉 명쯤 전사했죠."

"제기랄!" 스위스 용병이 말했다. 그는 독일어식 욕을 엄청나게 많이 알고 있었지만 프랑스어 욕이 입에 붙어버렸다.

"적군은 아마 보루를 수리하기 위해 오늘 아침에라도 공병을 내보낼걸." 경기병이 말했다.

"그럴지도 모르죠." 다르타냥이 말했다.

"어떻소, 여러분, 내기를 하면!" 아토스가 말했다.

"아! 그래요, 좋지!" 스위스 용병이 말했다.

"어떤 내기요?" 경기병이 물었다.

"잠깐만." 용기병이 꼬치 대용의 칼을 벽난로의 두 커다란 쇠받침대 위에 올려놓으면서 말했다. "나도 한몫 하겠소. 빌어먹을 여관 주인 같으니! 접시 빨리. 이 거위 기름은 한 방울도 아까우니까."

"옳은 말이야." 스위스 용병이 말했다. "거위 기름을 잼에 묻혀 먹으면 맛이 그만이거든."

"자!" 용기병이 말했다. "이제 내기를 하자. 모두 아토스 씨의 말을 듣자고."

"그래, 내기야!" 경기병이 말했다.

"좋소! 뷔지니 씨, 나는 당신과 내기를 하겠소." 아토스가 말했다. "나의 세 친구 포르토스, 아라미스, 그리고 다르타냥과 나, 넷이서 생 제르베 보루에 들어가서 아침밥을 먹고 오겠소. 아무리 적에게 쫓겨도 꼭 한 시간 동안 거기서 버티겠소."

포르토스와 아라미스가 서로 얼굴을 바라보았다. 이제야 이해하는 눈치였다.

"그러다가 우리만 무참하게 죽지 않을까요?" 다르타냥이 아토스의 귀에 입을 대고 속삭였다.

"가지 않으면 정말로 죽게 될 거네." 아토스가 대답했다.

"아! 여러분!" 포르토스가 의자에 떡 버티고 앉아 콧수염을 쓸어 올리면서 말했다. "정말이지 굉장한 내기인데."

"좋소, 합시다." 뷔지니 씨가 말했다. "그럼 내깃돈을 정해야지."

"당신들도 네 명이고, 우리도 네 명이오." 아토스가 말했다. "그러니까 여덟 명 몫의 식사를 마음껏 먹기로 하면 어떻겠소?"

"좋소." 뷔지니 씨가 대답했다.

"찬성이오." 용기병도 말했다.

"좋소." 스위스 사람도 말했다.

네 번째 사나이는 줄곧 침묵만 지키고 있었는데, 역시 승낙한다는 표시로 고개를 끄덕였다.

"식사가 준비됐습니다." 여관 주인이 말했다.

"그럼, 이리 가져와." 아토스가 말했다.

주인이 명령대로 했다. 아토스가 그리모를 불러 구석에 있는 커다란 바구니를 가리키면서 고기를 냅킨에 싸서 바구니에 담으라는 몸짓을 했다.

그리모는 풀밭에서 아침밥을 먹는다는 것을 당장 알아차리고 바구니에 고기와 술병을 집어넣었다. 그러고는 바구니를 들었다.

"아니, 식사를 어디서 하시려는 겁니까?" 여관 주인이 물었다.

"어디 가서 먹든 당신과는 상관없겠지, 돈만 주면?" 아토스가 말했다.

그가 2피스톨을 식탁 위에 의젓하게 던졌다.

"거스름돈을 드릴까요, 장교님?" 여관 주인이 말했다.

"필요 없어. 그 대신 샹파뉴 두 병만 더 넣어줘. 나머지는 냅킨 값으로 치면 되겠지."

여관 주인은 처음 생각만큼 수지가 맞지 않는다는 생각이 들었다. 그래서 샹파뉴 포도주 두 병을 앙주 포도주 두 병으로 슬쩍 바꿔쳐서 부족한 돈을 메웠다.

"뷔지니 씨!" 아토스가 말했다. "당신 시계를 내 시계에 맞추거나, 내 시계를 당신 시계에 맞춰야 하지 않겠습니까?"

"좋습니다!" 경기병이 주머니에서 다이아몬드로 테를 두른 고급 시계를 꺼내면서 말했다. "7시 반입니다."

"내 시계는 7시 35분이오." 아토스가 말했다. "내 시계가 5분 빠르다고 기억해 두면 되겠지."

네 젊은이는 어리둥절해하는 사람들에게 인사를 하고는 생 제르베 보루 쪽으로 떠났다. 그리모는 어디로 가는지도 모르고 바구니를 들고 따라갔다. 이 하인은 아토스에게 언제나 그렇게 길들여져 있어서 어디로 가는지 물을 생각조차 하지 않았다.

진중을 걸어가는 동안 네 친구는 한마디도 하지 않았다. 게다가 호기심 많은 사람들이 내기를 한다는 소문을 듣고 그들을 뒤따랐다. 과연 결과가 어떻게 될지 알고 싶었기 때문이다.

네 친구가 참호선을 건너 널따란 들판으로 접어들었다. 그러자 영문을 모르던 다르타냥은 이젠 물어봐도 되리라 생각했다.

"이봐요, 아토스." 그가 말했다. "우리가 어디로 가는 건지 좀 가르쳐줘요."

"보다시피 보루로 가고 있잖은가." 아토스가 말했다.

"거기에서 뭘 하려고요?"

"잘 알면서 뭘 그러나, 아침밥을 먹을 거네."

"왜 파르파요에서 먹지 않고요?"

"우리끼리 이야기할 매우 중요한 일이 있기 때문이네. 주막에서는 귀찮은 녀석들이 오가면서 인사도 하고 자꾸 말도 걸어오니 잠시도 얘기할 수가 없거든. 저기라면 적어도 방해할 사람은 없을 테니까." 아토스가 보루를 가리키면서 계속했다.

"바닷가 모래 언덕으로 가면 호젓한 데가 있을 듯한데요." 다르타냥이 말했다. 그에게는 지나치다 싶을 만큼 대단한 용기와 신중한 태도가 아주 자연스럽게 배어 있었다.

"넷이서 이야기하고 있는 것을 누군가 본다면, 십오 분 후에는 추기경이 우리의 모의에 관해 보고를 받게 될 거야."

"그래, 아토스의 말이 맞아." 아라미스가 말했다. "아니마드

베르툰투르 인 데세르티스(Animadvertuntur in desertis, 아무리 인적이 없는 곳일지라도 누군가는 알아차린다——옮긴이)."

"사막이라도 괜찮을 거야." 포르토스가 말했다. "찾아내는 것이 문제지."

"사막이라도 머리 위로 새가 지나갈 수 있고, 샘에서 물고기가 뛰어오를 수 있네. 구멍에서는 토끼가 나올 수도 있어. 새나 물고기, 또는 토끼가 추기경의 밀정일지 몰라. 그러니까 우리 계획대로 밀고 나가는 편이 더 나을 걸세. 게다가 이제 와서 체면상 물러날 수도 없지 않은가? 내기를 했잖아. 내기의 결과는 예상할 수 없어. 그리고 우리가 내기를 한 진짜 이유는 아무도 짐작할 수 없을 거야. 우린 내기에 이기기 위해 보루 속에서 한 시간만 버티면 되는 거야. 공격을 당할지도 모르고 안 당할지도 몰라. 만약에 공격을 당하지 않는다면, 우리는 한 시간 동안 내내 이야기를 할 수 있네. 아무도 엿듣지 못할 거야. 저 보루의 벽에 귀가 있을 리는 없으니까. 만약 공격을 당한다면, 그래도 역시 우리는 얘기할 수도 있고 방어하면서 공훈까지 세울 수도 있겠지. 어때, 여러모로 유리하지 않은가."

"그래요, 하지만 교전이 있다면 총 한 방쯤은 맞을 수도 있어요." 다르타냥이 말했다.

"자네도 알겠지만, 가장 무서운 총알은 적이 쏜 총알이 아닐세." 아토스가 말했다.

"그렇지만 이런 원정을 할 줄 미리 알았더라면 총이라도 가져왔을 텐데."

"자네는 바보로군, 포르토스. 공연히 짐을 들고 올 필요가 뭐 있어."

"적 앞에서 총과 탄환과 화약을 가지고 있는 것이 공연한 일이라니?"

"아니!" 아토스가 말했다. "자넨 다르타냥의 이야기도 못 들었나?"

"다르타냥이 뭐라고 했는데?" 포르토스가 물었다.

"간밤의 공격에서 우리 편 여덟인가 열이 죽었고, 적도 그만큼 죽었다고 했잖아."

"그래서?"

"그들의 무기를 벗겨갈 겨를이 없었을 것 아닌가? 도망치는 게 더 급했을 테니까."

"그래서?"

"그러니까 말이야, 총도 화약도 탄환도 있을 것이네. 네 자루의 총과 열두 방의 총알은 물론이고 잘하면 열댓 자루의 총과 백 발의 탄환이라도 확보할 수 있을 거란 말일세."

"오, 아토스!" 아라미스가 말했다. "자네는 정말 대단해!"

포르토스도 동감이라는 뜻으로 고개를 숙였다.

오직 다르타냥만은 납득할 수 없는 모양이었다.

아마 그리모도 다르타냥과 마찬가지로 의아해했을 것이다. 그때까지만 해도 설마 했는데, 일행이 여전히 보루 쪽을 향해 걷는 것을 보고는, 주인의 옷자락을 잡아당겼다.

'어디로 가는 겁니까?' 그가 묻는 시늉을 했다.

아토스가 보루를 가리켰다.

'그렇다면 죽으러 가는 거나 다름없군요.' 그리모가 또 말없이 몸짓으로만 말했다.

아토스가 고개를 들어 손가락으로 하늘을 가리켰다.

그리모는 바구니를 땅에 놓고 주저앉아서 고개를 흔들었다.

아토스가 허리띠에서 권총을 뽑아들었다. 총알이 있는지 확인하고는 그리모의 귀에 총구를 들이댔다. 그리모가 용수철에 튕기듯 펄쩍 일어섰다. 아토스가 그에게 바구니를 집어 들고 앞장서라고 신호를 보냈다. 그리모가 그대로 따랐다. 이 가엾은 그리모가 조금 전의 무언극에서 얻은 것은 뒤를 따라가다가 앞으로 나서게 되었다는 것뿐이었다.

네 친구가 보루에 이르자 뒤를 돌아보았다.

완전 무장을 갖춘 병사들 삼백 명 이상이 진영 입구에 모여 있었다. 그리고 따로 떨어진 무리 속에 뷔지니, 용기병, 스위스 용병, 그리고 내기에 참여한 또 한 사나이가 보였다.

아토스가 모자를 벗어 칼끝에 걸고 하늘 높이 흔들었다.

구경꾼들이 모두 그의 인사에 대한 화답으로 환호성을 질렀다. 그들의 환호성이 네 친구에게까지 들려왔다.

그러고 나서 네 친구는 이미 그리모가 들어가 있는 보루 속으로 사라졌다.

총사들의 회의

 아토스가 예상한 대로 보루에는 아군과 적군의 시체 열두 구밖에 없었다.
 "자, 여러분." 자연스럽게 이 원정의 지휘를 맡게 된 아토스가 말했다. 그리모는 식사 준비를 하고 있었다. "우선 총과 탄환을 주워 모으기로 하세. 이 일을 하면서도 이야기할 수 있네. 여기 있는 양반들은……." 그가 시체를 가리키면서 덧붙였다. "우리 이야기를 들을 수 없을 테니까."
 "하지만 시체를 바깥 도랑에 던져버리는 것이 좋을 거야." 포르토스가 말했다. "물론 주머니를 먼저 살펴봐야겠지."
 "그렇지." 아라미스가 말했다. "그리모가 할 일이야."
 "아, 그렇군요." 다르타냥이 말했다. "그리모에게 주머니를 뒤진 다음에 성벽 너머로 던져버리게 하죠."

"아냐, 그러지 말자고." 아토스가 말했다. "필요할지도 모르니까."

"이 시체들이 우리에게 쓸모가 있다니?" 포르토스가 말했다. "아니, 자네 미쳤나, 친구!"

"성경에도 경솔하게 판단하지 말라고 나와 있네. 추기경도 그렇게 말하지 않던가." 아토스가 대답했다. "총은 몇 자루인가?"

"열두 자루네." 아라미스가 대답했다.

"탄환은 몇 발이고?"

"백 발이네."

"그만하면 충분하겠어. 총에 탄환을 재어두세."

네 친구가 장전을 시작했다. 마지막 총의 장전이 끝났다. 식사 준비가 다 되었다고 그리모가 신호를 했다.

아토스가 좋다는 몸짓을 보냈다. 그러고는 그리모에게 망루 같은 모양을 그려 보였다. 그리모는 그것이 보초를 서야 된다는 뜻임을 알아차렸다. 그리모가 파수를 보면서 심심해할까 봐, 아토스가 그에게 빵 한 덩어리, 갈비 두 대, 포도주 한 병을 가져가도 좋다고 신호했다.

"자, 그럼 식사를 하세." 아토스가 말했다.

네 친구가 터키인들이나 석공들처럼 땅바닥에 다리를 포개고 앉았다.

"자, 이젠 당신의 비밀을 우리에게 말해 주세요, 아토스." 다르타냥이 말했다. "아무도 엿들을 염려가 없으니까요."

"나는 자네들에게 오락과 영광을 동시에 가져다주었다고 생각하네." 아토스가 말했다. "기분 좋게 산책도 했고, 우리 앞에

총사들의 회의 **39**

는 맛있는 음식도 있지 않나. 저기서는, 총안으로 보이듯이, 오백 명이 우리를 바라보고 있네. 그들은 우리를 미친놈이나 영웅으로 여길 걸세. 본래 극과 극은 서로 비슷한 법이지.”

“그런데 비밀은 뭐죠?” 다르타냥이 물었다.

“어제 저녁에 밀레디를 만났네.” 아토스가 말했다.

다르타냥이 입으로 술잔을 가져가려다가, 밀레디의 이름을 듣고 손이 떨려 술잔을 땅바닥에 내려놓았다. 그러지 않았으면 술이 쏟아져버렸을 것이다.

“당신 부인을요…….”

“쉿!” 아토스가 얼른 가로막았다. “이 친구들에게는 내 집안 사정을 아직 이야기하지 않았다는 걸 잊었나? 나는 밀레디란 여자를 만났단 말이야.”

“어디에서요?” 다르타냥이 물었다.

“여기서 약 10킬로미터쯤 떨어져 있는 콜롱비에 루주 주막에서.”

“그렇다면 전 큰일 났군요.” 다르타냥이 말했다.

“아냐, 아직 괜찮네.” 아토스가 말을 이었다. “지금쯤 그 여자는 프랑스 해안을 떠났을 거야.”

다르타냥이 숨을 돌렸다.

“도대체 그 밀레디라는 여자가 누군가?” 포르토스가 물었다.

“아름다운 여자라네.” 아토스가 거품이 이는 포도주를 맛보면서 말했다. “이런 망할 놈의 여관 주인 같으니!” 그가 외쳤다. “샹파뉴 대신에 앙주 포도주를 주었구나. 속아 넘어갈 줄 알았던 모양이지! 그런데…….” 그가 계속했다. “그 아름다운 여자가 우리의 친구 다르타냥에게 호의를 보였었는데, 다르타냥이 뭔가 그녀에게 모욕적인 행동을 했다는군. 그래서 복수를 하려고 한 달 전에는 총으로 쏘아 죽이려 했고, 일주일 전에는 독살을 하려고 했네. 또 어제는 추기경에게 그의 목숨을 달라고 했단 말일세."

"아니! 추기경에게 제 목숨을 달라고 했다고요?" 다르타냥이 공포로 새파랗게 질려 외쳤다.

"그래, 사실이야." 포르토스가 말했다. "내 두 귀로 똑똑히 들었으니까."

"나도 들었네." 아라미스가 말했다.

"그렇다면 이제는 싸워도 소용없겠군요." 다르타냥이 낙심하여 어깨를 축 떨어뜨리면서 말했다. "차라리 내 머리에 한 방 쏴서 끝장내 버리는 것이 좋겠어요!"

"그야말로 어리석기 짝이 없는 짓일세." 아토스가 말했다. "그런다면 어떻게 해볼 도리가 없지 않은가!"

"하지만 그런 적들을 상대로 다시 빠져나갈 방법은 없어요." 다르타냥이 말했다. "우선 묑에서 마주친 미지의 사나이가 있고, 다음으로는 내 칼을 세 번이나 맞은 바르드 백작, 그리고 나한테 비밀을 들킨 밀레디, 끝으로 나 때문에 복수에 실패한 추기경이 있잖아요."

"왜 그러나!" 아토스가 말했다. "모두 네 명밖에 안 되는데, 우리도 네 명이니 일대일이야. 빌어먹을! 그리모의 신호를 보니 꽤 많은 적군이 오는 모양이야. 왜, 그리모? 사태가 심각한 모양이니 얘기해 보아라. 간단하게 말해라, 뭐가 보이느냐?"

"한 떼의 적입니다."

"머릿수는?"

"스무 명입니다."

"어떤 군인들이냐?"

"공병 열여섯 명과 보병 네 명입니다."

"어디까지 왔지?"

"400미터 앞입니다."

"좋아, 아직 시간이 있네. 이 닭을 먹고 자네 건강을 축원하면서 한 잔 마시게나, 다르타냥."

"건강을 빈다!" 포르토스와 아라미스가 되풀이했다.

"자, 그럼 건배하죠! 모두들 내 건강을 기원해 줘도 별 도움이 안 될 듯싶지만요."

"설마!" 아토스가 말했다. "회교도들의 말대로 신은 위대하다네. 그리고 미래는 하느님의 손 안에 있네."

아토스가 술잔을 다 비우더니 잔을 옆에 내려놓고 슬슬 일어났다. 소총을 한 자루 집어 들고 총안 가까이 다가갔다.

포르토스, 아라미스, 그리고 다르타냥도 아토스를 따랐다. 그리모는 네 사람 뒤에서 총에 탄환을 재라는 명령을 받았다.

잠시 후 한 떼의 적군이 나타났다. 그들은 보루와 도시를 연결시키는 교통호를 따라 다가오고 있었다.

"제기랄!" 아토스가 말했다. "고작 곡괭이와 삽을 든 스무 명밖에 안 되는 녀석들 때문에 이런 귀찮은 꼴을 당하다니! 그리모가 돌아가라는 신호만 했어도 됐을 것을. 그랬더라면 방해받는 일도 없었을 텐데."

"과연 그럴까요?" 다르타냥이 자신의 의견을 말했다. "저렇게 과감하게 이쪽으로 전진해 오는데요! 게다가 공병들 말고도 다른 병사 네 명과 병참 하사도 소총을 갖고 있어요."

"우리를 못 보았기 때문이야." 아토스가 말했다.

"정말일세." 아라미스가 말했다. "솔직히 말해서, 저런 무고한 민간인들을 쏜다는 건 내키지 않는 일이야."

"이교도까지 걱정하다니, 엉터리 사제로다!" 포르토스가 대꾸했다.

"사실 아라미스의 말이 옳아." 아토스가 말했다. "지금이라도 내가 저 녀석들에게 경고해 줘야겠다."

"도대체 어쩌시려고요?" 다르타냥이 외쳤다. "그러다가 총에 맞을 거예요."

그러나 아토스는 다르타냥의 충고에도 불구하고 한 손에는 총을, 다른 손에는 모자를 들고 성벽 틈새로 올라갔다.

"여러분!" 아토스는 소리쳤다. 그가 나타난 것을 보고 깜짝 놀라, 보루에서 40미터쯤 떨어진 곳에서 걸음을 멈추고 있는 적의 병사들과 공병들을 향해 깍듯이 인사를 했다. "내 친구들 몇 명과 나는 지금 이 보루에서 아침밥을 먹고 있는 중이오. 당신들도 알겠지만 식사 중에 방해를 받는 것만큼 불쾌한 일은 없소. 그래서 부탁하건대, 여기에서 꼭 볼일이 있다면, 우리가 식사를 마칠 때까지 기다려주시오. 아니면 나중에 다시 와주었으면 좋겠소. 물론 여러분이 반군을 떠나 우리와 함께 프랑스 국왕 폐하의 건강을 위해 한잔 하고 싶다면 얘기는 다르지만 말이오."

"조심해, 아토스!" 다르타냥이 외쳤다. "총을 겨누고 있는 것이 안 보이세요?"

"보이고말고." 아토스가 말했다. "하지만 총도 제대로 못 쏘는 민간인들인걸 뭐. 맞힐 생각도 없을 거야."

과연 그때 네 방의 총알이 아토스를 향해 날아들었으나 한 방도 맞추지 못했다.

이와 거의 동시에 이쪽에서도 네 방의 총알이 날아갔다. 적군보다 훨씬 정확한 겨냥에 세 명의 병사가 쓰러지고 공병 한 명이 상처를 입었다.

"그리모, 총을 바꿔줘!" 아토스가 여전히 틈새에 서서 외쳤다.

그리모가 곧바로 시키는 대로 했다. 나머지 세 사람도 총을 다시 장전했다. 두 번째 일제 사격이 이어졌다. 병참 하사와 두 명의 공병이 즉사했고 나머지는 모두 도망쳤다.

"자, 모두 앞으로!" 아토스가 외쳤다.

네 사람이 보루에서 뛰어나갔다. 적이 쓰러진 지점에 다다르자 총 네 자루와 병참 하사의 단창을 주워 모았다. 패잔병들이 성내까지 달아나는 모습을 확인하고 전리품을 가지고 보루로 되돌아왔다.

"그리모, 총을 다시 장전해 놓아라." 아토스가 말했다. "자, 다시 식사를 하면서 이야기를 계속하자. 어디까지 했더라?"

"전 똑똑히 기억하고 있어요." 다르타냥이 말했다. 그는 밀레디의 여정이 몹시 마음에 걸렸다.

"그 여자는 영국으로 출발했네." 아토스가 대답했다.

"무슨 목적으로요?"

"버킹엄 공작을 암살하거나 그의 암살을 사주할 목적으로."

다르타냥이 경악과 분노의 탄식을 내뱉었다.

"그런 비열한 짓을!" 그가 외쳤다.

"난 별로 걱정하지 않네." 아토스가 말했다. "그리모, 장전이 끝났나?" 아토스가 계속 말했다. "그럼 이제 병참 하사의 단창에 냅킨을 묶어서 보루의 꼭대기에 세워놓아라. 라 로셸의 반란군에게 우리가 국왕의 용감하고 충성스런 군사라는 걸 보여주도록 말이야."

그리모가 말없이 복종했다. 잠시 후 네 친구의 머리 위로 하얀 기가 펄럭거렸다. 그러자 우레와 같은 환호성이 울려 퍼졌다. 진지의 울타리로 절반 남짓한 아군이 나와서 구경하고 있었다.

"아니!" 다르타냥이 다시 말을 이었다. "버킹엄 공작이 암살당할지도 모르는데, 별로 걱정이 안 된단 말인가요? 공작은 우리에게 호의를 품고 있어요."

"공작은 영국인이야. 그리고 지금 우리와 싸우고 있고. 그 여자가 공작을 어떻게 하건, 나는 전혀 관심이 없네. 나에게 공작은 빈 술병과 마찬가지라네."

아토스는 술병에 남은 술을 마지막 한 방울까지 술잔에 따르고는 빈 병을 훌쩍 던져버렸다.

"잠깐만요." 다르타냥이 말했다. "저는 버킹엄 공작을 그냥 내버려둘 수 없어요. 우리에게 훌륭한 말을 주기도 했잖아요."

"그리고 훌륭한 안장도 선사했지." 포르토스가 덧붙였다. 그는 지금도 그 안장의 장식끈을 망토에 달고 있었다.

"게다가 하느님은 죄인의 개종을 바라시지, 죄인의 죽음을 원하시지는 않는다네." 아라미스도 끼어들었다.

"아멘." 아토스가 말했다. "자네들이 원한다면 버킹엄 공작에 관한 이야기는 나중에 다시 하기로 하세. 내가 가장 걱정했던 일은, 다르타냥, 자네도 알겠지만, 그 여자가 추기경에게 억지를 부려 받아낸 백지 위임장을 빼앗는 일이었네. 위임장만 있으면 그 여자는 아무 문제 없이 자네를, 그리고 아마 우리까지도 쉽게 처치할 수 있을 테니까 말일세."

"한데 그 여자는 정말 악녀인가?" 포르토스가 닭고기를 자르고 있는 아라미스에게 자기 접시를 내밀면서 말했다.

"그래서 그 백지 위임장은 아직도 그 여자의 수중에 있나요?" 다르타냥이 물었다.

"아니, 내 손으로 넘어왔네. 쉽게 빼앗은 것은 아니네. 그렇게 말한다면 거짓말이겠지."

"아토스!" 다르타냥이 말했다. "당신은 제 목숨을 몇 번이나 살려주셨는지 모르겠네요."

"그럼 그때 우리보다 먼저 나간 건 그 여자한테 가기 위해서였나?" 아라미스가 물었다.

"그렇다네."

"그래서 추기경의 서류를 당신이 가지고 있는 건가요?" 다르타냥이 말했다.

"자, 이거야." 아토스가 말했다.

그가 망토 주머니에서 귀중한 서류를 꺼냈다.

다르타냥이 그것을 펴서 읽었다. 손이 덜덜 떨리는 것을 참을 수가 없었다.

이 서류의 소지자가 행한 일은 나의 명령에 의해, 그리고 국가의 이익을 위해 행한 일임을 증명함.

1627년 12월 3일
리슐리외

"과연!" 아라미스가 말했다. "뭐든지 허락하는 위임장이로군."

"이런 서류는 찢어버려야 합니다." 다르타냥이 외쳤다. 자신의 사형 선고서를 읽는 것 같은 느낌이 들었기 때문이다.

"천만에, 그 반대야." 아토스가 말했다. "잘 간직해야 하네. 금화를 산더미처럼 준다 해도 난 이 서류를 내놓지 않겠네."

"그 여자는 앞으로 어떻게 할 작정일까요?" 다르타냥이 물었다.

"아마도 추기경에게 편지를 보낼 거야." 아토스가 대수롭지 않다는 듯이 말했다. "아토스라는 가증스러운 총사에게 통행증을 빼앗겼다고 말하겠지. 그리고 아토스와 함께 포르토스와 아라미스라는 두 친구도 처치해 버리는 것이 좋겠다는 의견을 보낼 거야. 그러면 추기경은 그들이 늘 자기에게 말썽거리였다고 생각할 거네. 그래서 하루아침에 다르타냥을 체포하도록 하고, 혼자서는 심심할 것이라고 생각하여, 우리까지 함께 바스티유에 보내겠지."

"아니, 별 농담을 다 듣는군." 포르토스가 말했다.

"농담이 아닐세." 아토스가 대답했다.

"이봐, 자네들." 포르토스가 말했다. "밀레디라는 악독한 계집의 목을 베어버리는 것이 어떨까? 가련한 신교도 놈들의 목을 비트는 것보다 죄가 가볍지 않을까? 신교도들의 죄는 라틴어로 노래해야 하는 찬송가를 프랑스어로 노래한다는 것뿐이니까 말이야."

"신부님은 어떻게 생각하나?" 아토스가 조용히 물었다.

"나도 아토스와 같은 의견이네." 아라미스가 대답했다.

"저도 동감이에요!" 다르타냥도 찬성했다.
"그 여자가 멀리 있기에 다행이야." 포르토스가 말했다. "솔직히 말해서, 그 여자가 여기 있다면 나도 곤란할 거야."
"영국에 있건 프랑스에 있건 신경이 쓰이네." 아토스가 말했다.
"어디에 있든 마찬가지죠." 다르타냥도 동의했다.
"왜 붙잡아서 물속에 빠뜨리거나, 목을 조르거나 하지 않았나?" 포르토스가 말했다. "그렇게 죽이면 다시는 나타나지는 않을 텐데."
"자네는 그렇게 생각하나, 포르토스?" 아토스가 침울한 미소를 지으면서 대답했다. 이 미소의 뜻을 아는 사람은 다르타냥뿐이었다.
"제게 한 가지 생각이 있어요." 다르타냥이 말했다.
"뭐지?" 총사들이 말했다.
"전투 준비하세요!" 바로 그때 그리모가 외쳤다.
젊은이들이 얼른 일어나서 총 쪽으로 뛰어갔다.
이번에는 스물네댓 명으로 구성된 소대가 전진해 오고 있었다. 공병은 없었고 모두 주둔병이었다.
"진영으로 돌아가는 것이 어때?" 포르토스가 말했다. "정정당당한 대결이 아니잖아."
"안 돼, 그럴 수 없어. 세 가지 문제가 있네." 아토스가 대답했다. "첫째, 아직 밥을 다 먹지 않았어. 둘째, 중요한 이야기가 아직 남아 있네. 셋째, 아직도 약속한 시간에서 십 분이 부족해."
"이보게들." 아라미스가 말했다. "작전 계획을 세워야 해."

"간단하네." 아토스가 대답했다. "적이 사정거리에 들어오면 발사한다. 그래도 전진해 오면 계속 발사한다. 총에 탄환을 잴 수 있는 한 계속 발사한다. 그래도 남은 적이 공격해 오면 외호까지 내려오게 내버려둔다. 그러고는 간신히 서 있는 이 성벽을 놈들의 머리 위로 무너뜨리면 되네."

"완벽해!" 포르토스가 외쳤다.

"정말 자네는 장군감이야. 위대한 전략가라고 자처하는 추기경도 자네만 못할 거야."

"모두 잘 들어." 아토스가 말했다. "제발 중복되게 쏘지 말게나. 각각 한 놈씩만 겨눠."

"전 저 녀석을 겨누겠어요." 다르타냥이 말했다.

"난 저놈이야." 포르토스가 말했다.

"나도 정했네." 아라미스가 말했다.

"그럼 발사!" 아토스가 외쳤다.

네 자루 총이 한꺼번에 울렸다.

네 명의 적이 쓰러졌다. 곧바로 북이 울리면서 적의 소대가 돌격해 왔다.

총소리가 여기저기서 계속되었다. 그래도 겨냥은 여전히 정확했다. 그러나 라 로셸 병력은 이쪽이 수적으로 열세임을 알기라도 한 듯이 계속 질주해 왔다.

또다시 세 방의 총알에 두 명이 쓰러졌다. 그래도 나머지의 적은 발걸음을 늦추지 않았다.

열네댓 명이 보루 아래까지 도달했다. 마지막으로 일제 사격을 가했으나 그들을 제지할 수는 없었다. 그들이 외호 속으로 뛰어들어 성벽의 틈새로 기어오르려 했다.

"자!" 아토스가 말했다. "한 방으로 끝장을 내자. 성벽에 붙어! 성벽에!"

네 친구가 그리모와 함께 거대한 성벽을 밀기 시작했다. 성벽이 바람에 밀리듯 기울더니 토대에서 떨어져 무시무시한 소리를 내면서 외호 속으로 무너져내렸다. 이번에는 커다란 비명이 들렸다. 흙먼지가 구름처럼 하늘로 솟아올랐다. 전투는 모두 끝났다.

"한 명도 남김없이 해치운 걸까?" 아토스가 물었다.

"그런 것 같아요." 다르타냥이 대답했다.

"아냐." 포르토스가 말했다. "저기 절룩거리면서 도망가는 놈이 서너 명 있어."

실제로 서너 명의 적이 진흙과 피투성이가 되어 고랑길을 따라 성내로 돌아가고 있었다. 이 서너 명이 소대에서 살아남은 전부였다.

아토스가 시계를 보았다.

"여기서 한 시간을 보냈으니 이제 내기에는 이겼네." 그가 말했다. "하지만 좀 더 여유 있게 이기는 것이 좋고, 아직 다르타냥의 의견도 듣지 않았어."

총사가 여느 때와 같은 침착한 태도로 먹다 남은 음식 앞으로 다가가서 앉았다.

"제 의견이라니요?" 다르타냥이 말했다.

"그래, 아까 한 가지 생각이 있다고 그러지 않았나." 아토스가 대꾸했다.

"아! 그렇죠. 이제 생각나네요." 다르타냥이 말했다. "다름이 아니라 제가 다시 한 번 영국으로 건너가는 것입니다. 버킹엄 씨를 만나, 그의 목숨을 노리는 음모가 있다는 걸 알려주면 좋지 않을까 싶어요."

"너무 무모하지 않을까, 다르타냥." 아토스가 냉정하게 말했다.

"왜요? 전에도 가서 만난 적이 있잖아요?"

"그야 그렇지만, 그때는 전쟁 중이 아니었네. 그때 버킹엄 씨는 우리 편이었지 적이 아니었단 말일세. 자네가 하려는 일은 반역죄나 마찬가지야."

다르타냥은 이 말도 일리가 있다고 생각하고는 입을 다물었다.

"나도 한 가지 의견이……." 포르토스가 말했다.

"다들 포르토스의 의견을 들어보세!" 아라미스가 말했다.

"내가 트레빌 씨에게 말해서 휴가를 내는 거야. 핑계는 자네들이 적당히 꾸며대라고. 난 핑계를 대는 데는 서투르니까. 밀레디는 나를 모르니까 내가 접근해도 경계하지 않을 거야. 그래서 목을 비틀어버리는 거야."

"글쎄, 어떨까……." 아토스가 말했다. "나는 포르토스의 의견에 별로 반대하지 않겠네."

"체!" 아라미스가 말했다. "여자를 죽이다니 그건 안 돼. 내게도 그럴싸한 생각이 있네."

"뭔가, 어디 한번 들어보세, 아라미스!" 아토스가 말했다. 그는 이 젊은 총사를 매우 신임하는 편이었다.

"왕비에게 알릴 필요가 있네."

"아! 정말!" 포르토스와 다르타냥이 일제히 외쳤다. "드디어 방법을 찾은 듯하군."

"왕비에게 알린다……." 아토스가 말했다. "하지만 어떻게?

우리가 궁정에 면식이 있는가? 이 주둔지에서 누구에게도 들키지 않고 파리에 사람을 보낼 수 있을까? 여기서 파리까지는 670여 킬로미터나 되네. 편지가 앙제에도 채 다다르기 전에 우리가 먼저 감옥에 갇히게 될 것이네."

"왕비에게 편지를 확실하게 전달하는 일이라면 내가 책임지지." 아라미스가 얼굴을 붉히면서 제의했다. "투르에 아는 사람이 있는데, 그럴 만한 재주가 있어……."

아토스가 빙그레 웃자 아라미스가 입을 다물었다.

"아토스, 당신은 이 방법이 불가능하다고 생각하나요?" 다르타냥이 말했다.

"반대하는 건 아니지만……." 아토스가 말했다. "다만 진영을 떠날 수 없다는 점을 아라미스가 잊지 말기를 바라네. 그리고 우리들 말고는 누구도 믿을 수 없어. 사자가 떠난 뒤 두 시간만 지나면 추기경의 모든 수사, 모든 경관, 모든 판사가 자네의 편지를 줄줄 꿰게 될 것이고, 자네나 그 재주 있다는 사람, 아니 우리 모두 체포될 것이네."

"게다가 왕비는 버킹엄 씨가 구해 주겠지만, 우리까지 구할 수는 없을 거야." 포르토스도 반대했다.

"포르토스의 말이 맞아요." 다르타냥이 말했다.

"아니! 저런! 시내에서 무슨 일이 일어난 거지?" 아토스가 말했다.

"비상 소집의 북소리야."

귀를 기울이니 과연 북소리가 그들에게까지 들려왔다.

"이번에는 1개 연대가 한꺼번에 쳐들어오나 본데." 아토스가 말했다.

"1개 연대를 상대로 한번 버텨볼 생각은 없나?" 포르토스가 말했다.

"왜 없어?" 아토스가 반문했다. "생각은 간절하지만 술이 없네. 술을 열두어 병만 더 준비해 놓았더라면 1개 군단이라도 상대해서 버티겠는데."

"정말 북소리가 가까워지네요." 다르타냥이 말했다.

"올 테면 오라지 뭐." 아토스가 말했다. "여기서 성내까지는, 그리고 성내에서 여기까지는 적어도 십오 분은 걸려. 그만한 시간이면 우리 계획을 세우기에 충분해. 일단 여기에서 나가면 여기만큼 편리한 장소를 다시는 발견할 수 없을 거야. 옳지, 좋은 생각이 있네."

"뭔가?"

"그리모에게 꼭 필요한 지시를 할 테니 좀 기다리게."

아토스가 그리모에게 가까이 오라고 손짓했다.

"그리모!" 아토스가 보루 안에 쓰러져 있는 시체들을 가리키면서 말했다. "저 양반들을 끌어다가 성벽에 세워놓은 다음에 모자를 씌우고 손에는 총을 쥐어주어라."

"오, 굉장하군요!" 다르타냥이 외쳤다. "뭔지 알 것 같아요."

"알 것 같다고?" 포르토스가 말했다.

"너도 이해가 가느냐, 그리모?" 아라미스가 물었다.

그리모가 알겠다는 시늉을 했다.

"그러면 됐어." 아토스가 말했다. "그럼 내 생각을 말하겠네."

"하지만 나는 이해가 잘 안 되는데……." 포르토스가 딴지를 걸었다.

"몰라도 되네."

"그래요, 어서 아토스의 생각을 들어보죠." 다르타냥과 아라미스가 동시에 말했다.

"그 밀레디, 그 부정한 여자, 그 악마에게 아주버니가 있다고 했지, 다르타냥."

"그래요, 저도 잘 아는 사람이에요. 자기 제수를 그다지 좋게 생각하고 있지 않는 것 같더군요."

"나쁠 것 없어." 아토스가 대꾸했다. "그가 제수를 미워한다면 더욱더 좋겠네."

"그렇다면 우리가 바라는 대로 이용할 수 있단 말이지."

"그런데 그리모가 뭘 하고 있는 건지 난 모르겠어." 포르토스가 말했다.

"잠자코 있어, 포르토스!" 아라미스가 말했다.

"그의 이름이 뭔가?"

"윈터 경입니다."

"지금 어디 있나?"

"전쟁이 난다는 소문이 떠돌자 곧바로 런던으로 돌아갔어요."

"그렇다면 아주 잘 됐네." 아토스가 말했다.

"그에게 제수가 누구를 죽이려고 한다는 것을 알려주고, 그 여자로부터 눈을 떼지 말아달라고 부탁하는 거야. 런던에도 마들로네트나 피으 르팡티(회개한 수녀 또는 딸이라는 뜻이다—옮긴이) 수녀원 같은 수용 시설이 있을 것이네. 그가 자기 제수를 그런 곳에 집어넣어 준다면, 우리는 안심할 수 있을 걸세."

"그렇죠, 그 여자가 거기서 나올 때까지는요." 다르타냥이 말했다.

"허허! 정말." 아토스가 말을 이었다. "자네는 욕심이 지나쳐, 다르타냥. 난 자네를 위해 지혜를 다 짜내서 이젠 아무것도 남은 게 없네."

"내 생각에도 그것이 좋은 방법인 듯하네." 아라미스가 말했다. "왕비와 윈터 경에게 동시에 알리세."

"그래, 좋아. 하지만 누구를 시켜서 투르와 런던에 편지를 보낸다지?"

"바쟁이라면 잘 해낼 거네." 아라미스가 말했다.

"전 플랑셰를 추천합니다." 다르타냥이 계속했다.

"그렇지, 우리는 진영을 떠날 수 없지만, 하인들은 떠날 수 있으니까." 포르토스가 말했다.

"아무렴, 그렇고말고." 아라미스가 말했다. "오늘 당장 편지를 써서 그들에게 노자를 주어 보내도록 하세."

"노자?" 아토스가 말을 이었다. "그럴 돈이 있나?"

네 친구가 서로 얼굴을 쳐다보았다. 한때 밝아졌던 그들의 얼굴에 일순간 어두운 구름이 스쳐갔다.

"비상!" 다르타냥이 외쳤다. "저기 보이죠. 검은 점, 붉은 점이 움직이고 있어요. 아까 1개 연대라고 했죠, 아토스? 정말 대군인데요."

"저런, 정말 그렇군." 아토스가 말했다. "올 것이 왔구나. 슬금슬금 다가오고 있군. 북도 치지 않고 나팔도 불지 않다니. 이봐, 그리모, 다 끝났느냐?"

그리모가 그렇다고 신호했다. 시체 열두 구를 꼭 살아 있는 것처럼 세워놓았다. 어떤 놈들은 총을 메고 있고, 어떤 놈들은 총을 겨누고 있는가 하면, 또 어떤 놈들은 손에 칼을 들고 있는 자세였다.

"완벽하군!" 아토스가 말했다. "네 상상력에 경의를 표해야 겠다!"

"그래도 나는 모르겠는걸." 포르토스가 말했다. "정말 궁금하군."

"우선 철수하죠." 다르타냥이 가로막았다. "나중에 알려줄 테니."

"잠깐만! 그리모에게 그릇 치울 시간을 줘야지."

"아니, 저걸 보라고." 아라미스가 말했다. "검고 붉은 점들이 점점 커지고 있어. 다르타냥의 말대로 하세. 진영으로 돌아갈 시간을 낭비할 필요가 없어."

"정말, 그렇군." 아토스가 말했다. "이제는 퇴각해도 좋겠네. 한 시간을 약속했는데 한 시간 반이나 있었으니까, 이만하면 충분하군. 자 그럼, 모두 떠나세."

그리모가 미리 선수를 쳐서 바구니를 들고 떠났다.

네 친구가 그의 뒤를 따라 열두어 걸음 뛰었다.

"이런!" 아토스가 외쳤다. "도대체 정신이 있는 거야, 없는 거야?"

"뭘 두고 왔나?" 아라미스가 물었다.

"깃발을 놓고 왔어. 적군의 손에 깃발을 넘겨줘서는 안 돼. 비록 냅킨으로 만든 깃발이라 해도."

아토스가 보루 안으로 다시 들어가더니 성벽 꼭대기로 올라가 기를 뽑았다. 마치 일부러 총탄 앞에 몸을 들이밀기라도 하는 것 같은 장면이었다. 이미 사정거리에 다가와 있었던 라 로셸 병사들이 그를 향해 맹렬히 사격을 가했다. 그러나 아토스의 몸에 무슨 마술이라도 걸린 것처럼, 총알이 그의 주위로만 휭휭 날아갔다. 그는 한 방도 맞지 않았다.

아토스가 공격군을 향해 등을 돌렸다. 아군 진영을 향해 깃발을 흔들어 인사했다. 양쪽에서 고함 소리가 동시에 울려 퍼졌다. 한쪽에서는 분노의 함성이, 다른 한쪽에서는 환호의 함성이 터져나왔다.

두 번째 일제 사격이 이어졌다. 세 방의 총알로 냅킨에 구멍이 뚫렸다. 냅킨이 진짜 군기처럼 보였다. 진영에서 큰 소리로 일제히 외치는 소리가 들려왔다.

"내려와, 내려와!"

아토스가 내려왔다. 친구들이 걱정하면서 그를 기다리고 있었다. 그가 나타나는 것을 보고 모두 기뻐했다.

"자, 아토스, 빨리 가요!" 다르타냥이 말했다. "제발, 부지런히 뛰어야 해요. 다 이긴 판국에 죽임을 당한다면 어처구니없는 노릇이죠."

그러나 아무리 재촉을 받아도 아토스는 여전히 위풍당당하게 걸어갔다. 친구들도 어쩔 수 없이 그의 걸음에 보조를 맞출 수밖에 없었다.

그리모는 바구니를 들고 먼저 떠났으므로 이미 사정거리에서 벗어나 있었다.

잠시 후 맹렬한 총소리가 들려왔다.

"무슨 일이지?" 포르토스가 물었다. "어디에 대고 쏘는 거야? 총알도 날아오지 않고 적군도 안 보이는데."

"시체들을 향해 쏘고 있다네." 아토스가 대답했다.

"하지만 시체들은 응사하지 않을 텐데."

"그야 그렇지. 그러니까 적은 복병이 있는 줄로 잘못 알고 한동안 허둥댈 거야. 나중에 정찰병을 보내겠지. 그들이 속임수를 알아차렸을 때쯤엔 우리는 이미 사정거리 밖으로 벗어나 있을 거야. 그러니까 너무 서두를 필요 없네. 괜히 흉막염에 걸리기라도 하면 안 되지."

"오! 이제야 알겠군." 포르토스가 경탄하며 말했다.

한편 프랑스군 측에서는 네 친구들이 걸어서 돌아오는 것을 보고 환성을 질렀다.

이윽고 또다시 일제 사격 소리가 들려왔다. 이번에는 총알이 네 친구 주위의 돌에 맞아 튕기고 그들의 귀 옆을 스쳐갔다. 라로셸 병사들이 드디어 보루를 탈환한 것이다.

"사격 솜씨가 서투르군." 아토스가 말했다. "우리가 몇 명이나 죽였지? 열두어 명 될까?"

"열댓 명은 될 거야."

"돌덩이에 맞아 죽은 숫자는?"

"열 명쯤 될걸."

"그런데도 우리는 생채기 하나 입지 않았단 말이지? 아니! 자네 손은 어찌된 거야, 다르타냥? 피가 흐르는데?"

"아무것도 아니에요." 다르타냥이 말했다.

"유탄에 맞은 건가?"

"아니요."

"그럼 뭔가?"

이미 말했듯이, 아토스는 다르타냥을 꼭 아들처럼 아끼고 있었다. 이 우울하고 엄격한 사나이도 다르타냥을 대할 때면 때때로 아버지 같은 마음씨를 보였다.

"살갗이 살짝 벗겨졌을 뿐이에요." 다르타냥이 대답했다. "성벽의 돌과 반지의 보석 사이에 손가락이 끼어 살갗이 벗겨졌어요."

"다이아몬드 반지를 끼고 있으니까 그런 일이 생기는 거야." 아토스가 경멸하듯 말했다.

"아, 그렇지!" 포르토스가 외쳤다. "정말 다이아몬드가 있구나. 다이아몬드가 있는데, 도대체 왜 우리는 돈이 없다고 걱정한 거야."

"정말 그렇네!" 아라미스가 말했다.

"좋아! 포르토스. 이번에는 자네가 묘안을 생각해 냈네."

"물론이지." 포르토스가 아토스의 칭찬을 듣고 우쭐해하면서 말했다. "다이아몬드가 있으니까 그걸 팔자."

"그러나……." 다르타냥이 말했다. "이것은 왕비가 주신 다이아몬드입니다."

"그러니까 더욱 팔아야지." 아토스가 말을 이었다. "왕비님께 자신의 연인 버킹엄 씨를 구하는 것보다 더 시급한 일이 어디 있겠어? 그리고 왕비 편인 우리를 구하는 것보다 더 당연한 일이 어디 있겠나? 그러니 다이아몬드를 팔자. 신부님 생각은 어떤가? 포르토스의 의견은 더 묻지 않겠네. 알고 있으니까."

"내 생각 같아서는……." 아라미스가 얼굴을 붉히면서 말했다. "사랑하는 여자한테서 받은 반지가 아니니, 사랑의 표시로 볼 수도 없을 것 같고, 그러니 다르타냥이 그것을 팔아도 괜찮을 듯싶네."

"자네는 꼭 신학을 몸으로 실천하는 사람처럼 얘길 하는군. 그래서 자네의 의견은?"

"다이아몬드를 팔자는 거야." 아라미스가 대답했다.

"그럼, 할 수 없군요!" 다르타냥이 명랑하게 말했다. "다이아몬드를 팔죠. 이제 결심했으니 더 이상 말하지 말아요."

여전히 사격이 계속되었다. 그러나 이들은 벌써 사정거리를 벗어나 있었다. 라 로셸 측에서도 그저 아무렇게나 쏘는 시늉만 할 뿐이었다.

"그래." 아토스가 말했다. "포르토스가 적시에 좋은 생각을 했네. 이제 우리는 진영에 다 도착했어. 이 문제에 관해서는 더 이상 말하지 말게나. 다들 우리를 보고 있네. 마중을 나오는군. 헹가래라도 치려고 하겠지."

실제로 진영 전체가 온통 감격으로 들끓고 있었다. 이천 명도 넘는 사람들이 마치 굉장한 구경거리라도 보려는 듯 네 친구가 호언장담한 결말을 보려고 모여 있었다. 이들이 내기를 한 진짜 이유에 대해서는 아무도 알 리가 없었다. 오직 "근위대 만세! 총사대 만세!" 하는 환호성만 들렸다.

뷔지니가 제일 먼저 나와서 아토스의 손을 쥐고 내기에 패했음을 인정했다. 용기병과 스위스 용병이 그의 뒤를 따랐고, 그들 뒤로 모든 대원들이 밀려들었다. 축하의 말, 악수, 포옹이 그치지 않았으며, 라 로셸 군대에 대한 비웃음이 끊이지 않았다.

너무나도 요란스럽게 떠들어대는 바람에 추기경마저도 반란이라도 일어난 줄 알고 자신의 근위대장 라 우디니에르를 보냈다. 무슨 일인지 알아보기 위해서였다. 사건의 전말이 감격에 겨운 목소리로 그 사자에게 전달되었다.

"어때?" 추기경이 라 우디니에르를 보고 물었다.

"다름이 아니오라······." 그가 대답했다. "세 명의 총사와 한 명의 근위대원이 뷔지니 씨와 내기를 걸고는 생 제르베 보루로 아침 식사를 하러 갔는데, 식사를 하면서 두 시간 동안이나 버틴 끝에 많은 적군을 사살했다고 합니다."

"총사 세 명의 이름은 알아보았나?"

"알아냈습니다."

"이름이 뭐냐?"

"아토스, 포르토스, 그리고 아라미스입니다."

"역시 그 세 용사로군!" 추기경이 중얼거렸다.

"다른 근위대원 한 명은?"

"다르타냥입니다."

"역시 그 젊은 친구로군. 어떻게 해서든지 이 네 사람을 꼭 내 사람으로 만들어야겠어."

그날 저녁 추기경은 진중의 화제가 된 그날 아침의 무훈에 관해 트레빌과 담소를 나누었다. 트레빌은 용사들의 보고를 직접 들었으므로 냅킨에 관한 일화도 잊지 않고 자세하게 이야기했다.

"참 장한 일이오, 트레빌 씨." 추기경이 말했다. "그 냅킨을 내게 넘겨주지 않겠소? 거기에 금실로 세 송이의 백합꽃을 수놓아서 당신 총사대의 부대기로 드리겠소."

"예하. 그렇게 되면 근위대에게는 불공평한 일입니다. 다르타냥 군은 우리 총사대가 아니라 데제사르 씨의 근위대 소속이니까요." 트레빌이 말했다.

"그러면 그를 당신의 총사대에 넣으시오." 추기경이 말했다. "네 용사들이 그렇게 친한데도 같은 부대에서 근무할 수 없다면, 그것 역시 불공평한 일이니까."

바로 그날 저녁 트레빌은 삼총사와 다르타냥에게 이 기쁜 소식을 알렸다. 이튿날 아침 넷이서 함께 식사하러 오라고 초대하기도 했다.

다르타냥은 기뻐서 어쩔 줄을 몰랐다. 모두 알다시피 그의 평생의 꿈은 총사가 되는 것이었다.

세 친구도 무척 기뻐했다.

"세상에!" 다르타냥이 아토스에게 말했다. "당신의 생각은 정말 굉장한 것이었어요. 당신 말대로 우리는 공훈도 세웠고 중요한 상의도 할 수 있었으니까 말이에요!"

"이제 우리는 누구의 의심도 받지 않고 의논할 수 있겠지. 하느님이 보살펴서서 이제부터 우리는 추기경 편이라고 생각될 테니까."

그날 저녁 다르타냥은 데제사르에게 가서 승진했다고 보고했다. 데제사르는 다르타냥을 매우 아끼고 있던 터라 뭐든지 도와줄 테니까 필요한 것이 있으면 말하라고 했다. 부대가 바뀌면 장비 문제로 여러 가지 비용이 든다는 것을 익히 알고 있었기 때문이다.

다르타냥은 정중히 사양했다. 그러나 다이아몬드 반지를 처분할 좋은 기회라는 생각이 들었다. 데제사르에게 다이아몬드 반지를 벗어주면서 그것을 돈으로 바꾸고 싶으니 감정을 맡겨 달라고 부탁했다.

이튿날 아침 8시에 데제사르의 수종이 다르타냥을 찾아와서 자루를 하나 건네주었다. 거기에는 7,000리브르의 금화가 들어 있었다.

왕비가 하사한 다이아몬드 반지의 값이었다.

가정 문제

 아토스는 '가정 문제'라는 말을 생각해 냈다. 그가 생각하기에 가정 문제는 결코 추기경이 조사할 문제가 아니었다. 가정 문제는 가족 이외의 어느 누구와도 관계가 없었다. 누구든지 다른 사람 앞에서 가정 문제에 관해 걱정할 수 있었다. 이런 계산에서 아토스는 가정 문제라는 말을 생각해 낸 것이다.
 아라미스는 하인을 보내자는 생각을 제안했다.
 포르토스는 다이아몬드 반지를 처분하자는 방법을 찾아냈다.
 다르타냥은 아무런 꾀도 내지 못했다. 평소라면 네 친구 중에서 가장 창의력이 풍부한 사람이었지만, 이번에는 밀레디란 이름만 듣고도 심신이 마비되어 버린 것이다. 아니다! 우리의 생각이 짧았다. 다르타냥은 가장 중요한 다이아몬드 반지의 구매자를 찾아내었다.

트레빌과의 식사는 참으로 유쾌했다. 다르타냥은 벌써 총사의 제복을 입고 있었다. 그는 아라미스와 키가 거의 같았다. 다들 기억하듯이 아라미스는 서점에서 시의 원고료를 후하게 받아 모든 장비를 두 개씩 마련해 놓았다. 그래서 친구를 위해 장비 일체를 내주었다.

마치 먹구름이 지평선에 나타나듯이 밀레디의 모습이 눈앞에 어른거리지만 않는다면, 이제 다르타냥은 더 이상 바랄 것이 없었다. 식사를 끝내고 네 친구는 그날 저녁 다시 아토스의 숙소에 모여 일을 마저 끝마치기로 합의했다.

다르타냥은 하루 종일 총사의 제복을 입고서 진중을 여기저기 돌아다녔다.

저녁이 되었다. 약속 시간에 네 친구가 모였다. 해결해야 할 일은 세 가지밖에 남아 있지 않았다.

밀레디의 아주버니에게 편지를 쓰는 일.

투르의 재주 좋은 사람에게 편지를 쓰는 일.

그리고 편지를 전달할 하인을 정하는 일.

각자 자기 하인을 추천했다. 아토스는 그리모의 신중함에 관해 말했다. 그리모는 주인이 입을 열라고 할 때만 말을 한다는 것이었다. 포르토스는 무스크통의 힘을 자랑했다. 무스크통은 보통 체격의 사내 넷쯤은 너끈히 때려눕힐 수 있다는 것이었다. 아라미스는 바쟁의 영리함을 믿는다면서 그를 극구 칭찬했다. 끝으로 다르타냥은 플랑셰의 용맹성을 전적으로 신뢰했고 불로뉴의 까다로운 사건을 그가 어떻게 처리했는지 얘기했다.

이 네 사람의 장점에 관해 오랫동안 의견이 분분했다. 너무

길어질 염려가 있으니, 자세한 언급은 생략하기로 하겠다.
"불행하게도 우리가 보낼 사람은 네 사람의 장점을 다 갖추고 있어야 하네." 아토스가 말했다.
"하지만 그 같은 하인이 세상에 어디 있어?"
"물론 없지!" 아토스가 말했다. "그러니까 그리모를 택하자는 것이네."
"무스크통을."
"바젱을."
"플랑셰를. 플랑셰는 용감한 데다 영리해. 이것만 해도 벌써 네 가지 중에 두 가지 장점은 갖추고 있는 셈이네."
"다들 내 말 좀 들어보게나." 아라미스가 말했다. "그런데 우리의 네 하인들 중에서 누가 가장 신중한가, 누가 가장 힘이 센가, 누가 가장 영리한가, 누가 가장 용감한가 하는 것이 아니라, 누가 가장 돈을 좋아하는지가 제일 중요한 문제야."
"아주 의미 있는 말이네." 아토스가 말을 이었다. "장점이 아니라 결점을 생각할 필요가 있어. 신부님, 자네는 실로 위대한 인간성 탐구자일세!"
"맞아, 확실하네." 아라미스가 대꾸했다. "성공해야 할 뿐만 아니라 절대로 실패해서는 안 된다네. 실패할 경우에는 하인들의 모가지가 날아갈 뿐만 아니라……."
"좀 작게 말해, 아라미스!" 아토스가 말했다.
"사실은 수종들뿐 아니라 그 주인과 심지어는 우리 모두의 목숨이 달린 문제일세!" 아라미스가 계속했다. "우리 하인들이 우리를 위해 목숨을 걸 만큼 충성스러울까? 아니야, 그렇지는 않아."

"플랑셰의 충성심은 제가 보증할 수 있어요." 다르타냥이 말했다.

"음, 그래. 그의 타고난 충성심에 넉넉히 쓸 만큼의 돈을 덧붙이게. 그러니까 한 가지만 보증할 것이 아니라 두 가지 보증을 하라고."

"아니야! 그래도 역시 속을지 몰라." 아토스가 말했다. 그는 사물이 걸린 문제일 때에는 낙관주의자였지만 사람이 걸린 문제에서는 비관주의자였다. "그들은 돈을 위해서라면 뭐든지 할 거야. 그리고 도중에 겁이 나면 그만둘 거야. 일단 붙잡히면 고문을 받을 것이고, 고문을 당하면 자백할 것이네. 제기랄! 영국에 가려면(아토스가 목소리를 낮추었다), 추기경의 밀정들과 앞잡이들이 여기저기 숨어 있는 프랑스를 통과해야 하고, 배를 타기 위해서는 통행증도 필요하네. 게다가 런던에 가는 길을 묻기 위해서는 영어도 알아야 한다고. 이러니, 아주 어려운 일이네."

"아니, 결코 그렇지 않아요." 다르타냥이 말했다. 그는 어떻게든 일을 성사시키고 싶었다. "제 생각에는 문제없을 것 같은데요. 물론 윈터 경에게 함부로 편지를 쓸 수야 없죠. 추기경에 대한 욕을 한다거나……."

"좀 작게 말하게!" 아토스가 말했다.

"음모라거나 국가의 기밀이라거나 하는 말을 썼다가는 당연히 우리 모두 고문을 당하다 결국 죽고 말겠죠." 다르타냥이 아토스의 말에 따라 목소리를 낮추어 계속했다. "하지만 아토스, 당신이 말한 것처럼 우리는 가정 문제 때문에 그에게 편지를 쓴단 말이죠. 다만 밀레디가 런던에 도착해서 우리를 해칠 수 없

가정 문제

게 해달라는 목적으로 그에게 편지를 쓴다는 것을 잊지 말아요. 그러니까 대략 이런 식으로 쓰면 좋을 겁니다."

"어떻게?" 아라미스가 벌써 비평가의 얼굴을 하고 나섰다.

"이렇게 말이죠. '삼가 친애하는 친구……'"

"아! 그래! 영국인에게 친애하는 친구라……" 아토스가 가로막았다. "서두치고는 참 훌륭하군, 다르타냥! 이 말만 가지고도 자네는 고문뿐 아니라 능지처참을 당할 걸세."

"좋아요. 그렇다면 '삼가'라고만 쓰죠."

"'각하'라고 써도 괜찮을 거야." 아토스가 다시 말했다. 그는 예절에 매우 집착했다.

"그러면 이렇게 할까요, '각하, 뤽상부르의 조그마한 염소 사육장을 기억하십니까?'"

"저런! 이번에는 뤽상부르야! 그러면 태후를 암시한다고 생각할 거야! 거 참 기발하군." 아토스가 말했다.

"그럼 그냥 이렇게만 쓸까요, '각하, 누군가가 귀하의 생명을 구해 준 어느 작은 공터를 기억하십니까?'"

"이보게, 다르타냥." 아토스가 말했다. "아무래도 자네는 훌륭한 편지는 쓰기 어렵겠군. '귀하의 생명을 구해 준'이라니! 그런 말을 쓰는 사람이 어딨나! 신사에게 그런 일을 상기시켜서는 안 될 말이네. 은혜를 베풀고 나서 이러쿵저러쿵 말하는 것은 실례라고."

"정말 까다롭군요." 다르타냥이 말했다. "당신의 검열을 받으면서 써야 한다니, 전 그만두겠어요."

"그게 좋아. 자네는 총과 칼을 다루게나. 그 두 가지라면 자네 솜씨가 으뜸이니까. 그러나 펜이라면 신부님에게 맡기는 게 좋겠네. 그건 신부가 할 일이니까."

"아무렴, 그렇고말고!" 포르토스가 말했다. "펜을 아라미스에게 넘기게. 아라미스라면 라틴어로 논문까지 쓰는 사람 아닌가!"

"그래요, 그렇게 하죠." 다르타냥이 말했다. "자, 아라미스, 편지를 작성하세요. 하지만 간결하게 써야 해요. 그렇지 않으면 이번에는 내가 잔소리를 할 테니까요."

"기꺼이 그러지." 시인이라면 누구나 스스로에 대해 품게 마련인 자신감을 내보이면서 아라미스가 말했다. "하지만 좀 더 설명을 들어야겠어. 그 제수가 고약한 여자라는 건 여기저기서 들은 바가 있고, 추기경과의 대화를 엿듣고서 증거를 얻기는 했네만."

"제발 목소리 좀 낮추라니까!" 아토스가 말했다.

"하지만 자세한 것은 모르고 있네." 아라미스가 계속했다.

"나에게도 설명해 주게나." 포르토스가 말했다.

다르타냥과 아토스가 잠시 말없이 마주 보았다. 아토스가 한참 생각하더니 이윽고 여느 때보다 훨씬 더 창백한 얼굴로 알았다는 몸짓을 했다. 다르타냥은 그의 몸짓이 말해도 좋다는 뜻임을 알아차렸다.

"음, 좋아요. 이렇게 써주세요." 다르타냥이 계속했다. "'각하, 귀하의 제수는 귀하의 유산을 상속받기 위해 귀하를 죽이려는 간악한 여자입니다. 그러나 그 여자는 귀하의 동생과 정식으로 결혼할 수 없었습니다. 왜냐하면 프랑스에서 이미 결혼한 상태였고, 게다가…….'"

다르타냥이 뭐라고 해야 좋을지 모르겠다는 듯 아토스를 바라보았다.

"남편으로부터 소박을 맞았기 때문입니다." 아토스가 말했다.
"그 여자는 전과의 낙인이 찍혔기 때문에……." 다르타냥이 계속했다.
"저런!" 포르토스가 외쳤다. "그럴 수가 있나! 세상에, 자기 아주버니를 죽이려고 했단 말이야?"
"그렇다네."
"이미 결혼한 상태였어?" 아라미스가 물었다.
"그렇네."
"그런데 그 여자의 어깨 위에 백합꽃 낙인이 찍혀 있다는 것을 남편이 알게 됐단 말이지?"
"그래."
세 번에 걸친 이 '긍정의 말'은 아토스의 입에서 나왔다. 긍정이 거듭될수록 아토스의 목소리가 더 침울해졌다.
"누가 백합꽃 낙인을 보았는가?" 아라미스가 물었다.
"다르타냥과 나야. 더 정확히 말해서 시간상으로는 내가 먼저 보았고, 다르타냥이 나중에 보았다네." 아토스가 대답했다.
"그 끔찍하고 파렴치한 여자의 남편은 아직 살아 있나?" 아라미스가 물었다.
"아직 살아 있네."
"확실한가?"
"확실해."
저마다 나름대로 깊은 인상을 받았다. 잠시 싸늘한 침묵이 흘렀다.
"이번에는……." 아토스가 먼저 침묵을 깨뜨렸다. "다르타냥이 좋은 제안을 했어. 우선 이런 내용을 편지로 써야 할 거야."

"제기랄! 자네 말이 맞네, 아토스." 아라미스가 계속했다. "편지를 쓰는 게 여간 까다롭지 않아. 이런 편지는 대법관이라도 쉽게 쓰지 못할 거야. 소송 기록이라면 술술 써 내려갈 대법관도 말일세. 상관없어! 조용히 있어, 지금부터 쓸 테니까."

아라미스가 펜을 들고 한참을 생각하더니 여자처럼 작고 고운 글씨로 열 줄쯤 썼다. 표현 하나하나를 꼼꼼하게 숙고했다는 듯이 조용한 목소리로 천천히 읽었다.

각하,
이 글을 쓰고 있는 저는 당페르 가의 조그만 공터에서 영광스럽게도 귀하와 칼을 맞댄 적이 있습니다. 그 후 여러 차례에 걸쳐 소생을 친구로 대해 주셨기에, 귀하의 우정에 감사의 뜻을 표하기 위해 한 가지 조언을 드리는 바입니다. 귀하는 귀하의 상속자로 믿고 계시는 가까운 여인으로부터 두 번이나 희생을 당하실 뻔했습니다. 귀하는 모르고 계시겠지만, 그녀는 영국에서 결혼하기 전에 이미 프랑스에서 결혼한 상태였습니다. 그런데 이번에 또다시 세 번째로 그녀가 귀하를 노리고 있습니다. 그녀는 어젯밤 영국을 향해 라 로셸을 떠났습니다. 그녀를 감시하십시오. 그녀는 어마어마하고 끔찍한 계획을 꾀하고 있습니다. 그녀가 무엇 때문에 유죄인지 꼭 알고 싶으시다면, 그녀의 왼쪽 어깨에서 그녀의 과거를 읽어보십시오.

"야! 훌륭한데." 아토스가 말했다. "자네는 국왕 보좌관을 해도 될 만큼 글 솜씨가 좋은걸, 아라미스. 윈터 경도 이제 경계하겠지. 물론 이 편지가 그에게 전달된 다음의 일이지만 말일세. 추기경의 수중에 들어간다 하더라도 우리가 위태로워지지는 않을 거야. 그런데 심부름 갈 수종이 런던에 갔다고 속이고 실제로는 샤텔로 근처까지만 갔다가 돌아올지도 모르니까, 돈은 편지를 줄 때 절반만 주고 나머지 반은 회신을 갖고 왔을 때 주기로 하세. 다이아몬드 반지를 가지고 있나?" 아토스가 계속했다.

"반지보다 더 좋은 걸 가지고 있습니다. 바로 돈이지요."

다르타냥이 탁자 위에 돈주머니를 올려놓았다. 금화 소리에 아라미스는 고개를 두리번거렸고, 포르토스는 몸을 떨었으며, 아토스는 여전히 태연했다.

"얼마나 들어 있나?" 그가 말했다.

"12프랑짜리 금화로 7,000리브르입니다."

"7,000리브르!" 포르토스가 외쳤다. "그런 시시한 다이아몬드가 7,000리브르나 나갔어?"

"그런 모양이야. 여기 돈이 있잖은가." 아토스가 말했다. "다르타냥이 자기 돈을 보탰을 리 없으니까."

"그런데, 다들 들어봐요." 다르타냥이 말했다. "이제까지 왕비 마마 생각은 안 하고 있었어요. 버킹엄 공작에 대한 생각도 조금은 해야 할 것 같아요."

"옳은 말이네." 아토스가 말했다. "그것도 아라미스가 할 일이지."

"내가 어떻게 해야 하나?" 아라미스가 당황해하면서 대꾸했다.

"그야 간단하지." 아토스가 대답했다. "투르에 살고 있는 그 재주 좋은 사람에게 편지를 쓰면 되네."

아라미스가 다시 펜을 들었다. 또다시 생각에 잠겼다. 이윽고 '사랑하는 사촌 누이에게'로 시작하는 편지를 다 쓰고는 곧바로 친구들에게 동의를 구했다. 아라미스가 첫 줄을 읽었다.
"아!" 아토스가 말했다. "그 재주 좋은 사람이 자네의 친척이로군!"
"사촌 누이네." 아라미스가 말했다.
"그래, 사촌 누이라고 하고, 읽어보게나!"
아라미스가 읽기를 계속했다.

사랑하는 사촌 누이에게,
프랑스의 번영을 위해, 그리고 이 왕국의 적을 혼란스럽게 하기 위해 하느님이 지켜주시는 추기경 예하께서는 라 로셸의 신교도 반란군을 진압하려 하십니다. 영국 함대의 지원도 어려울 듯합니다. 그리고 감히 말하건대 버킹엄 씨도 틀림없이 어떤 중대한 사건 때문에 출발하지 못하게 될 듯합니다. 추기경 예하는 과거에나 현재에나 미래에도 가장 뛰어난 정치가이십니다. 그분은 방해가 된다면 태양이라도 가려버리실 것입니다. 이 반가운 소식을 부디 언니에게 알려주시오. 나는 그 저주받을 영국인이 죽는 꿈을 꾸었습니다. 칼로 피살을 당했는지 독살을 당했는지 그건 잘 생각나지 않습니다. 다만 그가 죽는 꿈을 꾸었다는 것만 확실할 뿐입니다. 당신도 알다시피, 내 꿈은 언제나 맞았습니다. 그러니까 오래지 않아 나도 당신을 다시 만나게 될 것입니다.

"정말 훌륭한 글이네!" 아토스가 외쳤다. "자네는 최고의 시인이야. 아라미스. 자네는 묵시록처럼 말하고 복음서처럼 진실하네. 자, 이젠 받을 사람의 주소와 성명만 적으면 돼."

"문제없네." 아라미스가 말했다.

그가 편지를 곱게 접었다. 그 위에 수취인의 주소와 성명을 적었다.

'투르, 내의상(內衣商) 마리 미숑 양.'

세 친구가 여태까지 속았다는 사실을 알고 서로 마주 보면서 웃었다.

"자네들 모두 이해하겠지만……." 아라미스가 말했다. "바쟁만이 이 편지를 투르로 전달할 수 있네. 내 사촌 누이는 바쟁밖에 모르고 바쟁밖에 믿지 않으니까. 다른 사람은 모두 실패할 거야. 게다가 바쟁은 큰 뜻을 품고 있고 학식도 있어. 역사책도 꽤 읽어서, 식스투스 5세가 돼지치기에서 교황이 됐다는 사실도 알고 있어. 음, 게다가 나와 함께 성직자로 봉직할 생각이기 때문에, 자기도 교황 아니면 적어도 추기경은 되리라 생각하고 있어. 이런 사람은 쉽사리 걸려들지 않는 법이네. 만약 잡힌다 해도 자백을 하느니 차라리 순교를 감수할 거야."

"좋아요, 좋아." 다르타냥이 말했다. "당신이 바쟁을 보낸다는 데에 기꺼이 동의하겠어요. 그 대신 저는 플랑셰를 보내겠습니다. 플랑셰는 언젠가 밀레디의 집에서 단단히 얻어맞고 쫓겨난 일이 있어요. 플랑셰는 기억력이 좋으니까, 복수만 할 수 있다면 죽어도 해내고 말 거예요. 제가 장담해요. 아라미스, 투르의 일은 당신이 알아서 하겠지만, 런던의 일은 제게 맡겨주세요. 그러니 제발 플랑셰를 보내주시기를 부탁드립니다. 게다가 그는 이미 저와 함께 런던에 갔다온 적이 있어서, '런던은 어디로 갑니까?'라거나 '제 주인 다르타냥 씨'라는 말쯤은 영어로 정확히 말할 수 있어요. 그러니 걱정할 것 없어요. 그는 오가는 데 문제가 없을 테니까요."

"그렇게 하기로 한다면, 플랑셰에게 갈 때는 700리브르, 돌아오면 700리브르를, 바쟁에게는 갈 때 300리브르, 돌아오면 300리브르를 주기로 하세. 그러면 5,000리브르 남으니까, 각자의 용돈으로 1,000리브르씩 갖기로 하고, 나머지 1,000리브르는 비상시 공동 비용으로 쓸 수 있게 신부님에게 맡기세. 어때, 괜찮겠어?" 아토스가 말했다.

"아토스, 자네는 꼭 네스토르처럼 말하는군. 그리스인들 중에서 가장 현명하다는 네스토르처럼 말일세." 아라미스가 말했다.

"자, 그럼 모든 게 결정됐네." 아토스가 말을 이었다. "플랑셰와 바쟁이 떠나는 걸로 하자고. 아무래도 그리모를 보내지 않는 게 좋겠네. 그는 내 방식에 길들여 있으니까, 멀리 보내고 싶지 않군. 게다가 어제의 일만으로도 틀림없이 마음이 크게 흔들렸을 테니, 이번에 또 먼 길을 떠난다면 정말 정신을 못 차릴 것이네."

플랑셰가 불려와서 지시를 받았다. 다르타냥으로부터 미리 통고를 받은 뒤였다. 다르타냥은 그에게 첫째로는 영광, 다음으로는 돈, 마지막으로 위험을 예고해 놓았다.

"편지는 윗도리 속에 감추겠습니다." 플랑셰가 말했다. "만일 붙잡히면 삼켜버리고요."

"하지만 삼키면 임무를 수행할 수 없지 않겠어?" 다르타냥이 말했다.

"오늘 저녁에 편지의 사본을 주시면 내일까지 모두 외워두겠습니다."

다르타냥이 '어때요, 제가 뭐라고 했어요?' 하고 말하려는 듯이 친구들의 얼굴을 둘러보았다.

"자, 잘 들어." 다르타냥이 플랑셰에게 말했다. "윈터 경에게 가는 데에 여드레, 돌아오는 데에 여드레, 모두 열엿새가 걸릴 것이다. 네가 떠난 지 열엿새째 날 저녁 8시까지 돌아오지 않으면 돈은 없다. 설령 8시에서 겨우 오 분 뒤라도 말이다."

"그렇다면 시계를 하나 구해 주십시오." 플랑셰가 말했다.

"이걸 가져가라." 아토스가 자기 시계를 선선히 내주면서 말했다. "그리고 맡은 일을 성실하게 해내야 한다. 네가 입을 열어 수다를 떨거나, 도중에 얼쩡거리며 시간을 낭비한다면, 너를 몹시 신뢰해서 우리에게 너의 보증을 선 네 주인의 목이 잘린다는 것을 잊지 마라. 또 만약 너의 실수로 다르타냥에게 불행한 일이 일어난다면, 나는 너를 끝까지 쫓아가서 네 배를 갈라놓으리라는 것도 유념하여라."

"오! 나리!" 플랑셰가 의혹에 모욕당하고 총사의 차분한 태도에 겁먹은 표정으로 외쳤다.

"나는 산 채로 네 껍질을 벗겨놓을 것이다." 포르토스도 눈을 부릅뜨고 눈알을 부라리면서 말했다.

"아이고! 나리!"

"나는 너를 야만인처럼 모닥불에 태워 죽일 테다." 아라미스가 부드럽고 듣기 좋은 목소리로 계속했다.

"에구머니! 나리!"

플랑셰가 울기 시작했다. 모두들 으름장을 놓아대는 통에 무서워서 울었는지, 아니면 그토록 막역한 네 친구의 우정에 감동을 받아 울었는지 판단하기란 어려운 일일 것이다.

다르타냥이 플랑셰의 손을 잡았다. 그리고 그를 껴안았다.

"이봐, 플랑셰." 다르타냥이 그에게 말했다. "이분들은 너에 대한 애정 때문에 이런 말씀을 하시는 거야. 다들 마음속으로는 너를 사랑하신다."

"아! 주인님!" 플랑셰가 말했다. "제가 성공하든가, 제 몸이 네 토막으로 잘리든가 할 것입니다. 설사 네 토막이 난다 해도, 한 토막도 지껄이는 일은 없을 테니까 안심하십시오."

플랑셰는 이튿날 아침 8시에 출발하기로 결정했다. 그가 말한 대로 밤중에 편지의 사연을 암기하기 위해서였다. 그는 정확히 열두 시간의 여유를 얻었다. 그는 출발한 후 열엿새째 되는 날 저녁 8시에 돌아오기로 했다.

다음날 아침 플랑셰가 막 말에 오르려고 할 때, 다르타냥은 마음속으로 버킹엄 공작에게 친밀감을 느끼고 있는 까닭에 플랑셰를 따로 불렀다.

"잘 들어라." 그가 말했다. "윈터 경에게 편지를 주고 그가 편지를 다 읽고 나면 '버킹엄 공작 각하의 신변에 유의하십시오. 그분을 암살하려는 계획이 있으니까요.'라고 덧붙여 말해라. 이것은, 플랑셰, 너무나도 심각하고 중대한 일이야. 이 비밀을 너에게 얘기한다는 것은 내 친구들에게도 말하지 않았다. 그리고 너무나도 중요한 전갈이어서 편지에도 적을 수 없었을 정도이니 그리 알아라."

"염려 마십시오." 플랑셰가 말했다. "제가 믿을 수 있는 사람인지는 두고 보면 아실 겁니다."

플랑세가 전속력으로 말을 출발시켰다. 훌륭한 말이라 100여 킬로미터쯤 떨어진 역참에 가서야 말을 바꿔 탈 예정이었다. 그는 삼총사의 위협에 가슴을 약간 조이기는 했지만, 무척 유쾌한 기분이었다.

바쟁도 그 이튿날 아침 출발했다. 임무 수행의 기간은 여드레였다.

네 친구는 두 하인이 떠나고 없는 동안, 여느 때보다 더 경계하고 주의했으며 어떤 낌새도 놓치지 않기 위해 청각을 곤두세웠다. 남들의 말에 귀 기울이려 애쓰고 추기경의 거동을 염탐하며 파발꾼들의 도착을 눈여겨보면서 나날을 보냈다. 뜻밖의 일로 부름을 받고 억제할 수 없는 불안에 사로잡힌 것도 한두 번이 아니었다. 게다가 자신들의 안전에도 유의하지 않으면 안 되었다. 밀레디는 사람들 앞에 한번 나타나기만 하면 누구든 마음 놓고 잘 수 없게 만드는 유령 같은 존재였다.

여드레째가 되는 날 아침, 네 친구가 파르파요 주막에서 식사하고 있었을 때, 바쟁이 여느 때와 같이 활달하고 생글생글 웃는 얼굴로 들어왔다. 그러고는 미리 정해진 약속대로 말했다.

"아라미스 씨, 사촌 누이의 답장이 여기 있습니다."

네 친구들이 기쁨의 눈길을 주고받았다. 거리도 짧고 더 쉬운 일이긴 했지만, 한 가지 일은 완수되었기 때문이다.

아라미스가 자기도 모르게 얼굴을 붉히면서 편지를 받았다. 서투른 글씨였고 맞춤법도 엉터리였다.

"맙소사!" 그가 웃으면서 외쳤다. "정말 실망스럽군. 이 미숑이란 아가씨는 결코 부아튀르 씨처럼 글씨를 쓰지는 못하겠는걸."

"미송이라니, 그건 또 뭐요?" 편지가 도착했을 때 네 친구와 잡담을 나누고 있었던 스위스 용병이 물었다.

"오! 맙소사! 아무것도 아니오." 아라미스가 말했다. "내가 홀딱 반했던 매력적이고 귀여운 내의상인데, 추억 같은 것이라도 몇 자 적어 보내라고 부탁한 적이 있었소."

"저런!" 스위스 용병이 말했다. "만약 글씨만큼 훌륭한 귀부인이라면, 당신은 퍽이나 여복이 있는 사람이군!"

아라미스가 편지를 다 읽고 나서 아토스에게 넘겨주었다.

"그 여자가 뭐라 썼는지 읽어보게, 아토스." 그가 말했다.

아토스가 편지를 한번 훑어보고는, 사람들이 조금이라도 수상하게 여겨서는 안 되겠다 싶어서 큰 소리로 읽었다.

사촌 오빠에게,

언니와 나는 꿈을 아주 잘 알아맞혀요. 그래서 때로는 두려워질 때도 있어요. 그러나 오빠의 꿈은 개꿈일 거예요. 꿈이란 모두 현실과 반대라고들 하잖아요. 그럼 안녕! 몸 건강하시기를. 가끔씩 소식 전해 주세요.

아글라에 미송 올림

"무슨 꿈을 말하는 거요?" 아토스가 편지를 읽는 동안 다가온 용기병이 물었다.

"맞아, 도대체 어떤 꿈이오?" 스위스 용병도 물었다.

"아니, 아무것도 아닙니다." 아라미스가 말했다. "그저 내가 꾼 꿈인데, 그 여자에게 이야기한 적이 있었을 뿐이오."

"오, 그렇지! 정말이야! 꿈 얘기를 한다는 것은 별것도 아니지. 하지만 난 꿈을 안 꾼다오."

"당신은 참 행복한 사람이오." 아토스가 일어서면서 말했다. "나도 당신처럼 말할 수 있다면 얼마나 좋겠소!"

"그럴 리가!" 스위스 용병이 말을 이었다. 아토스와 같은 사람이 자기를 부러워한다는 사실에 기분이 들뜬 듯했다. "그럴 리가! 그럴 리가!"

다르타냥은 아토스가 일어서는 것을 보고 따라 일어났다. 그리고 그의 팔을 잡고 밖으로 나왔다.

포르토스와 아라미스는 용기병과 스위스 용병의 농담을 들어주기 위해 그 자리에 남았다.

한편 바쟁은 밀짚 다발 위에 드러누웠다. 그는 스위스 용병보다 상상력이 더 풍부했으므로, 아라미스가 교황이 되어 자기 머리에 추기경의 모자를 씌워주는 꿈을 꾸었다.

이렇게 바쟁이 일을 무사히 완수하고 돌아왔지만, 네 친구의 걱정은 아직도 남아 있었다. 기다림의 나날은 길게 느껴지는 법이다. 특히 다르타냥은 하루가 마흔여덟 시간처럼 느껴질 정도로 초조해했다. 항해란 느릴 수밖에 없다는 사실도 머릿속에 들어오지 않았다. 밀레디의 힘만 지나치게 의식이 되었다. 그에게는 그 여자가 악마와 비슷하게 느껴지는 데다가, 그 부하들도 분명 초자연적인 힘을 가졌을 것이라고 단정 지었다. 조금만 무슨 소리가 들려도 자기를 잡으러 온 것이 아닌가, 플랑셰를 끌고 와서 자기와 친구들을 그와 대질시키려는 것이 아닌가 상상하기도 했다. 더군다나 갸륵한 피카르디 청년 플랑셰에 대해 이전에 품고 있었던 커다란 신뢰감마저 나날이 줄어들었다. 이러한 불안감은 점점 커져서 마침내는 포르토스와 아라미스에게까지 옮아갔다. 아토스만이 신변에 아무런 위험도 느끼지 않는 듯이, 평소처럼 변함없이 태연했다.

특히 열엿새째 날이 되자, 다르타냥과 두 친구는 걱정을 감출 수가 없게 되었다. 모두 한자리에 가만있지를 못했다. 플랑셰가 돌아오기로 한 길로 나가 그림자처럼 헤매었다.

"정말 자네들은 어린아이 같군." 아토스가 두 친구에게 말하곤 했다. "여자 하나 때문에 그렇게 겁을 먹다니! 도대체 뭐가 문젠가? 감옥에 들어가는 것? 음, 그럴 수 있지! 허나 누군가가 감옥에서 꺼내줄 것 아닌가? 보나시외 부인도 누군가가 꺼내주지 않았나. 목이 잘리는 것? 하지만 우리는 날마다 참호 속에서 이보다 더한 위험에 즐겁게 목숨을 던지지 않는가? 어떤 임무를 수행하다가 총에 맞아 다리뼈가 가루가 날지도 몰라. 그렇게 되면 의사가 넓적다리를 자르겠지. 사형 집행인에게 목을 잘리는 것보다는 의사에게 넓적다리 잘리는 것이 더 아플 거야. 틀림없네. 그러니 마음 편하게 먹고 있으란 말이네. 두 시간이나 네 시간 후면, 아무리 늦어도 여섯 시간 후면, 플랑셰가 돌아올 것일세. 그가 약속했잖나. 플랑셰는 아주 성실한 청년으로 보여. 나는 플랑셰의 약속을 굳게 믿고 있네."

"하지만 그가 돌아오지 않으면요?" 다르타냥이 말했다.

"이봐, 돌아오지 않는다면, 그냥 조금 늦어지는 거야, 그게 전부네. 말에서 떨어졌을 수도 있고, 갑판에서 곤두박질쳤을 수도 있어. 그리고 너무 빨리 달리다가 폐렴에 걸렸을지도 몰라. 자, 자네들! 여러 가지 변수가 있을 수 있다는 점을 고려하세. 인생은 자잘한 불행들로 엮어진 염주라네. 철학자는 인생의 염주알을 한 알씩 웃으면서 세어 넘기네. 자네들도 나처럼 철학자가 되어보라고. 자, 모두 식탁에 앉아서 한잔 하세. 샹베르탱 포도주잔을 통해 바라보면 미래가 장밋빛으로 보이거든."

"그래요, 아주 좋아요." 다르타냥이 대답했다. "하지만 새 술을 마실 때마다 혹시 밀레디의 지하 저장고에서 나온 것이 아닌가 하고 걱정해야 하니 미칠 지경이에요."

"참 까다롭기도 하군." 아토스가 말했다. "그렇게나 미인인데 뭘 그러나!"

"낙인이 찍힌 여자이기도 하지!" 포르토스가 너털웃음을 터뜨리면서 말했다.

아토스가 바르르 몸을 떨면서 이마에 손을 가져가 땀을 닦았다. 이번에는 아토스가 신경질적인 움직임을 어찌지 못해 벌떡 일어났다.

이러는 동안 하루가 흘러갔다. 해가 서서히 저물어 마침내 저녁이 되었다. 주막마다 손님들로 가득 찼다. 아토스는 다이아몬드 반지를 판 대금 중에서 자기 몫을 받은 이후로 돈을 주머니에 넣고 다니면서 파르파요 주막을 떠날 줄 몰랐다. 지난번에 그들에게 진수성찬을 대접한 뷔지니가 그의 좋은 노름 상대였다. 그들은 여느 때와 같이 노름을 했다. 괘종시계가 7시를 알렸다. 보초병들의 발소리가 들렸다. 보초병들이 인원 보충을 위해 초소로 가고 있었다. 7시 반이 되었다. 귀대를 알리는 북이 울렸다.

"다 글렀어." 다르타냥이 아토스의 귀에 속삭였다.

"우리가 졌단 말이지." 아토스가 주머니에서 4피스톨을 꺼내 탁자 위에 던지면서 태연하게 말했다. "자, 귀대의 북이 울렸다. 그만 돌아가서 자세."

아토스가 다르타냥과 함께 파르파요 주막에서 나갔다. 아라미스와 포르토스가 서로 부축하면서 뒤를 따랐다. 아라미스는 입으로 시를 읊조렸고, 포르토스는 절망한 듯이 때때로 콧수염의 털을 뽑곤 했다.

그런데 갑자기 어둠 속에서 사람 그림자가 하나 나타났다. 다르타냥의 눈에 익은 모습이었다. 그리고 친숙한 목소리가 들려왔다.

"주인님, 망토를 가져왔습니다. 오늘 저녁은 날씨가 쌀쌀해서요."

"플랑셰!" 다르타냥이 기쁨에 취해 외쳤다.

"플랑셰!" 포르토스와 아라미스가 되풀이했다.

"암, 플랑셰야." 아토스가 말했다. "놀라울 게 뭐 있어, 8시에 돌아오겠다고 약속했는데. 지금 8시의 종소리가 들리잖아! 기특하다! 플랑셰, 너는 약속을 잘 지키는 사람이로구나. 만약 나중에 네 주인을 떠나게 된다면, 언제든지 내가 너를 고용하마."

"오! 아닙니다, 그런 말씀 마세요." 플랑셰가 말했다. "저는 결코 다르타냥 주인님을 떠나지 않을 겁니다."

이와 동시에 다르타냥은 플랑셰가 한 통의 편지를 가만히 손에 쥐어주는 것을 느꼈다.

다르타냥은 플랑셰가 출발했을 때와 마찬가지로 그를 껴안아주고 싶은 마음이 간절했다. 그러나 길 한복판에서 수종에게 그런 짓을 한다면 행인들이 이상하게 여길까 봐 그만두었다.

"편지를 받았네." 그가 아토스와 친구들에게 말했다.

"잘됐네." 아토스가 말했다. "방으로 들어가서 읽어보세."

다르타냥은 편지를 쥐고 있는 손이 꼭 타는 것만 같았다. 그가 발걸음을 재촉하려 했다. 그러나 아토스가 그의 팔을 잡고 팔짱을 끼었다. 그는 어쩔 수 없이 친구의 발걸음에 보조를 맞추어야 했다.

마침내 숙소 안으로 들어가 등불을 켰다. 느닷없이 숙소 안으로 들어오는 사람이 있을까 봐 플랑셰가 숙소 앞에서 망을 보는 동안, 다르타냥이 떨리는 손으로 봉투를 뜯었다. 그리고 그토록 기다렸던 편지를 폈다.

스파르타 식으로 반 줄밖에 안 되는 간결한 영어 문장이 씌어져 있었다. 필체가 완전히 영국식이었다.

감사합니다, 안심하십시오.

아토스가 다르타냥의 손에서 편지를 받아 등불에 태웠다. 편지를 완전히 재가 될 때까지 놓지 않았다.

그러고는 플랑셰를 불렀다.

"자, 이제 700리브르는 네 것이다." 그가 플랑셰에게 말했다. "하지만 저렇게 조그만 쪽지였으니 별로 위험하지는 않았겠지."

"꼭 쥐고 오느라고 별별 방법을 다 짜냈는걸요." 플랑셰가 말했다.

"그렇겠지, 어디 한번 그 얘기나 들어보자." 다르타냥이 말했다.

"이야기하자면 얼마나 길다고요."

"네 말이 맞다, 플랑셰." 아토스가 말했다. "이미 소등의 북도 울렸고 우리만 불을 켜놓고 있으면 남의 눈에 띌 테니까."

"그래, 자기로 하자." 다르타냥이 말했다. "플랑셰, 너도 편히 자거라!"

"정말이지, 편하게 잠자리에 드는 건 열엿새 만에 처음입니다."

"나도 그래!" 다르타냥이 말했다.

"나도!" 포르토스가 되풀이했다.

"나도!" 아라미스의 말이 이어졌다.

"음, 모두 그렇군! 사실 말일세, 나도 그래!" 아토스가 말했다.

숙명

　한편 밀레디는 분노에 젖어 있었다. 배의 갑판 위에서 마치 암사자처럼 으르렁거리며 바다에 몸을 던져 육지로 되돌아가고 싶은 충동을 느꼈다. 그녀로서는 다르타냥에게 모욕을 당하고 아토스에게 협박을 받았는데도 그들에게 복수하지 않고 그냥 프랑스를 떠난다는 것이 도저히 용납되지 않았다. 그러한 충동에 견딜 수 없이 휩싸이자 선장에게 배를 돌려달라고 간청했다. 어떤 위험을 감수하고서라도 이대로 떠날 수는 없다고 생각했다. 그러나 선장은 마치 쥐와 새 사이에 놓인 박쥐처럼 프랑스 해군과 영국 해군 사이에 끼어 있는 애매한 입장에서 한시라도 빨리 벗어나고 싶었기에 영국으로 돌아가는 길을 서둘렀다. 그래서 그녀의 간청도 여자의 변덕으로 치부해 버리고 들어주지 않았다. 다만 추기경으로부터 특별히 부탁받은 손님이었기에,

바다가 잔잔해지고 프랑스 사람들이 허가해 준다면 로리앙이든 브레스트이든 브르타뉴의 항구 어디에나 내려주겠다고 약속했다. 그러나 바람은 역풍이었고 바다는 거칠어 힘든 항해가 계속되었다. 샤랑트에서 출발한 지 아흐레가 되던 날, 고뇌와 피로로 파리해진 밀레디의 눈에 피니스테르의 푸르스름한 해변이 겨우 보이기 시작했다.

그녀의 계산에 따르면 이 프랑스의 변두리를 지나서 추기경 곁으로 돌아가기 위해서는 적어도 사흘은 걸릴 것이다. 상륙하는 날 하루를 더하면 나흘이 된다. 거기에다 이제까지의 아흐레를 더하면 열사흘을 허송하는 셈이다. 이 열사흘 동안에 런던에서는 중대한 사건들이 수없이 일어날지도 모르는데 그때 돌아가면 추기경은 틀림없이 화를 낼 것이고, 따라서 자신의 하소연보다는 자신을 비난하는 다른 이들의 말에 더 귀를 기울이게 될 것이 뻔했다.

그래서 그녀는 로리앙과 브레스트를 지나갈 때에도 선장을 조르지 않았다. 선장도 모르는 체했다. 밀레디는 항해를 계속하여 플랑셰가 포츠머스 항에서 프랑스로 떠나던 바로 그날, 추기경 예하의 밀사로서 당당히 입항했다.

온 도시가 예사롭지 않은 활기로 넘쳐났다. 최근에 완성된 대형 선박 네 척의 진수식이 이제 막 끝났던 것이다. 선창에는 버킹엄이 참모 한 사람을 거느리고 서 있었다. 그는 언제나처럼 반짝이는 다이아몬드와 보석으로 치장한 옷차림에 모자의 깃털 장식은 어깨까지 드리워져 있었다. 그의 참모 역시 그 못지않게 화려한 옷차림이었다.

날씨 역시 드물게 화창했다. 영국의 겨울에도 태양이 있다는 것을 모처럼 확인시켜 주는 날씨였다. 해는 저물고 있었지만 아직은 눈부셨다. 저무는 태양에 하늘과 바다가 새빨갛게 물들고 도시의 탑과 낡은 집 위로 비치는 마지막 금빛 햇살에 유리창이 불길처럼 타오르고 있었다. 밀레디는 육지에 접근할수록 더욱 진하고 향기로운 바닷바람을 들이마셨다. 그녀는 자신이 파괴해야 하는 이 모든 준비 태세와, 금자루 몇 개만으로 혼자 맞서 싸워야 하는 강력한 군대를 뚫어지게 바라보면서 자기 자신을 무시무시한 유대 여인 유딧에 비유했다. 아시리아 군대의 진영에 숨어들어 자신의 손짓으로 연기처럼 흩뜨려야 하는 엄청난 전차, 말, 병사, 무기 더미를 보았을 때 유딧의 심정이 지금의 자신과 똑같았을 것이라고 생각했다.

배가 정박하기 시작했다. 선원들이 막 닻을 내리려는 순간 완전 무장한 쾌속선 한 척이 이 상선으로 다가왔다. 해안 감시선 같았다. 쾌속선에서 보트 한 척이 바다로 내려지더니 바로 상선의 뱃전으로 향했다. 보트에는 장교 한 명과 항해사 한 명, 그리고 노젓는 사람 여덟 명이 타고 있었다. 장교 혼자 상선 위로 올라왔는데, 입고 있던 군복 덕분에 정중한 대접을 받았다.

장교는 선장과 잠시 이야기를 나누더니 선장에게 서류 한 장을 내보였다. 그러자 선장이 명령을 내려 선원과 승객을 가리지 않고 배에 타고 있는 사람 전부를 갑판으로 불러냈다.

집합이 끝나자 장교가 큰 소리로 상선의 출항지와 항로, 그리고 기항지를 물었다. 선장은 장교의 모든 질문에 서슴지 않고 대답했다. 그러자 장교는 모든 사람을 차례로 점검하기 시작하더니 밀레디 앞에서 걸음을 멈추었다. 그녀를 유심히 들여다보았으나 말을 걸지는 않았다.

장교는 선장에게 되돌아가 다시 몇 마디 말을 주고받았다. 잠시 후 마치 선박 전체가 장교의 지휘하에 들어간 것처럼 그가 항해 명령을 내리자 곧바로 선원들이 움직이기 시작했다. 상선이 다시 나아가기 시작했다. 작은 쾌속정이 상선 옆에 바짝 붙어 나란히 항해했다. 포문 여섯 개가 상선의 옆구리를 겨냥하고 있었다. 보트도 상선의 뒤를 따라왔는데, 마치 거대한 덩어리 옆의 점 하나처럼 보였다.

장교가 밀레디를 살펴보았을 때, 누구나 짐작했겠지만, 밀레디 쪽에서도 상대방을 뚫어지게 바라보았다. 보통 때에는 불타오르는 듯한 눈으로 상대방의 마음속을 꿰뚫어 보았지만, 이번에는 그의 무표정한 얼굴에서 아무것도 찾아낼 수 없었다. 그녀 앞에서 발을 멈추고 아무 말 없이 자세히 뜯어보던 장교는 나이가 스물대여섯쯤 되어 보였고, 하얀 얼굴에 조금 움푹 들어간 눈은 연푸른 빛이었다. 늘 다물고 있는 얇은 입술은 모양이 또렷했다. 힘찬 턱선은 보통의 영국인 얼굴에서는 고집 센 인상을 줄 뿐이었지만 그에게서는 어떤 의지력이 느껴졌다. 살짝 들어간 이마는 시인, 광신자, 군인에게 어울릴 법했다. 가늘고 짧은 머리카락이 이마를 살짝 가리고 있었는데, 머리카락은 그의 턱을 덮은 수염처럼 아름다운 짙은 밤색이었다.

항구에 들어갔을 때는 벌써 어두워져 있었다. 안개 때문에 어둠이 더욱 짙어 보였다. 선창에 둥그렇게 늘어선 환한 각등과 초롱불이 비를 예고하는 달무리 같았다. 축축하고 차가운 대기에 음산한 기운이 감돌았다.

강인하고 대담한 성격의 밀레디였지만 자기도 모르게 몸이 떨렸다.

장교는 밀레디의 짐을 보트로 가져가게 하고는 밀레디에게도 보트에 탈 것을 청하며 그녀에게 손을 내밀었다.
밀레디가 장교를 바라보면서 망설였다.
"당신은 누구시죠?" 그 여자가 물었다. "누구시길래 이렇게 친절하게 저만 돌봐주시는지요."
"군복을 보면 아실 텐데요. 저는 영국 해군의 장교입니다." 청년이 대답했다.
"그러니까 영국 해군 장교들은 같은 나라 사람이 영국의 항구에 도착하면 이렇게 돌봐주고 친절하게 상륙 안내까지 하는 것이 관례인가요?"
"예, 관례상 그렇습니다. 하지만 예절의 차원에서라기보다는 신중을 기하기 위해섭니다. 전시에는 외국인을 지정된 숙소로 안내하여 신상 조사가 완벽하게 끝날 때까지 당국이 감시하도록 되어 있습니다."
장교는 어디까지나 공손하고 침착한 태도로 말했지만, 밀레디를 납득시키지는 못했다.
"하지만 저는 외국인이 아니에요, 장교님." 그녀는 포츠머스에서 맨체스터까지 통틀어 가장 순수한 악센트의 영어를 구사했다. "제 성은 클라릭이라고 해요. 그런데 이렇게······."
"일반적인 조치인지라 부인이라고 예외일 수는 없습니다."
"그렇다면 따라가도록 하지요."
그녀는 장교의 손을 잡더니 사다리를 내려가기 시작했다. 아래에는 보트가 기다리고 있었다. 장교도 뒤를 따랐다. 고물에 커다란 망토가 펼쳐져 있었는데, 장교는 밀레디를 거기에 앉히고는 자기도 그 옆에 앉았다.

"노를 저어라." 그가 선원들에게 말했다.

여덟 개의 노가 일제히 바닷속으로 들어가 일사불란하게 물살을 가르자 보트가 물 위를 날듯이 미끄러졌다.

보트는 오 분 후에 육지에 닿았다.

장교가 부두에 뛰어올라 밀레디에게 손을 내밀었다.

마차 한 대가 기다리고 있었다.

"우리가 탈 마차인가요?" 밀레디가 물었다.

"예, 그렇습니다." 장교가 대답했다.

"숙소는 아주 먼가요?"

"도시의 반대편 끝입니다."

"가죠." 밀레디는 이렇게 말하고는 단호하게 마차에 올라탔다.

장교는 마차 뒤에 짐가방이 제대로 실리는지 감독했다. 짐 싣는 일이 끝나자 장교가 밀레디의 옆자리에 앉더니 마차의 문을 닫았다.

그러자 아무런 명령도 없었고 행선지를 말하지도 않았는데도, 마부는 전속력으로 말을 몰아 시내로 들어갔다.

이처럼 해괴한 접대는 자연히 밀레디로 하여금 여러 가지 궁리를 하도록 했다. 젊은 장교는 이야기를 나눌 생각이 전혀 없어 보였기에 그녀는 마차의 한쪽 구석에 팔을 짚고 머릿속에 떠오르는 온갖 억측을 차례차례 검토해 보았다.

그렇게 십오 분쯤 지나자 길이 너무 멀다는 사실에 놀란 그녀는 어디로 가고 있는지 보려고 문 쪽으로 몸을 구부렸다. 이제는 집들도 보이지 않고 어둠 속에서 나무들만이 시커먼 유령처럼 나타났다 사라지곤 했다. 밀레디는 몸이 떨렸다.

"시내를 벗어난 모양이군요." 그녀가 말했다.

숙명 91

젊은 장교는 계속 침묵을 지켰다.
"어디로 데려가는지 말씀하지 않으면 더 이상 가지 않겠어요. 아시겠어요?"
이렇게 위협해도 장교는 아무런 대답이 없었다.
"오, 너무해요!" 밀레디가 외쳤다. "도와주세요! 도와주세요!"
그녀의 다급한 외침에 답하는 소리는 어디서도 들려오지 않았다. 마차는 계속해서 빠른 속도로 달려갔으며, 장교는 조각처럼 꼼짝도 하지 않았다.
밀레디가 장교를 노려보았다. 그녀 특유의 표정, 상대방의 마음을 뒤흔들어 놓는 끔찍한 표정이 얼굴에 나타났다. 분노에 이글거리는 두 눈이 어둠 속에 반짝이고 있었다.
청년은 눈썹 하나 까딱하지 않았다.
밀레디가 문을 열고 뛰어나가려 했다.
"조심하십시오, 부인." 청년이 냉혹하게 말했다. "뛰어나가면 죽습니다."
밀레디가 입을 다물지도 못한 채 놀란 표정으로 다시 앉자 이번에는 장교가 몸을 돌려 그 여자를 들여다보았다. 여태까지 그토록 아름다웠던 얼굴이 분노로 일그러진 것을 보고 당혹해하는 듯했다. 그러자 밀레디는 약삭빠른 여자인지라 그렇게 속마음을 드러내면 오히려 손해라는 것을 깨닫고는 다시 밝은 표정을 지었다. 그러고는 애교 섞인 목소리로 말을 걸었다.
"제발 부탁이에요, 장교님! 말 좀 해주세요. 저를 이렇게 거칠게 대하시는 것은 당신 개인의 뜻인가요, 아니면 정부에서 내린 명령인가요? 그도 아니면 적의 소행인가요?"

"결코 거칠게 대하는 게 아닙니다, 부인. 영국에 상륙하는 사람이라면 누구에게나 이런 조처를 취하지 않을 수 없습니다. 부인에게 취해진 조치도 그뿐입니다."

"그러면 당신은 저를 모르시나요?"

"부인을 뵙는 영광을 누린 것은 이번이 처음입니다."

"저에게 조금의 원한도 품고 있지 않다고 당신의 명예를 걸고 말씀하실 수 있겠어요?"

"조금도 없습니다, 맹세합니다."

청년의 목소리가 워낙 침착하고 다정하기까지 하자 밀레디는 마음을 놓았다.

마차는 거의 한 시간쯤 달린 뒤에 마침내 어느 철제문 앞에 멈추어 섰다. 문 안으로는 움푹 들어간 길이 하나 나 있었다. 견고해 보이는 육중한 저택으로 통하는 길이었다. 고운 모래 위로 마차 바퀴가 굴러가자 밀레디의 귀에 포효하는 듯한 소리가 아득히 들려왔다. 파도가 절벽에 부딪혀 부서지는 소리였다.

마차가 아치 모양의 문 두 개를 지나 마침내 어두컴컴한 사각 모양의 마당에 정거했다. 곧바로 마차의 문이 열렸다. 청년이 먼저 사뿐히 땅으로 뛰어내린 다음 밀레디에게 손을 내밀었다. 밀레디가 그의 손에 의지하여 제법 침착하게 마차에서 내렸다.

"아무튼 저는 갇히는 신세가 되었군요." 밀레디가 주위를 둘러보고는 장교에게 시선을 옮겨 자못 상냥한 미소를 지으면서 말했다. "하지만 오래가지는 않겠죠." 그녀가 덧붙였다. "제 양심과 당신의 친절한 태도로 보아 확실하다는 생각이 드는군요."

그토록 애교 어린 말에도 장교는 전혀 대꾸하지 않았다. 대신 전함에서 갑판장이 사용하는 것 같은 조그만 은색 호루라기를 허리띠에서 꺼내더니, 높고 낮은 소리를 섞어 각각 세 번을 불었다. 그러자 여러 사람들이 나타나 헐떡거리는 말을 마차에서 풀어주고 마차를 차고 안으로 끌고 갔다.

그리고 나자 장교는 여전히 침착하고 정중한 태도로 포로를 집 안으로 안내했다. 그녀는 여전히 방실방실 웃는 얼굴로 장교의 팔을 잡고 아치형의 낮은 문 아래로 들어갔다. 이 문은 돌계단으로 이어져 있었는데 문과 돌계단 사이의 둥근 천장은 가장 높은 안쪽만 등불로 환히 밝혀져 있었다. 청년은 육중한 문 앞에서 걸음을 멈추고 가지고 있던 열쇠를 열쇠구멍에 꽂았다. 그러자 묵직한 소리를 내면서 문이 열렸다. 밀레디를 위한 방이 나타났다.

포로는 단숨에 방 안을 샅샅이 둘러보았다. 포로가 아니라 보통 사람들이 살아도 괜찮을 정도로 가구가 잘 갖추어져 있는 깔끔한 방이었다. 그러나 창에는 창살이 달리고 문에는 밖으로 자물쇠가 걸리는 것으로 보아 아무래도 감옥이라고 하는 편이 옳을 듯했다.

제아무리 강인한 밀레디일지라도 순간 기운이 쑥 빠져 안락의자에 털썩 주저앉고 말았다. 팔짱을 낀 채 고개를 숙이고 앉아 심문관이 들어오는 것을 이제나저제나 하고 기다리고만 있었다.

그러나 두세 명의 해군 병사가 가방과 상자를 가지고 와서 한쪽 구석에 놓고 말없이 나갔을 뿐, 아무도 들어오지 않았다.

장교는 밀레디가 줄곧 보아온 대로 침착한 태도로 모든 자질구레한 일을 지휘했다. 말은 한마디도 하지 않고 손짓을 하거나 호루라기를 불어서 부하들에게 일을 시켰다. 마치 이 장교와 부하들 사이에는 말이 존재하지 않거나 불필요해진 듯했다.

마침내 더 이상 견딜 수 없던 밀레디가 침묵을 깨뜨렸다.

"제발 부탁이니, 말씀 좀 해주세요!" 그 여자가 외쳤다. "이게 모두 어떻게 된 거예요? 이렇게 아무것도 모르고 있는 꼴은 아주 질색이에요. 미리 알기만 한다면, 납득만 간다면, 저는 어떤 위험도 어떤 불행도 참아낼 용기가 있어요. 여기가 어디고, 제가 여기 와 있는 이유는 뭐죠? 제가 자유로운 몸이라면, 이 창살과 자물쇠는 다 뭐죠? 제가 죄수라면, 도대체 제가 무슨 죄를 지었나요?"

"당신은 당신을 위해 준비된 방에 계시는 것입니다, 부인. 저는 당신을 항구로 모시러 가서 이 저택으로 인도해 오라는 명령을 받았습니다. 저는 군인으로서의 엄격함과, 동시에 귀족으로서의 예절을 다해 명령을 수행했다고 생각합니다. 적어도 현재까지는 당신께 제가 해야 할 임무는 끝났습니다. 그 밖의 일은 다른 분이 알아서 하실 것입니다."

"다른 분이란 누구죠?" 밀레디가 물었다. "그분의 이름을 가르쳐주실 수 없나요?"

그때 계단에서 시끄러운 박차 소리가 들려왔다. 그리고 사람들의 목소리가 들렸다가 사라지는 가운데 한 사람의 발소리만이 문으로 점점 가까워졌다.

"그분이 오십니다, 부인." 장교가 그렇게 말하고는 정중한 태도로 한쪽으로 비켜섰다.

그 순간 문이 열리더니 한 사나이가 나타났다. 그는 모자를 쓰고 있지 않았다. 허리에는 칼을 차고, 손으로는 손수건을 만

지작거리고 있었다.

밀레디는 어둠 속의 그림자가 누구인지 알 수 있을 듯했다. 안락의자의 팔걸이에 한쪽 손을 짚고 마치 확인해 보려는 듯이 머리를 앞으로 내밀었다.

그러자 낯선 사나이가 천천히 걸어 나왔다. 그가 환한 등불 아래로 들어오자 밀레디는 자기도 모르게 몸을 움츠렸다.

이제 의심의 여지가 없어진 그녀는 놀라서 외쳤다. "아니, 아주버님! 아주버님이군요?"

"그렇습니다, 아름다운 부인!" 윈터 경이 정중하면서도 비꼬는 듯한 인사를 하면서 대답했다. "바로 접니다."

"그럼 이 저택은?"

"제 것입니다."

"이 방은요?"

"당신 방이고요."

"그럼 저는 당신의 죄수인가요?"

"말하자면 그런 셈이죠."

"이건 지독한 권력 남용이에요!"

"큰 소리 내지 마세요. 앉아서 조용히 이야기합시다. 아주버니와 제수 사이에 예의를 차려야지요."

그러고는 문 쪽으로 돌아서서, 마지막 명령을 기다리고 있는 젊은 장교를 보고 말했다.

"잘했어. 수고했네. 이제 그만 가보게나, 펠튼 군."

아주버니와 제수의 이야기

 윈터 경이 문을 닫고 덧문을 내린 뒤 제수의 안락의자 옆으로 의자를 가져다 놓았다. 그동안 밀레디는 깊은 생각에 잠겨 사태를 헤아려보고 자기가 누구의 손아귀에 걸려들었는지 몰랐을 때는 짐작조차 못하던 음모를 모두 깨달았다. 그녀는 자신의 아주버니가 존경할 만한 귀족이자 용감한 사냥꾼에 배짱 두둑한 노름꾼이자 바람둥이이긴 하지만 술책과 음모 쪽으로는 자기보다 한 수 아래라고 생각했다. 그런데 이러한 아주버니가 어떻게 자신이 도착하는 것을 알고 붙잡을 수 있었을까? 이렇게 붙들어놓은 이유는 무엇일까?
 그녀는 아토스가 흘린 말을 듣고 추기경과 자신의 대화를 누군가가 엿들었다고 확신했다. 그렇다 하더라도 이렇게 신속하고 과감한 계획을 세울 수 있으리라고는 도저히 생각할 수 없었다. 그보다도 예전에 영국에서 꾀했던 작전이 탄로난 것은 아닌가 하는 걱정이 앞섰다. 버킹엄이 다이아몬드 장식끈 두 가닥을 베어간 것이 자신임을 알아차리고 그 배신에 복수하려는 것인지도 모른다는 생각이 들었다. 그러나 버킹엄은 여자에게, 특히 여자가 질투심에서 사고를 저질렀다고 판단될 경우에는 이렇게까지 과격하게 나올 인물이 아니었다.

그녀에게는 이러한 추측이 가장 그럴듯해 보였다. 과거의 일로 복수하려는 것이지 미래의 일을 대비하려는 것은 아닌 듯싶었다. 그러나 어쨌든 영리한 적의 수중보다는 쉽게 다룰 수 있을 것 같은 아주버니의 수중에 떨어진 것을 불행 중 다행으로 여겼다.

"그래요, 이야기하자고요." 그녀는 사뭇 쾌활한 어조로 말했다. 윈터 경이 시치미를 뗄지도 모르지만, 그래도 어떻게든 앞으로의 행동을 결정하는 데 필요한 상황을 밝혀보자는 심산이었다.

"그러니까 결국 영국으로 돌아올 결심을 했군요?" 윈터 경이 말했다. "다시는 영국 땅을 밟지 않겠다고 파리에서 그렇게도 자주 말하더니 말입니다."

밀레디는 다른 질문으로 대응했다. "먼저 말씀해 주셔야 할 것이 있어요." 그녀가 말했다. "어떻게 제 동정을 그토록 자세히 감시하게 하신 거죠? 제가 온다는 사실뿐만 아니라, 날짜며 시간이며 도착할 항구까지 미리 알 정도였잖아요."

윈터 경도 밀레디와 똑같은 전술을 택했다. 약삭빠른 제수가 택한 방법이니 틀림없이 효과적일 것이라고 생각했기 때문이다.

"그보다도 제수씨가 무슨 일로 영국에 왔는지부터 알려주시오."

"아주버님을 만나러 왔지요." 밀레디가 대답했다. 그녀는 이 대답이 다르타냥의 편지에서 촉발된 윈터 경의 의심을 얼마나 더 확신시킬지 모른 채로 그저 거짓말로 상대방의 환심을 사려고 했다.

"아니! 나를 만나려고요?" 윈터 경이 능청스럽게 말했다.

"물론 아주버님을 만나러 왔지요. 그게 뭐 이상한가요?"

"그럼 다른 목적이 있어서 영국에 온 것은 아니군요?"

"그래요."

"오로지 나 때문에 일부러 영국 해협을 건너오셨군요?"

"예, 오로지 아주버님 때문에요."

"이런! 우리 제수씨는 참으로 인정도 많으셔라!"

"저는 아주버님의 가장 가까운 친척 아닌가요?" 밀레디가 아주 감동적일 정도로 천진한 어조로 물었다.

"그리고 내 유일한 상속자이기도 하고, 그렇지 않소?" 윈터 경이 밀레디의 눈을 뚫어지게 바라보면서 말했다.

아무리 자제력이 강한 밀레디라도 떨지 않을 수 없었다. 이런 말을 내뱉으면서 윈터 경은 제수의 팔에 손을 올려놓고 있었으므로, 그 떨림을 뚜렷이 느낄 수 있었다.

실로 강력한 직격탄이었다. 밀레디의 머리에 맨 먼저 떠오른 생각은 케티에게 배반당했다는 것, 자신이 경솔하게도 남작에 대한 혐오감을 케티 앞에서 내색하자 케티가 그것을 남작에게 이야기했다는 것이었다. 다르타냥이 아주버니의 목숨을 살려준 것에 대해 자신이 노골적으로 화를 냈던 일도 생각났다.

아주버니와 제수의 이야기

"이해가 안 돼요, 아주버님." 그녀는 이제 여유를 되찾고 이야기를 시작했다. "그게 무슨 뜻이죠? 무슨 숨은 뜻이라도 있나요?"

"오, 맙소사! 아니오." 윈터 경이 겉으로는 친절하게 말했다. "제수씨는 나를 만나고 싶어서 영국으로 온 거죠. 제수씨의 뜻을 알고, 그러니까 더 정확히 말하자면 그럴 것이라고 생각했기 때문에, 장교 한 사람에게 마중 나가라고 시켰던 거요. 밤중에 항구에 들어오려면 여러 가지로 불편한 점도 있을 테고 상륙하는 데도 힘이 들지 않을까 싶어서 말이오. 마차도 준비하여 이 저택까지 모셔오게 했소. 여기는 내 별장이고 날마다 내가 올 테니까, 우리가 언제든지 만날 수 있도록 방을 준비해 놓은 겁니다. 그런데 뭐가 이상하다는 겁니까?"

"아니에요. 다만 제가 온다는 걸 아주버님이 미리 알고 계셨다는 게 마음에 걸려서요."

"아주 간단한 일입니다. 제수씨의 배가 정박해 들어올 때 선장이 입항 허가를 얻기 위해, 항해 일지와 승선자 명부를 보트로 보내는 걸 못 보았소? 내가 항만 사령관이라 그 서류가 내게 전달되었어요. 그 명단에서 제수씨의 이름을 봤소. 나는 제수씨가 조금 전에 자기 입으로 이야기한 것을 직감으로 느꼈지요. 다시 말해서 제수씨가 무슨 목적으로 이렇게 위험한 항해를, 적어도 지금 같은 시기에는 고통스럽기 짝이 없는 이런 위험한 바다 여행을 하고 오셨는지 짐작이 갔기 때문에, 쾌속정으로 마중을 보냈던 거지요. 그 이후의 일은 다 알고 있잖소."

밀레디는 윈터 경이 거짓말하고 있다는 것을 알아차리고 더욱더 불안해졌다.

"아주버님, 제가 도착하던 날 저녁 버킹엄 공작님이 부두에서 계시지 않았던가요?" 그 여자는 계속했다.

"그랬지요. 아! 이해합니다. 그분을 보고 놀랐을 거요." 윈터 경이 대답했다. "그분을 몹시 골치 아픈 존재로 생각하는 나라에서 오는 길이었으니까 말이오. 그분이 프랑스에 대항하여 군비(軍備)를 증강시키고 있다는 사실에 제수씨의 친구인 추기경이 몹시 신경을 쓰고 있다는 것쯤은 나도 알고 있어요."

"제가 추기경의 친구라고요!" 밀레디가 외쳤다. 윈터 경이 아주 많은 것을 알고 있음을 알아차렸기 때문이다.

"그럼 제수씨의 친구가 아니던가요?" 윈터 경이 대수롭지 않다는 듯이 말했다. "그렇다면 미안합니다. 그런 줄로만 알고 있었소. 아무튼 공작 이야기는 나중에 하기로 하고, 아까 하던 얘기로 돌아갑시다. 그래, 나를 만나러 오셨다고 하셨지요?"

"예."

"그래서 제수씨의 소원대로 해드리겠다고, 다시 말해서 날마다 만나자고 대답했던 것이오."

"그럼 저는 줄곧 여기에 있어야 하나요?" 밀레디가 어떤 두려움을 느끼면서 물었다.

"거처가 불편한가요, 제수씨? 뭐든지 필요한 것이 있으면 말해요. 지체 없이 마련해 드리라고 할 테니까요."

"하지만 시녀도 하인도 없어요······."

"다 준비해 드리죠, 부인. 당신의 첫 남편이 어느 정도로 돈을 들여 살림을 마련해 주었는지 말해 주면, 비록 시숙에 불과하지만 나도 그 정도는 쓸 용의가 있소."

"제 첫 남편이라고요!" 밀레디는 거의 튀어나올 듯한 눈으로 윈터 경을 바라보면서 외쳤다.
"그렇소, 내 동생 말고 프랑스인 남편 말이오. 당신은 그를 잊어버렸을지 몰라도 그는 아직 살아 있소. 내가 편지를 보내면 자세한 얘기도 해줄 수 있겠지."
밀레디의 이마에 식은땀이 맺혔다.
"농담이 심하시군요." 그 여자가 힘없는 목소리로 말했다.
"내가 농담하는 것 같소?" 윈터 경이 일어나 한 걸음 뒤로 물러나면서 물었다.
"더 정확히 말하자면 저를 모욕하고 계시죠." 그녀가 부들부들 떨리는 손으로 안락의자의 팔걸이를 꾹 짚고 몸을 일으켰다.
"당신을 모욕해? 내가?" 윈터 경이 경멸 어린 어조로 말했다. "진심이오, 부인? 그것이 말이 된다고 생각하시오?"
"당신은 취했거나 미쳤거나 둘 중 하나예요." 밀레디가 말했다. "나가요. 그리고 하녀를 보내줘요."
"여자는 입이 가볍소, 제수씨. 내가 하녀 노릇을 해드리면 안 될까? 그러면 우리의 비밀은 집 밖으로 새나가지 않을 텐데."
"뻔뻔스럽군!" 밀레디는 이렇게 외치더니 마치 용수철에 튕기기라도 한 듯이 윈터 경에게 달려들었다. 그러나 남작은 팔짱을 낀 채 다만 한쪽 손을 칼자루로 가져갔다.
"이런, 이런." 그가 말했다. "당신에게 살인의 습성이 있다는 건 알고 있어. 하지만 나한테는 어림도 없을 거야. 미리 경고해 두지, 설령 상대가 당신일지라도 나 자신은 내가 지킬 테니."
"암! 그렇겠지." 밀레디가 말했다. "보아하니 당신은 여자에게도 손을 대는 비겁한 사람이야."
"그럴지도 모르지. 그렇지만 나도 할 말은 있어. 당신에게 손을 대는 남자가 내가 처음은 아닌 것 같은데."

윈터 경은 비난의 손짓으로 천천히 밀레디의 왼쪽 어깨를 가리키더니 거의 손가락이 닿을 정도까지 갖다 댔다.

밀레디는 기어들어가는 울부짖음을 내지르면서 방구석까지 뒷걸음질쳤다. 마치 몸을 움츠렸다 달려들려고 하는 암표범 같았다.

"아! 실컷 울부짖어." 윈터 경이 외쳤다. "하지만 물어뜯으려고 하지는 마. 미리 말해 두지만, 그런 짓을 하면 당신에게 불리할 뿐이니까. 여기에는 사전(死前) 유산 상속을 처리하는 소송 대리인도 없고, 사로잡힌 미녀를 구하려고 나에게 싸움을 걸어올 편력기사도 없으니까. 하지만 중혼(重婚)의 죄를 숨기고 내 동생 윈터 경의 아내 자리에 슬그머니 들어앉은 파렴치한 계집을 처분할 재판관들은 다 준비해 놓았지. 재판관들이 당신을 형리에게 보내 오른쪽 어깨에도 똑같은 낙인을 찍게 할 거요."

밀레디의 눈에 번갯불이 일었다. 이 모습을 보자 그는 남자인 데다, 아무런 무기도 없는 여자 앞에 무기를 들고 있음에도 불구하고, 공포의 전율이 온몸을 휩싸더니 마음속까지 오싹해지는 기분이었다. 그래도 말은 멈추지 않았다. 말을 하면 할수록 더욱더 분노가 치밀어 올랐다.

"하기야 내 동생의 유산에다 내 유산까지 받을 수 있다면 당신으로서는 물론 기분이 그만이겠지. 그러나 미리 알아두라고. 당신이 나를 직접 죽이건 남을 시켜 죽이건 마음대로 해, 나는 나대로 다 대비가 되어 있으니까. 내 재산은 한 푼도 당신 손에 넘어가지 않을 거야. 당신은 안 그래도 거의 백만이나 가지고 있으니, 그것만으로도 벌써 충분히 부자 아닌가? 그리고 무한

하고 지고한 즐거움을 위해서 죄악을 저질렀던 게 아니라면 살인 행각은 이제 그만둘 수 있지 않을까? 자, 내 말 들어봐. 만약 동생에 대한 기억이 나에게 소중하지 않다면, 당신은 벌써 지하 감옥에서 썩어가거나, 아니면 타이번(런던의 사형장——옮긴이)에서 뱃사람들의 호기심이나 채워주었을 텐데 말이야. 나는 아무 말도 하지 않겠어. 그 대신 당신은 조용히 이 감금 생활을 견뎌야 해. 보름이나 스무 날 후면 나는 군대와 함께 라 로셸로 떠나게 될 거야. 출발 전날 배가 와서 당신을 남쪽의 우리 식민지로 데려갈 거야. 그 광경은 내 눈으로 똑똑히 봐두겠어. 걱정할 건 없어. 당신이 영국이나 유럽 대륙으로 돌아오려는 기미가 보였다 하면 즉시 머리통에 총알을 박아줄 친구 하나를 당신 옆에 붙여놓을 테니까."

밀레디는 불타오르는 듯한 눈을 크게 뜨고 유심히 듣고 있었다.

"그래, 하지만 그때까지는." 윈터 경이 계속했다. "당신은 이 저택에 머물러 있어야겠어. 벽은 두껍고 문은 튼튼해. 창살은 견고하고 창문은 바다 쪽 절벽으로 나 있지. 나에게 목숨을 바치는 부하들이 이 방 주위에서 파수를 서면서, 마당으로 나가는 모든 통로를 감시하고 있어. 그리고 마당까지 나가서도 세 개나 되는 철책을 빠져나가야 하지. 엄명이 내려져 있으니까, 조금이라도 도망칠 눈치가 보이면 발포할 거야. 당신을 죽인다면, 영국의 재판관들은 오히려 일거리를 덜어주었다고 내게 감사할 거야. 아! 당신 표정이 다시 침착해지는군. 얼굴에 확신의 빛이 다시 나타나고 말이야. '보름 아니면 스무 날'이라고 했지. 흥! 지금부터 그때까지라면 내 머릿속에는 꾀가 가득하니, 무슨 좋은 생각이 떠오를 거야. 나는 이 악마 같은 머리로 희생양을 찾아낼 거야. 앞으로 보름 내에 난 여기서 나갈 테다.' 이렇게 속으로 생각하겠지. 아, 그래! 어디 해보시지!"

밀레디는 속마음을 들켰다는 생각에 손톱으로 자신의 살을 피가 나도록 눌렀다. 고뇌의 표정 이외에 다른 감정이 얼굴에 나타나는 것을 억누르기 위해서였다.

윈터 경이 계속했다.

"내가 없을 때는 당신이 아까 본 장교가 지휘를 맡게 되어 있어. 당신도 이미 알고 있겠지만, 그는 그야말로 충실히 명령에 복종하는 사람이야. 포츠머스에서 여기로 오는 동안 당신은 그에게 이야기를 시켜보려고 애썼겠지. 그런데 어떻던가? 대리석상보다 더 무표정하지? 말이 저렇게도 없을 수 있을까 했지? 당신은 이미 숱한 사내들에게 자신의 매력을 시험해 보았을 거야. 불행히도 번번이 성공했고 말이야. 이 장교에게도 어디 한번 시험해 보시지! 만약 성공한다면 당신을 악마의 화신이라고 인정하겠어."

그가 문 쪽으로 가더니 갑자기 문을 열었다.

"펠튼 군을 오라고 해." 그가 말했다. "잠깐만 기다려. 지금 이 자리에서 당신을 그에게 부탁하겠어."

두 사람 사이에 야릇한 침묵이 흐르는 사이 천천히 다가오는 규칙적인 발소리가 들렸다. 이윽고 복도의 어둠 속에 사람의 그림자가 나타났다. 아까의 젊은 보좌관이 입구에서 걸음을 멈추었다. 윈터 경의 명령을 기다리는 눈치였다.

"들어오게, 존 군." 윈터 경이 말했다. "들어와서 문을 닫게."

젊은 장교가 들어왔다.

"자!" 윈터 경이 말했다. "이 여자를 보게. 젊고 아름답지. 이 세상에 존재하는 매력은 모두 지니고 있어. 하지만 괴물이라네. 나이가 스물다섯 살에 불과한데도, 영국 재판소의 기록 보관소에 앉아 이 여자가 저지를 죄의 목록을 읽다 보면 일 년은 걸릴 걸세. 목소리는 듣는 사람의 마음을 홀리고, 미모는 희생양을 낚는 미끼가 되지. 그리고 자기가 약속한 것을 몸으로도 치러준다네. 이 점은 제대로 인정해 주어야겠지. 이 여자는 자네를 유혹하려 들 거야. 어쩌면 죽이려고 할지도 몰라. 펠튼 군, 나는 자네를 여러 차례 곤경에서 구해 냈고 보좌관으로 임명하기까지 했다. 자네도 알다시피, 한번은 목숨까지 구해 준 적이 있었지. 나는 자네의 보호자일 뿐만 아니라 친구이기도 해. 자네 은인일 뿐만 아니라 아버지나 다름없어. 그런데 이 여자는 내 목숨을 노리기 위해 영국으로 돌아왔네. 나는 이 뱀을 수중에 붙잡아 놓았고 그래서 자네를 부른 걸세. 펠튼 군, 이 사람아, 이 여자로부터 나를 지켜주게. 그리고 특히 자네 자신을 지키게나. 응분의 징벌이 내려질 때까지 이 여자를 철통같이 감시하겠다고 자네의 구원을 걸고 맹세하게 이 말을 자네에게 해주고 싶었네. 존 펠튼, 나는 자네의 약속을 신뢰하네. 존 펠튼, 나는 자네의 충성심을 믿네."

"남작님, 각하의 뜻대로 할 것을 맹세합니다." 젊은 장교가 맑은 눈 가득 마음에서 우러나는 모든 증오심을 담고서 말했다.

밀레디는 체념한 사형수처럼 장교의 시선을 받아들였다. 그 순간 그녀의 아름다운 얼굴 위에 번져 있던 표정보다도 더 온순하고 부드러운 표정은 세상 어디에서도 찾아볼 수 없을 것이다. 윈터 경마저도 이 여자가 조금 전에 자기에게 덤벼들던 호랑이 같은 여자라고는 도저히 생각할 수 없을 정도였다.

"절대로 이 여자가 이 방에서 나가서는 안 돼. 알겠는가, 존?" 윈터 경이 계속했다. "누구와도 연락하지 못하게 해, 자네 이외에는. 물론 자네가 이 여자와 말을 하고 싶은 생각이 들 때만이지만, 자네 이외에 어느 누구에게도 말을 걸게 해서는 안 돼."

"충분히 알아들었습니다, 남작님. 저는 이미 맹세했습니다."

"자, 이제 당신은 하느님과 화해하도록 노력하시오. 인간의 심판은 이미 받았으니까."

밀레디는 마치 이 심판에 졌다는 듯이 고개를 떨어뜨렸다. 윈터 경이 펠튼에게 손짓을 하면서 나가자 청년도 그의 뒤를 따라 나갔다. 문이 닫혔다.

잠시 후에 복도에서 한 해군 병사의 둔중한 발소리가 들려왔다. 그는 허리에는 손도끼를 차고 손에는 화승총을 들고 보초를 섰다.

밀레디는 한참 동안 같은 자세를 취하고 있었다. 어쩌면 열쇠 구멍으로 자신을 엿보고 있을지도 모르겠다고 생각했기 때문이다. 그런 뒤에 천천히 고개를 들었다. 얼굴에는 또다시 도발적이고 위협적인 표정이 떠올랐다. 그녀는 문으로 달려가서 귀를 기울여보고 다음에는 창 쪽으로 가서 바깥을 살펴보았다. 그러고는 다시 커다란 안락의자에 몸을 파묻고 깊은 생각에 잠겼다.

장교

한편, 추기경은 영국의 소식을 애타게 기다리고 있었지만 불쾌하거나 위협적인 소식밖에 들려오지 않았다.
라 로셸은 포위되었다. 여러 가지 대비책을 취한 덕분이었는데, 특히 단 한 척의 배도 도시로 들어올 수 없도록 쌓아놓은 제방 덕분이었다. 승리가 확실한 듯했지만 봉쇄가 오래갈 수도 있다는 점이 문제였다. 그렇게 되면 국왕의 군대로서는 대단한 불명예가 될 테고 추기경으로서도 매우 난처해질 터였다. 추기경은 사실 루이 13세와 안느 왕비 사이가 틀어지게 할 이유가 사라졌지만, 바송피에르와 당굴렘 공작의 불화를 해소해야 했다.
포위 공격을 시작한 왕제 전하는 추기경에게 뒷처리를 일임해 버렸다.
라 로셸에서는 시장이 경이로울 정도의 투지를 보였음에도 불구하고, 항복하기 위한 일종의 반란이 기도되었다. 시장은 폭도들을 교수형에 처했다. 이것으로 가장 극렬한 주동자들마저 잠잠해졌다. 그들도 이제는 굶어 죽기로 결심했던 것이다. 그들에게는 굶어 죽는 편이 교수형보다 덜 가혹해 보였다.

포위군 측에서는 때때로 라 로셸 쪽에서 버킹엄에게 보내는 밀사나 버킹엄이 라 로셸 쪽에 보내는 밀정을 붙잡곤 했다. 어느 쪽이든 즉결 재판을 받았다. 추기경이 '교수형!'이라는 한마디로 판결을 내렸다. 교수형 자리에 국왕이 초대되어 온 적도 있는데, 기운 없이 와서는 제일 잘 보이는 곳에 자리를 잡았다. 가끔씩 기분 전환이 되어주는 덕에 참을성 있게 자리를 지켰다. 그래도 지루해지는 건 어쩔 수 없어 늘 입버릇처럼 파리로 돌아가고 싶다고 말했다. 밀사와 밀정이 없었더라면, 추기경은 풍부한 창의력에도 불구하고 아주 난처해질 뻔했다.

그럼에도 불구하고 시간은 흘러갔고, 라 로셸 측은 항복하지 않았다. 가장 최근에 잡힌 밀정은 한 통의 밀서를 가지고 있었는데, 도시가 최악의 상황에 처해 있다는 것을 버킹엄에게 알리는 편지였다. 그러나 편지에는 '보름 이내에 귀하의 지원군이 도착하지 않으면 우리는 항복하겠다.'가 아니라 '보름 이내에 귀하의 지원군이 도착하지 않으면, 지원군이 왔을 때에 우리는 모두 굶어 죽어 있을 것이다.'라는 말이 덧붙여져 있었다.

그러니까 라 로셸 사람들은 오직 버킹엄에게만 희망을 걸고 있었다. 버킹엄이 그들의 구세주였던 것이다. 버킹엄에게 더 이상 기대를 걸 수 없다는 것을 확실히 알게 된다면, 그들의 사기가 땅에 떨어질 것이 분명했다.

그래서 추기경은 버킹엄이 오지 않으리라는 내용의 영국발

소식을 매우 초조하게 기다리고 있었다.

도시를 무력으로 점령하는 문제가 국정 자문회에서 자주 토의되었으나 결과는 언제나 부결이었다. 라 로셸이 쉽게 함락되지 않을 것이라는 게 첫 번째 이유였다. 그리고 프랑스인들끼리 참혹하게 피를 흘리고 싸울 것이 뻔한 이 대결이 확산되면 육십 년쯤 정치가 후퇴하리라는 것을 추기경은 누구보다 더 잘 알고 있었다. 게다가 그 시대에 추기경은 오늘날의 이른바 진보파 인사였다. 실제로 라 로셸 공격은 곧 칼뱅파 신교도 3,000~4,000명의 학살로 이어질 터였으므로, 1572년에 벌어진 성 바르톨로메오 축일의 학살을 들먹였다. 1628년에 되풀이되는 꼴이었다. 더군다나 독실한 가톨릭교도인 국왕은 조금도 꺼리지 않는 이 극단적인 방법을 포위군 장군들이 반대했다. '굶겨 죽이는 것 말고 다른 방식으로는 라 로셸을 함락시킬 수 없다.'는 것이 그들의 주장이었다.

추기경은 자신의 그 대단한 밀사에 대한 불안을 떨쳐버릴 수 없었다. 어느 때는 뱀 같고, 또 어느 때는 사자 같은 그녀의 묘한 마력을 추기경도 잘 알고 있었기 때문이다. 나를 배반한 걸까? 아니면 죽은 걸까? 어쨌든 그도 충분히 알고 있듯이, 그런 여자인 만큼 그의 편에 서건 그에게 대항하건, 친구가 되건 적이 되건 간에 엄청난 장애가 있지 않는 한 이렇게 쥐 죽은 듯이 있을 리가 없었다. 그런데 도대체 어찌된 일까? 그는 도무지 알 수가 없었다.

그렇지만 추기경은 밀레디를 신뢰하고 있었다. 그녀에게는 자신의 붉은 망토만이 감추어줄 수 있는 무서운 과거가 있다고 짐작했다. 그리고 그녀를 위협하는 위험을 자신보다 더 잘 막아

줄 사람은 없으리라는 것을 그녀 스스로가 깊이 깨닫고 있을 터이므로, 어떤 이유에서건 자신에게 충성을 다할 것이라고 믿었다.

그래서 추기경은 홀로 전쟁을 치르기로 결심했다. 남의 힘으로 성공하기를 기대하는 것은 요행을 바라는 것이라고 생각했다. 이에 따라 라 로셸을 굶주림에 빠뜨리기 위한 제방 공사를 계속하게 했다. 그러면서 극도의 참상과 영웅의 미덕이 공존하는 이 불행한 도시에 눈길을 던졌다. 그리고 추기경 자신이 로베스피에르의 선배이듯이 자신의 정치적 선배인 루이 11세의 말을 회상하면서 '통치하기 위해 분할한다.'는 트리스탕 대부(代父)의 격언을 중얼거렸다.

일찍이 앙리 4세는 파리를 포위했을 때 빵과 그 밖의 식량을 성벽 너머로 던져주게 했다. 추기경은 라 로셸 사람들에게 그들의 지배자들이 얼마나 공정하지 못하고 이기적이며 야만스러운지 알리는 전단을 만들어 뿌렸다. 지배자들에게는 식량이 넘쳐났지만 나누어주지 않았다. 그들도 트리스탕의 격언을 택했다. 왜냐하면 성벽을 방어해야 하는 남자들이 건강하고 튼튼하기만 하면 여자나 어린이 또는 늙은이는 죽어도 상관없다는 원칙이 있었기 때문이다. 이 격언이 일반적으로 채택된 적은 없었지만 헌신의 차원에서건, 이 격언에 반발할 힘이 없어서이건 그냥 실천되곤 했다. 그러나 전단이 이 격언의 힘을 훼손했다. 남자들은 전단을 주워서 읽어보고는, 죽어가게 내버려져 있는 어린이, 여자, 늙은이가 바로 자신들의 아들, 아내, 아버지라는 것을, 그리고 만장일치로 동등한 조건이 되기 위해서는 비참한 상황을 함께하는 것이 더 정당하다는 생각에 이르렀다.

이 전단은 추기경이 기대한 효과를 거두어 많은 주민들이 국왕의 군대와 특별 협상을 시작하기로 결정하게 되었다.

그러나 자신이 취한 방책이 벌써 열매를 맺은 것을 보고 추기경 스스로 만족해하고 있을 때, 포츠머스에서 온 라 로셸의 주민 한 사람이 전선을 뚫고 도시로 들어갔다. 전선은 바송피에르, 쇼베르크, 그리고 당굴렘 공작이 엄중히 감시하고 있고 이 세 지휘관은 추기경의 감독을 받고 있었다. 그런데도 어떻게 전선을 넘어갈 수 있었는지는 아무도 알지 못했다. 아무튼 이 사나이를 통해, 포츠머스에서 대함대가 일주일 이내에 출항할 준비를 갖추고 있다는 소식이 라 로셸 주민들에게 전해졌다. 게다가 프랑스에 대항하는 대동맹이 곧 결성되어 영국과 신성 로마 제국, 그리고 에스파냐의 군대가 프랑스 왕국으로 일제히 쳐들어갈 것이라고 버킹엄이 시장에게 알렸다. 이 문서가 모든 광장에서 공개적으로 낭독되었고, 거리 구석구석에 게시되었다. 그래서 협상을 시작했던 사람들도 이토록 대대적인 지원군의 도착이 예고되자 일단 기다리기로 결정하고 협상을 중단했다.

이렇게 뜻밖의 상황이 닥치자 리슐리외는 처음처럼 다시 불안해졌으며, 바다 건너로 다시 눈을 돌리지 않을 수 없었다.

그동안 국왕의 군대는 사실상 유일한 통수권자인 추기경의 걱정에도 아랑곳없이 즐거운 나날을 보내고 있었다. 막사에는 식량이 넉넉했고, 돈도 궁하지 않았다. 부대끼리 담력을 겨주고 힘을 다투었다. 그리고 밀정을 잡아 교수형에 처하고, 제방이나 바다까지 원정을 나갔으며, 심심풀이용 오락이 일상적으로 벌어졌다. 그런 만큼 굶주림과 불안에 시달리고 있는 라 로셸 사람들은 물론, 엄중한 포위를 늦추지 않고 있는 추기경에게도 그토록 지루했던 하루하루가 그들에게는 오히려 짧게만 느껴졌다.

때때로 추기경은 마치 최하급의 근위 기병처럼 말을 타고서 공사 현장을 걱정스러운 눈으로 둘러보곤 했다. 그가 프랑스 방방곡곡에서 불러온 기술자들이 제방을 짓고 있었지만, 그의 눈에는 공사 진행이 너무나 더뎌 보였다. 그러다 트레빌 부대의 총사와 마주치면 가까이 가서 유심히 살피다가, 네 친구들 가운데 한 사람이 아니라는 것을 확인하고 나서야 그 날카로운 시선을 거두곤 했다.

어느 날 추기경은 라 로셸과의 협상도 희망이 없고 영국에서도 아무 소식이 없어 못 견디게 따분해하다가 그저 밖에 나가고 싶은 마음에 카위자크와 라 우디니에르만을 거느리고 정처 없이 바닷가를 거닐었다. 드넓은 대양에 원대한 꿈을 실으며 추기경은 천천히 말을 몰아 언덕 위로 올라갔다. 꼭대기에서 내려다보자 울타리 저쪽 모래 위로 일곱 명의 사나이가, 그맘때면 보기 힘든 따사로운 햇살을 받으며 누워 있는 모습이 눈에 들어왔다. 그들 주위에는 빈 술병들이 널려 있었다. 그중 네 사람이 우리의 총사들이었다. 한 총사가 조금 전에 받은 편지를 읽으려 하고, 다른 총사들이 귀를 기울이려는 참이었다. 워낙 중요한 편지였던지라, 트럼프와 주사위는 아무렇게나 팽개쳐져 있었다.

다른 세 사람은 총사들의 수종으로, 목이 좁고 몸체가 큰 콜리우르 포도주병의 마개를 뽑고 있었다.

추기경은 기분이 울적한 상태였다. 이러한 기분일 때 남이 즐거워하는 것만큼 그의 침울함을 더하는 일은 없었다. 게다가 그에게는 이상한 편견이 있어서, 자기가 슬퍼하면 남들이 더 즐거워한다고 생각했다. 추기경은 라 우디니에르와 카위자크에게 멈추라고 손짓을 하더니 말에서 내려 웃고 있는 모습이 수상쩍은 사나이들 쪽으로 다가갔다. 모래밭이라 발소리도 나지 않았고, 울타리에 가려 다가가는 것도 보이지 않을 터였다. 매우 흥미진진해 보이는 그들의 대화를 몇 마디 엿들을 수 있으리라고 생각한 추기경은 울타리에서 대략 열 걸음쯤 떨어진 곳에 이르렀다. 가스코뉴 사투리로 지껄이고 있는 다르타냥의 목소리가 들렸다. 이 사나이들이 총사라는 것은 이미 알고 있었으므로, 나머지 세 사람은 항상 붙어 다닌다는 아토스, 포르토스, 그리고 아라미스임이 틀림없다고 추측했다.

누구나 짐작할 수 있듯이, 추기경은 대화를 엿듣고 싶은 욕망이 더욱 커져갔다. 눈에 묘한 생기를 띠고 살쾡이처럼 살금살금 울타리 쪽으로 걸어갔다. 그러나 아직은 의미를 정확히 알 수 없는 막연한 소리밖에 들려오지 않았다. 그때 나직하고 짧은 고함 소리가 들리자 추기경은 소스라치게 놀랐다. 총사들이 일순간 멈칫했다.

"장교님!" 그리모가 외쳤다.

"어디서 큰 소리를 내는 거야, 이 녀석아!" 아토스가 팔을 짚고 일어나 노기 띤 눈으로 그리모를 쏘아보면서 말했다.

그래서 그리모는 한마디도 덧붙이지 않고 다만 집게손가락으로 울타리 쪽을 가리켜 추기경과 수행원의 출현을 알렸다.

네 총사가 벌떡 일어나 공손히 경례를 했다.

추기경은 몹시 화가 난 듯했다.

"총사 나리들도 호위를 받는 모양이군!" 그가 말했다. "영국이 육지로 공격해 오기라도 하나? 그렇지 않으면 총사들 스스로 고급 장교로 자처하는 건가?"

"예하!" 아토스가 대답했다. 모두 두려워하고 있는 상황에서도 오직 아토스만은 항상 대귀족다운 침착함과 냉정을 잃지 않았다. "총사들도 근무 중이 아닐 때에는 술을 마시고 주사위 놀이를 합니다. 그리고 수종들에게는 매우 높은 장교입니다."

"수종들!" 추기경이 투덜거렸다. "누군가가 지나갈 때 주인에게 알려야 하는 사람은 수종이 아니라 보초지."

"그렇지만 예하께서도 이해하시듯이, 만약 저희들이 그러한 대비를 마련해 놓지 않았다면 예하께 경의를 표하지도 못했을 것이고, 저희들을 함께 근무하게 해주신 은혜에 감사드릴 수도 없었을 것입니다. 어이, 다르타냥!" 아토스가 계속했다. "방금 예하께 감사드릴 기회를 얻고 싶다고 말했지. 마침 여기 오셨으니 이 기회에 감사를 드리게나."

아토스는 조금의 흔들림도 없었다. 그는 위기에 처할수록 남달리 태연했다. 그리고 지나칠 정도로 정중했다. 그 덕에 어떤 때에는 왕보다 더 위엄 있어 보였다.

다르타냥이 앞으로 나서며 몇 마디 감사의 말을 더듬거렸다. 그러나 그의 눈길이 추기경의 음울한 눈길에 부딪히자 말꼬리를 흐려버렸다.

"상관없어." 추기경이 계속했다. 아토스가 그렇게 변명하는 정도로는 처음의 의도를 조금도 철회할 기색이 없어 보였다. "괜찮아, 하지만 자네들, 단순한 병사인 주제에 어쩌다가 특권 있는 부대에 근무한다고 해서 제후처럼 구는 것을 나는 좋아하지 않아. 군율은 모든 이에게 동등하네."

아토스는 추기경이 말을 다할 때까지 기다렸다가 동의한다는 표시로 고개를 숙이고 나서 다시 입을 열었다.

"예하, 저희들은 절대로 군율을 소홀히 하지 않았다고 생각합니다. 저희들은 지금 근무 중이 아닙니다. 근무 중이 아니기 때문에 저희들 뜻대로 시간을 보낼 수 있다고 생각했던 것입니다. 만약 예하께서 저희들에게 특별히 명령하실 일이 있으시다면, 저희들은 당장에라도 기꺼이 명령에 복종하겠습니다." 아토스가 눈살을 찌푸리면서 계속했다. 왜냐하면 이런 심문에 짜증이 나기 시작했기 때문이다. "보시다시피, 저희들은 비상시를 대비하여 저렇게 무기를 갖추고 나왔으니까요."

그가 손가락으로 트럼프와 주사위를 놓아둔 북 옆에 세워진 네 자루의 총을 가리켰다.

"이렇게 조촐하게 행차하시는 분이 추기경 예하인 줄 알았더라면 당장 영접을 나갔을 텐데 그만 이렇게 되었습니다." 다르타냥이 덧붙였다.

추기경이 콧수염과 함께 입술을 깨물었다.

"자네들이 이렇게 늘 함께 있으면 어떻게 보이는지 아나? 무기를 갖추고 있을 뿐만 아니라 수종들을 파수꾼으로 세워놓았잖아." 추기경이 말했다. "넷이서 모의를 하고 있는 것으로 보인단 말이야."

"아! 예하, 사실이 그렇습니다." 아토스가 말했다. "언젠가 아침에 보신 것과 마찬가지로, 지금도 모의를 하고 있던 참입니다만, 그건 라 로셀 사람들에 대한 것이지요."

"아, 그래! 정략가 나리들!" 이번에는 추기경이 눈살을 찌푸리면서 말했다. "자네들의 머릿속을 읽어낼 수 있다면, 아마 다른 사람들이 알지 못하는 여러 가지 비밀을 밝힐 수 있을 거야. 자네들이 나를 보고 감춘 그 편지를 읽듯이 말일세."

아토스가 얼굴을 붉히며 추기경 쪽으로 한 발 걸어 나갔다.

"예하께서는 마치 저희들을 의심하시고 심문이라도 하시는 것 같습니다. 만약 그러시다면 제발 이유를 설명해 주십시오. 저희들은 어떻게 생각해야 좋을지 도무지 갈피를 잡을 수가 없습니다."

"심문이라 하더라도." 추기경이 계속했다. "다른 사람 같으면 복종하고 대답했을 텐데, 아토스 군."

"그래서 예하, 묻기만 하시면 대답할 준비가 되어 있다고 이미 말씀드렸습니다."

"그럼 아라미스 군에게 묻겠네. 자네가 읽으려다가 감춘 그 편지는 뭔가?"

"여자한테서 온 편지입니다, 각하."

"오! 이해하겠네." 추기경이 말했다. "그런 편지라면 남에게 쉽게 보여줄 수 없지. 그러나 고해 신부에게는 보여도 괜찮을 거야. 자네들도 알다시피 나는 사제 서품을 받았다네."

"예하." 아토스가 말했다. 목숨을 걸고 대답을 하는 만큼 더 침착했다. "여자한테서 온 편지이지만, 마리옹 드 로름의 서명도 에기용 부인의 서명도 없습니다."

추기경의 얼굴이 죽은 사람처럼 파랗게 질리더니 눈에서는 야수의 섬광이 튀었다. 그가 어떤 명령을 내리려는 듯이 카위자크와 라 우디니에르를 돌아보았다. 아토스는 추기경의 움직임을 간파하고 총이 있는 곳으로 한 걸음 내디뎠다. 세 친구들도 가만히 있을 수 없다는 듯이 총 있는 곳으로 눈을 돌렸다. 추기경 편은 세 명, 총사들은 하인을 포함하여 일곱 명이었다. 추기경은 아토스 일당이 실제로 음모를 꾸미고 있다면, 지금 그들을 상대한다는 것은 불리하다고 판단했다. 그래서 여느 때처럼 얼른 생각을 고쳐먹고 노기를 미소로 얼버무렸다.

"자, 자!" 그가 말했다. "자네들은 정직한 젊은이야. 밝을 때에는 용감하고 어두울 때에는 충실하지. 남의 신변을 그토록 걱정하는 사람들이니 자기 신변을 경계하는 것도 무리가 아니야. 지난번에 콜롱비에 루주 주막에 갔을 때 자네들이 나를 호위해주던 일을 잊지 않고 있네. 만약 지금 가려는 길에도 염려할 만한 위험이 있다면 같이 가자고 부탁하겠지만, 그럴 염려는 없으니, 그대로 천천히 술이나 마시면서 노름도 하고 편지도 읽게나. 그럼 이만 실례하네."

카위자크가 끌고 온 말에 추기경이 올라탔다. 그러고는 네 총사에게 손을 흔들어 인사한 뒤 떠났다. 네 젊은이는 우두커니 선 채 그가 사라질 때까지 말 한마디 못하고 지켜보고 있었다. 추기경이 말소리를 들을 수 없는 곳까지 멀어졌다.

"그리모 녀석이 너무 늦게 소리를 쳤어!" 포르토스가 말했다. 그는 누구에게라도 화풀이를 하고 싶어서 못 견딜 지경이었다.

그리모가 변명하려 하자 아토스가 손가락을 들었다. 그리모가 입을 다물었다.

"추기경에게 편지를 건네주려고 한 건가요, 아라미스?" 다르타냥이 물었다.

"음, 각오는 하고 있었어." 아라미스가 맑고 고운 목소리로 대답했다. "만약 그가 편지를 내놓으라고 요구했다면, 한 손으로 편지를 내주는 동시에 다른 손으로는 배를 찔러버렸을 거야."

"내가 예상했던 대로군." 아토스가 말했다. "그래서 자네와 추기경 사이에 끼어들었지. 우리였기에 망정이지, 아무리 추기경이라 해도 그렇게 경솔하게 말하다니. 마치 늘 여자들만 상대해 본 사람 같잖아."

"이봐요, 아토스." 다르타냥이 말했다. "당신에게 감탄했어요. 하지만 어쨌든 우리가 잘못한 거예요."

"아니, 우리가 잘못했다고!" 아토스가 말했다. "그럼 우리가 숨쉬고 있는 이 공기는 도대체 누구의 것인가? 우리가 바라보는 저 태양은 누구의 것인가? 우리가 누워 있었던 이 모래밭은 누구의 것인가? 자네 애인에 관한 그 편지는 누구의 것인가? 이 모든 것이 추기경의 것이란 말인가? 물론 추기경이야 이 세상이 자기 것이라고 생각하고 있겠지만 말이야. 그런데 자네는 넋을 잃고 우물쭈물하면서 서 있기만 했지! 마치 눈앞에 바스티유 감옥이 솟아 있기라도 한 것처럼 말이야. 그리고 거대한 마녀 메두사 손에 돌멩이라도 된 것처럼 말이야. 그래, 여자를 사랑하는 것이 음모를 꾸미는 것인가? 추기경은 자네가 사랑하는 여자를 감금했어. 자네는 그 여자를 추기경의 손에서 빼내려고 하고 있지 않은가. 그러니 자네는 추기경과 승부를 벌이고 있는 셈이야. 그 편지는 자네의 패야. 왜 자기 패를 상대방에게 보여줘? 그건 있을 수 없는 일이야. 상대방이 알아맞히는 건 좋아! 우리도 상대방의 패를 알아맞히면 그만이거든!"

"지금 하신 말은 다 새겨들을게요, 아토스." 다르타냥이 말했다.

"그렇다면 지나간 일은 이제 그만두세. 아라미스, 추기경 때문에 읽다가 만 사촌 누이의 편지나 보자고."

아라미스가 주머니에서 편지를 꺼냈다. 세 친구가 그의 곁으로 다가갔다. 세 하인은 다시 술병 옆으로 모여들었다.

"아까 한두 줄밖에 안 읽었지요." 다르타냥이 말했다. "처음부터 다시 읽어주세요."

"좋아." 아라미스가 말했다.

사랑하는 사촌 오빠에게,

저는 베튄에 갈까 하고 있어요. 언니가 우리의 가엾은 몸종을 그곳의 카르멜회 수녀원에 보냈거든요. 그 가련한 아가씨는 체념하고 받아들였어요. 다른 곳에서는 영혼의 안식을 얻을 수 없다는 것을 잘 알고 있기 때문입니다. 하지만 우리 집안 형편이 바라는 대로 잘 풀린다면, 그녀는 지옥에 떨어질 것을 각오하고서라도, 그리운 사람들 곁으로 돌아오리라고 생각합니다. 모두들 항상 자기를 염려해 주고 있다는 것을 잘 알고 있으니만큼 더욱 그렇게 마음먹고 있겠지요. 그녀는 그다지 불행한 편이라고 할 수 없어요. 다만 그녀는 연인으로부터 간절히 편지를 받고 싶어해요. 그러한 물건이 수녀원의 창을 통과하기란 쉽지 않다는 것을 저도 잘 알고 있어요. 그러나 이제까지 여러 번 입증되었듯이, 저도 그다지 서투른 여자는 아니니까, 그런 심부름은 제가 맡아서 하겠어요. 언니도 안부를 묻더군요. 한때는 언니도 몹시 걱정했어요. 그러나 뜻밖의 사고가 일어나지 않도록 그곳에 심부름꾼을 보내놓았기 때문에 지금은 좀 마음을 놓고 계십니다.

그럼 안녕. 가능한 한 자주, 다시 말해서 확실히 전달할 수 있다고 생각할 때마다 소식 보내주세요.

마리 미숑

"아! 이 은혜를 어떻게 다 갚지요, 아라미스?" 다르타냥이 외쳤다. "그리운 콩스탕스! 마침내 소식을 알게 됐다. 살아 있었구나, 수도원에 무사히 있구나, 베튄에 있구나! 그런데 베튄이 어디죠, 아토스?"

"아르투아와 플랑드르의 국경 위쪽이야. 이번 포위 공격이 끝나면 그쪽으로 한 바퀴 돌아갈 수도 있겠지."

"그다지 오래 걸리진 않을 거야." 포르토스가 말했다. "오늘 아침 교수형을 당한 밀정이 털어놓은 바에 따르면 라 로셸 사람들은 마침내 구두 가죽까지 먹는다는 거야. 가죽을 다 먹고 나면 이번에는 구두창을 먹겠지만, 그것도 떨어지면, 저희들끼리 서로 잡아먹지 않는 한 식량이라곤 아무것도 남아 있지 않을 거야."

"불쌍한 바보들!" 아토스가 맛 좋은 보르도 포도주를 한 잔 들이키면서 말했다. 당시의 보르도 포도주는 오늘날처럼 명성이 높지는 않았지만, 오늘날의 명성에 비할 만했다. "가련한 바보들! 가톨릭이야말로 가장 유리하고 즐거운 종교라는 걸 모르나 봐! 하여튼," 그가 입맛을 다시면서 계속했다. "용감한 사람들이긴 해. 아니, 아라미스, 도대체 뭘 하고 있는 거야? 편지를 주머니에 넣어두려는 건가?"

"그래요, 아토스의 말이 맞아요." 다르타냥이 말했다. "불살라 버려야 해요. 아니야, 불살라 버린다 해도, 누가 알아요? 추기경은 재까지도 심문할 재주가 있을지도."

"그런 재주도 있을지 모르지." 아토스가 말했다.

"그럼 이 편지를 어떻게 해야 하나?" 포르토스가 물었다.

"그리모, 이리 와." 아토스가 말했다.

그리모가 일어나서 왔다.

"아까 허가도 없이 말한 벌로 이 종이 조각을 삼켜라. 그러면 수고한 보수로 이 포도주를 한 잔 마셔도 좋다. 자, 먼저 이 편지야. 꼭꼭 씹어 먹어라."

그리모가 빙그레 웃더니 방금 아토스가 넘치게 따라놓은 술잔을 바라보면서 편지를 꼭꼭 씹어 삼켰다.

"잘했다, 그리모 선생!" 아토스가 말했다. "자, 이젠 이걸 마셔라. 좋아, 감사할 건 없어."

그리모가 잠자코 보르도 포도주를 한 잔 들이켰다. 말은 없었지만, 포도주를 마시는 이 달콤한 순간 하늘을 우러러보고 있는 그의 눈에 그의 기분이 그대로 담겨 있었다.

"자, 이제는 추기경이 그리모의 배를 갈라보려는 기발한 착상을 하지 않는 한, 마음 놓고 있을 수 있겠는걸." 아토스가 말했다.

그동안 추기경은 우울한 산책을 계속하면서 콧수염 사이로 중얼거렸다.

"어떻게든 저 네 녀석을 내 사람으로 만들어야 하는데."

억류 첫날

이제 밀레디에게로 돌아가 보자. 프랑스의 바닷가로 눈길을 돌린 사이, 잠시 밀레디를 외면하고 있었다.

그녀를 암담한 고뇌의 구렁텅이 속에, 아무런 희망의 빛도 스며들지 않는 어두운 나락의 밑바닥에 내버려두었다. 그녀는 여전히 이러한 절망적인 입장에 있을 것이다. 그녀가 이렇게 의심하는 것도, 두려움에 떠는 것도 이번이 처음이기 때문이다.

그녀는 두 번씩이나 운명에게 버림을 받았다. 두 번이나 정체가 탄로났고 배반을 당했다. 두 번 다 하느님이 그녀와 싸우라고 보낸 듯한 숙명의 정령 때문에 좌절당했다. 다르타냥이 물리칠 수 없는 악의 화신인 그녀를 무찔렀다.

그는 자신의 사랑을 위해 그녀를 속였고 그녀의 자존심을 상하게 했으며 그녀의 야심을 좌절시켰다. 그리고 이제는 그녀를 불운에 빠뜨리고 자유를 빼앗으며 목숨까지도 위협한다. 게다가 그녀가 쓰고 있는 가면, 그녀를 지켜주고 그녀를 그토록 강하게 만들어주었던 그 방패의 한 구석을 망가뜨려 버렸다.

그녀가 사랑했지만 지금은 증오의 대상이 된 버킹엄으로 하여금 리슐리외가 왕비에게 휘몰아치게 하려던 폭풍우를 다르타냥이 막아주었다. 그리고 다르타냥은 바르드로 행세했다. 바르드는 그녀처럼 길들일 수 없는 암호랑이 같은, 잔인하고 질투심 많은 여자들에게 욕망의 대상이 되곤 했다. 다르타냥은 그녀가 자신의 비밀을 아는 자라면 누구라도 죽여버리겠다고 맹세한, 그 무서운 비밀을 알고 있다. 마지막으로 그녀가 원수에게 복수하기 위해 받아낸 백지 위임장을 다르타냥이 빼앗았으며, 그녀를 죄인으로 붙들어놓고 인도양의 타이번이라 불리는 보터니만 같은 혐오스러운 곳으로 보내려 한다.

이 모든 것은 틀림없이 다르타냥의 탓이었다. 그가 아니라면 도대체 누가 그녀에게 이 많은 치욕을 주었겠는가? 그 무서운 비밀들을 어떤 숙명처럼 차례로 발견했던 다르타냥만이 그 사실들을 윈터 경에게 전할 수 있었다. 그는 밀레디의 아주버니인 윈터 경과 아는 사이이니, 어쩌면 그가 편지를 썼을지도 모른다.

그녀는 엄청난 증오를 내뿜었다. 황량한 방에 앉아 꼼짝도 하지 않고 이글거리는 눈으로 가만히 한쪽만을 응시하고 있는데, 때때로 가슴속 밑바닥으로부터 숨결과 함께 새어나오는 희미한 울부짖음의 폭발음은 음산하고 위풍당당한 저택을 떠받치고 있는 바위에, 영원하고 무력한 절망처럼 치솟아 으르렁거리며 노호하다가 산산이 부서지는 파도 소리와 무척이나 잘 어울렸다. 그녀는 격렬한 분노로 머릿속에서 일어나는 희미한 빛을 등불 삼아 보나시외 부인과 버킹엄, 그리고 특히 다르타냥에 대해, 먼 훗날의 야심 찬 복수를 구상했다.

그렇다. 그러나 복수를 하기 위해서는 몸이 자유로워야 한다. 포로가 자유의 몸이 되려면, 벽을 뚫거나 쇠창살을 떼어내거나 마룻바닥에 구멍을 내야 한다. 끈기 있고 힘센 남자라면 모두 성공할 수 있는 일이다. 그러나 여자의 초조하고 흥분된 마음으로는 분명히 실패하고 말 것이다. 무엇보다 그러려면 시간이 있어야 한다. 몇 달, 몇 년이 걸릴지 모른다. 그런데 그녀에게는……. 끔찍한 간수인 윈터 경의 말에 의하면, 열흘이나 열이틀의 시간밖에 없다.

그렇지만 만약 그녀가 남자였다면, 모든 방법을 시도했으리라. 그리고 어쩌면 성공할지도 모른다. 도대체 하늘은 왜 이런 실수를 저질렀단 말인가! 도대체 왜 이 연약하고 섬세한 육체에 그토록 남자 같은 영혼을 주었단 말인가!

따라서 갇혀 있는 처음 얼마 동안은 끔찍했다. 끝내 참지 못하고 분노로 인한 경련이 몇 차례 일어났다. 그녀는 자연에 지고 있던 여성의 연약함이라는 빚을 이러한 경련으로 갚아주었다. 그러나 점차 미칠 듯한 분노의 폭발을 견딜 수 있게 되었다. 온몸을 뒤흔들던 떨림이 사라지면서 이제는 기진하여 쉬고 있는 뱀처럼 자신을 되돌아보았다.

"자, 정신 차리자, 내가 이렇게 흥분하다니 제정신이 아니구나." 그녀는 거울을 들여다보면서 말했다. 거울에 비친 자신의 이글거리는 눈을 마주 보고 자문자답을 하는 듯했다. "난폭하게 굴지 말자. 난폭함은 약하다는 증거다. 우선 그런 방법으로는 성공한 적이 없어. 상대가 여자들이라면, 나보다 더 약할지도 모르니까 이길 수 있겠지. 하지만 난 지금 남자들을 상대로 싸우고 있어. 그들에게 나는 한낱 여자일 뿐이다. 여자답게 싸우자. 내 힘은 나의 연약함에 있다."

그녀는 얼굴이 오그라드는 분노의 표정 대신에 가장 상냥한 표정, 가장 애정 어린 표정, 가장 유혹적인 미소의 표정까지 온갖 표정을 다 지어보았다. 마치 그토록 발랄하고 그토록 생기 넘치는 얼굴에 얼마나 많은 변화를 줄 수 있는지 알아보려는 듯했다. 그러고 나서 얼굴의 매력을 돋보이게 할 만한 머리 모양을 익숙한 손놀림으로 차례차례 만들어보고는 마침내 스스로 만족하여 중얼거렸다.

"자, 아무것도 잃지 않았어. 난 여전히 아름다워."

저녁 8시가 거의 다 되었다. 침대가 눈에 들어오자 몇 시간 쉬고 나면 머리와 생각이 차분해지고 얼굴빛도 다시 산뜻해질 것 같았다. 그렇지만 침대에 눕기 전에 더 좋은 생각이 떠올랐다. 밀레디는 저녁 식사 얘기를 들었다. 이 방에 갇힌 지 벌써 한 시간이 되었으니 얼마 안 있으면 식사를 가져올 것이다. 밀레디는 시간을 허비하고 싶지 않았기에 바로 오늘 저녁부터 감시를 맡은 사람들의 성격을 조사하여 상황을 판단하기 위해 몇 가지 시도를 할 작정이었다.

문 아래로 한 줄기 불빛이 비쳤다. 간수들이 돌아온 것이었다. 밀레디는 얼른 안락의자에 몸을 던지고 머리를 뒤로 젖혔다. 아름다운 머리카락을 흩뜨러뜨리고 구겨진 레이스를 내려 앞가슴을 절반쯤 드러냈다. 한쪽 손은 가슴에 얹고 다른 쪽 손은 축 늘어뜨렸다.

빗장 벗겨지는 소리가 나더니 문이 삐걱했다. 발소리가 방 안으로 들어왔다.

"탁자를 거기 놓아." 누군가가 말했다. 밀레디는 그것이 펠튼의 목소리라는 것을 알아차렸다.

명령대로 탁자가 놓여졌다.

"촛대를 가져오고 보초를 교대시켜." 펠튼이 계속 명령했다.

젊은 보좌관인 펠튼이 사람들에게 명령을 내리는 것을 보자 밀레디는 식탁과 식사를 날라온 자들이 자기를 지키는 간수, 다시 말해서 병사라는 것을 알 수 있었다.

게다가 부하들이 펠튼의 명령을 말없이 신속하게 따르는 것으로 보아, 그가 군율을 엄격히 생각한다는 사실을 눈치 챌 수 있었다.

펠튼은 그때까지 밀레디를 보지 않고 있다가 마침내 그 여자 쪽을 돌아보았다.

"아! 아니, 자는군." 그가 말했다. "좋아, 깨면 먹겠지."

그가 문 쪽으로 몇 걸음 걸어나갔다.

"아닙니다." 한 병사가 말했다. 펠튼만큼 냉정하지 못한 이 병사는 밀레디 옆까지 가보았다. "자는 게 아닙니다."

"뭐야, 자는 게 아냐?" 펠튼이 말했다. "그럼 도대체 뭘 하고 있는 거야?"

"기절했습니다. 얼굴이 창백하고 도대체 숨소리가 들리지 않습니다."

"네 말이 맞다." 펠튼이 말했다. 그는 그녀 쪽으로 한 걸음도 다가가지 않고 그 자리에서 밀레디를 살펴보았다. "윈터 경에게 죄수가 기절했다고 알려드려라. 예상하지 못했던 일이라 난 어떻게 해야 좋을지 모르겠다."

병사가 장교의 명령을 받고 나갔다. 펠튼은 옆에 있는 안락의자에 앉아서 말없이 기다렸다. 밀레디는 눈을 감은 척하면서 긴 눈썹 사이로 엿보는 재주를 발휘해서 펠튼이 등을 돌리고 있는 모습을 확인했다. 한 십 분쯤 계속 그를 바라보았으나 냉정한 감시인은 한번도 돌아보지 않았다.

그녀는 곧 윈터 경이 오면 감시인이 새로운 힘을 얻게 되리라고 생각했다. 첫 번째 시험은 실패한 셈이었다. 밀레디는 이제 여자로서 동원할 수 있는 수단들을 써보려고 작정했다. 그녀는 머리를 들고 눈을 뜨면서 힘없이 한숨을 쉬었다.

한숨 소리에 마침내 펠튼이 돌아보았다.

"아! 깨어났군요, 부인." 그가 말했다. "그럼 나는 여기서 볼일이 없군! 필요한 것이 있으면 부르시오."

"오, 맙소사! 하느님! 이렇게 괴롭다니!" 밀레디가 고대의 여자 마법사처럼 마음만 먹으면 누구든 매혹시키는 아름다운 목소리로 중얼거렸다.

"이렇게 하루에 세 끼씩 식사를 가져오겠습니다." 그가 말했다. "아침 9시, 낮 1시, 저녁 8시입니다. 이 시간이 불편하다면 원하는 시간을 말해 주시오. 원하시는 대로 해드리겠습니다."

"그런데 이렇게 크고 쓸쓸한 방에 언제나 혼자 있어야 하나요?" 밀레디가 물었다.

"이 근방에 사는 여자 한 명을 구해 두었으니까 내일이라도 이리로 올 겁니다. 그러면 언제든지 원하실 때 그 여자를 부르면 됩니다."

"고맙군요." 죄수가 공손하게 말했다.

펠튼이 고개를 숙여 인사하고는 문 쪽으로 걸어갔다. 그가 막 나가려 할 때 윈터 경이 복도에 나타났다. 조금 전에 밀레디가 기절했다고 알리러 간 병사가 손에 소금병을 들고 그 뒤를 따라왔다.

"아니, 무슨 일이냐? 도대체 무슨 일이 있는 거야?" 그가 서 있는 여자와 막 나가려는 펠튼을 번갈아 바라보면서 빈정거리듯 말했다. "죽은 여자가 벌써 부활했나? 틀림없잖아, 펠튼. 자네를 풋내기로 본 거야. 눈치 채지 못했나? 자네에게 희극의 제1막을 공연한 거라네. 아마 우리는 희극의 모든 전개를 즐거운 기분으로 관람하게 될 걸세."

"그런 줄 알았습니다, 남작님." 펠튼이 말했다. "하지만 죄수가 여자인 것은 사실이니까요. 그래서 점잖은 남자라면 여자를 위해, 아니면 적어도 자신을 위해 지켜야 하는 경의를 지키고 싶었습니다."

밀레디는 온몸이 떨렸다. 펠튼의 말이 얼음처럼 혈관 속을 헤집고 다니는 듯했다.

"그러니까……." 윈터 경이 웃으면서 말을 이었다. "저렇게 멋지게 흩뜨려놓은 아름다운 머리도, 저 하얀 살결도, 저 시름겨운 눈도 자네의 목석 같은 마음을 홀리지는 못했군 그래?"

"예, 그렇습니다." 냉정한 펠튼이 대답했다. "여자의 술책이나 애교 따위로는 결코 저를 타락시킬 수 없습니다. 믿어주십시오."

"그렇다면, 정직한 보좌관, 밀레디는 다른 수를 찾도록 내버려두고 저녁 식사나 하러 가지. 아! 걱정할 건 없어. 저 여자는 상상력이 풍부하니까. 오래지 않아 희극의 제2막이 이어질 거야."

윈터 경이 웃으면서 펠튼의 팔을 끼고 나갔다.
 "오냐! 내가 꼭 네 호적수가 되어주마." 밀레디가 어물어물 중얼거렸다. "명심해라, 되다 만 수도승아. 수도승 옷이나 입고 있을 놈이 군인이랍시고 설쳐대기는."
 "그런데 참……." 윈터 경이 문 앞에서 걸음을 멈추고 말했다. "이번에 실패했다고 식욕을 잃을 필요는 없어, 밀레디. 내 명예를 걸고 말하지만, 절대로 독 같은 건 넣지 않았으니까, 그 닭요리며 생선을 맛보라고. 난 요리사가 해주는 대로 먹는 사람이야. 결코 내 상속인이 될 리 없는 사람이니 믿을 수 있지. 나처럼 해봐. 자, 안녕, 제수씨! 그럼 다음에 기절할 때 만납시다."
 밀레디는 참을 수 있을 만큼 참았다. 안락의자 손잡이를 붙든 손을 와들와들 떨었고, 이를 부드득 갈았다. 윈터 경과 펠튼이 나가고 문이 닫히는 것을 지켜보고 있다가 마침내 혼자 남게 되자, 또다시 절망의 발작을 일으켰다. 탁자 위를 보니 나이프가 반짝이고 있었다. 뛰어가서 나이프를 집었으나 참혹하리만큼 실망스러웠다. 칼날이 둥근 데다가 은이라 쉽게 구부러졌다.
 채 닫히지 않은 문 뒤에서 폭소가 터지더니 문이 다시 열렸다.
 "아하!" 윈터 경이 외쳤다. "하하하, 잘 보았나, 성실한 펠튼 군, 내가 뭐라고 하던가! 저 칼로 자네를 노린 거야. 자네는 죽을 뻔했어. 이렇게 말이야, 방해가 되는 사람은 무슨 수를 써서라도 처치해 버리는 것이 저 여자의 나쁜 버릇이야. 자네 말대로 뾰족한 강철 나이프를 놓았더라면 큰일 날 뻔했잖은가. 그렇게 했으면 자네는 진작 죽었지. 맨 먼저 자네 목이 날아가고 그 다음에는 모두의 목이 떨어졌을 거야. 저것 봐, 존, 저 여자가 칼을 얼마나 잘 다루는지 좀 보란 말이야."

실제로 밀레디는 부들부들 떨리는 손에 여전히 무기를 쥐고 있었다. 그러나 이 마지막 말, 이 최대의 모욕에 손과 기운 그리고 의지까지 풀려버렸다.

칼이 땅바닥에 떨어졌다.

"지당하신 말씀입니다, 남작님." 펠튼이 깊은 혐오의 어조로 말했다. 그의 목소리가 밀레디의 가슴속 밑바닥에까지 울렸다. "각하의 말씀이 맞습니다. 제가 틀렸습니다."

두 사람이 다시 나갔다.

그러나 이번에는 밀레디가 아까보다 더 주의 깊게 귀를 기울이며 그들의 발소리가 멀어져 복도 안쪽으로 사라져버리기를 기다렸다.

"망했구나." 그녀는 중얼거렸다. "청동이나 화강암 조각상처럼, 이빨 하나 들어가지 않는 사람들의 손아귀에 떨어졌구나. 저들은 나를 속속들이 알고 있어. 나의 어떠한 무기에도 동요하지 않다니. 하지만 저들의 생각대로 끝낼 수는 없어."

실제로 이 마지막 반성, 희망으로 돌아가겠다는 본능이 담긴 말이 가리키듯이, 그녀의 영혼에는 두려움과 나약한 감정이 오래가지 않았다. 밀레디는 탁자에 앉아 식사를 했다. 에스파냐 포도주를 좀 마시자 결단력이 모두 되살아나는 느낌이었다.

그녀는 자기 전에 벌써 감시자들의 외모상의 특징을 수집하여 분석했으며 반복해서 그려보았다. 그들의 말투, 걸음걸이, 행동, 기색, 심지어 침묵까지 모든 것들을 검토했다. 이 심오하고 능숙한 조사를 통해, 두 명의 간수 중에서 아무래도 펠튼이 더 요리하기 쉽다고 결론지었다.

특히 그 한마디 말이 다시 떠올랐다.

"자네 말대로 했다면." 윈터 경이 펠튼에게 한 말이었다.

윈터 경이 펠튼의 말을 들으려 하지 않은 것을 보면 펠튼이 그녀를 옹호하는 말을 한 게 틀림없었다.

"약하건 강하건." 밀레디가 되뇌었다. "그 남자의 마음속에는 한 줄기 희미한 연민의 빛이 있어. 그 미광(微光)을 타오르게 해서 그를 사로잡겠어. 윈터 경은 나를 너무나 잘 알고 있어. 나를 두려워하고 있으며, 만약 내가 자기 손에서 빠져나가면 어떤 일이 닥칠지도 알고 있어. 그러니 그에게는 무슨 짓을 해봐도 소용이 없을 거야. 하지만 펠튼은 그렇지 않아. 그는 순진하고 순수한 청년이야. 신사가 되고 싶어하기도 하고. 그러면 유혹할 수 있어."

밀레디는 입술에 미소를 머금고 잠이 들었다. 자고 있는 그녀의 모습을 본 사람이라면 다가오는 축제에 머리에 쓸 화관을 꿈꾸고 있는 처녀 같다고 했으리라.

억류 이틀째 날

밀레디는 마침내 다르타냥을 붙잡아 형벌을 내리는 꿈을 꾸고 있었다. 그녀의 입술에 고혹적인 미소가 떠오른 것은 사형 집행인의 도끼 아래로 흘러내리는 그의 가증스러운 피를 보았기 때문이다.

그녀는 처음으로 희망을 품게 된 죄수처럼 잠들어 있었다.

이튿날 누군가가 들어왔을 때 여자는 아직도 침대에 누워 있었다. 펠튼은 복도에 있었다. 전날 이야기한 여자를 데려왔던 것이다. 방에 들어온 여자가 밀레디의 침대 옆으로 다가와서 시킬 일은 없는지 물었다.

밀레디는 대개 얼굴빛이 창백했다. 그러므로 밀레디를 처음 보는 사람은 얼굴빛에 속아 넘어갈 수 있었다.

"열이 있어요." 밀레디가 말했다. "밤새도록 한숨도 못 잤어요. 몹시 고통스러워요. 당신은 어제 왔던 사람들보다 인정 있는 분인지 모르겠네요? 그냥 이대로 누워 있게 해줘요. 다른 부탁은 없어요."

"의사를 부를까요?" 시중을 들러 온 여자가 말했다.

펠튼은 두 여자의 대화를 잠자코 듣고만 있었다.

밀레디가 가만히 생각했다. 주위에 사람들이 늘어날수록 살펴야 하는 사람도 더 많아질 것이고, 윈터 경의 감시도 그만큼 더 엄중해질 것이다. 게다가 의사가 꾀병이라고 밝혀버릴지도 모른다. 밀레디는 첫 번째 승부에서 실패했기 때문에 두 번째 승부에서는 지고 싶지 않았다.

"의사를 부르러 간다고요?" 그 여자가 말했다. "그게 무슨 소용이 있겠어요? 어제 그 양반들은 내 병을 희극이라고 했는데, 아마 오늘도 마찬가지일 거예요. 어제저녁부터 의사를 부를 만한 시간은 얼마든지 있었거든요."

"그러면……." 펠튼이 참다 못해 말했다. "어떻게 해줬으면 하는지 얘기하시오, 부인."

"아니! 그걸 어떻게 알아요, 내가? 오, 하느님! 전 고통을 느낄 뿐이에요. 마음대로 하세요, 상관없어요."

"윈터 경을 모셔와요." 그칠 줄 모르는 하소연에 지친 펠튼이 말했다.

"오! 안 돼요, 안 돼!" 밀레디가 외쳤다. "그러지 마세요, 제발 그를 부르지 마세요. 괜찮아졌어요. 아무것도 필요 없으니까, 그를 부르지 마세요."

이렇게 열렬히 부르짖는 소리에 마음을 사로잡힌 펠튼은 어느새 방 안으로 몇 걸음 끌려 들어갔다.

'마음이 움직였구나.' 밀레디가 생각했다.

"그렇지만, 부인." 펠튼이 말했다. "정말로 아프시다면, 의사를 부르겠습니다. 우리를 속이는 거라면, 뭐, 당신에게 더 불리하겠죠. 하지만 적어도 우리가 비난받을 이유는 없을 겁니다."

밀레디는 아름다운 머리를 베개에 던지고는 눈물을 흘리면서 말없이 흐느꼈다.

펠튼은 여느 때와 같은 무심한 얼굴로 잠시 바라보다가, 이 발작이 쉽게 끝날 것 같지가 않자 방에서 나가버렸다. 하녀도 뒤따라 나갔다. 윈터 경은 나타나지 않았다.

"이제 희망이 보이기 시작하는구나." 밀레디가 잔인한 기쁨의 표정으로 중얼거리더니 혹시 이렇게 만족해하는 모습을 누가 엿볼까 봐 이불로 얼굴을 파묻었다.

두 시간이 흘러갔다.

"자, 병을 앓는 척하는 건 이쯤 해두고 일어나자." 그녀가 혼자 말했다. "오늘부터라도 바로 시작해야지. 열흘밖에 안 남았는데. 오늘 저녁이면 벌써 이틀이 지나가는걸."

아침에 식사를 가지고 왔으니, 조금 있으면 식탁을 치우러 올 것이고, 그러면 펠튼을 또 볼 수 있으리라 생각했다.

밀레디의 짐작은 틀리지 않았다. 펠튼이 다시 나타났다. 그는 밀레디가 음식에 손을 댔는지 안 댔는지는 아랑곳하지 않고 음식을 치우라고 신호했다.

펠튼은 손에 책을 한 권 든 채 계속 서 있었다.

벽난로 옆의 안락의자에 누워 있는 밀레디의 얼굴에는 창백한 아름다움이 깃들어 있었다. 체념한 듯한 모습이 마치 순교를 기다리고 있는 성처녀(聖處女) 같았다.

펠튼이 그녀 옆으로 다가가서 말했다.

"윈터 경은 당신처럼 가톨릭 신자입니다. 예배를 드리지 못하는 것 때문에 당신이 고통스러워할 것이라고 생각하시고, 날마다 당신네 미사의 통상문(通常文)을 읽어도 좋다고 허락하셨습니다. 여기 전례서를 가져왔습니다."

펠튼이 전례서를 밀레디의 옆에 있는 조그만 탁자에 놓는 태도와 '당신네 미사' 라는 말을 내뱉는 어투, 그리고 그와 동시에 떠오른 경멸 어린 미소에 밀레디는 주목했다. 그녀는 고개를 들어 장교를 유심히 살펴보았다.

그의 엄격한 머리 모양과 지극히 간소한 복장, 그리고 마치 대리석처럼 매끄러우면서도 싸늘해 보이는 단단한 이마를 보고 그가 청교도라는 것을 알아차렸다. 성 바르톨로메오 축일의 학살에 대한 기억에도 불구하고 피난처를 찾아 프랑스 궁정이나 영국 제임스 왕의 궁정에 들어와 있는 청교도들이 꽤 있었다. 그녀는 두 궁정에서 청교도들과 마주친 적이 많았다.

밀레디는 커다란 위기에 봉착했을 때, 즉 운명이나 삶을 결정하는 최후의 순간에 오직 천재적인 사람들만이 느낄 수 있는 갑작스러운 영감을 떠올렸다.

'당신네 미사' 라는 두 마디 말과 얼른 훑어본 펠튼의 모습에서 그녀는 자신이 이제부터 말하려는 대답의 중요성을 뼈저리게 절감했다. 그녀 특유의 빠른 머리 회전에 힘입어, 즉석에서 대답을 꾸며댔다.

"내가!" 그녀가 젊은 장교의 목소리에 담긴 경멸에 맞추어 역시 경멸적인 말투로 말했다. "내가요? 장교님, '우리네 미사' 라고요? 타락한 가톨릭 신자인 윈터 경은 내가 자기와 같은 종교가 아니라는 걸 잘 알고 있어요. 나를 함정에 빠뜨리려는 수작이 뻔해요!"

"그럼 당신의 종교는 무엇입니까?" 펠튼이 놀라움을 감추지 못한 채 물었다.

밀레디가 짐짓 흥분한 체하면서 외쳤다.

"그건 내가 내 신앙을 위해 충분히 고통을 겪고 난 뒤에야 말씀드릴 수 있어요."

밀레디는 이 한 마디 말이 의미하는 숨은 뜻을 펠튼이 눈치챘다고 짐작했다.

그렇지만 젊은 장교는 여전히 말이 없었다. 움직임도 없었다. 오직 그의 시선만이 뭔가를 이야기하고 있었다.

"나는 지금 적들의 손에 있어요." 그녀는 청교도들에게서 흔히 찾아볼 수 있는 감격적인 어조로 말했다. "그러니까, 하나님이 나를 구해 주시거나, 하나님을 위해 내가 죽거나 둘 중 하나라는 걸 윈터 경에게 전해 주셨으면 할 뿐이에요. 그리고 기도서는……." 그녀가 말을 덧붙이면서, 대기만 해도 자신이 더러워지기라도 할 듯이, 손가락 끝으로 기도서를 가리켰다. "당신이 가지고 가서 마음대로 쓰세요. 당신은 윈터 경과 한통속이 되어 나를 박해하는 분이니, 틀림없이 윈터 경처럼 사교(邪敎)를 믿을 테니까요."

펠튼은 조금 전과 같은 불쾌한 얼굴로 말없이 책을 집어 들었다. 그러고는 생각에 잠겨 방을 나갔다.

저녁 5시쯤에 윈터 경이 찾아왔다. 밀레디는 이미 하루 종일 자기가 취할 행동 방침을 세워놓고 있었다. 여성으로서 유리한 점을 모두 되찾은 여자답게 그를 맞았다.

윈터 경이 밀레디의 맞은편 안락의자에 앉더니 벽난로 아궁이에 아무렇게나 발을 뻗고서 말했다.
"보아하니 개종을 한 모양이지!"
"무슨 뜻이죠?"
"우리가 마지막으로 만난 이래로 당신 종교가 바뀌었단 말이오. 혹시 신교도를 세 번째 남편으로 얻었나?"
"설명해 봐요." 밀레디가 위엄 있게 말을 이었다. "분명히 말하지만 당신의 말을 이해할 수 없군요."
"그러니까 결국 당신은 아무 종교도 없다는 말이야. 나로선 그게 더 좋기는 하지만." 윈터 경이 냉소를 흘리면서 말했다.
"확실히 당신 원칙에 맞는 말씀이로군요." 밀레디가 냉정하게 말했다.
"내게는 별다른 차이가 없다는 말이오."
"종교에 무관심하다고는 솔직하게 시인하지 않으실 테죠, 남작님. 당신의 방탕과 죄악에 대한 증거가 될 테니까요."
"뭐라고! 당신이 방탕 운운하다니, 메살리나 왕비(방종한 행동과 살해 음모로 유명한 로마 황제 클라우디우스의 세 번째 왕비 ─옮긴이), 맥베스 부인 같은 여자인 주제에! 내가 잘못 들었거나, 당신이 정말 뻔뻔스럽거나 둘 중의 하나겠지."
"남들이 듣고 있으니까 그렇게 말하는 거죠." 밀레디는 쌀쌀하게 응수했다. "당신의 감옥지기들과 망나니들에게 나를 나쁜 여자로 보이게 하려고 말이에요."
"내 감옥지기들! 내 망나니들! 허어, 부인, 제법 시적인 표현을 써대는군. 어제의 희극이 오늘 저녁에는 비극으로 바뀌네. 잘 해보시지. 어차피 일주일만 있으면 당신은 가야 할 곳으로 갈 것이고, 내 일도 끝날 테니까."

"파렴치한 일이에요! 불경한 일이에요!" 밀레디가 재판관에게 대드는 죄수처럼 흥분하여 부르짖었다.

"뻔뻔스러운 여자가 드디어 미쳤군. 미친 것이 분명해." 윈터 경이 일어서면서 말했다. "자, 진정하라고, 청교도 부인. 그렇지 않으면 지하 감방에 집어넣어 버릴 테니까. 정말이야! 내가 준 에스파냐 포도주를 마시고 머리가 돌아버린 게야, 그렇지? 하지만 안심하라고. 그런 취기는 위험하지 않으니까. 뒤탈은 없을 거야."

윈터 경이 악담을 하면서 물러갔다. 당시에는 이러는 편이 오히려 기사다운 행동이었다.

펠튼은 실제로 문 뒤에서 그들의 대화를 한마디도 놓치지 않고 듣고 있었다. 밀레디의 추측이 옳았다.

"그래, 가라! 가!" 그녀가 자신의 아주버니에게 말했다. "뒤탈이 없기는. 일파만파가 번지고 있어, 바보야. 네가 알아차릴 때쯤엔 이미 피할 시간이 없을 거다."

다시 고요가 깃들었다. 두 시간이 흘러갔다. 저녁 식사가 들어왔을 때, 밀레디는 큰 소리로 기도하고 있었다. 두 번째 남편의 늙은 하인이 아주 엄격한 청교도였는데, 이 하인에게서 기도를 배워두었던 것이다. 마치 황홀경에 빠져 주위 일에는 아무 관심도 없는 것처럼 보였다. 펠튼이 방해하지 말라고 신호했다. 탁자에 음식을 다 놓자, 그가 병사들과 함께 조용히 나갔다.

밀레디는 그가 바깥에서 엿보고 있을지도 모른다는 것을 알고 있었으므로, 끝까지 기도를 계속했다. 문을 지키는 병사의 발소리가 들리지 않는 것을 보니 엿듣고 있는 것 같았다.

그녀는 이만하면 충분하다고 생각했다. 일어나서 식탁에 앉았지만 음식은 거의 먹지 않고 물만 마셨다.

한 시간 후에 간수가 식탁을 치우러 왔다. 이번에는 병사들뿐이었다. 펠튼은 오지 않았다. 그는 그녀를 너무 자주 보는 것이 두려웠던 것이다.

그녀가 미소를 지었다. 물론 벽 쪽으로 돌아앉은 상태였다. 너무나도 의기양양한 표정인지라 이 미소만 보면 누구라도 그녀의 속셈을 간파할 수 있을 정도였기 때문이다.

반 시간쯤 지났다. 낡은 저택이 온통 고요해지면서 대양의 거대한 숨결과도 같이 끊일 줄 모르는 파도 소리밖에 들리지 않았다. 그러자 당시의 청교도들이 무척 애송하던 찬송가의 1절을 그녀가 맑고 고운 떨리는 목소리로 노래하기 시작했다.

주님이 우리를 버리심은
우리의 굳셈을 보시기 위함이로다.
그러나 후에 그 거룩하신 손으로
우리에게 영광을 주시나이다.

이 시구는 뛰어나달 것도 없었다. 어림도 없었다. 하지만 누구나 알다시피, 신교도들은 시에 대한 자부심이 없었다.

밀레디는 노래하면서도 귀를 기울이고 있었다. 파수병이 화석처럼 우두커니 서 있는 모습을 보고 밀레디는 효과가 있다고 판단했다.

그녀는 이루 말할 수 없는 감정을 곁들여 더욱더 열렬하게 노래를 계속했다. 노랫소리가 아치 모양의 지붕 아래로 멀리 울려 퍼졌다. 간수들의 마음도 마술적인 힘에 이끌려 부드러워질 지경이었다. 그렇지만 보초병은 열렬한 가톨릭 신자였기에 머리를 거칠게 흔들어 마력을 떨쳐버린 뒤 문 너머로 소리를 질렀다.

"입 다물어요. 당신 노래는 '데 프로푼디스(De profundis, '심연에서 벗어나'라는 뜻으로 라틴어 애도가이다――옮긴이)'처럼 구슬퍼요. 여기서 보초 서는 즐거움에다가 그런 노래까지 들어야 하다니, 견딜 수 없을 지경이오."

"조용히 해!" 그때 묵직한 목소리가 들렸다. 밀레디는 그것이 펠튼의 목소리라는 것을 알아차렸다. "웬 참견이냐? 그 여자에게 노래를 못 부르게 하라는 명령이라도 받았나? 아니잖아. 그 여자를 감시하라고 했어. 달아나면 쏘라고 했어. 그게 다야. 감시나 해. 그리고 달아나면 쏴. 명령받은 대로만 하란 말이야."

말할 수 없는 기쁨으로 밀레디의 얼굴이 반짝였다. 그러나 번갯불처럼 이내 사라졌다. 밀레디는 한마디도 놓치지 않고 들었던 그들의 대화를 마치 들은 적이 없다는 듯이, 목소리에 온 힘을 쏟아 다시 노래를 계속했다.

> 마음이 이토록 슬프고 괴로워도
> 몸은 비록 쫓겨나 사슬에 매어 있어도,
> 나에겐 젊음이 있고 기도가 있나니
> 하나님은 나의 고통을 헤아려주시리.

그녀의 목소리에 숭고한 정열이 넘쳐흘렀다. 노랫소리가 아득하고 그윽하게 울려 퍼졌다. 이 찬송가의 거칠고 황폐한 가사에 마술과 표현력이 더해졌다. 아무리 열렬한 청교도들일지라도 교우들의 노래에서 좀처럼 찾아볼 수 없는 매력이 그녀의 목소리에 깃들어 있었다. 온갖 상상을 덧붙이지 않을 수 없게 하는 마력이 있었다. 펠튼은 천사의 노래를 듣고 있다고 생각했다. 맹렬히 타오르는 불 속에 갇힌 히브리 사람 세 명을 천사가 위로하는 장면을 떠올렸다.

밀레디가 노래를 계속했다.

> 그러나 우리에게도 구원의 날은 오리라.
> 하나님은 올바르고 굳세므로
> 비록 그날의 희망이 우리를 저버려도
> 우리에게는 여전히 순교와 죽음이 있네.

무시무시한 마녀가 심혈을 기울여 부른 노래에 젊은 장교의 마음이 마침내 흐트러지고 말았다. 그가 느닷없이 문을 열었다. 얼굴은 여전히 창백했으나 눈은 미칠 듯이 불타오르고 있었다.

"왜 그렇게, 왜 그런 목소리로 노래를 부릅니까?" 그가 말했다.

"죄송해요, 장교님." 밀레디가 상냥하게 말했다. "내 노래가 이 집에는 어울리지 않는다는 것을 깜빡 잊었어요. 틀림없이 당신의 믿음에 거슬렸을 거예요. 그러나 일부러 그런 것은 아닙니다. 고의는 아니었지만 대단히 큰 잘못인가 봐요. 용서하세요."

그때 밀레디의 모습은 너무나 아름다웠다. 교리를 깨우치고 마치 황홀경에 빠진 듯한 표정에 펠튼은 완전히 현혹되었다. 조금 전까지는 목소리만 들리던 천사가 이제는 눈앞에 나타난 것만 같았다.

"그래요. 그래." 그가 대답했다. "당신은 이 저택에 살고 있는 사람들의 마음을 어지럽히고 뒤흔듭니다."

분별을 잃은 이 가련한 사내는 자신의 말에 일관성이 없다는 것조차 알아차리지 못했다. 밀레디는 그의 마음속에서 가장 깊은 곳을 꿰뚫어 보려는 듯 그를 살쾡이처럼 쳐다보았다.

"잠자코 있겠어요." 밀레디가 눈을 내리깔고 체념한 듯한 모습으로 가능한 한 부드럽게 말했다.

"아니, 그럴 건 없습니다." 펠튼이 말했다. "다만 좀 작은 소리로 노래하세요. 특히 밤중엔 말입니다."

그는 이렇게 말하고는 밀레디에게 더 이상 엄격한 태도를 유지할 수 없을 것 같다고 느꼈는지, 방에서 뛰어나갔다.

"잘하셨습니다, 보좌관님." 병사가 말했다. "그 노랫소리를 들으면 마음이 마구 흔들려서요. 그렇지만 듣고 있다 보니 익숙해지는군요. 워낙 목소리가 아름다우니까요!"

억류 사흘째 날

펠튼이 들어왔다. 그렇지만 아직 한 걸음 더 가까워져야 했다. 그를 붙들거나 더 정확히 말하자면 그가 혼자 있도록 해야 했다. 밀레디는 그럴 수 있는 방법을 막연하게 그려보았을 뿐이다.

그리고 한 가지가 더 필요했다. 그에게 말을 시켜 입을 열게 할 수도 있을 것이었다. 밀레디 자신이 잘 알고 있듯이, 그녀의 가장 큰 매력은 천사의 목소리를 낼 수 있다는 것이었기 때문이다.

그렇지만 이 모든 유혹에도 불구하고 밀레디가 실패할 가능성도 얼마든지 있었다. 펠튼은 밀레디에 대해 선입견을 갖고 있었기 때문이다. 그는 아무리 사소한 우연에도 신중하게 대처하라고 이미 주의를 받은 터였다. 그때부터 밀레디는 아주 하찮은 눈짓에서 몸짓까지, 한숨으로 해석할 수 있는 숨결까지 그의 모든 행동과 말을 유심히 살폈다. 요컨대 새로운 배역을 맡게 된 능숙한 배우처럼 밀레디는 모든 것을 조사했다.

윈터 경을 다루는 일은 훨씬 쉬웠다. 그런 만큼 행동 방침을 전날 미리 세워놓았다. 그가 오면 입을 꼭 다물고 허점을 드러내지 않을 작정이었다. 때때로 짐짓 경멸하는 태도와 언사를 보임으로써 그가 화를 내고 위협적이고 난폭한 언동을 하게 만들 것이었다. 이런 식으로 나가면 자신의 체념한 태도는 더욱 두드러지게 보일 테고 펠튼도 보게 될 것이 뻔했다. 물론 그렇다고 해도 아무 말 하지 않겠지만 알기는 알 것이다.

아침이 밝았다. 여느 때처럼 펠튼이 식사 준비를 지휘했다. 그러나 밀레디는 말없이 보고만 있었다. 그는 나가려다 말고 무슨 이야기를 하려는 듯 멈칫했다. 그녀는 한 줄기 희망의 빛을 보았다. 그러나 그의 입술만이 움직였을 뿐, 그의 입에서는 아무 소리도 나오지 않았다. 펠튼은 입 밖으로 나오려는 말을 억지로 가슴속에 눌러 담고 그냥 나가버렸다.

정오쯤 윈터 경이 들어왔다.

화창한 겨울 날씨였다. 영국 특유의 희미한 햇살이 따사롭지는 않지만, 감방의 창살로 밝게 스며들고 있었다.

밀레디는 창밖을 내다보면서 문이 열리는 소리를 듣지 못한 척했다.

"아아!" 윈터 경이 말했다. "희극도 끝나고 비극도 끝났으니, 이제는 우울한 장면이 시작되었군."

죄수는 대답하지 않았다.

"그래, 알겠어." 윈터 경이 계속했다. "자유로운 몸이 되어 바닷가에 서고 싶겠지. 배를 타고 에메랄드 같은 푸른 바다 물살을 가르고 싶겠지. 육지에서건 바다에서건 그 능란한 매복 전술을 나에게 펼치고 싶겠지. 좀 참고 기다리구려, 기다려! 이제 나흘만 지나면 바닷가건 바다 위건 소원대로, 아니 그보다 더 자유로운 몸이 될 거야. 사흘 후면 영국에서 쫓겨날 테니까."

밀레디는 두 손을 마주 잡고 아름다운 눈을 들어 하늘을 우러러보았다.

"주여! 주여!" 그녀는 천사와 같은 그윽한 목소리와 몸짓으로 말했다. "제가 이 사람을 용서하듯이, 주님께서도 용서해 주소서."

"오냐, 기도를 드려라, 저주받을 계집." 윈터 경이 외쳤다. "참으로 너그러운 기도로군. 넌 용서라곤 모르는 사람의 손아귀에 있는데도 말이야."

그가 나갔다.

그 순간 살짝 열려 있는 문틈으로 날카로운 시선이 미끄러지듯 들어왔다. 들키지 않으려고 얼른 몸을 피하는 펠튼의 모습이 그녀의 눈에 띄었다.

그러자 그녀는 무릎을 꿇고 기도를 드리기 시작했다.

"나의 하나님! 나의 하나님!" 그 여자가 말했다. "제가 어떤 거룩한 이유 때문에 고통받고 있는지 당신은 알고 계시오니, 저에게 견뎌낼 힘을 주소서."

문이 살그머니 열렸다. 기도하고 있는 아름다운 여인은 들은 척도 하지 않고 울먹이는 목소리로 기도를 계속했다.

"원수를 갚아주시는 하나님! 선한 하나님! 당신은 저 사나이의 무서운 계획이 이루어지도록 내버려두시렵니까!"

그러고 나서야 비로소 펠튼의 발소리를 들은 척 재빨리 일어 났다. 밀레디는 마치 무릎을 꿇고 있다가 들킨 것이 부끄럽기라 도 한 듯이 얼굴을 붉혔다.

"기도를 방해하고 싶지 않습니다, 부인." 펠튼이 진지하게 말 했다. "제발 저를 개의치 마십시오."

"제가 기도하고 있었다는 걸 어떻게 아시죠?" 밀레디가 흐느 끼는 목소리로 말했다. "그렇지 않아요. 저는 기도를 드리고 있 던 게 아니에요."

"당신은……." 펠튼이 여전히 묵직하나 한결 부드러워진 목 소리로 대답했다. "하나님 앞에 무릎 꿇는 일을 금지할 권리가 내게 있다고 생각하십니까? 당치도 않아요! 게다가 죄 있는 자 라면 당연히 회개해야 합니다. 비록 죄인일지라도 하나님 앞에 무릎을 꿇는다면 내 눈에는 신성한 사람처럼 보입니다."

"죄인이라고요, 내가!" 밀레디가 최후의 심판에 나선 천사의 마음도 녹일 만한 미소를 지으면서 말했다. "내가 죄를 지었다 고요! 맙소사, 당신은 나를 죄인으로 알고 있군요! 좋아요, 내 가 유죄 선고를 받았다고 하세요. 하지만 순교자들을 사랑하시 는 하나님은 때로 무고한 자가 유죄 판결을 받게도 하신답니 다."

"당신이 죄인이건 순교자이건 기도드리는 것은 필요하겠죠." 펠튼이 대답했다. "나도 당신을 위해 기도하겠습니다."

"아! 당신은 의로운 분입니다." 밀레디가 그의 발 아래 몸을 던지면서 외쳤다. "난 더 이상 견딜 수가 없어요. 정신적인 투 쟁을 계속하고 내 신앙을 고백하지 않으면 안 될 그런 때에 힘 이 빠져버릴까 걱정됩니다. 그러니 제발 절망에 빠진 여인의 애원을 들어주세요. 당신은 기만당하고 있습니다. 하지만 저는 전혀 개의치 않습니다. 제가 당신에게 바라는 것은 꼭 한 가지 소원밖에 없어요. 그걸 들어주시기만 한다면 이승에서는 물론이요, 저승에서도 당신을 축복하겠습니다."

"주인에게 이야기하시오." 펠튼이 말했다. "용서하거나 벌하는 일은 나의 소임이 아닙니다. 그런 책임은 나보다 더 높은 사람에게 있습니다."

"아닙니다, 오직 당신에게만 얘기하고 싶어요. 저에게 파멸을 더하거나 치욕을 보태지 마시고 제 말을 들어주세요."

"마땅히 그런 치욕을 받아야 한다면, 부인, 마땅히 그런 불명예를 받아야 한다면, 그것을 하나님께 맡기고 견뎌야 합니다."

"무슨 말씀이세요? 아! 당신은 제 말을 못 알아들으시는군요! 제가 치욕이라고 말할 때, 당신은 어떤 징벌로 알아들으시는군요! 감옥이나 죽음으로 말이에요! 그따위 것들은 저에겐 중요하지 않아요!"

"이제는 내가 당신을 이해할 수 없군요."

"아니면 이해하지 못하는 척하시는 것이죠, 장교님." 죄수가 못 믿겠다는 듯이 미소를 띠고 말했다.

"그렇지 않습니다. 군인의 명예를 걸고, 기독교도의 신앙을 걸고 맹세합니다!"

"아니, 그렇다면 윈터 경이 저에게 무슨 짓을 하려고 하는지 당신은 모르시는군요."

"모릅니다."

"그럴 수가 있나요, 그의 심복인 당신이!"

"나는 절대 거짓말하지 않습니다, 부인."

"어머나! 그는 별로 감추려고도 하지 않으니까, 짐작할 수 있을 텐데요."

"나는 굳이 알려고 하지 않습니다. 다만 이야기해 주기를 기다리고 있을 뿐입니다. 당신 앞에서 말씀하신 것 외에 윈터 경이 따로 해주신 이야기는 없습니다."

"그렇다면 당신은 그와 한통속이 아니군요." 밀레디가 믿을 수 없을 만큼 진실한 어조로 외쳤다. "그가 저에게 세상에서 가장 끔찍한 치욕을 주려고 한다는 것을 당신은 모르고 계시는군요?"

"당신은 잘못 생각하고 있습니다." 펠튼이 얼굴을 붉히면서 말했다. "윈터 경은 그런 죄악을 범하실 분이 아닙니다."

'됐다.' 밀레디가 속으로 생각했다. '아무것도 모르면서 죄악이라고 하는구나!'

그러고 나서 큰 소리로 말했다.

"그런 파렴치한의 친구라면 무슨 일이든 할 수 있죠."

"파렴치한이라니, 누구 말입니까?" 펠튼이 물었다.

"그런 이름으로 불릴 수 있는 사람이 영국에 몇이나 있겠어요?"

"조지 빌리어스 말인가요?" 펠튼이 말했다. 그의 눈에서 불길이 타오르는 것 같았다.

"이교도들은 그를 버킹엄이라고 부르지요." 밀레디가 말했다. "제가 말하는 사람이 누구인지 장황하게 설명하지 않아도 영국인이라면 누구나 알 거예요!"

"하나님의 손이 그에게 닿아 있습니다." 펠튼이 말했다. "그는 응분의 벌을 면하지 못할 겁니다."

펠튼은 공작에 대해 증오의 감정을 서슴없이 표출했다. 영국인들은 버킹엄에 대해 모두 이러한 감정을 품고 있었다. 구교도들까지도 그를 착취자, 공금 횡령자, 난봉꾼이라고 불렀으며, 청교도들은 그를 그저 사탄이라고 불렀다.

"오! 하나님! 하나님!" 밀레디가 외쳤다. "그 사람에게 응분의 징벌을 내려달라고 제가 간구할 때, 당신이 아시다시피, 저의 간청은 저만의 복수가 아닙니다. 민족 전체의 구원입니다."

"그를 알고 계십니까?" 펠튼이 물었다.

'드디어 이 사람이 내게 질문을 했다.' 밀레디는 이렇게 빨리 커다란 성과를 거둔 것에 떨 듯이 기뻐하면서 속으로 중얼거렸다.

"그럼요! 알고말고요! 그게 제 불행이었습니다. 영원히 돌이킬 수 없는 불행이었습니다."

밀레디가 고통의 발작에 사로잡힌 듯이 스스로 두 팔을 비틀었다. 펠튼은 아마 자신의 몸에서 힘이 쑥 빠져버리는 것을 느꼈을 것이다. 그가 문 쪽으로 몇 걸음 걸어가자 그에게서 줄곧 눈을 떼지 않고 있던 그녀는 얼른 달려가 그를 멈추어 세웠다.

"제발 부탁합니다." 그 여자가 외쳤다. "제발 제 소원을 들어주세요. 나이프를, 제가 무엇에 쓰려고 하는지 신통하게도 남작이 알아차리고 빼앗아가 버린 그 나이프를……. 아! 제발 제 말을 끝까지 들어주세요! 그 나이프를 잠깐만 제게 돌려주세요. 제발 부탁이에요. 자비를 베풀어주세요. 이렇게 당신 무릎을 껴안고 부탁드립니다. 아, 나가지 마세요. 제가 원망하는 것은 당신이 아니에요. 당신 같은 분을 원망하다니요! 제가 만난 사람들 중에서 가장 의롭고 친절하며 인자하신 당신을, 어쩌면 제

구세주가 되실지도 모르는 당신을 원망하다니요! 잠깐만 그 나이프를, 한 번만 빌려주세요. 문구멍으로 돌려드리겠어요. 꼭 일 분간만, 펠튼 씨. 그러면 당신은 제 명예를 구해 주시게 돼요!"

"자살하려고요?" 펠튼은 죄수의 손에서 자기 손을 빼내는 것도 잊어버리고 잔뜩 겁이 나서 외쳤다. "자살이라니!"

"제가 말해 버렸군요, 장교님." 밀레디가 마룻바닥에 힘없이 쓰러지면서 낮은 목소리로 중얼거렸다. "내 비밀을 말해 버렸어! 그가 모든 것을 알게 될 거야! 맙소사! 아, 난 망했어!"

펠튼은 어떻게 해야 할지 망설이면서 가만히 서 있었다.

'이 사람이 아직도 의심하고 있구나.' 밀레디가 생각했다. '내가 충분히 진실해 보이지 않았나 봐.'

복도에서 발소리가 들렸다. 밀레디는 그것이 윈터 경의 발소리임을 알아차렸다. 펠튼도 그가 오고 있다는 것을 알고 문 쪽으로 걸어갔다.

밀레디가 그에게 뛰어갔다.

"제발 아무 말씀 마세요." 그녀가 목소리를 죽여 말했다. "제가 당신에게 말씀드린 건 절대로 그에게 말하지 마세요. 그렇지 않으면 저는 영영 파멸이에요, 당신 때문에······."

발소리가 가까워졌다. 밀레디는 자신이 말하는 소리가 들릴까 봐 입을 다물고 무척 두려워하는 듯한 몸짓으로 아름다운 손을 펠튼의 입에 갖다 댔다. 펠튼이 가만히 밀어내자 밀레디는 긴 의자로 가서 주저앉았다. 윈터 경은 걸음을 멈추지 않고 문 앞을 지나쳤다. 발소리가 멀어져갔다.

펠튼은 죽은 사람처럼 얼굴이 새파래졌다. 한참 동안 귀를 기울이다 발소리가 전혀 들리지 않게 되자 꿈에서 깨어난 사람처럼 숨을 돌리고는 방에서 뛰어나가 버렸다.
"아!" 이번에는 밀레디가 펠튼의 발소리에 귀를 기울이면서 말했다. 윈터 경과는 반대 방향으로 멀어져가고 있었다. "드디어 내 손아귀에 들어왔구나."
곧 그녀의 표정이 다시 흐려졌다.
"그가 남작에게 일러바치면 나는 망한다." 그녀가 말했다. "남작은 내가 자살하지 않으리라는 것을 너무나 잘 알고 있어. 그가 보는 앞에서 나에게 나이프를 쥐어주겠지. 그렇게 되면 그는 나의 모든 절망이 연극에 불과했다는 것을 알게 될 거야."
밀레디는 거울 앞에 서서 자기 모습을 들여다보았다. 지금처럼 그녀가 아름다워 보인 적은 없었다.
"그래!" 그녀가 혼자 미소를 지으면서 말했다. "그는 결코 남작에게 말하지 않을 거야."
저녁에 윈터 경이 식사 시간에 맞춰 들어왔다.
"왜 이렇게 자꾸 오시는 거죠? 당신 얼굴을 보는 게 감금 생활에 따르는 부속물인가요?" 밀레디가 그에게 말했다. "당신이 찾아올 때마다 커져만 가는 고통을 덜어줄 수는 없나요?"
"아니, 뭐라고요, 제수씨!" 윈터 경이 말했다. "지금 나에게 그토록 잔혹하게 말하는 그 아름다운 입으로, 얼마 전에는 오직 나를 만나기 위해서 영국에 왔다고 말하지 않았던가! 빼앗긴다면 정말 가슴이 아플 것이라고 말한 그 즐거움을 위해 말이야! 배멀미도, 폭풍우도, 이렇게 갇힐 것도 마다하지 않고, 오로지 나를 만나기 위해 온갖 위험을 무릅썼노라고 말하지 않았던가! 자, 그러니 나를 보고 마음껏 즐기라고. 게다가 오늘 온 것은 이유가 있어."

밀레디는 소름이 끼쳤다. 펠튼이 털어놓고 말았구나 싶었다. 극도로 불쾌한 감정을 느껴본 적은 몇 번 있었지만 이처럼 격렬하게 가슴이 뛴 것은 아마도 난생처음이었을 것이다.

밀레디는 앉아 있었다. 윈터 경이 안락의자를 끌어다 그 여자 옆에 놓고 앉더니 주머니에서 서류 한 장을 꺼내 천천히 펼쳐 들었다.

"자, 이것 봐." 그가 말했다. "이걸 보여주려고 했어. 내가 손수 작성한 일종의 여권이라고 할 수 있지. 여기를 떠난 뒤 당신은 이 지령에 따라야 할 거야."

그러고 나서 밀레디를 바라보던 시선을 서류로 옮기고는 소리 내어 읽었다.

"'연행 명령……' 지명은 아직 공란이야." 윈터 경이 읽기를 멈추었다. "희망하는 곳이 있다면 말해도 좋아. 런던에서 수천 킬로미터쯤 떨어진 곳이라면 어디든 상관없으니까. 그럼 다시 읽어보겠어. '프랑스 왕국의 법정에 의해 낙인의 형을 받은 후 방면된 샤를로트 바크송이란 자를 ……으로 연행하라. 이자는 거주지에서 절대 15킬로미터 이상을 벗어나지 못한다. 도주를 시도할 때는 사형에 처하라. 주거비 및 식비로 하루에 5실링을 지급한다.'"

"이 명령서는 나하고 아무 관계도 없어요." 밀레디가 차갑게 대답했다. "거기에 적혀 있는 이름은 내 것이 아니니까요."

"이름! 당신에게 이름이 있나?"

"내게는 당신 동생의 성이 있어요."

"당치 않은 생각이야. 내 동생은 당신의 둘째 남편에 불과할 뿐, 당신의 첫 번째 남편은 아직도 살아 있잖아. 그의 성을 말해 주면 샤를로트 바크송이란 이름 대신에 그의 성을 적어주지. 싫어? 원치 않는단 말이지? 말하지 않겠다면 좋아. 샤를로트 바크송이라는 이름으로 유형을 받을 수밖에."

밀레디는 여전히 아무 말도 하지 않았다. 이번에는 일부러 말을 하지 않은 것이 아니라 두려움 때문에 감히 입을 열 수 없었다. 그녀는 명령이 곧바로 실행되리라 생각했다. 윈터 경이 출발을 앞당겼다고 생각했다. 당장 오늘 저녁 이곳을 떠나게 될 운명이라고 생각하자 한동안 머리가 어지러웠다. 그 와중에서도 지령서에 아직 아무 서명도 없다는 것을 언뜻 알아차렸다. 이 사실을 간파했을 때 어찌나 기뻤는지 내색하지 않을 수 없었다.

"그래, 그래." 윈터 경이 그녀의 생각을 알아차리고 말했다. "서명을 찾고 있겠지. 이 서류에는 서명이 없으니까, 아직은 희망이 있다고, 괜히 협박하려고 보여주는 것에 지나지 않는다고 생각하겠지. 하지만 그건 착각이야. 이 서류는 내일 버킹엄 공작에게 보내질 거야. 모레면 그의 서명과 날인이 끝날 것이고 서류가 되돌아오겠지. 그러고 나서 24시간 후에는, 똑똑히 말해 두는데, 이 명령이 집행될 거요. 자, 그럼 이만 실례하겠소, 부인. 할 말을 다 했으니까."

"그렇게 권력을 남용하여 가짜 이름을 빌려 사람을 추방하다니 정말 비열한 짓이에요. 이것이 내 대답입니다."

"진짜 이름을 걸고 교수형을 당하고 싶소? 당신도 알겠지만, 영국 법률은 결혼의 배신 행위에 대해서는 가차 없어. 솔직하게 말해 보구려. 당신을 당장 처치해 버릴 수만 있다면, 비록 내 이름이나 내 동생의 이름이 알려진다 하더라도, 그러한 불명예까지도 마다하지 않을 작정이니까."

밀레디는 아무 말도 하지 않았다. 얼굴이 시체처럼 새파래졌다.

"오! 장거리 여행이 낫다고 생각하는 모양이군. 아주 좋소, 부인. 여행은 젊음을 되찾아 준다는 옛 속담도 있지, 정말 잘 생각한 거야. 산다는 건 좋은 일이지. 그래서 나도 당신의 목숨을 빼앗고 싶진 않소. 여하튼 5실링으로 어떻게든 살아가도록 해보구려. 내가 좀 구두쇠 같은가? 그렇지만 당신이 감시자들을 매수하기라도 한다면 곤란하거든. 게다가 당신에게는 그들을 유혹할 만한 매력이 분명히 남아 있을 테니까 말이야. 펠튼한테는 실패했지만, 그때까지도 싫증이 나지 않는다면, 그런 시도를 다시 해보는 것도 좋겠지."

'펠튼은 아무 말도 하지 않았구나.' 밀레디가 마음속으로 중얼거렸다. '그렇다면 아직 끝난 것은 아니다.'

"그럼 또 만납시다, 부인. 내일 전령의 출발을 알리러 또 오겠소."

윈터 경은 일어나서 밀레디에게 빈정거리듯 인사하고 나갔다.

밀레디가 안도의 한숨을 내쉬었다. 아직도 나흘이나 여유가 있으니 그 정도면 펠튼을 유혹하기에 충분하다고 생각했다.

그때 갑자기 무서운 생각 하나가 떠올랐다. 윈터 경이 버킹엄의 서명을 받기 위해 펠튼을 보낼지도 모른다는 생각이었다. 그렇게 되면 펠튼이 그녀의 손아귀에서 빠져나가게 된다. 밀레디가 성공하기 위해서는 유혹의 마법이 계속되어야 했다. 그렇지만 앞에서 말했듯이, 그녀는 펠튼이 아무 말도 하지 않았다는 사실에 안심했다.

그녀는 윈터 경의 위협으로 동요한 듯한 기색을 결코 보이고 싶지 않았기에 탁자에 앉아 밥을 먹었다.

그 뒤에 전날과 마찬가지로 무릎을 꿇고는 소리 내어 기도하기 시작했다. 보초가 전날과 같이 걸음을 멈추고 귀를 기울였다.

조금 있다가 보초의 발소리보다 더 가벼운 발걸음이 복도 안쪽으로부터 다가오는 소리가 들리더니 문 앞에서 멎었다.

"펠튼이야." 그녀가 말했다.

밀레디는 전날 펠튼의 마음을 그토록 격렬하게 움직였던 찬송가를 다시 부르기 시작했다.

부드럽고 떨리는 목소리가 은은하고 애처롭게 울려 퍼졌다. 그러나 문은 열리지 않았다. 밀레디가 문의 작은 창구멍 쪽을 얼른 쳐다보았다. 창살 사이로 언뜻 젊은이의 불타는 듯한 눈길을 본 것만 같았다. 그 느낌이 현실이건 환상이건 간에, 이번에는 그가 자제력을 발휘했는지 들어오지 않았다.

다만 찬송가를 그치자마자 깊은 한숨 소리가 밀레디의 귀에까지 들리는 듯했다. 그러고 나서 조금 전에 밀레디가 들었던 발소리가 마지못한 것처럼 천천히 멀어졌다.

억류 나흘째 날

이튿날 펠튼이 밀레디의 방에 들어와서 보니, 그녀는 리넨 손수건 여러 장을 가는 띠 모양으로 찢은 뒤 꼬아서 길게 엮은 끈을 손에 들고 안락의자 위에 올라서 있었다. 펠튼이 문을 여는 소리에, 밀레디가 사뿐히 바닥으로 뛰어내렸다. 그러고는 손에 들고 있던 그 끈을 뒤로 감추었다.

펠튼의 얼굴은 여느 때보다 더 창백하고 눈도 충혈되어 있었다. 아마도 흥분으로 밤새도록 잠을 이루지 못한 모양이었다. 그렇지만 그의 이마는 여느 때보다 더 근엄하고 차분해 보였다.

밀레디는 이미 안락의자에 앉아 있었다. 그가 밀레디 쪽으로 천천히 걸어갔다. 그녀가 무심코 그런 것인지, 일부러 그런 것인지는 알 수 없었지만 끈의 한쪽 끝이 그의 눈에 띄었다.

"이게 뭡니까, 부인?" 그가 냉정하게 물었다.

"이거요. 아무것도 아닙니다." 밀레디가 자신의 장기를 발휘하여 고통스런 표정에 미소를 섞어 대답했다. "권태는 죄수들의 치명적인 적이랍니다. 따분해서 이 끈을 꼬면서 무료함을 달랬죠."

펠튼이 조금 전에 밀레디가 서 있었던 벽을 살펴보았다. 안락의자 바로 앞쪽의 벽에는 사람 키 정도 높이에 금빛 못이 솟아 있었다. 옷이나 무기를 걸기 위해 박아놓은 못이었다.

밀레디는 그가 놀라는 모습을 보았다. 비록 눈을 아래로 내리깔고 있었지만 하나도 놓치지 않았다.

"의자 위에 서서 뭘 하고 있었습니까?" 그가 물었다.

"그게 당신과 무슨 상관이죠?" 밀레디가 대답했다.

"그래도 알고 싶습니다." 펠튼이 말했다.

"묻지 마세요." 밀레디가 말했다. "잘 아시겠지만, 우리 같은 진실한 기독교도는 거짓말을 해서는 안 되니까요."

"그렇다면 내가 말하죠." 펠튼이 말했다. "당신이 하고 있었던 것, 더 정확히 말해서 당신이 하려던 것을 말입니다. 당신은 마음속에 품고 있던 불길한 생각을 실행에 옮기려 하고 있었습니다. 우리의 하나님은 거짓말을 금하시지요. 하지만 자살은 더욱 엄격하게 금한다는 것을 잊지 마세요."

"부당하게 박해를 당해서 자살이냐 치욕이냐 하는 갈림길에 처해 있는 사람을 하나님이 보신다면." 밀레디가 확신에 찬 어조로 대꾸했다. "하나님은 그의 자살을 용서해 주실 겁니다. 그럴 때 자살은 순교와 마찬가지이기 때문입니다."

"말씀이 지나친 탓인지 모자란 탓인지 통 알아들을 수가 없군요. 제발 똑똑히 설명해 주시오."

"제 불행을 이야기해 보았자 당신은 지어낸 이야기라고 생각하실 것이고, 제 계획을 말해 보았자, 당신은 제 박해자에게 다 일러바치기만 하실 텐데요. 그만두겠어요. 게다가 불행한 죄수가 죽든 살든 당신과는 아무런 상관이 없어요. 당신이 책임져야 하는 것은 제 육체뿐이잖아요. 시체를 보이고 제 시체라는 확인만 받으면 당신에게는 아무 탈이 없을 것 아닙니까? 어쩌면 두 배로 보상을 받을지도 모르죠."

"내가요, 부인, 내가!" 펠튼이 외쳤다. "당신의 목숨 대신에 상을 받는다고요? 설마 진심으로 그런 말을 하시는 건 아니겠죠!"

"나를 가만히 내버려두세요, 펠튼. 내가 하는 대로 내버려둬요." 밀레디가 흥분하여 말했다. "군인은 누구나 야심이 있어요, 그렇지 않나요? 당신은 지금 중위지만, 그래요, 내 장례 행렬을 뒤따를 때는 대위가 되어 있겠죠."

"내가 당신에게 뭘 어쨌다고." 펠튼이 동요하며 말했다. "사람들과 하나님 앞에서 나에게 그런 책임을 지게 합니까? 며칠 후면 당신은 멀리 떠나갈 것입니다, 부인. 당신의 목숨은 내 감시 밖에 있을 겁니다." 그가 한숨을 쉬면서 덧붙였다. "그때는 마음대로 하세요."

"그러니까." 밀레디가 마치 거룩한 분노를 억제할 수 없다는 듯이 외쳤다. "신앙이 깊은 당신도, 사람들이 의로운 분이라고 말하는 당신도 오직 한 가지만을 바라는군요. 내 죽음 때문에 결코 혐의를 받거나 걱정을 듣고 싶지 않다는 거죠!"

"나는 당신을 감시해야 합니다, 부인. 그렇게 할 것입니다."

"하지만 당신이 수행하는 임무가 어떤 것인지 이해하고 있나요? 나에게 죄가 있다 해도 가혹한 임무잖아요. 그런데 내가 결백하다면 뭐라고 하겠어요? 하나님은 뭐라고 하시겠어요?"

"나는 군인입니다, 부인. 명령을 내리면 그대로 수행할 따름입니다."

"마지막 심판의 날에 하나님이 맹목적인 망나니와 불공정한 재판관을 구별하실까요? 당신은 내가 내 육체를 죽이는 것에는 반대하면서, 내 영혼을 죽이려는 자의 앞잡이 노릇을 하고 있어요!"

"거듭 말하지만." 펠튼이 마음의 갈피를 못 잡고 말했다. "당신을 위협하는 위험은 아무것도 없습니다. 나도 윈터 경도 당신을 위협할 생각은 조금도 없다는 것을 보증하겠습니다."

"어리석군요!" 밀레디가 외쳤다. "아무리 현명하고 위대한 사람이라도 자기 자신은 믿을 수 없는 법이에요. 그런데 남에 관해 그렇게 장담하다니! 강자와 행복한 사람 편에 서서 약자와 불행한 사람을 그렇게 괴롭힐 수 있습니까!"

"그럴 리가 없어요! 있을 수 없는 일입니다!" 펠튼이 중얼거렸다. 그러나 마음속으로는 그녀의 말이 옳다고 생각하고 있었다. "나로선 갇혀 있는 당신을 구해 줄 수도, 살아 있는 당신의 목숨을 빼앗을 수도 없습니다."

"그렇겠죠." 밀레디가 외쳤다. "하지만 나는 목숨보다 훨씬 더 귀중한 것을 잃게 될 겁니다. 명예를 잃게 될 거예요, 펠튼. 그리고 하나님 앞에서나 인간들 앞에서나 내 수치와 내 불명예에 대해 당신에게 책임을 지울 겁니다. 당신에게 말이에요."

이번에는 펠튼도 이미 그를 사로잡고 있던 은밀한 영향력에 저항하지 못했다. 그가 아무리 냉정하다 할지라도, 아무리 냉정한 척한다 할지라도, 가장 순수한 환영처럼 새하얗고 아름다운 그녀를 본다는 것은, 슬픔에 잠겨 있는가 하면 맹렬히 덤벼들곤 하는 그녀를 본다는 것은, 괴로움과 아름다움의 지배를 동시에 감내한다는 것은 몽상가에게 너무 지나친 일이었다. 황홀한 신앙에 대한 열렬한 몽상 때문에 서서히 무력해진 그의 머리로는 감당할 수 없는 일이었다. 하나님에 대한 불타는 사랑과 인간에 대한 지칠 줄 모르는 증오에 의해 침식당한 가슴에는 너무나 벅찬 일이었다.

밀레디는 그가 동요하고 있는 것을 간파했다. 서로 상반되는 정열의 불꽃이 젊은 광신도의 혈관 속에서 피와 함께 타오르고 있음을 직감적으로 느꼈다. 그래서 후퇴하는 적을 보고 승리의 함성을 지르면서 돌진하는 노련한 장군처럼 몸을 일으켰다. 고대의 무녀처럼 아름답고, 계시를 받은 성처녀처럼 감동에 넘치는 모습이었다. 그러면서 한쪽 팔을 앞으로 뻗었다. 목이 드러나고 머리카락이 흐트러진 채로 다른 손으로는 가슴의 옷섶을 얌전하게 여몄다. 이미 젊은 청교도의 마음을 흔들어놓은 불길이 눈에서 빛났다. 밀레디는 이런 자태로 격렬한 곡조의 노래를 부르면서 그에게로 걸어갔다. 이번에는 그토록 부드러운 목소리에 소름끼치는 음조를 가미했다.

바알에게 희생을 바쳐라,
사자의 무리에 순교자를 던져라.
하나님은 그대를 회개케 하리라!
나는 심연에서 하나님을 부르리.

이 야릇한 부르짖음에 펠튼은 망연자실해져 멈추어 섰다.

"당신은 누구요, 당신은 누구요?" 그가 기도하듯 두 손을 마주 잡으면서 외쳤다. "하나님의 사자요, 지옥의 사절이오? 천사요, 악마요?"

"나를 몰라보나요, 펠튼? 나는 천사도 악마도 아니에요. 나는 이 땅의 여자, 당신과 믿음을 같이 하는 자매일 따름입니다."

"그래요! 그래요!" 펠튼이 말했다. "지금까지는 의심했지만 이젠 믿겠어요."

"당신은 믿는다 하지만, 그래도 역시 윈터 경이라 불리는 벨리얼(루시퍼와 함께 천국에서 추방당한 악마 중의 하나이다―옮긴이)의 자손과 한통속입니다! 당신은 믿는다 하지만, 나를 영국의 적이요 하나님의 적인 내 적들의 손아귀에 그대로 내버려 두겠죠? 당신은 믿는다 하지만, 그래도 역시 이단과 방탕으로 이 세상을 더럽히는 자에게, 눈먼 자들이 버킹엄 공작이라고 부르고 신자들이 예수의 적이라고 부르는 비열한 사르다나팔루스(아시리아의 마지막 왕으로 방탕한 생활로 유명하다―옮긴이)에게 나를 넘길 것입니다."

"내가 당신을 버킹엄에게 넘긴다고요! 내가! 그게 무슨 말이오?"

"그들은 눈이 있어도 보지 못할 것이요, 귀가 있어도 듣지 못할 것입니다." 밀레디가 외쳤다.

"그래, 그래요." 펠튼이 마치 마지막 의심을 떨쳐버리기라도 하려는 듯이 땀에 흠뻑 젖은 이마에 손을 대면서 말했다. "그렇다, 꿈속에서 나에게 말하는 목소리야. 그렇다, 밤마다 내 앞에 나타나 잠을 이루지 못하는 내 영혼을 향해 '쳐라, 영국을 구하라. 너 자신을 구하라, 그렇지 않으면 하나님의 노여움을 풀지 못하고 죽으리라.' 하고 외치는 천사의 얼굴이야. 자, 이야기하시오, 어서 이야기하시오." 펠튼이 소리쳤다. "이제야 비로소 당신 말을 이해할 수 있겠습니다."

밀레디의 눈에서 무시무시한 기쁨의 섬광이 빠르게 스쳐갔다.

비록 순간적인 살기였으나 펠튼은 그것을 똑똑히 보았다. 그러고는 이 살기 띤 섬광에서 마치 그녀의 깊은 마음속을 보기라도 한 듯이 부들부들 떨었다.

펠튼은 불현듯 윈터 경이 그에게 조심하라고 주의시켰던 일과 밀레디가 처음 도착했을 때 그에게 걸어오던 유혹이 생각났다. 그는 한 걸음 물러나면서 눈을 내리깔았다. 그러나 그녀를 계속 바라보지 않을 수 없었다. 마치 이 요망한 여인에게 홀리기라도 한 듯이 그녀의 눈에서 눈을 뗄 수 없는 듯했다.

밀레디는 그의 이 망설임이 무엇을 의미하는지 모를 리가 없었다. 흥분한 것처럼 보이는 모습 뒤로는 여전히 냉정함을 잃지 않고 있었다. 그녀는 다시 말하려면 지금까지와 같은 흥분한 어조를 취해야 하기 때문에 이대로 대화를 계속하기는 어렵다고 판단했다. 그래서 펠튼이 대답하기 전에, 두 손을 힘없이 축 내려뜨렸다. 마치 영감이 식고 기운이 쑥 빠진 듯한 모습이었다.

"하지만 안 돼요." 그 여자가 말했다. "나는 홀로페르네스의 손아귀에서 베툴리아를 구한 유딧 같은 여자가 될 수 없어요. 내게는 하나님의 칼이 너무 무거워요. 그러니 용서하세요. 죽음으로써 불명예를 면할 수밖에 없어요. 순교를 통해 구원을 찾겠어요. 당신에게 죄인처럼 자유를 요구하지 않겠어요. 이교도처럼 복수를 요구하지도 않겠어요. 다만 나를 죽게 내버려두세요. 부탁이에요. 이렇게 무릎을 꿇고 애원합니다. 나를 죽게 내버려두세요. 그러면 내 마지막 숨결은 내 구세주에 대한 축복일 거예요."

펠튼은 너무나도 부드럽게 애원하는 목소리, 너무나도 낙심한 듯한 수줍은 눈에 이끌려 다가갔다. 마녀는 마음대로 입고 벗을 수 있는 마술의 장신구를 하나씩 걸쳤다. 다시 말해 아름다움과 부드러움, 눈물, 그리고 특히 가장 강렬한 매혹이라 할 수 있는 신비한 관능의 매력을 다시 갖추었다.

"아!" 펠튼이 탄식했다. "내가 할 수 있는 일은 한 가지뿐입니다. 당신이 억울하게 벌받고 있다는 것을 내게 입증해 보일 때, 당신을 동정하는 것입니다. 그런데 윈터 경은 당신을 혹독하게 비난합니다. 당신은 기독교도이고 내 교우입니다. 나는 은인 말고는 사랑한 적이 없습니다. 나는 이 세상에서 반역자와 불경한 자들만을 보아왔습니다. 이런 나도 당신에게 끌리는 느낌이 듭니다. 하지만 부인, 실제로 너무나 아름답고 순결한 당신을 윈터 경이 이토록 심하게 대하는 데에는 아마 어떤 곡절이 있겠지요. 당신이 여러 차례 범죄를 저질렀기 때문이 아니겠습니까?"

"그들은 눈이 있어도 보지 못하고 귀가 있어도 듣지 못할 거예요." 밀레디가 말할 수 없이 고통스러운 어조로 되풀이했다.

"그렇다면 말하세요!" 젊은 장교가 외쳤다. "말해 달란 말입니다!"

"당신에게 내 치욕을 털어놓으라고요!" 밀레디가 부끄러운 듯이 얼굴을 붉히며 외쳤다. "한 사람의 죄가 다른 사람의 치욕이 되는 일은 흔하디흔합니다. 당신에게 내 치욕을 털어놓다니! 당신은 남자이고 난 여자인데! 오!" 그녀는 부끄러운 듯이 아름다운 눈을 가리면서 계속했다. "오! 절대로, 절대로 그럴 수 없어요."

"내게도요! 교우인 내게도요!" 펠튼이 외쳤다.

밀레디가 그를 오랫동안 물끄러미 바라보았다. 젊은 장교는 의심스러운 표정으로 받아들였으나 사실은 그를 관찰하는, 그리고 특히 그를 매혹시키려는 표정일 뿐이었다.

이번에는 펠튼이 애원하는 처지가 되었다. 그가 두 손을 마주 잡았다.

"그렇다면 나의 교우를 믿겠어요." 밀레디가 말했다. "용기를 내어 말해 보겠어요!"

그때 윈터 경의 발소리가 들렸다. 그러나 밀레디의 무서운 아주버니는 어제처럼 문 앞을 그냥 지나쳐버리지 않았다. 걸음을 멈추고 보초와 한두 마디 말을 주고받았다. 그러고 나서 문이 열리면서 그가 나타났다.

펠튼은 이미 뒤로 물러나 있었다. 윈터 경이 들어왔을 때, 그는 밀레디로부터 몇 걸음 떨어져 있었다.

윈터 경이 천천히 들어왔다. 죄수를 유심히 살펴보고는 젊은 장교에게로 시선을 옮겼다.

"꽤 오랫동안 여기에 있군, 존." 그가 말했다. "이 여자가 자신의 죄를 털어놓던가? 그렇다면 이야기가 길어진 것도 무리는 아니겠지."

펠튼의 몸이 떨렸다. 당황한 모습이 역력했다. 밀레디는 자신이 이 청교도를 거들어주지 않으면 자신도 파멸할 것만 같았다.

"흥! 죄수가 달아나지나 않을까 걱정하는 거죠!" 그녀가 말했다. "그렇다면 당신의 갸륵한 감시자에게 내가 방금 무슨 부탁을 했는지 물어보세요?"

"부탁을 했어?" 수상쩍게 생각한 윈터 경이 말했다.

"그렇습니다, 각하." 당황한 펠튼이 말했다.

"그래, 무슨 부탁이었지?" 윈터 경이 물었다.

"나이프를 가져다 달라는 부탁이었습니다. 잠깐만 쓰고 나서 문구멍으로 돌려주겠다고 했습니다." 펠튼이 대답했다.

"그러니까 여기에 누군가 숨어 있는 모양이지? 이 우아한 여자가 찔러 죽이고 싶어하는 사람이 말이야." 윈터 경이 빈정거리는 듯한 경멸적인 어조로 말했다.

"그건 바로 나예요." 밀레디가 대답했다.

"미국이나 타이번 중에 하나를 고르라고 내가 말했을 텐데." 윈터 경이 다시 말을 이었다. "타이번에 가도록 하지, 밀레디. 노끈이 칼보다는 훨씬 더 확실하니까 말이야."

펠튼의 얼굴이 창백해졌다. 그가 한 걸음 앞으로 나아갔다. 방에 들어왔을 때 밀레디가 노끈을 쥐고 있었던 모습이 생각났기 때문이다.

"옳은 말씀이에요." 그 여자가 말했다. "나도 이미 노끈 생각을 했어요." 그러고는 다시 나직한 목소리로 덧붙였다. "다시 한 번 시도할까 해요."

펠튼은 골수까지 전율이 퍼지는 느낌이었다. 아마 윈터 경이 펠튼의 이러한 기미를 알아차렸을 것이다.

"조심하게, 존." 그가 말했다. "자네를 신뢰하지만 경계를 늦추지 말게, 이미 주의하라고 했지만 말일세! 그리고 끝까지 용기를 갖도록! 사흘 후에는 이 여자로부터 해방되네. 일단 거기로 가면 아무도 해치지 못할 거야."

"들으셨죠!" 밀레디가 소리를 질렀다. 윈터 경은 그녀가 하늘을 향해 부르짖는 줄 알았지만, 펠튼은 자기를 향해 한 말이라는 것을 알았다.

펠튼이 고개를 숙이고 생각에 잠겼다.

남작이 장교의 팔을 잡더니 어깨 너머로 고개를 돌려 줄곧 밀레디로부터 시선을 떼지 않고서 밖으로 나갔다.

"이런, 이런." 다시 문이 닫히자 밀레디가 말했다. "아직도 생각만큼 진전되지는 않았구나. 평소에는 그렇게도 어리석던 윈터가 이제는 몰라보게 신중해졌는걸. 복수의 욕망이란 그런 것이로구나. 복수의 욕망은 정말로 사람을 변화시키는구나! 펠튼은 망설이고 있어. 아! 저주받을 다르타냥과는 다르구나. 청교도는 처녀만을 숭배해. 그것도 두 손을 합장한 채로 그러는 꼴이라니. 총사는 성숙한 여자를 사랑한다고. 그것도 품에 안고서 말이야."

그렇지만 밀레디는 초조하게 기다렸다. 왜냐하면 오늘 중으로 한 번 더 펠튼을 볼 수 있으리라 확신했기 때문이다. 마침내 펠튼이 나타났다. 한 시간쯤 지났을 때였다. 문밖에서 나지막한 목소리로 이야기하는 소리가 들리더니 문이 열렸다. 펠튼이었다.

펠튼은 문을 닫지도 않고 밀레디에게 재빨리 다가왔다. 그러고는 아무 말도 하지 말라는 손짓을 보냈다. 몹시 당황한 얼굴이었다.

"왜 그러세요?" 그녀가 말했다.

"이봐요." 펠튼이 작은 목소리로 대답했다. "아무도 모르게 와서 아무도 듣지 않게 당신에게 얘길 하려고, 지금 막 보초병을 멀리 보내고 들어왔어요. 윈터 경으로부터 끔찍한 이야기를 들었거든요."

밀레디가 체념한 듯한 미소를 지으면서 고개를 흔들었다.

"당신이 악마이거나." 펠튼이 계속했다. "그렇지 않으면 나의 은인이자 아버지인 남작님이 괴물이거나 둘 중의 하나요. 당신은 나흘 전에 알게 된 사람이고, 남작님은 십 년 전부터 내가 따르고 존경하는 사람입니다. 그러니까 난 당신들 두 분 사이에서 망설일 수밖에 없어요. 놀라지 말고 들어봐요. 난 확신이 필요해요. 오늘 밤 자정이 지난 뒤 만나러 올 테니까, 그때 확실하게 말해 줘요."

"안 돼요, 펠튼, 안 돼요, 형제님." 그녀가 말했다. "희생이 너무 커요. 당신이 희생될지도 몰라요. 나는 이미 파멸했어요. 당신까지 파멸하면 안 돼요. 나의 삶보다 나의 죽음이 훨씬 더 명확하게 당신을 납득시켜 줄 거예요. 갇혀 있는 여자의 말보다는 시체의 침묵이 당신에게 더 확신을 가져다줄 거예요."

"입 다물어요, 부인." 펠튼이 외쳤다. "나에게 그런 식으로 말하지 마세요. 스스로 목숨을 끊지 않겠다고, 당신의 명예를 걸고, 당신이 지닌 가장 거룩한 것을 걸고 나에게 약속해 주시오. 그 약속을 받아내기 위해 온 것이니까요."

"약속하고 싶지 않아요." 밀레디가 말했다. "나만큼 맹세를 잘 지키는 사람도 없을 거예요. 그러니까 만약 약속을 한다면 지키지 않을 수 없답니다."

"그렇다면." 펠튼이 말했다. "내가 다시 찾아올 때까지만이라도 내 말대로 하겠다고 약속하시오. 그때에도 당신이 끝내 굽히지 않는다면, 음, 그때는 마음대로 하세요. 나도 당신이 원하는 무기를 갖다주겠소."

"좋아요!" 밀레디가 말했다. "당신을 위해 기다리죠."

"맹세해 주시오."

"하나님의 이름으로 맹세하겠어요. 이제 만족하나요?"

"그래요, 그럼 오늘 밤에!" 펠튼이 말했다.

그가 방 밖으로 뛰어나가더니 문을 닫았다. 그러고는 마치 그 자리에서 계속 보초를 서 있었다는 듯이 병사의 창을 손에 들고 바깥에서 기다렸다.

병사가 돌아오자 펠튼은 그에게 무기를 돌려주었다.

문구멍으로 가까이 다가서 있던 밀레디가 구멍 너머로 시선을 던졌다. 펠튼은 열심히 성호를 긋고는 무척 기쁜 듯이 복도에서 멀어져갔다.

밀레디는 잔인한 경멸의 미소를 입술에 머금으면서 제자리로 돌아갔다. 하나님을 알려고 하지도 않았으면서도 조금 전까지 하나님의 이름으로 맹세를 해놓고는, 이제는 하나님을 모독하는 말을 입 밖으로 쏟아냈다.

"하나님이라고!" 그녀가 말했다. "어리석은 광신도 같으니! 하나님 좋아하시네! 하나님은 나야, 나라고. 그리고 나의 복수를 도와주는 사람이야."

억류 닷새째 날

이렇게 밀레디는 절반의 승리를 거두었고, 이러한 성공에 힘입어 그녀의 힘이 커졌다.

유혹에 쉽게 넘어가는 남자들, 정중한 궁중 예법을 교육받아 쉽사리 올가미에 걸려드는 남자들을 정복하기란 어렵지 않았다. 밀레디가 여태까지 상대해 온 남자들이 그런 부류였다. 그녀는 어떤 남자라도 끌릴 만큼 아름다운 외모를 지니고 있었고, 온갖 장애물을 이겨낼 만한 수완이 있었다.

그러나 이번에는 너무나 근엄한 나머지 목석 같은 데다 붙임성도 없는 내성적인 성격의 남자를 상대해야 했다. 종교와 금욕 때문에 예사로운 유혹에는 꿈쩍도 않는 남자인 펠튼을 유혹해야 했다. 그의 머릿속에는 너무나 방대한 갖가지 계획들이 걷잡을 수 없을 정도로 꿈틀거리고 있어 변덕스럽거나 육체적인 사랑의 자리는 남아 있지 않았다. 나태함에서 싹트고 타락으로 커지는 그러한 감정의 여지가 없었다. 그러니까 밀레디에 대한 지독한 선입견에 사로잡혀 있는 남자의 가슴에 밀레디가 거짓 미덕으로 구멍을 뚫었던 것이다. 순결하고 순수한 남자의 감정과 감각에 미모로 틈을 만든 셈이었다. 마침내 그녀는 자연과 종교의 영역에서 가장 다루기 어려운 연구 대상에 대한 그와 같은 실험을 통해, 여태까지 자신도 모르고 있었던 실력을 발휘했던 것이다.

그렇지만 그날 저녁 내내 밀레디는 운명과 자기 자신에 대해 여러 번 절망하기도 했다. 알다시피 그녀는 하느님의 가호를 비는 대신 악령의 힘을 믿었다. 인간 생활의 모든 세세한 부분을 지배하고 아라비아의 이야기에 나오는 것처럼 사라진 하나의 세계를 석류알 하나만으로 재건하는 막대한 힘의 지고한 존재를 믿었다.

펠튼을 맞이할 마음의 준비를 마친 밀레디는 더 나아가 이튿날을 위한 계획을 세울 수 있었다. 이제 이틀밖에 남지 않았다. 일단 버킹엄이 명령서에 서명하면(서류에는 가짜 이름이 적혀 있어 당사자가 누구인지 알아볼 수 없으므로 버킹엄은 그만큼 더 쉽게 서명할 터였다), 윈터 경은 곧바로 그녀를 배에 태울 것이었다. 유형에 처한 여자는 사교계의 태양 아래 미모가 빛나고, 주위의 감탄하는 목소리가 그 재치를 찬양하며 귀족 사회의 매력적인 빛에 감싸인 자칭 정숙한 여자들보다 훨씬 약한 유혹의 무기를 쓸 수밖에 없다는 것도 그녀는 알고 있었다. 여자가 비참하고 불명예스러운 형벌을 선고받는다는 것은 아름다움을 해치지는 않지만, 힘을 되찾는 데 장애가 된다. 현실 감각이 있는 사람이라면 누구나 그렇듯이, 밀레디도 자신의 기질이나 실력에 적합한 환경을 잘 알고 있었다. 가난은 그녀에게 혐오감만을 안겨주었고 비천한 신분은 그녀의 재능을 3분의 2는 갉아먹었다. 밀레디는 여왕들 사이에 끼어 있어야만 비로소 여왕이 될 수 있었다. 다른 사람들을 지배할 때도 그녀에게는 자존심을 만족시킬 만한 즐거움이 필요했다. 열등한 사람들을 지배하는 것은 그녀에게 즐거움이라기보다는 오히려 굴욕이었다.

물론 그녀는 유배에서 돌아올 것이었다. 그 점은 한 순간도 의심하지 않았다. 그러나 유배가 얼마 동안 계속될지는 예측할 수 없었다. 밀레디처럼 야심적이고 활동적인 여자는 하루라도 움직이지 않으면 불행해하는데, 추락하는 날들만 계속된다면 어떠하겠는가! 뭐라고 형용할 말이 없다. 일 년, 이 년, 삼 년을 허송한다는 것은 평생을 허송세월로 보내는 것과 마찬가지였다. 다르타냥과 그의 친구들이 많은 공훈을 세워 왕비로부터 은상(恩賞)을 받고 의기양양해할 때에야 겨우 돌아온다는 것은 밀레디로서는 상상만으로도 참기 어려운 고통이었다. 다른 문제에 있어서는 그녀의 정신 속에서 요동치는 뇌우에 의해 기운이 한껏 고조되었다. 만약 잠시라도 이러한 정신의 힘이 몸에 깃들었더라면, 그녀는 감옥의 벽도 허물 수 있었으리라.

이 와중에도 그녀를 더욱 분발하게 하는 것은 추기경에 대한 기억이었다. 사람을 잘 믿지 않고 조급하며 의심 많은 추기경은 자신의 침묵에 대해 과연 어떻게 생각하고 있을까? 현재로서는 추기경이야말로 자신의 유일한 디딤돌이자 유일한 지지자에 유일한 보호자일 뿐만 아니라, 미래에는 자신의 행운과 복수의 중요한 수단이 될 사람이 아닌가? 그녀는 추기경의 사람됨을 익히 알고 있었다. 아무런 소득도 거두지 못하고 돌아가면, 아무리 감금당했던 일을 변명으로 내세우거나 자신이 겪은 고통을 아무리 떠들어대도 소용이 없을 것이고, 추기경은 기력과 재능이 넘치는 회의주의자 특유의 냉소를 잔잔하게 지으면서 "잡히지 않도록 했어야지!" 하리라는 것을 그녀는 잘 알고 있었다.

밀레디는 자신의 혼신의 힘을 모아 영혼의 깊은 곳에서 펠튼이라는 이름을 중얼거렸다. 그는 그녀가 떨어진 지옥의 밑바닥까지 스며드는 유일한 햇살이었다. 마치 제힘을 확인하려고 똬리를 틀었다 풀었다 하는 뱀처럼, 그녀는 창의적인 상상력의 날개를 펼쳐 펠튼을 에워싸고 있었다.

그동안에도 시간은 흘러갔다. 계속해서 지나가는 시간들이 시계를 깨우고 왔다 갔다 하는 청동 시계추의 소리가 죄수의 심장 박동과 뒤섞였다. 9시가 되자 여느 때처럼 윈터 경이 찾아왔다. 창과 창살을 둘러보더니 마룻바닥과 벽을 두드려보았다. 그리고 벽난로와 문도 일일이 살펴보았다. 그토록 오랫동안 세세하게 살피면서도 윈터 경은 아무 말도 하지 않았다. 밀레디도 전혀 말이 없었다.

이는 어쩌면 상황이 매우 중대해져서, 부질없는 말이나 공연한 분노로 시간을 허비할 때가 아니라는 것을 둘 다 알고 있었기 때문일지도 모른다.

"자, 이제 그만 자야지." 윈터 경이 나가면서 말했다. "오늘 밤에도 도망칠 생각은 하지 말고!"

10시에 펠튼이 보초를 세우러 왔다. 밀레디는 발소리만 듣고도 그임을 알아차렸다. 이제는 마치 사랑하는 여자가 애인의 발걸음을 직감적으로 알아차리듯이, 그의 발걸음을 알아맞혔다.

그렇지만 밀레디는 이 연약한 광신자를 증오하는 동시에 경멸했다.

약속 시간이 아니었으니 펠튼은 당연히 들어오지 않았다.

두 시간이 지나 밤 12시가 되자 보초가 교대되었다. 이제 약속 시간이 되었다. 그 순간부터 밀레디는 초조하게 기다렸다. 교대한 보초가 복도를 거닐기 시작했다. 십 분이 지나자 펠튼이 왔다.

밀레디가 귀를 기울였다.

"이봐." 펠튼이 보초에게 말했다. "무슨 일이 있더라도 이 문 앞에서 떠나서는 안 돼. 간밤에 병사 하나가 잠시 초소를 벗어났다가 각하로부터 벌을 받았어. 자네도 알고 있겠지. 물론 그동안 내가 대신 파수를 보기는 했지만 말이야."

"예, 알고 있습니다." 병사가 말했다.

"엄중히 감시해야 한다는 것을 잊지 말게." 그가 덧붙였다. "나는 다시 한 번 저 여자의 방을 조사할 테니까. 자기 목숨을 걸고 위험한 계획을 꾸미고 있는 것 같아 걱정이야. 그리고 감시하라는 명령도 받았고."

"잘 됐어!" 밀레디가 중얼거렸다. "근엄한 청교도가 거짓말까지 하는구나!"

병사는 그저 빙그레 웃기만 했다.

"어이쿠! 중위님." 그가 말했다. "그런 임무를 맡으셨다니 아주 운이 나쁘다고는 못하시겠네요. 무엇보다 각하가 저 여자의 침대 속까지 들여다보라고 허락하셨다면 말입니다."

펠튼은 얼굴이 빨개졌다. 다른 때라면 감히 상관에게 이런 상스런 농담을 한 병사를 꾸짖었을 테지만 지금은 양심의 가책 때문에 차마 입을 열지 못했다.

"내가 부르면 들어와. 그리고 누가 오면 나를 불러라." 그가 말했다.

"알았습니다." 병사가 말했다.

펠튼이 밀레디의 방으로 들어오자 밀레디가 일어났다.

"오셨어요?" 그녀가 말했다.

"오겠다고 약속했지 않습니까." 펠튼이 말했다. "그래서 왔습니다."

"다른 것도 약속했잖아요."

"뭐 말입니까?" 펠튼이 말했다. 그는 아직 자제력을 잃지는 않았으나 무릎이 떨리고 이마에는 땀방울이 맺었다.

"나이프를 가져와서 이야기가 끝나면 제게 주겠다고 약속했 잖아요."

"칼이라면 아무 말도 하지 마십시오." 펠튼이 말했다. "아무리 끔찍한 처지에 처한 인간일지라도 하나님의 지으심을 받은 이상 자살은 허용될 수 없습니다. 그런 죄를 저지르게 해서 죄인이 되어서는 안 된다고 생각했습니다."

"그랬군요! 깊이 생각했군요!" 밀레디가 경멸의 미소를 띠고 안락의자에 앉으면서 말했다. "나도 생각했어요."

"뭘 말입니까?"

"약속을 지키지 않는 사람에게는 아무것도 말할 필요가 없다고요."

"오, 맙소사!" 펠튼이 중얼거렸다.

"돌아가세요." 밀레디가 말했다. "난 말하지 않겠어요."

"나이프 여기 있습니다!" 펠튼이 주머니에서 칼을 꺼냈다.

약속대로 가져오기는 했지만 줄까 말까 망설이고 있었던 것이다.
"어디 봐요." 밀레디가 말했다.
"어떻게 하려는 거죠?"
"제 명예를 걸고 곧 돌려드리겠어요. 그러면 저 탁자 위에 놓으세요. 그리고 당신이 나이프와 저의 사이에 앉으세요."
펠튼이 나이프를 내밀었다. 밀레디는 칼날이 단단한지 세심히 조사하며 손가락 끝으로 칼끝을 만져보았다.
"좋아요." 그녀가 나이프를 젊은 장교에게 돌려주면서 말했다. "썩 단단한 강철로 되어 있군요. 당신은 충실한 친구예요, 펠튼."
펠튼이 나이프를 받아 밀레디의 말대로 탁자 위에 놓았다.
밀레디는 이를 지켜보고는 만족한다는 몸짓을 보냈다.
"그럼 이제 내 이야기를 하겠어요." 그녀가 말했다.
요청할 필요도 없었다. 젊은 장교는 그녀 앞에 선 채 마치 그녀가 하는 말을 집어삼키기라도 할 듯이 기다렸다.
"펠튼." 밀레디가 수심에 가득 찬 엄숙한 표정으로 말했다. "만약 당신의 누이, 당신 아버지의 딸이 당신에게 다음과 같이 말한다면…… '불행히도 제가 아직 젊고 아름다운 탓에 올가미에 걸렸어요. 저항했지요. 내 주위에는 함정과 폭력이 갈수록 늘어났습니다. 그래도 저항했어요. 내가 믿는 종교, 내가 숭배하는 하나님이 모욕당했어요. 내가 하나님과 종교에 구원을 간구했기 때문이죠. 그래도 저항했어요. 여러 차례 능욕당했지만 내 영혼을 파멸시킬 수는 없었습니다. 그러자 이번에는 내 육체에 영원한 낙인을 찍으려고 했어요. 마침내…….'"
밀레디가 말을 중단했다. 비통한 미소가 입술 위를 스쳐갔다.

"마침내……." 펠튼이 말했다. "마침내 어떻게 했습니까?"

"마침내, 어느 날 저녁, 내 완강한 저항을 마비시키려고 했어요. 그날 저녁 내가 마실 물에 강력한 마취제를 넣었어요. 식사가 끝나자마자 몸이 차츰 마비되어 가는 것을 느꼈어요. 의심하지는 않았지만 막연한 불안에 사로잡힌 채 졸음과 싸우려고 했죠. 일어나서 창가로 뛰어가 도와달라고 외치려고 했어요. 그런데 다리가 말을 들어야죠. 천장이 머리 위로 떨어져 금세라도 나를 덮쳐버릴 것만 같았어요. 나는 팔을 뻗어 말을 하려고 애써 보았으나, 말도 되지 않는 소리밖에 나오질 않았어요. 점점 몸이 마비되면서 더 이상 견디지 못하고 곧바로 쓰러질 것 같아서 안락의자를 붙잡았지요. 그러나 맥 빠진 팔만으로는 몸을 지탱할 수 없어서 한쪽 무릎을 꿇었고, 이어서 다른 쪽 무릎도 꿇었어요. 고함을 지르려 했으나 혀가 굳은 채 움직이지 않았어요. 아마 하나님이 돌봐 주시지도 들어주시지도 않았나 봐요. 나는 마룻바닥에 쓰러져서 죽은 듯이 잠이 들었어요.

얼마 동안 잤는지, 또 그동안에 무슨 일이 일어났는지 전혀 기억이 나지 않았어요. 잠에서 깨보니 어떤 둥근 방 안에 누워 있더군요. 호화로운 가구들이 놓여 있었고, 위쪽으로 난 창으로만 햇빛이 비쳤어요. 문도 없었던 것 같아요. 화려한 감방이라고나 할까요.

내가 있었던 그 장소에 대해 방금 이야기한 세세한 사실을 알 수 있게 되기까지는 꽤 오랜 시간이 걸렸어요. 어떻게 해도 깨어날 수 없는 잠의 무거운 어둠을 떨쳐버리게 정신을 모아보려 했지만, 아무 소용이 없었어요. 어딘가를 지나왔다는 것, 마차 구르는 소리를 들었다는 것, 무서운 꿈속에서 내가 기진맥진해 버렸다는 것 등이 어렴풋이 떠올랐으나, 그 모든 일들이 머릿속에서 어찌나 침침하고 흐릿한지, 딴 세상에 있으면서 어떤 환상적인 이원성에 의해 내 삶에도 섞여 들어온 듯했지요.

한동안은 참으로 야릇한 상태도 다 있구나 했어요. 마치 꿈이라도 꾸고 있는 것 같았어요. 비틀거리면서 일어나보니, 옆에 있는 의자 위에 내 옷이 놓여 있더군요. 그러나 나는 옷을 벗은 기억도, 침대에 누운 기억도 나지 않았어요. 점차 끔찍한 사실들이 눈앞에 드러났습니다. 그곳은 내 집이 아니었어요. 창으로 들어오는 햇빛으로 미루어 볼 때 벌써 저녁 나절이었어요. 내가 잠든 것은 그 전날 저녁이었으니까, 꼬박 하루를 잔 셈이죠. 그렇게 오랫동안 잠이 들어 있는 사이에 무슨 일이 일어났을까요?

나는 되도록 빨리 옷을 입었어요. 손발이 마비되어 뜻대로 움직이지 않는 것이 마취제 기운이 다 가시지 않았다는 증거였어요. 게다가 그 방에 있는 가구를 보니 귀부인용으로 꾸며진 방이었어요. 아무리 멋쟁이인 여자라도 더 이상 바랄 수가 없을 정도로, 얼른 둘러보기만 해도 한눈에 반해 버릴 정도로 화려하게 꾸며져 있었지요.

물론 그 찬란한 감옥에 갇힌 여자가 내가 처음이 아니었어요. 하지만 감방이 아름다울수록 저의 두려움은 더욱 커졌어요. 이해하시겠죠, 펠튼.

그래요, 감옥이었어요. 아무리 나가려고 해도 나갈 수가 없었으니까요. 문을 찾으려고 벽을 샅샅이 두드려보았지만, 꽉 막힌 둔탁한 소리밖에 나지 않았어요.

어떤 출구라도 찾으려는 마음에 그 방을 스무 번쯤은 돌았을 거예요. 하지만 어디에도 출구는 없었어요. 나는 기진맥진하고 두려워져서 안락의자에 쓰러져버렸습니다.

그러는 사이에 벌써 밤이 되었는데, 밤이 되니 더욱더 두려워졌어요. 이대로 가만히 앉아 있어야 하나 하는 탄식이 절로 나왔어요. 알 수 없는 위험으로 둘러싸여 있는 듯했고, 한 걸음이라도 움직이면 쓰러질 것만 같았어요. 전날부터 아무것도 먹지 못했는데, 두려움 때문에 배고픔도 느껴지지 않았어요.

바깥에서 아무 소리도 들려오지 않았기 때문에 시간을 알 도리가 없었어요. 다만 저녁 7시나 8시쯤이 아니었나 싶었지요. 왜냐하면 그때가 10월이었고 완전히 캄캄한 밤이었으니까요.

그때 갑자기 삐걱 하고 문이 열리는 소리가 났어요. 저는 소스라치게 놀랐지요. 천장의 유리창에서 등불이 나타나면서 방 안이 환해졌어요. 몇 걸음 떨어진 곳에 한 남자가 서 있다는 사실을 알아차리자 소름이 끼쳤어요.

두 사람 몫의 식사가 차려진 식탁이 마치 마술처럼 방 한가운데에 놓여 있었어요.

그 남자는 바로 일 년 전부터 나를 쫓아다녔으며 내게 치욕을 주겠다고 맹세했던 사람이었어요. 그의 입에서 제일 먼저 나온 말을 듣고 그가 간밤에 그 욕망을 채웠다는 걸 알았어요."

"비열한 놈!" 펠튼이 중얼거렸다.

"오! 그래요, 정말 비열한 놈이었어요!" 밀레디가 외쳤다. 펠튼이 이 기묘한 이야기에 흥미를 느끼고 그녀의 입술에 온 정신을 집중하고 있다는 것을 알 수 있었기 때문이다. "오! 그래요, 정말 비열한 놈이었어요! 그는 내가 자고 있는 사이에 나를 정복했으니 충분히 승리를 쟁취했다고 생각했답니다. 제 스스로 치욕을 인정하리라 생각하고 왔던 거예요. 내 사랑 대신에 자신의 재산을 주겠노라 제의하러 왔더군요.

 나는 여자의 마음속에 품을 수 있는 온갖 경멸의 말을 그에게 퍼부었지요. 그러한 비난 정도는 예사로 들은 모양이었어요. 그는 팔짱을 끼고 빙그레 웃기까지 하면서 태연히 듣고 있었으니까요. 그리고 내가 말을 끝내자 내게로 걸어왔어요. 나는 탁자로 뛰어가서 나이프를 집어 가슴에 갖다 댔지요.

 '한 걸음만 더 다가와 봐요.' 내가 그에게 말했어요. '나를 능욕한 죄뿐만 아니라 나를 죽인 죄까지 짓게 될 테니까.'

 아마 내 눈에서, 내 목소리에서, 나의 온몸에서 제아무리 타락한 인간이라도 감복시킬 만한 진실성이 엿보였을 겁니다. 그가 걸음을 멈추었으니까요.

 '당신을 죽이다니!' 그가 말했어요. '그래서야 되나! 이렇게 매력적인 여자를 한 번밖에 갖지 못하고 죽게 놔둘 수는 없지. 그럼 또 봅시다. 당신 기분이 좀 풀어졌을 때 다시 찾아오겠소.'

 그가 휘파람을 불었어요. 그러자 방을 비추던 등불이 천장으로 올라가더니 사라져버리고, 방이 다시 캄캄해졌어요. 잠시 후 조금 전처럼 문이 다시 열렸다 닫히는 소리가 들리더니 등불이 다시 내려왔어요. 저 혼자 남았지요.

 무서운 순간이었어요. 그때까지만 해도 자신의 불행을 그저 의심하는 정도였지만, 이제는 확실하게 절망적인 현실로 밝혀졌으니까요. 내가 싫어할 뿐만 아니라 경멸하는 남자의 손아귀에 떨어진 거예요. 한번 마음먹으면 무슨 짓이든 다 할 수 있는 자입니다. 내게도 벌써 끔찍한 증거를 보여주었잖아요."

"도대체 그가 누구였습니까?" 펠튼이 물었다.

"나는 의자 위에서, 바스락 소리만 나도 소스라치게 놀라면서, 밤을 새웠어요. 한밤중에 등불이 꺼져버려 방 안이 다시 캄캄해졌거든요. 하지만 또다시 박해를 받는 일은 일어나지 않았어요. 그날 밤은 무사히 지나가고 날이 밝았어요. 식탁은 사라져버렸더군요. 다만 나이프만은 내 손에 쥐어진 채 그대로 있었어요.

그 나이프야말로 내 희망의 전부였습니다.

나는 지칠 대로 지쳐 있었고, 눈도 따끔따끔 아팠어요. 한숨도 잘 수가 없었거든요. 날이 밝자 마음이 좀 놓여서 침대에 몸을 던졌지요. 제 구세주인 그 나이프는 베개 밑에 감추었어요.

잠을 깨보니 새로 식탁이 차려져 있었어요.

이번에는 공포와 불안 속에서도 심한 허기가 느껴지더군요. 이틀 동안이나 아무것도 먹지 않았거든요. 난 빵과 과일을 조금 먹었어요. 마취제 탄 물을 마셨던 생각 때문에 식탁의 물은 손도 대지 않고 컵을 들고 화장대 위의 대리석 물통으로 가서 물을 떠 마셨어요.

그렇게 조심했지만, 그래도 한동안은 몹시 불안했습니다. 다행히도 이번에는 걱정만으로 그쳤어요. 그날은 두려워하던 일이 일어나지 않고 무사히 지나갔어요.

그쪽에서 내가 의심하고 있다는 것을 눈치 채지 못하도록 물병의 물을 절반쯤 버렸어요.

저녁이 되면서 다시 어두워졌어요. 제 눈도 차츰 어둠에 익숙해지기 시작했어요. 어둠 속에서 식탁이 마룻바닥 밑으로 들어가는 것이 보였어요. 십오 분쯤 지나자 식탁이 다시 올라왔는데, 저녁 식사가 차려져 있었어요. 잠시 후 등불이 켜져 방이 다시 환해졌어요.

수면제를 섞을 수 있을 만한 음식은 먹지 않기로 결심하고 계란 두 개와 과일을 조금 먹었지요. 그러고는 안전한 물통에서 컵으로 물을 떠서 마셨어요.

그런데 첫 모금을 마셔보니, 아무래도 전날 아침의 물과는 맛이 다른 듯했어요. 불현듯 의심이 생겨 컵을 내려놓았으나, 이미 반 컵쯤은 마신 뒤였지요.

질겁하고 나머지 물을 버렸어요. 가만히 기다리는 동안 이마에는 식은땀이 흘러내렸어요.

내가 물통의 물을 마시는 것을 누군가가 숨어서 엿본 게 틀림없어요. 그러고는 나를 파멸시키려는 집요한 목적으로 내가 안심하고 마시는 물을 이용했던 거지요.

반 시간도 지나지 않아 지난번과 같은 증상이 나타났어요. 다만 이번에는 반 컵밖에 마시지 않았기 때문에, 약효가 그렇게 빨리 나타나지는 않았어요. 완전히 잠에 빠진 것이 아니라 반수면 상태였기 때문에, 저항하거나 도망칠 힘은 없었지만, 의식을 잃지는 않아서 주위에서 일어나는 일을 알 수 있었어요.

침대까지 몸을 끌고 가서 나에게 남아 있는 유일한 무기인 나이프를 찾으려 했어요. 그러나 베개까지 채 가지도 못하고 무릎이 꺾여버려 침대 기둥을 붙잡았어요. 이제는 틀렸구나 하는 생각이 들더군요."

펠튼은 무서우리만큼 새파랗게 질린 얼굴로 온몸을 와들와들 떨었다.

"그런데 무엇보다도 무서웠던 것은." 밀레디는 마치 지금 또

다시 그때의 고통을 느끼기라도 하는 듯이 달라진 목소리로 이야기를 계속했다. "이번에는 나를 위협하는 위험을 내가 의식하게 되리라는 점이었어요. 잠들어 있는 육체 속에서도 영혼이 지켜보고 있었다고나 할까, 눈도 보이고 귀도 들렸던 거예요. 물론 꿈속 같은 상태였지만, 그런 만큼 더욱더 무서웠지요.

등불이 올라가는 것이 보였어요. 주위가 차츰 어두워졌어요. 그러더니 아직 두 번밖에 들은 적이 없지만, 어느새 귀에 익은 문소리가 들려왔어요.

나는 직감적으로 누군가 다가오는 걸 느꼈어요. 어느 사막을 헤매던 불쌍한 사나이가 뱀이 다가오는 것을 느낄 때와 같은 심정이라고나 할까……

나는 기를 쓰고 고함을 지르려고 했어요. 상상조차 못할 의지력으로 일어나기까지 했지만, 이내 또 쓰러져버렸어요……. 쓰러져서 보니 바로 나를 괴롭히던 그 사내의 품 안이 아니겠어요!"

"도대체 그 남자는 누구였습니까?" 펠튼이 외쳤다.

밀레디는 자신이 주요 대목마다 힘주어 들려준 이야기가 펠튼의 마음속에 불러일으킨 고뇌를 한눈에 알아보았다. 그러나 그의 고통을 덜어주려는 생각은 조금도 없었다. 그의 마음이 받는 상처가 깊으면 깊을수록, 그는 더욱 확실하게 그녀의 원수를 갚아줄 것이다. 그래서 그의 부르짖음을 못 들은 체하면서, 아니면 들었다 할지라도 아직 대답할 때가 아니라는 듯한 표정으로 이야기를 계속했다.

"다만 이번에는 아무런 감정도 없는 시체를 상대로 욕을 보이는 것이 아니었어요. 방금 말했듯이, 몸을 움직이는 기능은 완전히 회복되지 않았지만, 일신의 위험에 대한 의식은 있었어요. 그래서 나는 안간힘을 다해 싸웠어요. 기운은 없었지만 꽤 오래 버텼던 것으로 기억해요. 상대방이 외치는 소리를 들었거든요.

'하찮은 청교도 여자들이란! 형리들을 진땀 빼게 한다는 얘기는 들었지만, 자길 유혹하는 사내에게도 이렇게 강할 줄은 몰랐어.'

아! 그러나 나의 절망적인 저항은 오래가지 못했어요. 온몸에 힘이 쭉 빠져나가는 걸 느꼈어요. 이번에는 잠이 아니라 졸도한 틈을 타서 제 욕심을 채웠어요, 그 비열한 놈이!"

펠튼은 희미한 울부짖음 같은 소리 외에는 아무런 소리도 내지 않고서 듣고 있었다. 그의 대리석 같은 이마에는 땀이 흘러내렸고, 손으로는 가슴을 쥐어뜯었다.

"저는 정신을 차리자마자 베개 밑에 감추어둔 나이프부터 찾으려고 했어요. 몸을 지키는 데는 도움이 되지 못했지만, 적어도 속죄에는 쓰일 수 있었으니까요.

하지만 나이프를 손에 들었을 때, 펠튼, 무서운 생각 하나가 떠올랐어요. 당신에게는 모든 것을 다 말하려고 마음먹었으니까 다 말하겠어요. 비록 내 고백이 파멸을 초래한다 할지라도, 진실을 말하기로 약속했으니까, 사실대로 말하겠어요."

"그 남자에게 복수하려는 생각이 났겠죠?" 펠튼이 외쳤다.

"그래요, 맞아요!" 밀레디가 말했다. "기독교 신자라면 그런 생각을 해서는 안 된다는 것은 나도 알고 있어요. 아마도 우리 영혼의 영원한 적, 우리 주위를 떠돌며 영혼에 대고 끊임없이 으르렁대는 저 사자가 내 마음에 그런 생각을 불어넣었을 겁니다. 그 다음에, 내가 당신에게 무슨 말을 하겠어요, 펠튼?" 밀레디가 자기 자신의 죄를 참회하는 듯한 어조로 계속했다. "한번 떠오른 복수심은 아무래도 머릿속을 떠나지 않았어요. 오늘날 내가 이렇게 벌을 받게 된 것도 그를 죽이려고 했기 때문이에요."

"어서 얘기를 계속하십시오." 펠튼이 말했다. "당신이 복수하게 되는 것을 빨리 보고 싶습니다."

"오! 나도 가능한 한 빨리 복수하려고 결심했어요. 그 사나이가 다음날 저녁에도 분명히 올 것 같았어요. 낮에는 무서운 일이라곤 전혀 일어나지 않았어요.

그래서 점심 때가 되자 망설이지 않고 먹을 건 먹고 마실 건 마셔두었어요. 그것으로 저녁 때까지 버텨야 했으니까요. 저녁 식사는 손도 대지 않고 먹은 척만 할 생각이었지요.

그러나 물 한 컵만은 점심 때 남겨두었지요. 이틀 동안 먹지도 마시지도 못했고 지냈기 때문에 무엇보다도 갈증이 고통스러웠거든요.

그날 낮은 별일 없이 지나갔고, 나는 더욱더 결심을 굳히고 있었어요. 하지만 그런 기색은 조금도 얼굴에 나타내지 않도록 조심했지요. 어디에서건 나를 엿보고 있을 것이 틀림없었으니까요. 몇 번이나 입술 위로 미소가 떠오르는 것이 느껴졌어요. 펠튼, 내가 무슨 생각을 하고 웃었는지, 그것은 차마 말하지 못하겠어요. 나를 무서운 여자라고 생각하실지도 모르니까요……"

"계속하세요, 어서." 펠튼이 말했다. "이렇게 듣고 있지 않습니까. 빨리 결말을 알고 싶습니다."

"저녁이 되자 이제까지와 같은 일이 일어났어요. 여느 때와 같이 어둠 속에서 내 저녁 식사가 차려지고, 등불도 켜졌어요. 나는 식탁에 앉았죠.

과일만 좀 먹었어요. 물병에서 물을 따르는 척하면서 컵에 떠 두었던 물을 마셨지요. 얼마나 교묘하게 바꾸었는지, 내 행동을 엿보는 사람이 있다 하더라도 결코 의심하지 않았을 거예요.

저녁 식사를 먹고 난 뒤에 전날과 마찬가지로 마비 상태에 빠진 척했어요. 이번에는 마치 지쳐빠진 듯한 모습으로, 위험에 익숙해진 듯한 태도로 침대까지 몸을 이끌고 가서 잠이 든 체했어요.

그러고는 베개 밑에 두었던 나이프를 집었어요. 자는 체하면서도 떨리는 손으로 칼자루를 꼭 쥐고 있었지요.

두 시간쯤 지났으나 아무 일도 일어나지 않았어요. 오 맙소사! 전날 그렇게 말한 사람은 누구였을까요? 도리어 그가 오지 않을까 걱정이 되기 시작했어요.

마침내 등불이 가만히 천장으로 올라가더니 사라지면서 방이 어두워졌어요. 나는 어둠 속을 뚫어지게 바라보고 있었어요.

십 분쯤 지났어요. 오직 내 심장의 고동 소리만 들렸어요. 나는 그가 오게 해달라고 하늘에 빌었어요.

이윽고 귀에 익은 문소리, 두꺼운 양탄자를 통해 마룻바닥이 삐걱거리는 소리가 들렸어요. 그러고는 어둠 속에서 침대로 다가오는 사람의 그림자가 보였어요."

"빨리 얘기해 주세요, 빨리요!" 펠튼이 말했다. "당신의 말 한마디 한마디가 뜨거운 납물처럼 나를 태우고 있는 걸 모르겠습니까!"

밀레디가 계속했다. "그래서 나는 전신의 힘을 모았어요. 복수의 순간, 더 정확히 말하자면 심판의 순간이 왔다고 생각했어요. 나는 스스로 유딧이 되겠다고 마음먹고는 손에 칼을 쥐고 몸을 움츠리고 있다가 사내가 팔을 뻗쳐 나를 더듬으려는 바로 그 순간 절망적인 고통의 마지막 비명을 지르면서 그의 가슴 한가운데를 향해 찔렀어요.

그 비열한 놈! 그는 모든 걸 예견하고 있었어요. 가슴에 갑옷을 입고 있어서 칼이 들어가지 않은 거예요.

'아아!' 그가 내 팔을 잡고 임무를 제대로 해내지 못한 내 무기를 빼앗으면서 외쳤어요. '내 목숨을 노리는군, 청교도 미인! 하지만 그건 증오하는 정도가 아니라 배은망덕 아냐? 자자, 진정하시지, 아름다운 아가씨. 이제는 마음이 좀 누그러진 줄 알았지. 난 여자를 강제로 잡아두는 폭군이 아니야. 당신은 나를 좋아하지 않는군. 남자의 자만심에서 혹시나 했는데, 이젠 똑똑히 알았어. 내일 당신을 풀어주겠네.'

나에게는 사내의 손에 죽었으면 하는 소망밖에 없었어요.

'조심하세요!' 내가 그에게 말했어요. '나를 풀어주면 당신은 망신을 당할걸요. 그래요, 내가 여기에서 나가면 모든 것을 다 말해 버리겠어요. 당신이 나를 폭행했다는 것도, 나를 감금했다는 것도 모두 말해 버리겠어요. 이 추잡한 저택에 관해서도 폭로해 버리겠어요. 당신은 지위가 매우 높은 분이시지요. 하지만 두려워하는 법을 배우세요! 당신 위에는 국왕이 계시고, 국왕 위에는 하나님이 계십니다.'

그 남자는 무척 자제하고 있는 듯했으나 그래도 격분을 감출 수는 없었어요. 그의 표정은 볼 수 없었지만, 내 손 아래 놓여 있는 그의 팔이 떨리는 것을 느꼈거든요.

'그렇다면 넌 여기에서 나갈 수 없어.' 그가 말했어요.

'좋아요, 좋아!' 내가 외쳤어요. '그렇다면 이 고문실이 내 무덤이 되겠군요. 좋아요! 여기서 죽겠어요. 살아 있는 사람의 위협보다 귀신의 저주가 더 끔찍하다는 것을 알게 될 거예요!'

'당신 손에 무기만 들어가지 않게 하면 그만이야.'

'절망에 빠진 사람에게는 다 방법이 있는 거예요. 용기가 문제일 뿐이죠. 난 굶어 죽겠어요.'

'이봐.' 비열한 놈이 말했어요. '이렇게 싸우는 것보다는 화해하는 편이 좋지 않겠어? 지금 당장 당신을 풀어주겠어. 당신의 미덕을 널리 알리고, 당신에게 '영국의 루크레티아(고대 로마 전설에 등장하는 귀족의 덕망 높고 아름다운 아내로 섹스투스에게 능욕을 당한 뒤 자살한다—옮긴이)'라는 별명을 부여할 테니까.'

'나는 당신을 '영국의 섹스투스'라고 부르겠어요. 하나님에게 당신을 고발한 것처럼 이제는 인간들에게 고발하겠어요. 만약 루크레티아처럼 고발장에 피로 서명해야 한다면 그렇게라도 하겠어요.'

'저런! 저런!' 그가 비웃듯이 말했어요. '그렇다면 다른 문제지. 결국 당신은 여기 있어야겠군. 편안하게, 아무런 불편도 없도록 해줄 테니까, 굶어 죽는다 해도 당신 책임이야.'

그가 나갔어요. 문이 열렸다 닫히는 소리가 들렸지요. 다시 혼자 남게 되자, 사실 고통스럽다기보다도 원수를 갚지 못한 치욕에 몸을 떨었어요.

그는 약속을 지켰어요. 이튿날은 낮에도 밤에도 나타나지 않앉아요. 나도 역시 약속을 지켰지요. 전혀 먹지도 마시지도 않았어요. 그에게 약속했듯이 굶어 죽을 각오를 했죠.

밤이고 낮이고 기도를 드렸어요. 하나님께서 제 자살을 용서해 주시길 바랐거든요.

그 이튿날 밤에 문이 열렸어요. 나는 힘이 빠지기 시작한 탓에 마룻바닥에 누워 있었어요.

그러다 문소리에 손을 짚고 몸을 일으켰어요.

'어때?' 어떤 목소리가 귓가에 무섭게 울렸으나 알아듣지 못할 정도는 아니었어요. '어때, 좀 마음이 진정되었나? 입을 열지 않겠다고 약속하고 자유로운 몸이 되지 않겠어? 이봐, 나는 선량한 제후야. 청교도를 좋아하진 않지만 공평하게 대할 줄은 아는 사람이지. 예쁜 청교도 여자라면 더욱 그렇고 말이야. 자, 십자가에 대고 맹세해라. 그 이상은 요구하지 않겠어.'

'십자가에 대고!' 내가 외치면서 일어섰어요. 저를 질겁하게 만드는 목소리에 또다시 기운을 냈던 거죠. '십자가에 대고! 어떤 약속에도, 어떤 협박에도, 어떤 고문에도, 입을 다물지 않을 것을 맹세하겠어요. 십자가에 대고! 가는 곳마다 당신을 살인자라고, 파렴치한이라고, 비겁한 놈이라고 떠벌리고 다닐 것을 맹세하겠어요. 만약 여기에서 나갈 수만 있다면, 온 세상을 향해 당신에 대한 복수를 요구할 것을 십자가에 대고 맹세하겠어요!'

'말 조심해!' 여태껏 들은 적이 없는 위협적인 어조로 그 사람이 말했어요. '내게는 당신의 입을 봉할, 아니면 적어도 설령 당신이 지껄여봤자 아무도 곧이듣지 않게 할 최후의 수단이 있단 말이야.'

나는 온 힘을 모아 깔깔거리는 웃음으로 대답했어요.
이제 그자와 나 사이에는 죽느냐 사느냐 하는 영원한 싸움만이 남았음을 그자도 알게 됐지요.
'이봐!' 그가 말했어요. '하루의 여유를 주겠어. 잘 생각해봐. 입을 다물고 있겠다고 약속만 하면 재산도, 존경도, 명예도 마음껏 누릴 수 있어. 그러나 끝내 입을 열겠다고 떠든다면 치욕의 형벌을 내리겠다.'
'당신이!' 내가 외쳤어요.
'영원한 치욕을, 씻을 길 없는 치욕을 안겨주겠다.'
'당신이!' 내가 되풀이했어요. 아, 펠튼, 당신에게 말하지만, 나는 그가 미치광이라고 생각했어요.
'그래, 내가!' 그가 말했어요.
'아! 제발 그만 나가줘요.' 내가 그에게 말했어요. '이 자리에서 내가 벽에 대고 머리를 부숴버리는 걸 보고 싶지 않다면 썩 나가요.'
'좋아, 그럼 내일 저녁에 만나.' 그가 말했어요.
'그래요, 당신이 원한다면, 내일 저녁에 만나요.' 저는 이렇게 말하고는 쓰러졌어요. 격심한 분노를 이기지 못해 양탄자를 물어뜯었어요."
펠튼은 가구에 몸을 기대고 서 있었다. 밀레디는 자신의 이야기가 채 끝나기도 전에 그가 맥없이 쓰러질지도 모른다는 생각에 악마처럼 기쁨에 젖어들었다.

고전적인 비극을 무기로

 밀레디는 입을 다물고 자기 말에 귀를 기울이고 있는 청년을 가만히 살펴보았다. 잠시 후에 다시 이야기를 계속했다.
 "거의 사흘 동안이나 먹지도 마시지도 않았어요. 지독한 고통에 시달렸죠. 때로는 구름 같은 것이 눈앞을 가로막았다 이마에 달라붙었다 했어요. 정신착란이었던 거지요.
 저녁이 됐어요. 쇠약할 대로 쇠약해진 나는 까무룩 정신을 잃곤 했어요. 그럴 때마다 이제 죽는가 싶어 하나님께 감사를 드렸어요.
 몇 번이고 까무러치곤 하는데 문이 열렸어요. 문소리에 겁이 났는지 퍼뜩 정신이 들더군요.
 그 비열한 사내는 가면을 쓴 한 남자를 데리고 들어왔어요. 그도 가면을 쓰고 있었지만, 저는 그의 목소리와 걸음걸이를 알고 있었고, 무엇보다 지옥이 인간을 저주하려고 그에게 선사한 위압적인 몸짓으로 그를 알아볼 수 있었어요.

'꼴 좋군!' 그가 말했어요. '내가 요구한 대로 맹세할 결심을 했나?'

'당신이 말했듯이 청교도는 한 입으로 두말하지 않습니다. 내 말은 이미 들었잖아요. 당신을 심판해 달라고, 지상에서는 사람들 앞에, 하늘에서는 하나님 앞에 호소할 뿐이에요!'

'끝내 고집을 피우겠다?'

'내 말을 듣고 계시는 하나님 앞에 맹세합니다. 이 세상 모든 사람을 당신의 죄악에 대한 증인으로 세우고, 나를 위해 복수해 줄 사람을 발견할 때까지 결코 포기하지 않겠습니다.'

'너는 창녀야.' 그가 천둥 같은 소리로 외쳤어요. '창녀가 받아야 할 형을 내리겠다! 네가 호소하는 사람들 앞에 어깨의 낙인을 내보이면서, 네가 죄도 없고 미치지도 않았다는 걸 어디 한번 증명해 봐라!'

그러고는 데려온 사나이를 향해 말했어요.

'형리, 직무를 행하라.'"

"오! 그의 이름, 그의 이름!" 펠튼이 외쳤다. "그의 이름을 말하세요!"

"나는 죽는 것보다도 더 끔찍한 일을 당하리라는 것을 깨닫기 시작했어요. 고함을 지르고 저항했지요. 형리가 나를 붙잡아 바닥에 넘어뜨리고는 두 팔로 나를 꼼짝 못하게 조르기 시작했어요. 숨이 막혔어요. 거의 정신을 잃은 채, 부질없이 하나님의 이름만 불러댔지요. 갑자기 제 목에서 고통과 치욕의 비명이 터져나왔어요. 새빨갛게 단 형리의 쇠젓가락이 내 어깨에 닿은 겁니다."

펠튼이 분노의 울부짖음을 나직이 내질렀다.

"이것 보세요." 밀레디가 여왕처럼 위엄 있게 일어서면서 말했다. "자, 펠튼, 간악한 인간에게 희생된 순진한 처녀에게 가해진 이 순교의 고통을 보세요. 당신도 인간의 마음이 어떤 것인지 알고 앞으로는 불의한 복수의 도구로 쉽사리 이용되지 마세요."

밀레디가 재빨리 겉옷을 벌리자 젖가슴을 가리고 있던 리넨 속옷이 드러났다. 그녀는 속옷을 찢어 보이고는 분노와 부끄러움을 가장하며 짐짓 얼굴을 붉혔다. 그토록 아름다운 어깨에 박힌 씻을 길 없는 치욕의 낙인을 젊은이에게 보였다.

"하지만." 펠튼이 외쳤다. "이것은 백합꽃이 아닙니까?"

"바로 그러니까 비열한 놈이에요." 밀레디가 대답했다. "영국의 낙인이라면 어느 재판소가 그 형을 과했는지 증명하지 않으면 안 되거든요. 제가 국내의 모든 법원에 공식적으로 항소했을 테니까요. 그러나 프랑스의 낙인이라면……. 오! 그것은 정말로 굴욕적인 형벌이에요!"

펠튼은 더 이상 견딜 수가 없었다.

이 무시무시한 고백을 듣고 나자 그는 얼떨떨했다. 노골적으로 자기 몸을 드러내 보이는 동작도 그에게는 숭고하게만 느껴졌으며, 그녀의 초인적인 아름다움에 아찔했다. 얼굴이 새파래지고, 손가락 하나 까딱할 수 없었다. 마침내 그녀 앞에, 마치 황제의 박해를 받고 투기장에 던져진 채 잔인하고 음란한 천민들의 구경거리가 된 순결하고 거룩한 순교의 여자들 앞에 무릎을 꿇던 초기 기독교도들처럼 무릎을 꿇었다. 이제 그녀에게서 낙인은 사라졌고 아름다움만 남았다.

"용서하십시오. 아, 제발 용서하십시오!" 펠튼이 외쳤다.

밀레디는 그의 눈 속에 사랑의 불길이 타오르는 것을 읽어 냈다.

"뭘 용서하라는 거예요?" 그녀가 물었다.

"제가 당신의 박해자들 편에 있었다는 것을 말입니다."

밀레디가 그에게 손을 내밀었다.

"이렇게 아름다운데, 이렇게 젊은데!" 펠튼이 그녀의 손에 정신없이 입을 맞추면서 외쳤다.

밀레디가 그에게 노예를 왕으로 인정해 주는 듯한 시선을 던졌다. 펠튼은 청교도였다. 그는 이 여인의 손을 놓고서 발에 입을 맞추었다. 이제 그의 감정은 사랑을 넘어 숭배에 이르렀다.

이러한 발작이 지나가자 밀레디는 이제까지 한번도 잃지 않았던 침착을 다시 되찾은 척했다. 사랑의 보물들이 정숙의 베일 아래 다시 감추어지는 것을 보자, 펠튼의 욕망은 더욱더 맹렬하게 타올랐다.

"아! 이제 당신에게 물을 것은 한 가지뿐입니다." 그가 말했다. "형리의 진짜 이름은 무엇입니까? 내가 생각하기에 형리는 한 사람입니다. 다른 사람은 앞잡이에 불과했으니까요."

"아니! 형제님." 밀레디가 외쳤다. "그의 이름을 내 입으로 말해야 하나요? 짐작하지 않았나요?"

"뭐라고!" 펠튼이 다시 말을 이었다. "그자가! 역시 그자가! 결국 진짜 죄인은……."

"진짜 죄인은 영국의 약탈자입니다." 밀레디가 말했다. "진실한 신도들의 박해자입니다. 그토록 많은 여자의 정조를 비겁하게 유린한 사람입니다. 타락하고 변덕스러운 마음 때문에 두 왕국에 그토록 많은 피를 흘리게 하려는 자입니다. 오늘은 신교도를 보호하지만, 내일이면 배반할 자입니다……"

"버킹엄! 역시 버킹엄이야!" 펠튼이 격분하여 외쳤다.

밀레디가 두 손으로 얼굴을 가렸다. 마치 버킹엄이라는 이름이 상기시키는 치욕을 견딜 수 없기라도 하는 듯했다.

"버킹엄이 이 천사 같은 분의 형리였다니!" 펠튼이 외쳤다. "오! 나의 하나님, 당신은 왜 그를 벼락으로 벌하지 않으셨나이까! 당신은 왜 그를 고귀하고 명예로우며 우리 모두를 파멸시킬 만큼 강한 자로 만드셨나이까!"

"하나님은 스스로 버리는 자를 버리십니다." 밀레디가 말했다.

"하지만 하나님은 저주받은 자들에게 내려질 모든 징벌이 온통 그의 머리에 떨어지기를 바라실 것입니다!" 펠튼이 더욱 흥분하여 계속 말했다. "하나님은 인간의 복수가 하늘의 심판에 앞서기를 바라실 겁니다!"

"인간들은 그를 두려워하여 그냥 내버려두고 있어요."

"오! 나는." 펠튼이 말했다. "나는 두렵지 않습니다. 난 내버려두지 않겠어요!"

밀레디의 마음이 악마 같은 기쁨에 젖어들었다.

"그런데 내 보호자이자 아버지나 다름없는 윈터 경이 어떻게 이 모든 일에 연루되었습니까?" 펠튼이 물었다.

"이봐요, 펠튼." 밀레디가 말을 이었다. "그건 경멸할 만한 비열한 인간들 옆에 위대하고 관대한 사람들도 있기 때문이에요. 내게는 약혼자가 있었어요. 내가 사랑하고 나를 사랑하는 사람이었어요. 펠튼, 그분은 꼭 당신 같은 사람이었어요. 당신처럼 마음이 착한 분이었어요. 나는 그분에게 모두 이야기했지요. 그분은 나를 잘 알고 있었으므로 한순간도 의심하지 않았어요. 그분은 대귀족이었기에 모든 점에서 버킹엄과 대등했어요. 그분은 아무 말도 없이 검을 차더니 망토로 몸을 감쌌어요. 버킹엄의 저택으로 갔던 거예요."

"그렇죠, 마땅히 그래야죠." 펠튼이 말했다. "이해합니다. 그런 자들을 상대로 검까지도 필요 없고 단도면 충분하지만 말입니다."

"버킹엄은 그 전날 떠나고 없었어요. 에스파냐 대사로서 부임지로 출발한 뒤였지요. 당시만 해도 아직 웨일스의 황태자였던 찰스 1세 폐하의 비(妃)로 에스파냐의 공주를 맞아들이는 교섭 때문이었죠. 내 약혼자는 그냥 돌아왔어요.

'그는 이미 떠났소.' 내 약혼자가 말했어요. '따라서 당분간은 그가 내 복수를 피한 셈이오. 하지만 우리는 결혼하기로 되어 있었으니 결혼식은 올립시다. 내 명예와 아내의 명예를 반드시 지킬 것이오. 이 몸 윈터 경에게 맡겨주시오.'"

"윈터 경!" 펠튼이 외쳤다.

"그래요, 윈터 경이에요." 밀레디가 말했다. "이제 다 아시겠죠, 안 그래요? 버킹엄은 일 년 이상 나가 있었어요. 그리고 내 남편은 그가 귀국하기 일주일 전에 나를 유일한 상속자로 남겨놓은 채 갑자기 세상을 떴어요. 어떻게 그런 일이 일어났는지는 전지전능한 하나님은 아실 거예요. 나는 아무도 원망하지 않습니다……."

"오! 이 무슨 일인가! 참으로 알 수 없는 일이군요!" 펠튼이 외쳤다.

"윈터 경은 형에게 아무 말도 못하고 세상을 떴어요. 그 무서운 비밀은 모든 이에게 감추어야 했으니까요. 죄인의 머리 위에서 벼락처럼 폭발할 때까지는 말이에요. 당신의 보호자인 윈터 경은 동생이 아무 재산도 없는 처녀와 결혼하는 것을 마지못해 허락했어요. 나는 유산 상속에 대한 희망이 깨져 실망한 남자에게 어떠한 도움도 기대할 수 없다고 느꼈어요. 그래서 프랑스로 건너가 여생을 보내려고 했지요. 하지만 내 재산은 모두 영국에 있습니다. 전쟁으로 교통이 끊겨버리자 부족한 것이 한두 가지가 아니어서 영국으로 돌아오지 않을 수 없었어요. 그래서 엿새 전에 포츠머스에 도착했지요."

"그런데요?" 펠튼이 말했다.

"그런데 버킹엄이 제가 돌아온다는 소식을 들었나 봐요. 이미 나를 좋지 않게 보고 있던 윈터 경에게 제 귀국을 알리고 내가 창녀에, 낙인까지 찍힌 여자라고 고자질했어요. 나를 변호해 줄 내 남편의 순수하고 고매한 목소리는 이미 이 세상에 없습니다. 윈터 경은 그의 말을 모두 곧이들었지요. 그의 말을 믿는 편이 이로우니까 더욱 믿기 쉬웠던 거고 그래서 나를 체포해서 여기에 데려다 놓고 당신에게 감시를 맡긴 겁니다. 그 밖의 일은 당신도 아시겠죠. 모레면 나는 추방됩니다. 모레면 나는 죄수들의 섬으로 귀양을 갑니다. 아! 참으로 잘 꾸며진 음모죠! 그래요, 교묘한 음모예요. 내 명예는 이제 끝장이 난 거예요. 아시겠죠, 펠튼. 나는 죽을 수밖에 없어요. 펠튼, 그 나이프를 주세요!"

이렇게 말하고 나서 밀레디는 마치 모든 힘이 소진되기라도 한 듯이 젊은 장교의 품에 기운 없이 쓰러졌다. 펠튼은 격정적으로 그녀를 가슴에 안았다. 그는 이미 사랑과 분노, 그리고 미지의 관능에 취해 있었다. 이제는 아름다운 입에서 흘러나오는 숨결에 몸을 떨었고, 그토록 두근거리는 젖가슴에 닿아 넋을 잃었다.

"안 되오, 안 돼." 그가 말했다. "당신은 명예를 지켜 깨끗하게 살아야 하오. 살아남아 당신의 적들을 무찔러야 합니다."

밀레디는 눈으로는 그를 끌어당기면서도 손으로는 슬그머니 밀어냈다. 그러나 이번에는 펠튼이 그녀를 꼭 끌어안더니 여신에게 하듯이 그녀에게 애원했다.

"오! 죽음을, 죽음을." 그녀는 눈물을 글썽거리면서 쉰 목소리로 말했다. "아! 치욕보다는 차라리 죽음을 택하겠어요. 펠튼, 제발 부탁이에요!"

"안 되오." 펠튼이 외쳤다. "안 돼, 당신은 살아야 하오. 원수를 갚아야 하오!"

"펠튼, 나는 주위 사람을 모두 불행하게 만드는 여자예요! 펠튼, 나를 내버려두세요. 죽게 내버려두세요!"

"그럼 같이 죽읍시다!" 그는 이렇게 외치고는 밀레디의 얼굴에 입술을 맞추었다.

문 두드리는 소리가 몇 번이나 들렸다. 이번에는 밀레디가 진짜로 그를 떼밀었다.

"이봐요." 그녀가 말했다. "누군가 우리 얘기를 엿들었어요. 누가 왔어요! 다 글렀어요. 망쳤어요!"

"아니오." 펠튼이 말했다. "순찰이 온 것을 보초가 내게 알려주는 소리요."

"그럼 당신이 문을 열어요."

펠튼이 그대로 따랐다. 그의 마음은 이미 이 여인에 대한 생각으로 가득 차 있었다.

문밖에는 순찰대를 지휘하는 하사관이 서 있었다.

"뭐야, 무슨 일이 있나?" 펠튼이 물었다.

"도와달라고 외치면 문을 열라고 하셨잖습니까." 병사가 말했다. "제게 열쇠를 주셨어야죠. 무슨 말인지 못 알아들었으나 중위님이 큰소리치시는 게 들려서 문을 열려고 했지만 안에서 잠겨 있었습니다. 그래서 중사님을 부른 겁니다."

"그래서 제가 왔습니다." 중사가 말했다.

펠튼은 얼이 빠지고 머리가 돌아버릴 지경이었다. 말도 못하고 그냥 우두커니 서 있었다.

밀레디는 자신이 나서야겠다고 생각했다. 그래야 사태를 수습할 수 있을 듯했다. 그녀는 탁자로 달려가 펠튼이 놓아둔 나이프를 집어 들었다.

"내가 죽으려는 것을 당신이 무슨 권리로 방해합니까?" 그녀가 말했다.

"큰일 났다!" 펠튼이 외쳤다. 그 여자의 손에 칼이 번쩍이는 것을 보았기 때문이다.

그때 복도에서 빈정거리는 듯한 웃음소리가 터져나왔다.

시끄럽게 떠드는 소리에 잠에서 깬 윈터 경이 잠옷 바람으로 검을 들고 나와 문 앞에 서 있었다.

"아, 아!" 그가 말했다. "이제 비극의 결말에 이르렀군. 보게나, 펠튼. 내가 말한 대로 연극이 전개되지 않았나! 하지만 걱정할 건 없어. 피가 흐르는 일은 없을 테니까."

밀레디는 지금 당장 자신의 무서운 용기를 펠튼에게 입증해 보이지 않는다면 곧 파멸이라는 것을 직감적으로 눈치 챘다.

"당신은 잘못 생각하고 있어요, 윈터 경. 피는 흐를 거예요. 피를 흐르게 한 자들에게 그 피가 튈 수만 있다면 좋겠어요!"

펠튼이 고함을 지르면서 그녀에게 뛰어갔으나 이미 늦었다. 밀레디가 자기 가슴을 찔렀던 것이다.

그러나 다행히, 사실은 교묘하게라고 말해야 할 터이지만, 칼끝이 코르셋의 가슴 살대에 부딪혔다. 당시에는 코르셋에 살대를 넣어 갑옷처럼 여자들의 가슴을 보호했다. 칼은 옷을 찢고 들어가 살과 갈비 사이를 비스듬히 찔렀을 뿐이다. 그래도 밀레디의 옷은 순식간에 피로 물들었다.

밀레디는 나둥그러져 기절한 듯했다.

펠튼이 칼을 빼앗았다.

"보세요, 남작님." 그가 침울한 표정으로 말했다. "제가 감시하던 여자가 이렇게 자살했으니!"

"걱정 말게, 펠튼 군." 윈터 경이 말했다. "죽지는 않았어. 악마들은 그리 쉽게 죽지 않아. 안심하고 내 방에 가서 기다리게."

"하지만 남작님……."

"가서 기다리게, 명령이야."

상관의 명령에 펠튼은 복종했다. 그러나 나갈 때 칼을 품 안에 넣었다.

윈터 경은 밀레디의 시중을 드는 여자를 불렀다. 여전히 혼절해 있는 죄수를 살피라고 당부하고는 두 여자만 남겨두고 나갔다.

그러고는 설마 별일 있겠느냐 싶었지만, 그래도 혹시 중상일지 모른다는 생각에 즉시 부하 한 명을 시켜 말을 타고 가서 의사를 불러오게 했다.

탈출

 윈터 경의 짐작대로, 밀레디의 상처는 심각하지 않았다. 하녀로 불려온 여자가 급히 옷을 벗기려고 하자 밀레디가 눈을 떴다.
 그렇지만 짐짓 고통스러운 척 가장할 필요가 있었다. 밀레디 같은 배우에게는 전혀 어려운 일이 아니었다. 그래서 이 불쌍한 여자는 밀레디의 속임수에 완전히 속아 넘어갔다. 아무리 밀레디가 그럴 것 없다고 해도 그녀는 한사코 밤새도록 간병을 하겠다고 고집을 피웠다. 하기야 이런 여자가 옆에 있다고 해서 밀레디가 생각하는 데에 방해가 될 것은 없었다.
 이제 펠튼이 그녀에게 넘어온 것에는 의심할 여지가 없었다. 펠튼은 그녀의 것이었다. 설령 천사가 이 젊은이 앞에 나타나 밀레디를 비난할지라도, 그의 정신 상태로 볼 때 그 천사를 악마의 사자라고 여길 것이다.

밀레디는 이러한 생각에 미소를 지었다. 왜냐하면 펠튼이야말로 이제부터 그녀의 유일한 희망이자 구원의 수단이었기 때문이다.

그러나 윈터 경이 펠튼을 의심하여 지금 그도 감시받고 있을지 모른다.

오전 4시쯤 의사가 왔으나 상처는 이미 아문 뒤였다. 의사로서는 상처의 방향도 깊이도 알아볼 수 없었다. 다만 맥을 짚어보고 증세가 위중하지 않다는 것만 알아냈다.

아침에 밀레디는 옆에서 간호하는 여자를 돌려보냈다. 간밤에 자지 못했으므로 푹 쉬겠다는 핑계를 댔다.

밀레디에게는 한 가지 희망이 있었다. 아침 식사가 들어올 때 펠튼도 같이 오리라는 것이었다. 그러나 그는 오지 않았다.

걱정했던 일이 실제로 벌어진 것일까? 펠튼이 윈터 경의 의심을 산 나머지, 결정적인 순간에 그녀를 버리려는 것일까? 이제 하루밖에 남지 않았다. 윈터 경은 그녀가 23일에 배를 탈 것이라고 했는데 지금은 22일 아침이었다.

그렇지만 그녀는 계속 끈기 있게 점심 때까지 기다렸다.

아침에 아무것도 먹지 않았지만, 여느 때와 같은 시간에 점심이 도착했다. 밀레디는 병사들의 제복이 바뀐 것을 알아차리고는 소스라치게 놀랐다.

그래서 위험을 무릅쓰고 왜 펠튼이 안 보이는지 물어보았다. 그러자 펠튼은 한 시간 전에 말을 타고 떠났다는 대답을 들었다. 윈터 경은 여전히 저택에 있는지도 물어보자. 병사가 그렇다고 대답했다. 만약 죄수가 할 말이 있다고 하면 곧바로 알리라는 명령을 받았다고 말했다. 지금은 몸이 좋지 않으므로 혼자 있고 싶을 뿐이라고 밀레디가 대답했다. 병사는 식사를 차려놓고 나갔다.

펠튼은 멀리 떨어져 있다. 해군 병사들도 교체되었다. 이는 펠튼이 의심받고 있다는 증거였다.

밀레디에게는 마지막 타격이었다.

그녀는 홀로 남게 되자 자리에서 일어났다. 중상을 입은 것처럼 보이려고 조심스럽게 누워 있던 침대가 불이 붙은 것처럼 뜨거웠기 때문이다. 문 쪽으로 시선을 던졌다. 작은 창구멍이 판자로 가려져 있었다. 아마도 이 창구멍으로 그녀가 어떤 마력을 발휘하여 감시병을 유혹하지 않을까 하는 윈터 경의 염려 때문이었을 것이다.

밀레디가 기쁨의 미소를 흘렸다. 이제는 아무리 흥분하더라도, 무슨 짓을 하더라도 들킬 리가 전혀 없었기 때문이다. 그녀는 난폭한 미치광이나 철창 속에 갇힌 암호랑이처럼 방 안을 이리저리 거닐었다. 그때 만약 그녀의 손에 칼이 쥐어져 있었다면, 더 이상 자살이 아니라 윈터 경을 죽일 생각에 골몰했을 것이다.

6시에 윈터 경이 들어왔다. 그는 완전 무장을 하고 있었다. 여태껏 밀레디는 그를 상당히 얼빠진 신사로만 보았는데 이제는 아주 칭찬받을 만한 감시자가 되어 있었다. 모든 것을 예견하고 모든 것을 알아맞히며 모든 것을 예방하는 듯했다.

그는 이제 밀레디를 힐끗 쳐다보기만 해도 그녀의 마음속을 알아차렸다.

"좋아." 그가 말했다. "그러나 오늘도 나를 죽이지는 못할걸.

당신에게는 이제 무기가 없을 뿐만 아니라, 나도 경계하고 있거든. 당신은 펠튼을 타락시키기 시작했어. 그가 벌써 당신의 악마 같은 영향을 받았더군. 하지만 난 그를 구해 주고 싶어. 더 이상 그를 만날 수 없을 거야. 다 끝났어. 옷가지라도 챙기시지. 내일이면 떠날 테니까. 승선을 24일로 정해 놓았지만, 빠르면 빠를수록 안전하리라는 생각이 들어서. 내일 정오에는 버킹엄이 추방 명령서에 서명할 예정이야. 배를 타기 전에 누구한테든 한마디라도 한다면, 내 하사관이 총으로 당신 골통을 부숴버릴 거야. 그렇게 명령을 내려놓았지. 배에서도 마찬가지야. 선장의 허가 없이 누구에게든 한마디라도 한다면, 선장이 당신을 바다에 던져버릴 거야. 그렇게 약속이 되어 있어. 자, 그럼, 잘 쉬어. 오늘 할 말은 이게 전부야. 내일 또 마지막 작별의 인사를 하러 올 테니까!"

남작은 이렇게 말하고는 방을 나갔다.

밀레디는 입술에 경멸의 미소를 띤 채 이 협박조의 장광설을 듣고 있었으나 마음속으로는 격분하고 있었다.

저녁 식사가 나왔다. 밀레디는 기운을 북돋아 둘 필요가 있다고 느꼈다. 날씨가 궂어질 것 같은 이날 밤에 무슨 일이 일어날지 알 수 없었기 때문이다. 하늘에서 커다란 구름 덩어리들이 서서히 움직이고 멀리서 번갯불이 번득였다. 폭풍이 몰아칠 징후였다.

밤 10시경이 되자 비바람이 몰아치기 시작했다. 밀레디는 자연이 자신의 마음의 혼란을 함께하는 것을 보고 위안을 느꼈다. 그녀에게는 분노가 들끓었고, 대기에서는 천둥이 요란하게 울렸다. 휘몰아치는 돌풍에 나뭇가지가 휘었고 잎사귀가 떨어졌다. 그녀의 머리카락마저 이마 위로 마구 흩어졌다. 자연도 절망하여 신음하는 듯했다. 폭풍처럼 아우성을 치는 그녀의 목소리가 자연의 웅장한 소리 속으로 사그라졌다.

갑자기 창유리를 두드리는 소리가 들렸다. 창문 너머로 한 사나이의 얼굴이 번갯불에 드러났다.

그녀는 뛰어가서 창문을 열었다.

"펠튼!" 그녀가 외쳤다. "난 살았구나!"

"그렇소!" 펠튼이 말했다. "하지만 조용히, 조용히! 이 쇠창살을 써는 데 시간이 필요하오. 문에 난 작은 창구멍으로 누가 보는지만 지켜보시오."

"오! 확실히 주님은 우리 편이에요, 펠튼." 밀레디가 말을 이었다. "문의 창구멍은 판자로 가려져 있어요."

"잘됐소, 하나님이 그들을 어리석은 바보로 만들어놓은 거요."

"그런데 난 뭘 해야 하지요?" 밀레디가 물었다.

"아무것도, 아무것도 필요 없소. 창문을 닫아주기만 하시오. 그리고 옷을 입은 채 침대에 누워 있어요. 다 끝나면 창을 두드리겠소. 그런데, 날 따라올 수 있겠소?"

"그럼요!"

"상처는?"

"아파요. 그래도 걸을 수는 있어요."

"신호를 하자마자 나갈 수 있도록 준비해요."

밀레디는 펠튼이 시키는 대로 창을 닫고 등불을 끈 뒤 침대 속에 들어가 웅크리고 있었다. 뇌우의 요란한 탄식 소리에 창살을 써는 소리가 섞였다. 번개가 칠 때마다 유리창 뒤에 펠튼의 그림자가 어렸다.

그녀는 한 시간쯤 침대 속에서 숨을 죽이고 있었다. 이마에 땀이 송글송글 맺혔다. 복도에서 무슨 소리가 들려올 때마다 지독한 불안에 가슴이 죄어들었다.

한 시간이 일 년처럼 느껴지는 때가 있는 법이다. 한 시간 후에 펠튼이 다시 창을 두드렸다. 밀레디가 침대에서 뛰쳐나가 창문을 열었다. 창살 두 개가 잘려나가서 사람이 통과할 만했다.

"준비됐소?" 펠튼이 물었다.

"됐어요. 뭘 가져가야 할까요?"

"돈, 있다면."

"있어요. 다행히 소지품은 고스란히 놓아두었으니까요."

"잘됐소. 난 배를 세내느라고 돈을 몽땅 써버렸소."

"자요." 밀레디가 불룩한 금화 자루를 펠튼의 손에 들려주었다.

펠튼이 자루를 받아 벽 아래로 던졌다.

"그럼 갑시다."

"가요."

밀레디가 안락의자 위로 올라가 창밖으로 상체를 내밀었다. 펠튼이 노끈 사다리로 절벽 위에 매달려 있는 것을 보았다. 순간 밀려드는 공포감에 밀레디는 난생처음으로 자신이 여자라는 사실을 새삼 깨달았다.

어두운 허공을 보자 그녀는 겁에 질렸다.

"그럴 줄 알았소." 펠튼이 말했다.

"아무렇지도 않아요, 아무렇지도 않아요." 밀레디가 말했다. "눈을 감고 내려가겠어요."

"나를 믿어요?" 펠튼이 말했다.

"묻는 거예요?"

"양손을 가까이. 두 손을 엇걸어요. 옳지, 됐소."

펠튼이 그녀의 두 손목을 손수건으로 잡아맸다. 그러고는 손수건 위를 노끈으로 단단히 묶었다.

"어떻게 하려는 거죠?" 밀레디가 놀라서 물었다.

"팔을 내 목에 걸어요. 걱정할 건 없소."

"나 때문에 균형을 잃어 둘 다 떨어지면 어떡해요!"

"걱정 마시오. 난 해군이오."

잠시라도 망설일 시간이 없었다. 밀레디가 펠튼의 목에 두 팔을 걸자 조금씩 몸이 창밖으로 끌려나갔다.

펠튼이 천천히 사다리를 한 단 한 단 내려가기 시작했다. 두 사람의 몸무게에도 불구하고 폭풍 때문에 그들은 공중에서 좌우로 흔들렸다.

갑자기 펠튼이 멈추었다.

"왜 그래요?" 밀레디가 물었다.

"가만, 발소리가 들리는데……." 펠튼이 말했다.

"들켰어요!"

잠시 침묵이 흘렀다.

"아니오." 펠튼이 말했다. "아무것도 아니오."

"하지만 저 소리는?"

"순찰로로 지나가는 순찰대의 발소리요."

"순찰로는 어디 있는데요?"

"바로 우리들 아래에."

"순찰대에 들키겠어요."

"괜찮소. 번개만 안 치면."
"사다리 아래에 부딪히면 어떡해요."
"다행히 사다리는 땅에서 2미터쯤 떨어져 있어요."
"어머나, 왔어요!"
"쉿!"
두 사람은 땅에서 15미터쯤 떨어진 곳에 매달린 채 숨을 죽이고 가만히 있었다. 그동안 아래에서는 순찰 병사들이 웃고 떠들면서 걸어갔다.
두 사람에게는 정말 무서운 순간이었다.
순찰대가 지나갔다. 그들의 발소리가 멀어지면서 말소리도 희미해져 갔다.
"이젠 살았소." 펠튼이 말했다.
밀레디는 한숨을 푹 내쉬고는 기절했다.
펠튼은 다시 내려가기 시작했다. 사다리 밑단에 이르자 더 이상 발 디딜 데가 없었다. 손으로 사다리에 매달려 내려갔다. 마침내 사다리 끝에 닿자 손목의 힘으로 사다리를 붙잡고 간신히 땅에 발을 댔다. 몸을 구부려 돈 자루를 집은 뒤 입에 물었다. 그러고는 밀레디를 품에 안고 순찰대의 반대 방향으로 황급히 뛰어갔다. 조금 가다가 순찰로에서 벗어나 바위 사이를 지나 바닷가로 내려간 다음 휘파람을 불었다.
어딘가에서 똑같은 신호가 들려왔다. 오 분이 지나자 네 명의 사나이가 타고 있는 조각배 한 척이 나타났다.
조각배가 가능한 한 해안 가까이 접근했다. 수심이 얕아서 뱃전을 해안에 바짝 대기가 어려웠다. 펠튼은 소중한 짐을 다른 이에게 맡기고 싶지 않아서, 허리까지 물이 차는 바닷속으로 걸어 들어갔다.

다행히 폭풍우가 가라앉기 시작했다. 그러나 바다는 아직도 사나워서 조각배가 물결을 따라 마치 호두껍질처럼 굽이쳤다.

"외돛배를 향해 전속력으로 노를 저어라." 펠튼이 말했다.

네 사나이가 노를 젓기 시작했다. 파고가 너무 높아 노가 말을 듣지 않았다.

그래도 저택으로부터 점차 멀어져가고 있었다. 이것이 중요했다. 칠흑 같은 어둠이었다. 배에서도 더 이상 바닷가가 보이지 않았으니 바닷가에서는 배를 알아볼 리 만무했다.

바다 위에서 검은 점 하나가 흔들리고 있었다. 외돛배였다. 네 명의 사나이가 조각배를 힘껏 젓는 동안, 펠튼은 밀레디의 손에 묶인 노끈과 손수건을 풀어주었다. 이렇게 손을 자유롭게 풀어준 뒤에 바닷물을 그녀의 얼굴에 뿌렸다.

밀레디가 한숨을 내쉬더니 눈을 떴다.

"여기가 어디예요?" 그녀가 물었다.

"이젠 살았소." 펠튼이 대답했다.

"아! 살았구나! 살았어!" 그녀가 외쳤다. "그래, 그래. 하늘이 보이는구나. 바다도 보이고! 내가 숨쉬는 이 공기도 자유의 공기군요. 아! 고마워요, 펠튼, 고마워!"

펠튼이 그녀를 꼭 안았다.

"그런데 손이 이상해요." 밀레디가 말했다. "바이스(기계를 만들 때 고정시키는 기구—옮긴이)로 손목을 조인 것 같으니 말이에요?"

밀레디가 팔을 들어올리자 양쪽 손목에 멍이 들었다.

"아! 이런!" 펠튼은 그 아름다운 손을 바라보면서 슬픈 표정으로 고개를 흔들었다.
"오! 신경 쓸 것 없어요." 밀레디가 외쳤다. "이제 생각이 나요!"
밀레디가 주위를 둘러보았다.
"여기 있소." 펠튼이 돈 자루를 발로 밀며 말했다.
조각배가 외돛배로 다가가고 있었다. 망보던 선원이 조각배에 대고 뭐라고 소리치자 조각배에서 화답했다.
"저건 무슨 배죠?" 밀레디가 물었다.
"당신을 위해 빌린 배."
"나를 어디로 실어갈 건데요?"
"어디든지 당신 가고 싶은 곳으로. 다만 나는 포츠머스에서 내릴 것이오."
"포츠머스에는 왜요?" 밀레디가 물었다.
"윈터 경의 명령을 수행할 것이오." 펠튼이 음산한 미소를 지으면서 말했다.
"무슨 명령이죠?" 밀레디가 물었다.
"모르고 있소?" 펠튼이 말했다.
"몰라요. 제발 알려주세요."
"그분은 나를 못 믿기 때문에 자신이 직접 감시하시려고, 자기 대신 나를 버킹엄에게 보내 당신의 추방 명령서에 서명을 받아오라고 하셨소."
"하지만 당신을 못 믿는다면서 어떻게 명령서는 맡겼을까요?"
"내가 내용을 모르는 줄 알고 계시니까."
"그렇군요. 그래서 포츠머스에 가는 거예요?"

"잠시도 지체할 수 없소. 내일은 23일인데 버킹엄은 내일 함대를 이끌고 출발하오."

"내일 출발하다니, 어디로 말예요?"

"라 로셸을 향해."

"그럴 수는 없어요!" 밀레디가 몸에 밴 침착성마저 잊어버리고 외쳤다.

"걱정 말아요." 펠튼이 대답했다. "그는 출발하지 못할 것이오."

밀레디는 기뻐서 몸을 떨었다. 펠튼의 마음속을 밑바닥까지 읽어냈기 때문이다. 거기에는 버킹엄의 죽음이라는 글자가 똑똑히 씌어져 있었다.

"펠튼……." 그녀가 말했다. "당신은 마카베오처럼 위대한 분이에요. 당신이 죽을 때 나도 같이 죽겠어요. 지금 내가 할 수 있는 말은 이것뿐이에요."

"조용히!" 펠튼이 말했다. "다 왔소."

과연 조각배가 외돛배에 닿았다.

펠튼이 먼저 사다리로 올라가 밀레디에게 손을 내밀었다. 바다는 아직도 몹시 거칠었다. 선원들이 그녀의 몸을 받쳐주었다.

잠시 후 그들은 갑판 위에 올랐다.

"선장." 펠튼이 말했다. "내가 말한 부인입니다. 프랑스까지 무사히 모셔다 드려야 합니다."

"1,000피스톨 주시겠다고 약속하셨죠." 선장이 말했다.

"500피스톨은 이미 받지 않았소."

"맞습니다." 선장이 말했다.

"나머지 500피스톨은 여기 있어요." 밀레디가 돈 자루로 손을 가져가면서 말했다.

"아니, 그러실 것 없습니다." 선장이 말했다. "한 입으로 두 말은 하지 않습니다. 이 젊은 분과 약속이 되어 있습니다. 나머지 500피스톨은 불로뉴에 도착한 뒤에 주시면 됩니다."

"도착할 수 있을까요?"

"무사히 도착할 겁니다." 선장이 말했다. "제 이름이 잭 버틀러인 것만큼 확실합니다."

"음, 좋아요." 밀레디가 말했다. "당신이 약속을 지켜준다면 500피스톨이 아니라 1,000피스톨을 드리겠어요."

"허허! 감사합니다, 부인." 선장이 외쳤다. "부인 같은 손님이 제발 좀 자주 있으면 좋으련만!"

"우선 포츠머스 전방의 치체스터라는 작은 만으로 갑시다." 펠튼이 말했다. "그렇게 하기로 사전에 합의했으니까."

선장은 대답 대신에 출항 명령을 내렸다. 아침 7시쯤 배가 약속된 만에 닻을 내렸다.

그동안 펠튼은 밀레디에게 자초지종을 이야기해 주었다. 어떻게 런던에 가지 않고 이 배를 빌렸으며, 어떻게 돌아왔는지, 어떻게 발 디딜 쇠갈고리를 돌 틈에 박으면서 성벽을 탔는지, 그리고 마지막으로 어떻게 쇠창살에 이르러 노끈 사다리를 매달았는지 들려주었다. 그 뒤의 일은 밀레디도 알고 있었다.

밀레디 쪽에서는 펠튼의 계획을 부추기려고 애썼다. 그러나 그의 입에서 나오는 처음 몇 마디만 듣고도, 이 젊은 광신자에게는 굳은 신념을 불어넣어 주기보다 오히려 절제를 권할 필요가 있다는 것을 알았다.

밀레디는 10시까지 펠튼을 기다리기로 약속하였다. 만약 펠튼이 10시까지 돌아오지 않는다면 그녀가 먼저 떠나기로 했다. 그럴 경우 펠튼이 만약 자유로운 몸이라면, 프랑스로 건너가, 베튄의 카르멜회 수녀원에서 그녀와 합류하기로 약속했다.

1628년 8월 23일, 포츠머스

펠튼이 밀레디와 작별 인사를 나누었다. 마치 누나의 손에 입을 맞추고 잠깐 산책을 나서는 남동생 같은 모습이었다.
그의 용모는 전체적으로 평소처럼 침착해 보였다. 다만 눈이 여느 때와는 달리 열에 들뜬 것처럼 반짝거렸다. 이마도 보통 때보다 창백했다. 이를 악물고 짧게 끊기는 어조로 보아 그의 마음속에서 어떤 침울한 기운이 심하게 요동치고 있음을 알 수 있었다.
그는 조각배를 타고 육지로 향했다. 외돛배의 갑판에서는 밀레디가 눈으로 그를 배웅하고 있었다. 조각배에서 그는 밀레디 쪽으로 얼굴을 돌리고 가만히 서 있었다. 두 사람 다 추적을 당할 염려는 거의 없었다. 9시까지는 아무도 밀레디의 방에 들어올 리 없으며, 저택에서 런던까지 가는 데에는 세 시간이나 걸리기 때문이었다.

펠튼은 육지에 발을 딛자 절벽 꼭대기로 통하는 작은 능선으로 올라갔다. 마지막으로 밀레디에게 인사를 보낸 뒤 시내 쪽으로 방향을 잡았다.

그가 100미터 가까이 걸었을 때, 내리막길이 나타났다. 이제는 배의 돛대만 보였다. 그는 곧바로 포츠머스 쪽으로 달려갔다. 2.5킬로미터쯤 떨어진 이 도시의 풍경이 그의 눈앞에 펼쳐졌다. 아침 안개 속에서 탑들과 주택들이 모습을 드러냈다.

포츠머스 시가지 너머 바다에 배들이 쫙 깔려 있었다. 돛대들이 바람에 흔들리는 모습이 마치 겨울에 잎사귀 떨어진 포플러 나무숲 같았다.

펠튼은 빠르게 걸어가면서 버킹엄을 생각했다. 이 년간 묵상하고 청교도들과 오랜 시간을 같이 지내면서 들어온 제임스 6세와 찰스 1세의 총신(寵臣)에 대한 비난을 진위에 상관없이 머릿속에 다시 떠올렸다.

이 대신의 분명한 죄악, 그러니까 유럽 전체에 끼친 죄악과 알려져 있지 않은 죄악, 즉 밀레디에게 끼친 개인적인 죄악과 비교했다. 그러고는 버킹엄의 이 두 가지 죄악 중에서 더 비난받아 마땅한 것은 대중이 모르고 있는 쪽이라고 생각했다. 그에겐 낯설고 새롭기만 한 뜨거운 사랑에 눈이 멀어 윈터 부인의 그 비열한 거짓 고발을 확대 해석했기 때문이다. 눈으로는 알아보기도 힘든 티끌이 돋보기로 보면 끔찍한 괴물처럼 보이는 것과 같았다.

빨리 걸을수록 그의 피도 더욱 끓어올랐다. 그가 겪은 감정들과 사랑하는 여자를, 아니 성녀로 숭배하는 여자를 무서운 복수의 위험에 그냥 내버려두고 왔다는 생각에 피로까지 겹치면서 그의 영혼은 인간적인 감정을 넘어 한껏 고양되었다.

아침 8시쯤에 그는 포츠머스 시내로 들어섰다. 모든 주민이 일어나 있었다. 거리와 항구에는 북소리가 요란하고 부대들이 승선하기 위해 바다 쪽으로 내려가고 있었다.

펠튼이 해군 사령부에 도착했을 때에는 먼지투성이가 되어 땀을 뻘뻘 흘리고 있었다. 보통 때는 창백하던 얼굴이 더위와 분노로 벌겋게 물들어 있었다. 보초가 그를 밀어내자 펠튼은 위병대장을 부르더니 주머니에서 편지를 꺼냈다.

"윈터 경의 긴급 전갈이오." 그가 말했다.

윈터 경이 공작과 절친한 사이라는 것은 잘 알려져 있는 데다 펠튼도 해군 장교의 제복을 입고 있었기에 위병대장이 펠튼을 들여보내라고 명령했다.

펠튼이 사령부 안으로 급히 들어갔다.

그가 현관에 이르렀을 때, 또 다른 사나이도 먼지투성이에 숨을 헐떡거리고 있었는데 이 남자는 도착하자마자 무릎을 꿇고 쓰러져버린 역마를 내버려두고 현관으로 뛰어들었다.

펠튼과 이 남자가 공작의 심복 시종인 패트릭에게 동시에 말을 걸었다. 펠튼은 윈터 경의 이름을 대었으나 미지의 남자는 누구의 이름도 대지 않고 공작에게만 직접 신분을 밝히겠다고 말했다. 두 사람은 서로 먼저 들어가겠다고 고집을 부렸다.

패트릭은 윈터 경이 공적으로나 사적으로 공작과 절친한 사이라는 것을 알고 있었으므로, 윈터 경의 이름을 댄 사람에게 우선권을 주었다. 다른 한 사람은 기다릴 수밖에 없었으니 이렇게 뒤로 밀리게 된 것을 분하게 생각하는 모습이 역력했다.

시종이 펠튼을 안내했다. 수비즈 공을 비롯한 라 로셸의 대표자들이 기다리고 있는 널따란 응접실을 지나 버킹엄의 집무실로 들어섰다. 공작은 욕조에서 나와 막 단장을 마친 상태였다. 언제나처럼 오늘도 몸을 꾸미는 데 세심한 신경을 썼다.

"윈터 경의 사자 펠튼 중위가 왔습니다, 각하!" 패트릭이 말했다.

"윈터 경의 사자라고!" 버킹엄이 되풀이했다. "들여보내."

펠튼이 들어갔다. 버킹엄은 금박으로 수를 놓은 호화로운 실내복을 긴 의자 위에 벗어던지고는 진주를 박은 푸른 벨벳 웃옷을 막 걸치려는 중이었다.

"왜 남작이 직접 오지 않으셨나?" 버킹엄이 물었다. "오늘 아침에 기다리고 있었는데."

"직접 뵙지 못하게 되어 매우 섭섭하게 생각한다는 말씀을 각하께 전하라는 분부를 받았습니다." 펠튼이 대답했다. "저택에서 감시할 일이 있어서 부득이하게 그렇게 되었다고 하셨습니다."

"그래, 그래, 나도 들었네." 버킹엄이 말했다. "어떤 여죄수가 있다지?"

"바로 그 여죄수에 관해 각하께 말씀드리려고 왔습니다." 펠튼이 말을 이었다.

"음, 그래! 말해 봐."

"제가 아뢰고자 하는 말은 오직 각하만이 들으셔야 합니다."

"패트릭, 물러가라." 버킹엄이 말했다. "초인종이 들리는 곳에 있도록 해라. 조금 있다가 부를 테니까."

패트릭이 나갔다.

"이제 우리 둘뿐이다." 버킹엄이 말했다. "말해 보아라."

"각하." 펠튼이 입을 열었다. "윈터 경은 전날 샤를로트 바크송이라는 젊은 여자의 승선 명령서에 각하께서 서명을 해주십사 하는 서한을 올렸습니다."

"그래, 그래서 명령서를 가져오거나 보내면 서명해 주겠다고 회답을 했지."

"여기 있습니다, 각하."

"어디 보자." 공작이 말했다.

공작이 서류를 받아들고 얼른 훑어보았다. 문제의 서류가 틀림없다는 확신이 들자 그것을 책상 위에 올려놓고 펜을 들어 서명하려고 했다.

"죄송합니다만, 각하." 펠튼이 공작을 제지하면서 말했다. "샤를로트 바크송이 그 여자의 본명이 아니라는 걸 알고 계십니까?"

"알고 있어." 공작이 펜을 잉크에 적시면서 대답했다.

"그러면 본명이 무엇인지 아십니까?" 펠튼이 다급한 어조로 물었다.

"알아."

공작이 펜을 서류 쪽으로 가까이 가져갔다.

"본명을 아시면서도 서명을 하시려는 겁니까?" 펠튼이 말을 이었다.

"물론이야." 버킹엄이 말했다. "그러니까 더욱 서명을 해야지."

"각하께서 이 여자가 윈터 부인이라는 사실을 아시다니 믿을 수가 없습니다." 펠튼이 더욱 다급해진 무뚝뚝한 목소리로 계속했다.

"나야 정확하게 알고 있지. 나는 도리어 자네가 알고 있다는 게 이상하군!"

"그런데 아무런 자책도 없이 명령서에 서명하시려는 겁니까?"

버킹엄이 어이없다는 표정으로 펠튼을 바라보았다.

"아니, 나에게 이 무슨 해괴한 질문을 하는 건가?" 그가 말했다. "물론 대답하는 건 쉽지만 말이야."

"대답하십시오, 각하." 펠튼이 말했다. "상황은 각하께서 생각하시는 것보다 더 심각합니다."

버킹엄은 이 젊은 장교가 윈터 경의 사자로 왔으니, 아마도 윈터 경을 대신하여 말하는 것이리라 생각하고 어조를 누그러뜨렸다.

"자책 같은 건 없네." 공작이 말했다. "남작도 나와 마찬가지야. 윈터 부인 같은 중죄인에게 유배는 거의 사면이나 다름없네."

이렇게 말하고는 공작이 펜을 서류에 갖다 댔다.

"서명해서는 안 됩니다, 각하!" 펠튼이 공작 쪽으로 한 걸음 다가서면서 말했다.

"서명해서는 안 된다고? 왜?" 버킹엄이 말했다.

"깊이 생각하신 후에 정당하게 심판하셔야 하기 때문입니다."

"그렇게 했기 때문에 타이번으로 보내는 걸세." 버킹엄이 말했다. "밀레디는 파렴치범이거든."

"각하, 밀레디는 천사입니다. 각하께서도 잘 아시잖습니까. 그분을 석방해 주십시오."

"아니, 이런!" 버킹엄이 말했다. "자네 미쳤나? 나에게 그런 식으로 말하다니!"

"각하, 죄송합니다! 하지만 최선을 다해 말씀드리고 있습니다. 자제하고 있습니다. 그렇지만 지금 각하께서 하시려는 일을 생각하시고 정도에 벗어나는 일은 경계하셔야 합니다!"

"아니, 뭐라고? 감히 그런 말을!" 버킹엄이 소리를 질렀다. "지금 나를 협박하는 건가!"

"아닙니다, 각하, 간청하고 있는 것입니다. 들어주십시오. 가득 찬 물병을 넘치게 하는 데에는 한 방울의 물로도 충분하듯이, 숱한 죄악을 쌓아왔는데도 무사히 목숨을 보전한 사람에게는 가벼운 실수도 징벌을 초래할 수 있습니다."

"펠튼 군." 버킹엄이 말했다. "당장 물러가게, 바로 자네를 체포하겠어."

"제 말을 끝까지 들어주십시오, 각하. 각하는 그 처녀를 유혹했습니다. 능욕하고 더럽혔습니다. 그녀에게 속죄하십시오. 자유롭게 떠나도록 해주십시오. 제가 요구하는 것은 이게 전부입니다."

"네가 요구를 한다고?" 버킹엄은 경악스럽다는 표정으로 펠튼을 바라보면서 그가 한 말을 한마디 한마디 끊어 되풀이했다.

"각하." 펠튼이 계속했다. 그는 말을 하면 할수록 점점 흥분이 고조되었다. "조심하십시오. 당신의 부정 행위에 영국 전체가 염증을 내고 있습니다. 당신은 왕권을 찬탈하다시피 하여 남용하고 있습니다. 당신은 인간의 적이요, 하나님의 적입니다. 언젠가는 하나님께서 벌을 내리시겠지만, 오늘은 제가 당신을 벌하겠습니다."

"이런, 기막힌 일이!" 버킹엄이 문 쪽으로 한 걸음 내디디면서 외쳤다.

펠튼이 그의 앞을 가로막았다.

"겸허히 요구하는 바입니다." 그가 말했다. "윈터 부인의 석방 명령서에 서명하십시오. 당신이 욕을 보인 여자라는 것을 생각하십시오."

"물러가라, 장교." 버킹엄이 말했다. "안 그러면 사람을 불러 철창에 가두겠다."

"부르지 마시오." 펠튼이 초인종과 공작 사이로 뛰어들면서 말했다. 초인종은 은으로 장식된 둥근 탁자 위에 놓여 있었다. "조심하시오. 당신은 지금 하나님의 손 안에 들어 있소."

"악마의 손이겠지!" 버킹엄이 소리를 지르는 대신 목소리를 돋우어 외쳤다. 집무실 밖에 있는 사람들을 부르기 위해서였다.

"서명하십시오, 각하. 윈터 부인의 석방 명령서에 서명하시오." 펠튼이 서류 한 장을 공작 쪽으로 내밀면서 말했다.

"강제로 시키겠다고! 지금 장난하나? 여봐라, 패트릭!"

"서명하시오!"

"절대로 서명할 수 없다!"

"서명할 수 없다고요!"

"누구 없느냐!" 공작이 고함을 지르는 동시에 자신의 검 쪽으로 펄쩍 뛰었다.

그러나 펠튼은 그에게 칼을 뺄 틈을 주지 않고 칼을 휘두르면서 공작에게 달려들었다. 밀레디가 자기 몸을 찔렀던 그 칼이었다. 그가 웃옷 속에 감추고 들어왔던 것이다.

그때 패트릭이 집무실로 들어오면서 외쳤다.

"공작님, 프랑스에서 편지가 왔습니다!"

"프랑스에서!" 버킹엄이 외쳤다. 순간 편지가 누구한테서 왔을까 하는 생각에 정신을 빼앗겨 빈틈을 보였다.

펠튼이 기회를 놓치지 않고 공작의 옆구리를 찔렀다. 칼자루까지 닿을 정도로 깊이 박아 넣었다.

"아! 배신자!" 버킹엄이 외쳤다. "네놈이 나를 죽이는구나……."

"살인이다!" 패트릭이 고함을 쳤다.

펠튼이 주위를 둘러보며 달아날 길을 찾았다. 열려 있는 문을 통해 옆방으로 뛰어들었는데, 이미 말했듯이, 라 로셸의 대표자들이 기다리고 있는 응접실이었다. 그가 응접실을 지나 계단 쪽으로 뛰어갔다. 막 계단을 내려가려는 순간, 윈터 경과 맞닥뜨렸다. 윈터 경은 펠튼의 얼굴이 창백하고 당황한 표정인 데다 손과 얼굴에 피가 묻어 있는 것을 보고 그의 멱살을 움켜잡았다.

"이럴 줄 알았어! 짐작했지만, 간발의 차로 늦었구나! 오! 참담하기 짝이 없구나!"

펠튼은 아무런 저항도 하지 않았다. 윈터 경이 그를 근위병들에게 넘긴 뒤 버킹엄의 집무실로 뛰어갔다. 근위병들은 펠튼을 바다가 내려다보이는 자그마한 테라스로 끌고 간 뒤 그곳에서 새로운 명령을 기다렸다.

공작의 고함 소리와 패트릭의 울부짖음에 펠튼이 대기실에서 만났던 그 사나이도 공작의 집무실로 뛰어들었다.

공작은 긴 의자에 누워, 떨리는 손으로 상처를 누르고 있었다.

"라 포르트!" 공작이 죽어가는 목소리로 말했다. "라 포르트,

그분이 보내서 왔나?"

"그렇습니다, 각하." 안느 왕비의 충실한 종복이 대답했다. "그런데 너무 늦었나 봅니다."

"조용히 해, 라 포르트! 누가 들을지도 몰라. 패트릭, 아무도 못 들어오게 해. 아! 그분이 보내신 말씀도 듣지 못하겠구나! 맙소사! 지금 죽다니!"

공작이 의식을 잃었다.

그동안 윈터 경, 라 로셸의 대표자들, 원정군의 지휘관들, 버킹엄 가의 장교들이 속속 집무실로 들어왔다. 도처에서 절망의 외침이 들려왔다. 이 소식이 알려지자 해군 사령부 영내가 비탄에 잠겼으며 곧장 시내로 퍼져나갔다. 예기치 않은 일이 발생했음을 알리는 한 방의 대포가 울렸다.

윈터 경이 머리를 쥐어뜯으면서 외쳤다.

"아! 일 분이 늦었구나! 일 분이 늦었어! 오, 신이여! 이 무슨 불행한 일이란 말이냐!"

실제로 아침 7시경에 그에게 보고가 들어왔었다. 저택의 창가에 노끈 사다리 하나가 바람에 나부끼고 있다는 것이었다. 그는 곧바로 밀레디의 방으로 달려갔다. 방은 텅 비어 있었다. 창문이 열려 있고 창살 두 개가 끊겨 있었다. 그는 다르타냥의 전갈이 생각나면서 공작의 신변이 걱정되었다. 마구간으로 뛰어가 말에 안장을 놓을 겨를도 없이 아무 말에나 올라탔다. 전속력으로 달려 사령부 마당에 내리자마자 급히 계단을 뛰어올라가다가 펠튼을 만났던 것이다.

그런데 공작은 아직 숨이 끊어지지 않았다. 그가 의식을 회복하여 눈을 뜨자 주위의 모든 사람이 안도의 한숨을 내쉬었다.

"패트릭과 라 포르트만 남고 모두 나가주었으면 좋겠소." 그가 말했다.

"아! 자네 왔나, 윈터 경! 오늘 아침에 괴상한 미치광이를 보냈더군. 그놈 때문에 이 모양이 됐어."

"오! 각하!" 윈터 경이 외쳤다. "이 슬픔을 가눌 길이 없습니다."

"그렇게 생각할 건 없네, 친애하는 윈터 경." 버킹엄이 그에게 손을 내밀면서 말했다. "나는 평생 동안 그리워할 만큼 가치 있는 사람은 이 세상에 없다고 생각하네. 자, 물러가게나."

윈터 경이 흐느끼면서 나갔다.

집무실에는 부상당한 공작과 라 포르트, 그리고 패트릭만이 남았다. 의사를 부르러 갔으나 찾을 수 없었다.

"기운을 내십시오, 공작님, 기운을 내십시오." 안느 왕비의 사자가 긴 의자 앞에 무릎을 꿇고 같은 말을 되풀이했다.

"뭐라고 써 보내셨나?" 공작이 힘없이 말했다. 온통 피투성이였으나 사랑하는 이에 관해 말하려고 격심한 고통을 참아냈다. "뭐라고 써 보내셨나? 어서 읽어라."

"오! 공작님!" 라 포르트가 말했다.

"말을 들어라, 라 포르트. 내 목숨이 경각에 달려 있는 게 보이지 않느냐?"

라 포르트가 봉투를 뜯어 공작의 눈앞에 편지를 펼쳐 보였다. 그러나 버킹엄은 아무리 읽어보려고 해도 글씨가 눈에 들어오지 않았다.

"읽어라." 그가 말했다. "어서. 난 이제 눈이 보이질 않아. 어서 읽어! 오래지 않아 귀도 안 들리게 될지 모른다. 그러다가는 그분이 써 보낸 사연도 모른 채 죽을 것이다."
라 포르트가 더 이상 망설이지 않고 읽었다.

　　공작님,
　　당신을 알게 된 뒤로부터 나는 당신 때문에, 당신을 위해 마음의 고통을 겪어왔습니다. 이러한 나의 마음을 생각하신다면, 제발 부탁입니다. 프랑스에 대한 대대적인 군비 확장을 중단해 주십시오. 그리고 전쟁을 그만두시길 간청합니다. 명백히 종교적인 원인으로 벌어진 이번 전쟁에 대해 세상 사람들은 나에 대한 당신의 사랑이 숨은 원인이라고들 합니다. 이 전쟁은 프랑스와 영국에 커다란 재앙을 초래할 수 있을 뿐만 아니라, 당신에게도 여러 가지 불행을 가져다줄지 모릅니다. 이런 생각에 마음이 무겁습니다.
　　당신을 적으로 보지 않아도 될 날이 오면 나에게도 소중해질 당신의 생명을 노리는 자가 있다 하니, 부디 조심하시기 바랍니다.
　　　　　　　　　　　　　　　　　　　　　　안느

　　버킹엄은 남아 있는 생명력을 다 짜내어 듣고 있었다. 그러고 나서 편지 읽기가 끝나자, 씁쓸한 듯 실망스러운 목소리로 라 포르트에게 물었다.
　　"직접 말로 전하신 사연은 없느냐, 라 포르트?"
　　"있습니다, 각하. 각하께 부디 신변에 유의하시라고 말씀드리라는 분부가 있었습니다. 각하를 암살하려는 자가 있다는 정보를 들으셨기 때문입니다."

1628년 8월 23일, 포츠머스

"그것이 전부인가, 그것이?" 버킹엄이 초조하게 물었다.

"언제나 각하를 사랑한다는 말씀을 여쭈라 하셨습니다."

"아!" 버킹엄이 말했다. "기쁘기 그지없구나! 나의 죽음이 왕비에게 낯선 사람의 죽음으로 그치지는 않겠구나!"

라 포르트가 울음을 터뜨렸다.

"패트릭." 공작이 말했다. "다이아몬드 장식끈이 들어 있던 상자를 가져오너라."

패트릭이 상자를 가져왔다. 라 포르트는 그 상자가 왕비의 것이었음을 알아보았다.

"그리고 흰 새틴 주머니도. 그분 이름의 머리글자가 진주로 수놓아져 있다."

패트리스가 새틴 주머니를 가져왔다.

"자, 라 포르트." 버킹엄이 말했다. "은 상자와 두 통의 편지, 이것이 그분한테서 받은 물건의 전부야. 이걸 왕비 마마께 갖다드려라. 그리고 마지막 기념물로……. (그는 귀중한 물건이 없나 주위를 둘러보았다) 또 무엇을 드리나……."

그가 여전히 무언가를 찾으려고 했다. 그러나 이미 죽음의 그림자가 드리워진 그의 눈에는 펠튼이 자신을 찌른 뒤 떨어뜨린 칼밖에 보이지 않았다. 그 칼날에서는 아직도 새빨간 피의 김이 피어오르고 있었다.

"저 칼도 갖다드려라." 공작이 라 포르트의 손을 꼭 쥐면서 말했다.

그는 손수 은 상자 밑바닥에 주머니를 집어넣었다. 칼도 거기에 떨어뜨렸다. 그러고는 라 포르트에게 이제 말을 할 수 없다는 몸짓을 했다. 마지막 경련이 닥쳐왔다. 더 이상 견딜 힘이 없던 그는 긴 의자에서 바닥으로 미끄러져 내렸다.

패트릭이 크게 고함을 질렀다.

버킹엄은 마지막으로 미소를 짓고 싶었으나 죽음이 가로막았다. 그가 지으려던 미소는 다만 사랑의 마지막 입맞춤으로 그의 이마에 새겨졌다.

그제야 허둥지둥 의사가 들어왔다. 의사는 이미 전함에 타고 있다가 사람들의 부름에 달려오는 길이었다.

의사가 공작 곁으로 다가가더니 공작의 손을 잡았다. 잠시 후에 손을 놓았다.

"모든 것이 소용없습니다." 그가 말했다. "운명하셨습니다."

"운명하셨다고요, 운명하셨어!" 패트릭이 외쳤다.

이 절규에 모두들 안으로 들어왔다. 도처에 경악과 혼란의 사태가 벌어졌다.

윈터 경은 버킹엄이 마지막 숨을 거둔 것을 확인하자마자 곧바로 펠튼에게로 달려갔다. 펠튼은 테라스에서 여전히 병사들의 감시를 받고 있었다.

"비열한 놈!" 그가 펠튼에게 말했다. 펠튼은 버킹엄이 죽었다는 것을 알고서는 침착과 냉정을 완전히 되찾았다. "비열한 놈! 도대체 왜 그런 짓을 했나?"

"복수한 것입니다." 그가 말했다.

"복수했다고!" 윈터 경이 말했다. "너는 그 저주받을 계집에게 이용당했을 뿐이야. 내 너에게 맹세한다, 이 살인이 그 계집이 저지르는 마지막 죄가 될 것이다."

"무슨 뜻인지 모르겠습니다." 펠튼이 태연하게 말했다. "그리고 누구 얘기를 하시는 건지 모르겠습니다만, 버킹엄 씨는 저의 대위 진급을 두 번이나 거부하지 않았습니까, 그래서 그를 죽인 겁니다. 저는 그의 불의를 응징했을 뿐입니다."

윈터 경은 기가 막혀 펠튼을 결박하고 있는 병사들을 멍하니 바라보았다. 이렇게 태연한 태도를 어떻게 생각해야 할지 몰랐다.

그렇지만 펠튼에게도 한 가지 걱정이 있었다. 그 때문에 그의 맑은 얼굴에 구름이 끼었다. 이 순진한 청교도는 무슨 소리가 들릴 때마다, 자수하여 자신과 함께 죽으려고 달려오는, 자신의 품으로 뛰어드는 밀레디의 발소리와 목소리가 아닐까 걱정했다.

갑자기 그가 몸을 떨었다. 바다가 내려다보이는 테라스에서 바다 위의 한 점을 응시했다. 보통 사람이라면 물결 위에 떠 있는 갈매기만 보았겠지만 그는 뱃사람 특유의 독수리 같은 눈으로 프랑스 해안을 향해 가고 있는 외돛배의 돛대를 똑똑히 알아보았다.

그의 얼굴이 창백해졌다. 그가 자신의 가슴에 손을 댔다. 가슴이 터질 것만 같았기 때문이다. 그는 자신이 배반당했다는 것을 깨달았다.

"마지막 부탁입니다, 각하!" 그가 윈터 경에게 말했다.

"뭐냐?" 남작이 물었다.

"지금 몇 시입니까?"

윈터 경이 시계를 꺼냈다.

"9시 10분 전이다." 그가 말했다.

밀레디가 출항을 한 시간 반이나 앞당긴 것이다. 그녀는 버킹엄의 죽음을 알리는 포성을 듣자마자 곧바로 닻을 올리라고 명령한 것이다.

해안에서 멀리 떨어진 바다 위 푸른 하늘 아래로 외돛배가 조각배처럼 멀어져가고 있었다.

"하나님의 뜻이다." 펠튼이 광신자다운 체념의 표정으로 말했다. 그러나 이제는 쪽배처럼 보이는 외돛배에서 눈을 뗄 수 없었다. 자신의 생명을 희생의 제물로 받은 여자의 환영을 보는 듯했다.

윈터가 그의 시선을 쫓았다. 펠튼이 괴로워하는 이유를 생각해 보고는 모든 것을 꿰뚫어 보았다.

"우선 너 '혼자' 벌을 받게 될 것이다, 비열한 놈." 바다 쪽을 보고 있다가 눈길을 거두는 펠튼에게 윈터 경이 말했다. "하지만 너에게 맹세하건대, 내가 그토록 사랑하던 동생을 위해서라도 네 공범자를 결코 그냥 두지는 않을 테다."

펠튼이 한마디 말도 못하고 고개를 떨구었다.

윈터 경이 재빨리 계단을 내려가 항구로 갔다.

프랑스에서

 영국의 찰스 1세는 공작의 죽음을 보고받은 뒤 무엇보다도 먼저 이 비보로 인해 라 로셸 군대의 사기가 떨어지지나 않을까 걱정했다. 리슐리외의 회고록에 따르면, 찰스 1세는 가능한 한 오랫동안 버킹엄의 죽음이 라 로셸 주민들에게 알려지지 않도록 전국의 항구를 폐쇄했다. 버킹엄이 준비해 놓은 군대를 자신이 직접 지휘하여 출발시키기 전에는 한 척의 배도 출항하지 못하도록 경계를 엄중히 했다.
 심지어는 본국으로 돌아갈 예정이었던 덴마크 대사와 네덜란드의 상주 대사까지 영국을 떠나지 못하게 했다. 덴마크 대사는 임기가 끝났고, 네덜란드의 상주 대사는 찰스 1세가 본국에 반환케 한 인도 선박을 블리싱겐 항으로 인솔하게 되어 있었다.
 그러나 국왕이 출항 금지 명령을 생각해 낸 것은 사고가 발생한 지 다섯 시간이나 지난 뒤인 오후 2시의 일이었다. 이미 배 두 척이 항구를 떠났다. 한 척은 물론 밀레디를 태운 배였다. 밀레디는 이미 사건을 예상하고 있었던 데다가 기함(旗艦)의 돛대에 검은 군기가 나부끼는 것을 보고는 자기 짐작이 틀림없다고 판단했던 것이다.

다른 한 척의 배에는 누가 탔는지, 어떻게 떠날 수 있었는지 나중에 이야기하기로 하겠다.

한편 라 로셸의 프랑스군에서는 그동안 전혀 새로운 일이 없었다. 국왕은 언제나처럼 매우 권태로워했는데 아마도 주둔지에서 좀 더 지루해했을 것이다. 그래서 성(聖) 루이 축제일에는 남몰래 생 제르맹에 가서 지내기로 결심하고 추기경에게 총사 스무 명만으로 호위대를 조직하라고 했다. 때때로 국왕의 권태에 전염되곤 했던 추기경은 기꺼이 국왕의 휴가에 동의했다. 국왕은 9월 15일쯤에 돌아오겠다고 약속했다.

추기경으로부터 통지를 받은 트레빌은 여행 준비를 하면서 당연히 그가 아끼는 총사들을 호위대원으로 지명했다. 이유는 알 수 없었으나 그들이 파리로 돌아가기를 강렬하게 바라고 있으며, 심지어는 그래야 하는 긴급한 사정이 있다는 것을 알고 있었기 때문이다.

네 젊은이가 그 소식을 들은 것은 바로 십오 분 뒤였다. 대장이 그들에게 제일 먼저 통지해 주었기 때문이다. 다르타냥은 자신을 총사대에 편입시켜 준 추기경의 호의에 감사하는 마음이었다. 그렇지 않았다면 친구들이 떠나 있는 동안에도 주둔지에 머물러 있어야 했을 터이기 때문이다.

나중에 알게 되겠지만, 그가 이렇게 하루라도 빨리 파리로 돌아가고 싶어한 이유는 보나시외 부인이 베튄의 수녀원에서 숙적 밀레디와 마주치기라도 하면 틀림없이 위험에 처할 것이란 생각 때문이었다. 그래서 이미 말한 대로 아라미스는 상류층 인사들과 잘 통한다는 투르의 내의상 마리 미숑에게 즉시 편지를 보냈다. 보나시외 부인이 수도원에서 나와 로렌 지방이나 벨기에로 피신할 수 있도록 왕비의 허가를 받아달라는 내용이었다. 아라미스가 답장을 받은 것이 바로 열흘 뒤였으니, 기다렸다고 할 수 없을 정도로 빨리 온 셈이었다.

사랑하는 사촌 오빠에게,
베튄의 수녀원은 공기가 나쁘다고 하셨죠. 우리의 귀여운 하녀가 거기서 나올 수 있게 언니의 허가장을 동봉합니다. 언니는 오빠에게 아주 기쁜 마음으로 이 허가장을 보낸다고 했어요. 그 아가씨를 매우 사랑하니까 그랬을 거예요. 차후에도 그 아가씨에게 도움을 주고 싶어한답니다.
그럼 안녕히.
마리 미숑

이 편지와 함께 다음과 같은 허가장이 들어 있었다.

베튄의 수녀원장은 이 서류의 지참자에게, 나의 추천과 보증하에 입회시킨 수련 수녀를 인도할 것.
1628년 8월 10일
루브르 궁에서
안느 왕비

왕비를 언니라 부르는 내의상 여인과 아라미스 사이의 친척 관계가 청년들의 기운을 얼마나 북돋아 주었는지는 누구나 이해할 수 있을 것이다. 그러나 아라미스는 포르토스의 고약한 농담에 두세 번이나 눈 흰자위까지 빨개지고서는, 내의상과 자신의 관계에 관해 다시는 말하지 말라고 간청했으며, 차후에 그런 이야기가 한마디라도 나올 시에는 자신의 사촌 누이를 결코 중개인으로 끌어들이지 않겠다고 딱 잘라 말했다.

그래서 총사들은 더 이상 마리 미숑 이야기를 꺼내지 않았다. 게다가 그들은 원하는 것, 곧 베튄의 카르멜회 수녀원에서 보나시외 부인을 빼내기 위한 명령서를 이미 손에 넣었다. 그러나 그들이 라 로셸의 주둔지, 다시 말해서 프랑스의 한쪽 끝에 머물러 있는 한 명령서가 그들에게는 무용지물이나 다름없었다. 그래서 다르타냥은 파리로 돌아가는 일이 자신에게 얼마나 중대한 일인지 트레빌에게 솔직히 털어놓고 휴가를 내달라고 할까 하던 차에 마침 국왕이 스무 명의 총사를 거느리고 파리로 떠날 예정인데 그들이 호위대의 일원으로 뽑혔다는 소식을 세 친구들과 마찬가지로 전달받은 것이다.

그들은 크게 기뻐하면서 하인들을 짐과 함께 먼저 떠나보낸 뒤 16일 아침에 모두 출발했다.

추기경이 쉬르제르에서 모제까지 국왕을 배웅한 뒤 국왕과 대신은 서로에게 넘쳐흐르는 우의를 보이면서 작별했다.

국왕은 23일 전에 파리에 도착해야 했기 때문에 가능한 한 길을 재촉했다. 하지만 처음부터 기분 전환이 목적이었는지라, 여행 중에 가끔씩 까치 사냥을 하곤 했다. 이 오락은 예전에 후작을 따라 시작한 것으로, 그 후 국왕이 매우 즐기는 취미가 되었다. 스무 명의 총사들 중에서 열여섯 명은 그런 일이 있을 때마다 쉴 수 있다고 무척 기뻐했지만, 네 친구는 여간 불만이 아니었다. 특히 다르타냥은 끊임없이 귀가 웅웅거렸다. 그것을 보던 포르토스는 이렇게 설명했다.

"어느 귀부인한테서 들었는데, 귀가 웅웅거리는 건 누군가가 자네 얘기를 하고 있기 때문이래."

국왕 일행은 마침내 23일 밤 파리에 당도했다. 국왕은 트레빌에게 사례한 뒤 대원들에게 나흘간의 휴가를 내리도록 허락했다. 다만 공적인 장소에는 나타나지 않아야 하며, 이를 위반했을 경우에는 바스티유 감옥에 집어넣는다는 조건이 붙었다.

네 친구가 제일 먼저 휴가를 얻었다. 더군다나 아토스는 트레빌에게 청하여 나흘이 아니라 엿새의 휴가를 얻었다. 그리고 거기에 이틀 밤이 더 추가되었다. 그들은 24일 오후 5시경에 휴가를 떠났지만, 트레빌이 특별히 호의를 베풀어 휴가가 시작되는 날짜를 25일 아침으로 쳐주었기 때문이다.

"아니, 이런!" 조금도 의심할 줄 모르는 다르타냥이 말했다. "아무것도 아닌 일을 너무 거창하게 생각하는 것 같네요. 이틀이면, 그리고 말 두세 마리만 갈아타면, 돈은 있으니까 말 갈아타는 거야 문제가 아니고, 베튄에 도착할 거예요. 그러면 왕비의 편지를 원장에게 보여주고, 소중한 사람을 로렌 지방이나 벨기에가 아니라 파리로 데려오겠어요. 추기경이 라 로셸에 있는 한, 숨기에는 파리가 더 좋으니까요. 그리고 전쟁이 끝나 우리가 귀환하면, 아라미스의 사촌 누이도 있고 우리가 개인적으로 왕비를 위해 수행한 일도 있으니, 우리가 바라는 것을 왕비로부터 얻어낼 수 있을 것입니다. 그러니까 여러분은 여기 남아 계세요. 공연한 수고를 할 필요는 없지 않아요? 이렇게 간단한 일은 나와 플랑셰만으로도 충분해요."

이에 아토스가 조용히 대답했다.

"우리도 돈은 있어. 나는 아무리 술을 많이 마셨다 해도 내 몫으로 받은 돈을 다 써버리지는 않았네. 포르토스와 아라미스도 먹는 데 돈을 탕진해 버리지는 않았어. 그러니까 우리도 한 마리가 아니라 말 네 마리쯤은 갈아탈 돈이 충분히 있네. 그런데 이보게, 다르타냥, 생각을 해봐." 그가 너무나 침울한 목소리로 덧붙이자 다르타냥은 몸에 소름이 끼치는 것만 같았다. "베튄이라면 말일세, 가는 곳마다 남에게 불행을 일으키는 그 여자와 추기경이 만나기로 약속한 곳 아닌가! 자네의 상대가 네 명의 남자라면 자네 혼자 가게 놔두겠네, 다르타냥. 하지만 상대가 그 여자이니만큼 우리 넷이 같이 가세. 게다가 수종 네 명까지 합치면 어떻게 감당할 수 있지 않을까 하네!"

"놀라 자빠질 일이군요." 다르타냥이 외쳤다. "아토스, 당신은 도대체 뭘 두려워하는 거죠?"

"모든 것이 두려워!" 아토스가 대답했다.

다르타냥이 친구들의 얼굴을 살펴보았으나 모두 아토스처럼 무척 걱정하는 듯한 표정이었다. 그들은 더 이상 말을 하지 않고 바로 전속력으로 말을 달렸다.

25일 저녁 아라스에 도착한 이들은 술이라도 한잔 마실까 하고 에르스 도르 주막에서 멈추었다. 그때 어떤 기사가 역참 마당에서 나왔다. 방금 말을 갈아탄 모양이었다. 그 남자는 새 말을 몰아 파리 쪽으로 쏜살같이 달려갔다. 그가 주막의 대문 앞을 지나갈 때였다. 8월인데도 온몸에 망토를 휘감고 있었는데,

때마침 바람이 불어 망토가 펄럭거리고 모자까지 날아갈 뻔했다. 그 남자는 잽싸게 손으로 모자를 붙잡아 얼른 눌러썼다.

그를 응시하고 있던 다르타냥은 얼굴이 창백해지더니 술잔을 떨어뜨렸다.

"왜 그러세요?" 플랑셰가 말했다. "아이고, 나리들! 어서 와 보세요. 주인님이 어디 아픈가 봐요!"

세 친구가 달려왔다. 다르타냥은 병이 나기는커녕 말 쪽으로 뛰어가고 있었다. 그들은 문 앞에서 그를 불러세웠다.

"아니, 도대체 어딜 그렇게 가나?" 아토스가 그에게 외쳤다.

"그자예요!" 다르타냥이 분노로 창백해진 얼굴로 이마에 땀을 흘리면서 외쳤다. "그자예요! 쫓아가게 가만 놔두세요!"

"그자라니 누구 말인가?" 아토스가 물었다.

"그자, 그 사나이."

"그 사나이라니?"

"그 저주받을 사나이, 제 악귀 말입니다. 제게 불행이 생기려고 하면 언제나 나타나는 사나이예요. 그 끔찍한 여자를 처음 만났을 때 그녀를 수행하던 자, 제가 아토스의 어깨에 부딪히면서 쫓아갔던 자, 보나시외 부인이 납치당한 날 아침 본 그자예요! 그러니까 묑의 사나이 말입니다! 분명히 봤어요, 확실히 그자예요! 망토가 바람에 펄럭거릴 때 제 눈으로 봤어요."

"저런!" 아토스는 깊이 생각에 잠긴 표정으로 말했다.

"모두 말을 타세요, 말을 타고 쫓아가요."

"침착하게나, 모두들. 차분하게 생각하게." 아라미스가 말했다. "그는 우리가 가야 할 길의 반대쪽으로 달려갔네. 게다가 그는 방금 쌩쌩한 말로 갈아탔지만 우리 말은 지쳤어. 그러니 따라붙을 수 있을지 장담할 수 없네. 우리 말만 쓰러질지도 몰라. 내버려두세, 다르타냥. 여자를 먼저 구해야지, 안 그래?"

"여보시오! 나리!" 마구간 하인이 미지의 사나이를 쫓아 나오면서 외쳤다. "여보시오! 나리! 모자에서 종이 쪽지가 빠졌습니다! 어이! 여보시오!"

"이봐, 친구." 다르타냥이 말했다. "반 피스톨 낼 테니 그 종이 쪽지, 나에게 주게!"

"정말입니까, 나리? 예, 기꺼이 드리죠! 여기 있습니다요!"

마구간 하인은 참 운이 좋다고 기뻐하면서 마당으로 돌아갔다. 다르타냥이 종이 쪽지를 펼쳤다.

"뭔가?" 친구들이 다르타냥을 둘러싸고 물었다.

"한 마디밖에 적혀 있지 않네요!" 다르타냥이 말했다.

"그렇군." 아라미스가 말했다. "도시나 마을 이름인 것 같은데."

"아르망티에르." 포르토스가 읽었다. "아르망티에르라…… 난 모르겠는데!"

"그런데 손수 쓴 글씨야!" 아토스가 외쳤다.

"자, 이 종이 쪽지를 잘 보관해 둡시다." 다르타냥이 말했다. "어쩌면 마지막 남은 내 돈을 낭비한 게 아닐지도 몰라. 여러분, 출발합시다!"

네 친구가 베튄을 향해 전속력으로 달렸다.

베튄의 카르멜회 수도원

중죄인들에게는 일종의 숙명 같은 것이 따라다닌다. 하늘의 섭리에 의해 그들의 불경한 행운이 암초에 부딪히는 순간까지 그들은 그 숙명을 따라 온갖 장애를 극복하고 온갖 위험을 모면한다.

밀레디도 역시 마찬가지였다. 그녀는 두 나라의 순양함들 사이를 교묘하게 빠져나가 무사히 불로뉴에 도착했다.

밀레디는 포츠머스에 상륙했을 때, 프랑스의 박해로 라 로셸에서 쫓겨난 영국인 행세를 했다. 그러나 이틀간의 항해 끝에 불로뉴에 상륙했을 때에는 포츠머스에서 프랑스에 적개심을 품고 있는 영국인들에게 시달린 프랑스인이라고 자칭했다.

게다가 밀레디에게는 미모와 우아한 자태, 그리고 돈을 물 쓰듯이 하는 후한 선심이라는 가장 힘 있는 보증 수표가 있었다. 그녀의 손에 입을 맞추기까지 한 늙은 항만 사령관의 상냥한 미소와 은근한 태도 덕분에 관례적인 수속을 면제받았다. 그래서 불로뉴에서 다음과 같은 내용의 편지 한 통을 역참에 건넬 만한 시간 여유가 충분했다.

라 로셸 주둔지의 리슐리외 추기경 예하.

예하께,
안심하십시오. 버킹엄 공작은 '결코' 프랑스로 출발하지 못할 것입니다.

불로뉴에서, 25일 저녁
밀레디 드 **

추신 : 각하의 바람대로 베튄의 카르멜회 수녀원으로 가서, 명령을 기다리겠습니다.

실제로 밀레디는 바로 그날 저녁에 길을 떠났다. 도중에 여관에 들러 하룻밤을 묵었으나 이튿날 아침 5시에 다시 출발한 덕에 출발한 지 세 시간 만에 베튄에 당도했다. 그녀는 곧바로 카르멜회 수녀원을 물어물어 찾아갔다.
수녀원장이 나오자 밀레디는 추기경의 명령서를 내보였다. 원장은 방 하나를 내주고 아침 식사를 준비하게 하였다.
모든 과거사는 밀레디의 머릿속에서 벌써 사라지고 없었다. 미래를 바라보는 그녀의 눈에는 추기경이 내려줄 부귀영화밖에 보이지 않았다. 그 유혈 사건에 전혀 연루되지 않았으면서도 임무를 완벽하게 수행한 것이나 다름없었기 때문이다. 늘 새롭게 솟구쳐 몸을 불태우는 정열 덕택에, 그녀의 삶은 때로는 푸르고 때로는 붉으며, 또 때로는 폭풍우의 검은빛을 던지는 하늘의 구름, 지상에는 황폐와 죽음 이외의 다른 흔적을 남기지 않는 구름의 모습이었다.

식사가 끝나자 수녀원장이 찾아왔다. 수녀원에는 소일거리가 별로 없었기에 이 선량한 원장은 새로운 손님과 빨리 친해지고 싶었던 것이었다.

밀레디로서도 원장의 환심을 사고 싶었다. 그녀처럼 말재주가 뛰어난 사람에게 그 정도 일쯤이야 누워서 떡 먹기였다. 그녀는 상냥해 보이려고 했다. 과연 능숙한 화술과 온몸에 넘쳐흐르는 매력으로 원장의 호감을 샀고 원장의 마음을 사로잡았다.

귀족 가문 출신인 원장은 무엇보다도 궁정 이야기를 좋아했다. 이런 외진 곳에서는 좀처럼 궁정 이야기를 듣기 힘들었다. 설령 들린다 하더라도 사교계와 동떨어진 수녀원의 담을 넘기는 여간 어려운 일이 아니다.

그런데 밀레디는 원장과는 달리, 벌써 오륙 년 전부터 줄곧 사교계에서 살아왔으므로 귀족 사회의 내막을 속속들이 알고 있었다. 그녀는 원장에게 국왕이 중심인 프랑스 궁정의 사교 관습으로 이야기를 시작했다. 원장도 이름을 잘 알고 있는 궁정 귀족 남녀의 추문을 들려주었다. 왕비와 버킹엄 사이의 연애도 살짝 언급하면서 조금이라도 상대방에게 말을 시켜보려고 했다.

그러나 원장은 그저 미소를 지으면서 듣기만 할 뿐, 도무지 대답하려고 하지 않았다. 그렇지만 밀레디는 원장이 그런 이야기를 매우 재미있어 한다는 것을 알았으므로 그냥 계속했다. 다만 이번에는 추기경으로 화제를 바꾸어보았다.

그러나 밀레디는 매우 거북했다. 원장이 국왕 편인지 추기경 편인지 알 수 없었기 때문에 신중하게 중립적인 입장을 취했다. 그러나 원장은 한층 더 신중했다. 손님의 입에서 추기경의 이름이 나올 때마다 머리를 깊이 숙여 경의를 표할 따름이었다.

밀레디는 이 수녀원에서 시간을 보내자면 몹시 따분할 거라는 생각이 들기 시작했다. 그래서 어떻게 하면 좋을지 당장 알아내기 위해 시험해 보기로 마음먹었다. 엄격한 수녀원장이 어디까지 신중한지 알아보려고 우선 추기경의 욕을 하기 시작했다. 처음에는 드러나지 않게 하다가 점차 세세한 구석까지 파고들면서 에기용 부인과 마리옹 드 로름을 비롯한 몇몇 부인들과 추기경의 연애 이야기까지 했다.

이제는 원장도 한결 유심히 귀를 기울였다. 원장은 차츰 생기를 띠더니 미소까지 지었다.

'됐어.' 밀레디가 마음속으로 생각했다. '내 이야기에 흥미를 보이는군. 이 여자는 추기경 편이기는 하지만 열렬한 지지자는 아니로구나.'

이번에는 추기경이 그의 적들에게 가하는 박해에 관한 이야기로 옮겨갔다. 원장은 성호만 그을 뿐, 찬성도 반대도 하지 않았다.

이에 밀레디는 원장이 추기경 편이라기보다는 오히려 국왕 편이라고 판단했다. 그녀는 더욱더 과장하여 이야기를 계속했다.

"그런 일들은 전혀 모릅니다." 마침내 원장이 입을 열었다. "하지만 이렇게 궁정과 멀리 떨어져 있고 세속의 일들과 아무 관계도 없는 우리에게도 당신이 이야기하는 것과 비슷한 안타

까운 사례들이 있답니다. 이 수녀원에도 추기경님의 복수와 박해로 무척 고생한 사람이 한 분 있습니다."

"이 수녀원에 계신 분이라고요?" 밀레디가 말했다. "오, 맙소사! 불쌍한 여자로군요. 정말 동정합니다."

"맞습니다. 참으로 불쌍히 여겨야 할 여자입니다. 투옥된 적도 있고, 협박을 받기도 했으며 학대까지 당했지요. 온갖 고생을 다했답니다." 원장이 말을 이었다. "하지만 어쨌든 추기경님에게도 그러실 만한 이유가 있었을지 모르죠. 천사 같은 얼굴이지만, 사람이란 외모만으로 판단해서는 안 되는 법이니까요."

'됐다!' 밀레디는 속으로 생각했다. '누가 알아! 운이 좋아서 어쩌면 여기서 무언가 발견하게 될지도 모르지.'

그녀는 순진무구한 표정을 지어 보이려고 애썼다.

"정말 그럴지도 모르죠!" 밀레디가 말했다. "겉모습만 믿어서는 안 된다고들 하더라고요. 그렇지만 주님의 가장 아름다운 작품이 믿을 수 없는 것이라면 무엇을 믿어야 하나요? 나 같은 사람은 아마 평생 속기만 할 거예요. 하지만 얼굴을 보고 마음이 통할 만한 사람이라면 언제나 믿으렵니다."

"그러니까 그 젊은 여자가 결백하다고 믿겠다는 말씀입니까?"

"추기경님이라고 해서 죄악만 벌하는 것은 아니에요." 그녀가 말했다. "중죄보다 미덕을 더 엄중하게 추궁하시는 경우도 있거든요."

"정말 뜻밖입니다." 원장이 말했다.

"뭐가요?" 밀레디가 능청맞게 물었다.

"당신이 하시는 말씀 말입니다."

"무엇이 그렇게 이상한가요?" 밀레디가 미소를 띠면서 물었다.

"당신은 추기경과 친한 분이죠, 그렇지 않습니까? 추기경님이 여기로 보내셨으니 말입니다. 그런데……."

"그런데 그분을 욕한다는 말씀이죠?" 밀레디가 원장의 생각을 대신 말했다.

"욕하는 것은 아니지만 적어도 좋게 말하시진 않았잖아요."

"내가 그분과 친한 사이가 아니기 때문이에요." 그녀가 한숨을 쉬면서 말했다. "친하기는커녕 피해자에 가깝답니다."

"그러면 가져오신 그분의 편지는?"

"그것은 나를 여기에 가두어두었다가 나중에 자기 앞잡이를 시켜 끌고 가려는 수작이에요."

"그렇다면 왜 도망치지 않았죠?"

"제가 어디로 가겠어요? 추기경의 손이 닿지 않는 곳이라고는 이 세상 어디에도 없어요. 그런 곳이 있으리라고 생각하세요? 제가 만약 남자라면 도망칠 수 있을지도 모르지만, 여자의 몸으로 어떻게 하겠어요? 여기 계신다는 그 젊은 여자분도 달아나려고 해보셨대요?"

"아니요. 정말 그렇군요. 하지만 그 여자분은 사정이 달라요. 사랑 때문에 프랑스를 떠나지 못하는 걸로 알고 있습니다."

"그렇다면……." 밀레디가 또다시 한숨을 쉬면서 말했다. "사랑 때문이라면 아주 불행한 것만도 아니군요."

"그러니까 당신도 박해를 받고 있는 불쌍한 분이시군요?" 원장이 더욱더 흥미를 느끼는 듯 밀레디를 바라보면서 말했다.

"처량하지만, 그렇습니다." 밀레디가 말했다.

원장은 새로운 생각이 떠오른 것처럼 걱정스런 눈으로 잠시 밀레디를 바라보았다.

"혹시 당신은 우리의 거룩한 신앙의 적이 아닌가요?" 원장이 더듬거리며 물었다.

"내가요!" 밀레디가 외쳤다. "내가 신교도라고요! 오, 천만의 말씀입니다! 열렬한 가톨릭 신자라는 걸 하느님 앞에 맹세하겠어요."

"그렇다면, 부인." 원장이 생긋 웃으면서 말했다. "안심하세요. 이곳이 가혹한 감옥은 아닐 테니 말입니다. 머무르시는 데 불편하시지 않도록 최선을 다하겠어요. 그 젊은 여자분과도 만나실 수도 있습니다. 그분은 아마 궁정의 어떤 음모 때문에 박해를 받고 있나 봐요. 참으로 상냥하고 얌전한 여자입니다."

"그 여자분의 이름은 어떻게 되죠?"

"케티라는 이름인데 어느 높으신 분이 저희에게 보내셨습니다. 성은 알아보려고도 하지 않았지요."

"케티!" 밀레디가 외쳤다. "아니, 틀림없습니까?"

"이름은 틀림없습니다. 혹시 아시는 분인가요?"

밀레디는 그 젊은 여자가 옛날 자신의 몸종일지도 모른다는 생각에 속으로 빙그레 웃었다. 그 하녀와 얽힌 과거의 일들이 떠오르자 분한 생각도 함께 들었다. 복수의 욕망으로 말미암아 일순간 얼굴빛이 변했으나 수백 가지 표정을 지닌 여자답게 이내 평정을 되찾았다. 밀레디는 상냥한 표정으로 다시 돌아와 이렇게 말했다.

"언제 그 젊은 부인을 만나볼 수 있을까요? 벌써부터 그분에게 몹시 동정이 가는군요."

"오늘 저녁에라도……." 원장이 말했다. "아니, 오늘 낮이라도 좋아요. 하지만 당신은 나흘이나 여행을 했고, 오늘 아침도 5시에 일어나지 않으셨나요? 좀 쉬지 않으면 안 돼요. 한숨 푹 주무세요. 점심 때는 깨워드릴게요."

워낙 음모를 좋아하는 그녀였기에 이제 새로운 사건이 안겨 주는 온갖 자극으로 말미암아 긴장할 대로 긴장해 있던 탓에, 안 자도 아무 상관 없었지만, 그래도 원장의 권유를 따랐다. 워낙 무쇠 같은 몸이라 아직 견뎌낼 수 있었지만, 한 보름 전부터 여러 가지로 마음이 뒤흔들렸기 때문에 아무래도 휴식이 필요했던 것이다.

그녀는 원장과 헤어지자 자리에 누워 케티라는 이름을 듣자 자연스럽게 떠오른 복수에 대한 생각에 기분 좋게 잠이 들었다. 이번 계획에 성공하기만 하면 뭐든지 다 들어주겠다고 했던 추기경의 약속이 생각났다. 이미 성공했으니 이제 다르타냥에게 원수를 갚을 수도 있을 터였다.

다만 한 가지 두려운 것은, 바로 전남편 라 페르 백작에 관한 일이었다. 죽었거나 아니면 국외로 망명한 줄로만 알고 있었는데, 공교롭게도 다르타냥의 가장 친한 친구인 아토스라는 이름으로 다시 나타났기 때문이다.

그러나 다르타냥의 친구라면 추기경의 계획을 좌절시킨 왕비 측의 음모에 한몫 거들었을 것이 틀림없었다. 다르타냥의 친구라면 추기경의 적이다. 그러므로 애송이 총사의 숨통을 조여 복수하는 김에 함께 처치해 버릴 수도 있으리라. 밀레디는 감미로운 기분에 젖은 채 이런 꿈들을 생각하다가 이내 잠이 들었다.

부드러운 목소리가 침대 발치에서 울리자 잠에서 깨어났다.

원장이 젊은 여자와 함께 들어와 있었다. 얼굴이 발그레한 금발의 여인은 호의와 호기심으로 가득 찬 눈으로 밀레디를 바라보았다.

이 젊은 여인은 밀레디가 한번도 본 적이 없는 얼굴이었다. 두 여인은 상투적인 인사를 주고받으면서 서로 상대방을 유심히 살펴보았다. 둘 다 매우 아름다웠으나 아름다움의 성격이 전혀 달랐다. 밀레디는 귀부인다운 태도와 자태의 면에서 자신이 이 젊은 여자보다 월등하다고 생각하고 미소를 지었다. 사실 젊은 여인이 입고 있는 수련 수녀의 옷은 이런 종류의 경합에 그다지 유리하지 않았다.

원장이 두 여자를 서로 소개해 주고는 두 젊은 여자만 두고 나갔다. 예배 때문에 성당으로 돌아가야 했기 때문이다.

수련 수녀는 밀레디가 침대에 있는 것을 보고 원장을 따라 나가려고 했으나 밀레디가 붙잡았다.

"아니, 만나자마자 벌써 가시는 거예요?" 그녀가 말했다. "솔직히 말하자면, 여기서 지내는 내내 만나길 기대했었는데요."

"아니에요, 부인." 수련 수녀가 대답했다. "공교롭게도 시간을 잘 맞추지 못한 듯해서요. 주무시고 계신다는 것을 모르고 그만. 계속 주무세요. 피곤하셨을 테니까요."

"괜찮아요!" 밀레디가 말했다. "자는 사람이 원하는 게 무엇이겠어요? 기분 좋게 깨기를 바라지 않겠어요? 당신 덕분에 전 아주 기분 좋게 잠이 깼어요. 제가 원하는 대로 해주세요."

밀레디는 수련 수녀의 손을 잡고 침대 옆에 있는 안락의자로 이끌었다.

"아! 난 정말 운이 없어요." 수련 수녀가 자리에 앉아서 말했다. "아무 즐거움도 없이 여기에서 여섯 달 동안이나 지내다가 이렇게 당신이 오셔서 좋은 친구가 생기려고 하니까 다시 수녀원에서 나가야 한답니다!"

"뭐라고요!" 밀레디가 말했다. "곧 나가시나요?" 밀레디가 말했다.

"그렇게 될 것 같아요." 수련 수녀가 기쁜 표정을 조금도 감추지 않고 말했다.

"내가 알기로 당신은 추기경 때문에 고생을 하셨다는데……." 밀레디가 말을 이었다. "그렇다면 우리는 더욱더 마음이 잘 통할 텐데 아쉽게 됐네요."

"원장님 말씀을 들어보니까, 당신도 역시 그 악독한 추기경 때문에 희생을 당하셨다던데?"

"쉿!" 밀레디가 말했다. "아무리 수녀원에 있다 해도 추기경에 관해 그렇게 말하지는 않도록 해요. 내가 이렇게 불행해진 것도 실은 방금 당신처럼 그에 관한 이야기를 어떤 여자 앞에서 했기 때문입니다. 나는 그녀가 진실한 친구인 줄로만 알고 있었는데 배신을 당한 것이죠. 당신도 어떤 배신의 희생자인가요?"

"아닙니다." 수련 수녀가 말했다. "어떤 여인에 대한 헌신의 희생자라고나 할까요. 내가 목숨이라도 바쳤을 만큼, 앞으로도 그럴 만큼 흠모하는 여자랍니다."

"그런데 그 여자가 당신을 저버렸군요!"

"나도 그렇게 잘못 알고 있었죠. 그런데 이삼 일 전에 그렇지 않다는 증거를 얻었어요. 하느님께 감사하고 있어요. 그분이 나를 저버렸다고 생각했을 때에는 얼마나 가슴이 아팠는지 몰라요. 그런데 당신은……." 수련 수녀가 계속했다. "자유로운 몸이시니 달아나려고만 한다면, 얼마든지 그럴 수 있을 텐데요."
"친구도 없고 돈도 없는 데다가 지리도 모르는데, 처음 발을 디딘 이런 곳에서 어디로 가겠어요?"
"오!" 수련 수녀가 외쳤다. "친구라면 어디로 가시든 생기겠지요. 이토록 선하고 아름다워 보이시는데, 걱정하지 마세요!"
"아무리 그래도." 밀레디가 웃음 띤 얼굴에 더욱 상냥한 천사 같은 표정을 보태면서 말을 이었다. "박해받고 있는 외로운 여자임에는 변함이 없어요."
"하지만……." 수련 수녀가 말했다. "희망을 잃어서는 안 되죠. 하느님께서는 사람이 행한 선을 언젠가 알아주시는 법이거든요. 저야 아무런 힘도 없는 하찮은 여자지만, 나 같은 여자를 만나신 것도 어쩌면 당신에게 행운이 될지 몰라요. 제가 여기서 나가면 유력한 친구들이 생길 테니까, 그분들이 저를 위해 활약해 준 것처럼 앞으로는 당신에게 도움을 주실지도 모르잖아요."
"오! 친구가 없다고 말했던 건……." 밀레디는 자신에 관해 말하면 이 여자도 자기 이야기를 하리라 기대하면서 말을 이었다. "높은 지위에 있는 지인(知人)들이 없어서가 아니에요. 그분들도 추기경 앞에 나가면 벌벌 떨거든요. 왕비 마마도 그 끔찍한 대신을 감당하지 못하시는 걸요. 훌륭한 심성에도 불구하고 자신을 섬긴 사람들을 추기경의 분노에 내던져버린 일이 여러 차례 있었잖아요."
"아니에요, 부인. 그렇지 않습니다. 왕비 마마께서 자기 사람들을 저버린 듯이 보일 수 있겠죠. 하지만 겉보기에 그렇다고 진실로 믿어서는 안 됩니다. 마마께서는 자기 사람들이 박해를 받으면 받을수록 더욱더 그들을 걱정하세요. 그리고 생각지도 않았는데 잊지 않고 계신다는 증거를 얻는 경우도 있답니다."

"그렇죠, 왕비 마마는 정말 좋은 분이죠."

"아! 그렇게 말씀하시는 걸 보니, 당신도 고결하고 아름다우신 왕비 마마를 알고 계시는군요!" 수련 수녀가 감격하여 외쳤다.

"말하자면……." 수세적인 입장에 몰린 밀레디가 말을 이었다. "왕비 마마를 직접 만나 뵌 것은 아니에요. 다만 왕비 마마와 가깝게 지내시는 분들을 많이 알고 있을 뿐입니다. 퓌탕주 씨도 알고, 영국에서는 뒤자르 씨와도 알고 지냈어요. 트레빌 씨도 알고 있어요."

"트레빌 씨를!" 수련 수녀가 외쳤다. "트레빌 씨도 아시는군요?"

"그럼요, 잘 알고 있어요."

"근위 총사대의 대장 말이죠?"

"네, 맞아요."

"어머나!" 수련 수녀가 외쳤다. "우리는 금세 친해지겠군요. 그런데 트레빌 씨를 아신다면, 그의 댁에도 가보셨겠군요?"

"자주 가보았죠!" 밀레디가 말했다. 그녀는 거짓말이 성공했다는 것을 알아차리고는 끝까지 밀고 나가고 싶었다.

"그럼 그분 댁에서 총사들도 몇 분은 만나셨겠군요?"

"그 댁에 단골로 출입하는 분들은 모두 만났죠." 밀레디는 이 대화에 진지하게 관심을 보이기 시작하면서 대답했다.

"아시는 분들의 이름을 말씀해 보세요. 나도 아는 분들인지 보게요."

"글쎄요……." 밀레디가 당황하여 말했다. "루비니 씨, 쿠르

티브롱 씨, 페뤼사크 씨를 알고 있습니다."
 수련 수녀는 그녀의 말을 잠자코 듣고 있다가 말이 끊어진 틈을 타서 얼른 끼어들었다.
 "아토스라는 귀족은 모르세요?"
 밀레디는 누워 있던 침대의 시트처럼 얼굴이 창백해졌다. 자제력을 잃지는 않았지만, 얼떨결에 소리를 지르고는 상대방의 손을 잡고 얼굴을 뚫어지게 들여다보았다.
 "아니, 왜 그러세요? 오! 맙소사!" 이 가엾은 수련 수녀가 물었다. "제가 당신에게 상처를 주는 말을 했나요?"
 "아니에요, 그런 게 아니라…… 그분의 이름을 듣고 깜짝 놀랐어요. 나도 그분을 잘 알고 있는데, 나처럼 그분을 알고 있는 분을 만나게 되니 이상한 기분이 드는군요."
 "그럼요, 아주 잘 알아요! 그분뿐 아니라 그분의 친구들인 포르토스 씨나 아라미스 씨도 잘 알아요."
 "어쩜! 나도 그분들을 알고 있어요!" 밀레디가 소리를 질렀다. 그녀는 심장까지 얼어붙는 것만 같았다.
 "그렇다면 그분들이 친절하고 착한 분이라는 것도 잘 아시겠군요? 그런데 왜 그분들에게 도와달라고 하지 않으세요?"
 "그건 그렇지만…… 그러니까……" 밀레디가 말을 더듬거렸다. "그분들하고 직접 알고 지내는 건 아니에요. 그분들의 친구인 다르타냥 씨한테서 이야기를 많이 들었기 때문에…… 그래서 알고 있는 거지요."
 "다르타냥 씨를 아시는군요!" 이번에는 수련 수녀가 소리를 지르면서 밀레디의 손을 잡고 얼굴을 뚫어지게 쳐다보았다.
 밀레디의 눈에서 묘한 살기가 느껴졌다.

"용서하세요, 부인." 수련 수녀가 말했다. "부인도 그를 아시는군요. 어떤 관계신지요?"

"그저 친구일 뿐이에요." 밀레디가 당황하여 말했다.

"나를 속이고 있군요, 부인." 수련 수녀가 말했다. "당신은 그분의 애인이었어요."

"당신이야말로 그분의 애인이었나 보군요." 이번에는 밀레디가 외쳤다.

"제가요?" 수련 수녀가 말했다.

"그래요, 당신이. 이제 당신이 누군지 알겠어요, 보나시외 부인."

젊은 여인은 놀람과 두려움에 휩싸여 뒷걸음질쳤다.

"자! 부인하지 마세요!" 밀레디가 말을 이었다.

"좋아요! 그러죠, 부인. 나는 그분을 사랑하고 있어요." 수련 수녀가 말했다. "그럼 우리는 연적인가요?"

밀레디의 얼굴이 너무나도 사나운 빛으로 번쩍였다. 다른 상황이었다면 보나시외 부인은 무서워서 도망이라도 쳤을 테지만 지금은 질투심에 불타고 있었다.

"자, 말하세요." 보나시외 부인이 아무도 상상 못할 만큼 기운을 내 말을 이었다. "당신은 그분의 옛 애인이었거나, 그렇지 않으면 현재의 애인이죠?"

"오! 천만의 말씀!" 밀레디가 의심할 여지를 주지 않을 만큼 강한 어조로 외쳤다. "절대 그렇지 않아요!"

"당신의 말을 믿겠어요." 보나시외 부인이 말했다. "그런데 왜 그렇게 소리를 지르셨나요?"

"아니, 그럼 당신은 모르시는군요!" 밀레디가 말했다. 그녀는 이미 냉정과 평온을 완전히 회복한 뒤였다.
"내가 어떻게 알겠어요? 난 아무것도 몰라요."
"다르타냥 씨와 나는 친구 사이예요. 그래서 그분이 나에게 속내를 다 얘기해 주신 건데, 뭐가 이상해요?"
"정말로요?"
"내가 다 알고 있다는 걸 당신은 모르시는군요. 당신이 생 제르맹의 상점에서 납치당한 일도, 그때부터 그분이나 그분의 친구들이 아무리 찾아도 당신을 찾지 못해 실망하고 있다는 것도 다 알고 있어요. 그러니까 우리가 늘 함께 이야기하던 당신을, 그분이 진심으로 사랑하고 있는 당신을, 그분의 이야기만 듣고도 내가 좋아하게 된 당신을 이렇게 뜻밖에 만났으니, 내가 깜짝 놀라는 것도 당연하지 않겠어요? 아! 콩스탕스, 드디어 당신을 찾았군요, 마침내 당신을 만났군요!"
밀레디는 보나시외 부인을 향해 팔을 뻗었다. 보나시외 부인은 방금 그녀가 한 이야기를 곧이곧대로 받아들였다. 조금 전까지만 해도 연적이라고 생각했던 그녀가 이제는 진실한 친구로 여겨졌다.
"오! 용서하세요! 정말 미안해요!" 보나시외 부인이 그녀의 품에 안기면서 외쳤다. "얼마나 그분을 사랑하는지 몰라요!"
두 여자는 한참 동안 얼싸안고 있었다. 밀레디의 힘이 증오심만큼 강했더라면, 보나시외 부인은 틀림없이 이 포옹에서 살아남지 못했을 것이다. 그러나 아무리 밀레디라도 제 손으로 사람의 숨통을 누르기는 어려웠으므로, 그녀에게 미소를 보였다.
"아, 정말 아름답고 사랑스럽군요!" 밀레디가 말했다. "당신을 만나게 되어 얼마나 기쁜지 모르겠어요! 어디 얼굴 좀 봐요." 밀레디가 이렇게 말하면서 그녀의 얼굴을 집어삼킬 듯이 뚫어지게 바라보았다. "아! 역시 당신이군요. 그분이 말한 모습과 똑같아요. 아! 완벽하게 똑같아요."

가엾게도 이 젊은 여자는 밀레디의 맑은 표정 뒤에, 호의와 동정만이 드리워진 반짝이는 눈빛 뒤에 얼마나 잔인한 생각이 오가고 있는지 꿈에도 생각하지 못했다.

"그렇다면 제가 겪은 고통을 아시겠군요." 보나시외 부인이 말했다. "그분이 자신의 고민을 당신에게 말씀하셨을 테니까요. 하지만 그이를 위해 고생한다는 것은 행복이에요."

밀레디는 기계적으로 되풀이했다.

"그럼요. 행복이고말고요."

그녀의 머릿속에는 다른 생각들로 가득 찼다.

보나시외 부인이 계속 말을 이었다. "더구나 제 고통도 이제 막바지에 이르렀어요. 내일이면, 아니 오늘 저녁에라도 그이를 만나볼 수 있을 테니까요. 그렇게 된다면 이제까지 있었던 일은 모두 다 없었던 거나 마찬가지가 되겠죠."

"오늘 저녁? 내일?" 이 말을 듣자 밀레디가 정신이 번쩍 들면서 말했다. "그게 무슨 말이죠? 그분의 소식을 기다리고 계시나요?"

"그분을 기다리고 있어요."

"그분을, 다르타냥을, 여기서!"

"예, 그래요."

"하지만 그건 있을 수 없는 일이에요! 그분은 추기경을 따라 라 로셸 주둔지에 가 계시거든요. 그 도시를 점령하기 전에는 파리에 돌아오지 못하실걸요."

베튄의 카르멜회 수도원

"당신은 그렇게 생각하시겠지만 고매하고 성실한 귀족인 나의 다르타냥에게 불가능한 일이 뭐가 있겠어요?"

"하지만 난 못 믿겠어요!"

"그럼 이걸 읽어보세요!" 이 불행한 보나시외 부인은 자부심과 기쁨에 넘쳐 밀레디에게 한 통의 편지를 내보이면서 말했다.

'슈브뢰즈 부인의 필적이로구나!' 밀레디가 속으로 중얼거렸다. '확실해. 이 여자 문제로 그들이 내통하고 있었어!'

그녀는 다음과 같은 사연을 집중해서 읽었다.

내 사랑하는 친구에게,

준비를 하고 있어요. '우리의 친구'가 곧 당신을 만나러 갈 거예요. 당신이 일신의 안전을 위해 부득이 숨어 있어야 했던 감옥 같은 곳에서 당신을 빼내기 위해서죠. 그러니 출발 준비를 해두어요. 그리고 우리에게 결코 실망하지 말아요.

우리의 매력적인 가스코뉴 청년은 여느 때처럼 용감하고 충실한 모습을 보였어요. 그분께서 알려주신 경고에 대해 감사하는 사람들이 있다고 전해 주길 바랍니다.

"그렇군요, 정말 그렇군요." 밀레디가 말했다. "그런데 무슨 경고를 얘기하는 건지 아세요?"

"아뇨. 하지만 추기경이 어떤 새로운 음모를 꾸미고 있다는 것을 왕비 마마께 알려드린 것이 아닌가 싶어요."

"그래요, 아마 그것일 거예요!" 밀레디가 말했다. 그러고 나서 보나시외 부인에게 편지를 돌려주고는 고개를 숙여 생각에 잠겼다.

그때 질주하는 말의 말발굽 소리가 들렸다.

"어머나!" 보나시외 부인이 창가로 뛰어가면서 외쳤다. "벌써 오시는 것일까?"

여전히 침대에 누워 있던 밀레디는 놀란 나머지 화석처럼 몸이 굳어졌다. 뜻밖의 일들이 한꺼번에 급작스럽게 닥쳐오자 처음으로 얼이 빠졌다.

"그놈이! 그놈이!" 그녀가 중얼거렸다. "그놈일까?"

그녀는 시선을 한곳에 고정시킨 채 침대에 그대로 누워 있었다.

"아, 이런! 아니야!" 보나시외 부인이 말했다. "모르는 남자군요. 하지만 여기로 오는 듯해요. 역시 그렇군요. 말의 속도를 늦추더니 문 앞에 섰어요. 초인종을 누르네요."

밀레디가 침대에서 뛰어나갔다.

"틀림없나요? 그분이 아닌가요?" 그녀가 말했다.

"오! 그래요, 확실해요."

"잘못 보았겠죠."

"그분이라면 모자의 깃털 장식만 봐도, 망토 자락만 봐도 알 수 있는걸요!"

밀레디는 옷을 챙겨 입었다.

"그건 그렇다 치고요, 그 남자가 여기로 오고 있단 말이죠?"

"그래요, 안으로 들어왔어요."

"당신 아니면 나한테 온 사람이겠죠."

"오, 맙소사! 무척이나 떨고 계시는군요!"

"그래요, 솔직히 저는 당신처럼 안심하고 있을 수가 없어요. 전 추기경이 두려워요."

"쉿!" 보나시외 부인이 말했다. "누가 와요!"
실제로 문이 열리면서 원장이 들어왔다.
"불로뉴에서 오신 분이 당신인가요?" 원장이 밀레디에게 물었다.
"예, 그렇습니다." 밀레디가 냉정을 되찾으려 애쓰면서 대답했다. "누가 나를 찾나요?"
"이름을 말하지 않은 남자예요. 추기경 편에서 왔다고 하더군요."
"나를 만나고 싶다고 하던가요?" 밀레디가 물었다.
"불로뉴에서 오신 부인과 이야기하고 싶다고 합니다."
"그렇다면 들어오라고 하세요."
"오! 하느님!" 보나시외 부인이 말했다. "나쁜 소식일까요?"
"나도 나쁜 소식일까 봐 두려워요."
"나는 나가 있겠어요. 손님이 떠나면 곧 다시 오도록 하지요."
"그야 물론이죠! 꼭 다시 오세요."
원장과 보나시외 부인이 나갔다.
밀레디는 혼자 남아서 문을 응시하고 있었다. 잠시 후 계단에서 박차 소리가 울리더니 발소리가 다가왔다. 곧 문이 열리고 한 사나이가 나타났다.
밀레디가 기쁨의 환성을 질렀다. 그는 추기경의 심복 로슈포르 백작이었다.

악마의 두 모습

"아!" 로슈포르와 밀레디는 동시에 외쳤다. "당신이군요!"
"예, 그래요."
"어디서 오시는 길이죠?" 밀레디가 물었다.
"라 로셸에서. 당신은?"
"영국에서요."
"버킹엄은?"
"죽었거나 아니면 중상을 입었을 겁니다. 아무 성과도 얻지 못하고 떠나려 하는데 어떤 광신자가 그를 공격했어요."
"아! 그것 참 운이 좋았구려!" 로슈포르가 미소를 머금고 말했다. "추기경 예하도 만족하실 일이군요! 알려드렸습니까?"
"불로뉴에서 편지를 보냈어요. 그런데 어떻게 여기로 오게 되었죠?"

"예하께서 걱정하시면서 당신을 찾으라고 나를 보냈소."

"난 어저께야 도착했어요."

"도착해서 뭘 하셨소?"

"시간을 낭비하지는 않았어요."

"그야 물론이겠죠!"

"여기서 누구를 만났는지 아시겠어요?"

"아뇨."

"알아맞혀 보세요."

"그걸 어떻게 알겠소?"

"왕비가 감옥에서 꺼내준 젊은 여자를 만났어요."

"다르타냥이란 녀석의 애인 말이죠?"

"그래요, 보나시외 부인 말입니다. 그 여자가 여기에 숨어 있다는 것은 추기경님도 모르고 계셨거든요."

"허허, 그럴 수가!" 로슈포르가 말했다. "그렇다면 두 가지 행운이 한꺼번에 굴러들어온 셈이군요. 추기경님은 정말 운이 좋은 분이네요!"

"그 여자를 만났을 때 제가 얼마나 놀랐을지 짐작이 가세요?" 밀레디가 계속 말했다.

"그 여자가 당신을 알아보던가요?"

"아뇨."

"그러면 당신을 낯선 사람으로 여기겠군요?"

밀레디가 슬며시 웃었다.

"저는 그녀의 다시 없는 친구로 행세하고 있어요!"

"그런 기적 같은 일을 해내다니, 정말 당신답소, 부인." 로슈포르가 말했다.

"운이 좋았죠." 밀레디가 말했다. "이제 무슨 일이 일어날지 아세요?"

"아뇨."

"내일이나 모레쯤 왕비의 명령서를 가지고 그녀를 데려갈 사람이 올 것입니다."

"그게 정말이오? 누가 오는 겁니까?"

"다르타냥과 그의 친구들이죠."

"그놈들은 정말이지 바스티유에 갈 짓을 골라 하는군요."

"왜 진작 바스티유로 보내버리지 않은 거죠?"

"할 수 없죠! 뭔지는 모르지만 추기경님이 그들에게 약점을 잡혔으니까요."

"정말입니까?"

"예."

"그렇다면, 로슈포르, 추기경님께 제가 말하는 정보를 드리세요. 콜롱비에 루주 여관에서 우리의 대화를 그 네 사람이 엿들었다는 것, 추기경님이 떠나신 뒤에 그중 한 사람이 올라와서 제게 주신 통행증을 강제로 빼앗아갔다는 것, 그리고 제가 영국으로 건너간다는 것을 윈터 경에게 알려주었다는 것, 그래서 지난번 다이아몬드 장식끈 사건과 마찬가지로 이번에도 하마터면 제 임무를 좌절시킬 뻔했다는 것, 그 네 사람 중에서도 다르타냥과 아토스는 정말 경계해야 한다는 것, 아라미스는 슈브뢰즈 부인의 애인인데, 우리가 그의 비밀을 알고 있으니까 살려두어야 한다는 것, 끝으로 포르토스는 어리석은 녀석이므로 조금도 염려할 것이 없다고 말씀드리세요."

"하지만 그 네 사나이는 지금 라 로셸 공격에 참여하고 있을 것이오."

"저도 그렇게 생각했지요. 그런데 경솔한 보나시외 부인이 슈브뢰즈 부인한테서 받은 편지를 저에게 보여주었지 뭡니까. 그래서 제 생각에는 그 네 사나이가 보나시외 부인을 빼내려고 움직이고 있는 듯해요."

"빌어먹을! 어떻게 해야 하죠?"

"추기경님은 저더러 어떻게 하라고 하시던가요?"

"서면이나 구두로 당신의 보고를 받으면 역마를 이용하여 돌아오라고 하셨습니다. 그리고 당신이 한 일을 알게 되면 다시 지시를 내리겠다고 하셨소."

"그러면 저는 여기에 머물러 있어야 하나요?" 밀레디가 물었다.

"여기나 이 근처에."

"함께 갈 수는 없나요?"

"안 됩니다. 명령은 반드시 이행해야 합니다. 주둔지 근처에는 당신을 아는 사람이 있을지도 모르니까, 당신이 있으면 각하께 누를 끼칠 염려가 있소. 영국에서 그런 일이 일어난 뒤이니 더욱 그렇죠. 다만 어디에서 예하의 소식을 기다릴 것인지 내가 늘 알 수 있도록 미리 나에게 말해 주시오."

"여기에 그냥 머물러 있을 수는 없지 않겠어요?"

"왜죠?"

"벌써 잊으셨군요. 적들이 언제 들이닥칠지 모르잖아요."

"그렇군요. 하지만 그렇게 되면 그 여자는 예하에게서 빠져나갈 게 아니겠소?"

"염려 마세요!" 밀레디가 그녀 특유의 미소를 지으면서 말했다. "제가 그녀의 다시 없는 친구라고 말했잖아요."

"아, 그랬죠! 그럼 추기경님께 그 여자에 관해서는······."

"안심하시라고 전해 주세요."

"그게 전부입니까?"

"그렇게 말씀드리면 무슨 뜻인지 아실 거예요."

"당연히 알아들으시겠죠. 이제 나는 어떻게 한다?"

"지금 곧바로 떠나세요. 당신이 보고할 소식들은 급히 서두를 만한 가치가 충분하다고 생각해요."

"내 마차는 릴리에로 들어가면서 부서져버렸소."

"잘됐군요."

"뭐라고요, 잘됐다고요?"

"그래요, 당신의 마차가 필요하거든요." 밀레디가 말했다.

"그럼 나는 어떻게 가지?"

"말을 타고 전속력으로 가는 거죠."

"당신 편할 대로군요. 960킬로미터에 달하는 길이오."

"그게 무슨 문제가 되죠?"

"그렇게 하죠, 뭐. 그리고?"

"릴리에를 지나갈 때 당신 하인에게 제 명령을 들으라고 명령하고 그와 함께 마차를 보내주세요."

"좋습니다."

"추기경님의 명령서 같은 것은 지니고 있겠지요?"

"전권을 부여받았어요."

"그것을 원장에게 보여주고, 오늘내일 사이에 데리러 올 사람이 있으니, 당신 이름을 대는 사람을 따라가야 한다고 말하세요."

"좋아요!"
"원장 앞에서는 저를 함부로 취급하셔야 해요. 잊지 마세요."
"그건 왜죠?"
"저는 추기경님의 희생자처럼 행세하고 있어요. 보나시외 부인을 안심시킬 필요가 있으니까요."
"옳은 말이오. 그러면 이제까지 있었던 일을 보고서로 작성해 주시겠소?"
"구두로 다 이야기하지 않았어요? 당신은 기억력이 좋으니까, 구두로 전해 주세요. 종이는 잃어버릴 염려도 있잖아요."
"당신 말이 맞소. 이제 당신이 있을 곳만 알려주면 되겠소. 공연히 이 근처에서 찾아다니지 않도록 말이오."
"맞아요. 잠깐 기다리세요."
"지도를 찾소?"
"아뇨, 전 이 고장을 잘 알고 있어요."
"당신이? 여기는 언제 와보셨소?"
"난 여기서 자랐어요."
"그래요?"
"당신도 알겠지만, 자라난 고향은 어디에든 쓸모가 있게 마련이지요."
"그럼 어디서 기다리겠소?"
"잠깐만 생각을 좀…… 아, 그래. 아르망티에르가 좋겠군요."
"아르망티에르? 그게 어디죠?"
"리스 강 기슭의 작은 도시예요. 강만 건너면 딴 나라랍니다."
"잘됐소! 하지만 위험한 경우가 아니라면 강을 건너서는 안 되겠죠."

"그야 물론이죠."

"그러면 당신이 아르망티에르의 어디에 있는지 어떻게 알 수 있겠소?"

"당신은 하인이 필요 없겠죠?"

"그렇소."

"확실한 사람인가요?"

"시험해 보면 되겠지만, 신뢰해도 괜찮을 것이오."

"그럼 저한테 빌려주세요. 아무도 그를 모르니까, 제가 떠나는 곳에 남겨두겠어요. 그러면 제가 있는 곳으로 그가 당신을 안내할 것입니다."

"아르망티에르에서 나를 기다리겠다는 말이죠?"

"아르망티에르에서." 밀레디가 대답했다.

"잊어버리면 곤란하니, 종이 쪽지에다 지명을 써주시오. 도시 이름 하나 때문에 위태로워질 일은 없지 않겠소."

"글쎄요. 하지만 상관없겠죠." 밀레디가 종이 쪽지에 지명을 적으면서 말했다. "위험해져도 알아서 하죠 뭐."

"좋소!" 로슈포르가 밀레디로부터 종이 쪽지를 건네받아 모자 안에 넣으면서 말했다. "걱정 마시오. 쪽지를 잃어버려도 괜찮도록, 어린애처럼 줄곧 이름을 외우면서 갈 테니. 이제 용건은 다 끝났죠?"

"그런 것 같네요."

"한번 더 확인해 봅시다. 버킹엄은 죽었거나 중상을 입었다는 것, 당신과 추기경님의 대화를 그 네 총사들이 엿들었다는 것, 당신이 포츠머스에 도착한다는 것을 윈터 경이 미리 알고 있었다는 것, 다르타냥과 아토스를 바스티유에 잡아넣으라는 것, 아라미스는 슈브뢰즈 부인의 애인이라는 것, 포르토스는 바보라는 것, 보나시외 부인을 찾아냈다는 것, 마차를 가능한 한 빨리 당신에게 보내달라는 것, 내 하인에게 당신 명령을 받들도록 시키라는 것, 원장에게 아무런 의심도 사지 않도록 당신을 추기경의 희생자라고 말해 둘 것, 아르망티에르는 리스 강 기슭의 도시라는 것. 이상이죠?"

"맞았어요, 친애하는 기사님. 정말 기억력도 좋으시네요. 그런데 한 가지만 더……."

"뭡니까?"

"이 수녀원 정원 근처에 매우 아름다운 숲이 있더라고요. 제가 그 숲에서 산책해도 좋다고 원장에게 말해 두세요. 혹시 뒷문으로 나가야 할지도 모르니까요."

"빈틈이 없군요."

"그리고 당신도 한 가지 잊고 계신 게 있는데……."

"그게 뭔데요?"

"돈이 필요하지 않느냐고 제게 물어보셔야죠."

"맞소, 얼마나 필요합니까?"

"가지고 계시는 돈 전부."

"500피스톨쯤이오."

"나도 그만큼은 있으니까, 합쳐서 1,000피스톨. 1,000피스톨이면 무슨 일이 있더라도 염려 없어요. 자, 그럼 제게 주세요."

"여기 있습니다, 부인."

"고맙습니다, 백작님! 그럼 떠나시나요?"

"한 시간 후에 떠나겠소. 그동안 뭘 좀 먹고 말을 구해 보겠소."

"좋습니다. 그럼 안녕히!"
"그럼, 부인, 안녕히 계십시오!"
"추기경님께 잘 말씀드려 주세요." 밀레디가 말했다.
"악마에게 잘 말해 주시오." 로슈포르가 대답했다.
밀레디와 로슈포르는 서로 미소를 주고받으면서 헤어졌다.
한 시간 후에 로슈포르가 말을 전속력으로 몰아 출발했다. 다섯 시간쯤 후에는 아라스를 지나가고 있었다.
앞에서 이미 알고 보았듯이, 바로 이 사나이가 다르타냥의 눈에 띄었으며, 이로 인해 네 총사들은 불길한 생각에 사로잡혀 더욱 길을 재촉하게 되었다.

물방울

로슈포르가 나가자마자 보나시외 부인이 다시 들어왔다. 밀레디는 유쾌한 표정이었다.

"아! 걱정하시던 일이 닥쳤군요." 젊은 여자가 말했다. "오늘 저녁이나 내일, 추기경 사람이 당신을 데리러 온다죠?"

"누가 그런 말을 하던가요?" 밀레디가 물었다.

"전령이 직접 말했어요."

"여기 내 옆에 와서 앉으세요." 밀레디가 말했다.

"네."

"가만 있어요. 엿듣는 사람이 있나 살펴보겠어요."

"왜 그렇게 경계하세요?"

"곧 말해 줄게요."

밀레디가 일어나 문 쪽으로 가더니 문을 열고 복도를 내다보왔다. 그러고는 보나시외 부인 옆으로 돌아와 앉았다.

"그렇다면 그 사람이 근사하게 연극을 한 것입니다." 그녀가 말했다.

"누가요?"

"추기경의 전령이라면서 원장을 만난 사람 말이에요."

"그러니까 그가 연극을 했단 말이죠?"

"그래요."

"그럼 그 사람은……."

"그 사람은……." 밀레디가 목소리를 낮추어 말했다. "우리 오빠예요."

"당신의 오빠라고요!" 보나시외 부인이 외쳤다.

"그렇다니까요! 이 비밀을 아는 사람은 당신뿐이에요. 만약 당신이 이 비밀을 누설한다면 나는 파멸입니다. 그리고 당신도 마찬가지일 거고요."

"오, 맙소사!"

"내 말 들어봐요. 일이 이렇게 된 거예요. 우리 오빠는 필요하다면 강제로라도 나를 여기서 빼내려고 왔어요. 그런데 도중에 역시 나를 데려가려고 온 추기경의 밀사를 만났답니다. 오빠는 그 밀사를 미행하다가 호젓한 길에 이르자 칼을 빼들고 밀사에게 서류를 내놓으라고 위협했대요. 그러나 밀사가 저항하려고 해서 그를 죽였어요."

"오!" 보나시외 부인이 몸을 떨면서 말했다.

"다른 수가 없지 않았을까요? 생각해 보세요. 그래서 오빠는 폭력 대신에 계략을 쓰려고 마음먹고, 서류를 빼앗자 추기경의 밀사 행세를 하면서 여기로 온 거예요. 한두 시간 후에는 추기경 측에서 보낸 마차가 나를 데리러 오기로 되어 있어요."

"알겠어요. 그 마차는 당신의 오빠가 보내는 것이죠."

"맞아요. 그런데 문제는 그뿐이 아니에요. 당신이 받은 그 편지를 당신은 슈브뢰즈 부인한테서 온 것이라고 생각하지만……"

"그런데요?"

"가짜 편지란 말입니다."

"어떻게 그런 일이 있을 수 있죠?"

"그래요, 가짜예요. 당신을 데려가려고 왔을 때 당신이 저항하지 않도록 하기 위해 만든 함정이에요."

"하지만 다르타냥이 올 텐데요."

"잘못 알고 있는 거예요. 다르타냥과 그의 친구들은 라 로셸 공략에 여념이 없어요."

"어떻게 아세요?"

"오빠가 추기경의 밀사들을 만났을 때 보니까 총사의 제복으로 변장하고 있더래요. 그러니까 그 사람들이 당신을 문으로 불러냈다면 당신은 친구들이 온 줄 알고 안심할 것 아니에요. 그 틈에 당신을 납치하여 파리로 끌고 간다는 거죠."

"오, 하느님! 이토록 부정한 일들이 닥치니 머리가 어지러워요. 이런 일이 이어진다면……" 보나시외 부인이 이마에 손을 갖다 대면서 계속했다. "미쳐버리지 않겠어요?"

"잠깐만……"

"무슨 일이죠?"

"말발굽 소리가 들려요. 오빠가 다시 떠나는가 봐요. 작별 인사를 해야지. 이리 오세요."

밀레디가 창문을 열더니 보나시외 부인에게 오라고 손짓했다. 그녀도 창가로 갔다.

로슈포르가 전속력으로 말을 몰면서 지나가고 있었다.

"잘 가세요, 오빠." 밀레디가 외쳤다.

기사가 머리를 들고 두 여자를 보았다. 말을 달리면서도 밀레디에게 손을 흔들어 다정하게 인사를 보냈다.

"착한 조르주!" 밀레디가 창을 닫으면서 말했다. 애정과 수심이 어린 표정이었다. 그러고는 제자리에 돌아와 앉았는데, 마치 생각에 깊이 잠긴 듯한 모습이었다.

"부인, 생각을 방해해서 미안합니다!" 보나시외 부인이 말했다. "하지만 어떻게 하면 좋을지 조언을 부탁합니다. 아, 어떡하지! 당신은 나보다 훨씬 더 경험이 많잖아요, 말 좀 해주세요, 제발."

"하지만 내가 잘못 생각한 것일지도 몰라요." 밀레디가 말했다. "다르타냥과 그의 친구들이 정말 당신을 도우러 올 수도 있고요."

"오! 그렇다면 너무 좋은 일이죠." 보나시외 부인이 외쳤다. "그런 행운이 나에게 찾아들 리 없어요."

"그러니까, 이해하겠죠. 결국은 시간 문제예요. 누가 먼저 달려오느냐 하는 일종의 경주인 셈이죠. 당신 친구들 편이 빠르면 당신은 살아나지만, 추기경의 앞잡이들이 먼저 오면 당신은 죽는 거예요."

"오! 그래요, 그래. 그들은 절 무자비하게 파멸시킬 거예요! 도대체 어떻게 해야 하나? 어떡하지?"

"아주 간단하고 자연스러운 방법이 한 가지 있을 듯한데……."

"어떤 방법이죠? 말해 주세요."

"이 근처에 숨어서 기다리다가, 당신을 찾아오는 사람이 누구인지 확인하는 거예요."

"하지만 어디에서?"

"아! 문제없어요. 실은 나도 이 근처에 숨어서 오빠가 데리러 오는 것을 기다리기로 했어요. 그러니까 당신도 함께 가면 어떨까 해요. 함께 숨어서 기다리기로 합시다."

"하지만 나는 여기서 나가지 못해요. 갇혀 있는 몸이나 다름없으니까요."

"내가 추기경의 명령으로 떠나는 것이라고들 생각하니까, 아무도 당신이 다급해서 나를 따라간다고는 생각하지 않을 거예요."

"그러고 나서는요?"

"그러고는 마차가 문 앞에 당도해 있을 때 나에게 작별 인사를 하러 나오세요. 마지막 인사를 하기 위해 나를 껴안으려고 승강구 발판 위까지 올라오는 거예요. 나를 데리러 온 오빠의 하인에게 미리 귀띔을 해둘 게요. 그때 마부에게 신호하여 재빨리 마차를 출발시키게 하라고요."

"하지만 다르타냥, 다르타냥, 만일 그이가 온다면?"

"다 아는 수가 있어요."

"어떻게요?"

"아주 쉬운 일이죠. 오빠의 하인은 믿을 만해요. 그를 여기 베튄으로 돌아오도록 하겠어요. 변장을 하고 수도원 앞에 머물고 있다가, 추기경의 밀사가 오면 가만히 있고, 만약 다르타냥과 그의 친구들이 온다면 우리가 있는 곳으로 모셔오게 할 테니까요."

"하인이 그분들을 알고 있을까요?"

"물론이죠. 내 집에서 다르타냥 씨를 만나봤거든요!"

"오! 그렇지요. 그래요, 당신 말이 옳아요. 그러면 모든 것이 잘 되겠군요. 하지만 멀리 가지는 말아요."

"기껏해야 30에서 40킬로미터 정도 떨어진 곳으로 갈 거예요. 가령 국경 근처 같은 데 말이죠. 조금이라도 사태가 위험해지면 프랑스를 벗어날 수 있으니까요."

"그때까지 무얼 하죠?"

"기다리는 거죠."

"하지만 그들이 온다면요?"

"오빠 마차가 먼저 올 거예요."

"마차가 도착했을 때, 내가 당신에게서 멀리 떨어져 있다면 어쩌죠? 가령 저녁 식사 때라거나 해서?"

"이렇게 하죠."

"어떻게요?"

"서로 떨어져 있지 않기 위해, 우리가 함께 식사를 할 수 있도록 원장님의 허락을 얻으면 좋겠어요."

"허락해 주실까요?"

"허락하지 않으실 이유도 없지요 뭐."

"오! 아주 좋아요. 그렇게 하면 늘 같이 있을 수 있겠군요!"

"그럼 원장실로 내려가서 허락을 얻으세요! 나는 어쩐지 머리가 무거우니 뜰을 한 바퀴 돌고 올 테니까요."

"좋아요, 그럼 어디서 다시 만날까요?"

"여기서 한 시간 후에 봐요."

"여기서 한 시간 후에요. 오! 참으로 친절하시군요. 정말 고마워요."

"이렇게 아름답고 매력적인 분에게 어떻게 관심을 안 가질 수가 있겠어요! 게다가 내 친한 친구의 애인 아니에요!"

"사랑하는 다르타냥, 오! 그도 당신에게 무척 감사할 거예요!"

"그렇다면 좋겠군요. 자, 이제 이야기가 다 끝났으니 내려갑시다."

"뜰에 가시는 거죠?"

"그래요."

"이 복도를 따라가면 조그만 계단이 나와요."

"잘됐군요! 고마워요."

두 여자가 다정한 미소를 주고받으면서 헤어졌다.

밀레디는 정말로 머리가 무거웠다. 어수선한 계획들이 가득 차 머릿속이 뒤숭숭했다. 생각을 좀 더 가다듬기 위해서는 혼자 조용히 있을 필요가 있었다. 그녀는 어렴풋이나마 미래를 내다보고 있었지만 아직도 여러 가지가 뚜렷하지 않았다. 그 계획들을 분명히 확정하고 결정적인 계획을 세우기 위해서는 좀 더 마음을 차분히 해야 했다.

가장 급한 일은 보나시외 부인을 납치하여 안전한 곳에 잡아 두는 일이었다. 만약의 경우에는 볼모로 이용해야 하기 때문이었다. 밀레디는 자기 못지않게 끈질기고 거센 적들과 맞서야 하는 이번 싸움의 결말이 걱정되기 시작했다.

더군다나 결말이 가까이 다가왔다는 것, 그 결말은 틀림없이 무시무시할 것이며 마치 폭풍처럼 닥치리라는 것을 예감하고 있었다.

그러므로 그녀에게 중요한 것은, 이미 말한 대로 보나시외 부인을 손 안에 붙잡아 두는 일이었다. 보나시외 부인은 다르타냥의 생명, 아니 그 이상이었다. 곤경에 빠질 경우, 그가 사랑하는 여자의 생명은 확실하게 좋은 조건을 얻어낼 수 있는 협상 수단이었다.

이제 정해진 것은 다음과 같았다. 보나시외 부인은 아무 의심도 없이 그녀를 따라가도록 되어 있었다. 일단 아르망티에르에 가서 함께 숨어버리면 다르타냥이 베튄에 오지 않았다고 믿게 하기는 쉬운 일이었다. 길어야 이 주일만 있으면 로슈포르가 다시 올 터였다. 그리고 그 이 주일 동안 밀레디는 네 총사들에게 복수할 방법을 찾아낼 것이었다. 다행히 조금도 심심할 것 같지는 않았다. 그녀 같은 성격의 여자에게는 멋진 복수를 완벽하게 계획하는 것이 가장 즐거운 일이기 때문이었다.

밀레디는 이런저런 생각을 하면서도 주위를 둘러보고 정원의 지형을 머릿속에 정리했다. 밀레디는 승리와 패배를 동시에 예측하고 전투의 양상에 따라 전진하거나 후퇴할 준비를 완벽히 갖추고 있는 뛰어난 장군과도 같은 여자였다.

한 시간 후에 그녀를 부르는 부드러운 목소리가 들려왔다. 보나시외 부인이었다. 마음씨 착한 원장이 당연히 모든 것에 동의했으니 이제 저녁 식사를 하러 가자는 것이었다.

두 여자가 마당에 이르렀을 때 마차 한 대가 문 앞에 멈추었다.
"들었어요?" 그 여자가 말했다.
"예, 마차 구르는 소리예요."
"오빠가 보낸 마차예요."
"오! 하느님!"
"자, 용기를 내세요!"

수도원의 대문에서 초인종이 울렸다. 밀레디의 말은 틀리지 않았다.

"당신 방에 올라갔다 오세요." 그녀가 보나시외 부인에게 말했다. "가져가고 싶은 중요한 물건들이 있겠죠."

"그이의 편지가 있어요." 그녀가 말했다.

"아, 그래요! 그걸 찾아서 내 방으로 오세요. 그리고 얼른 저녁 식사를 하죠. 오늘 밤은 꽤 오랫동안 여행을 할 테니까 든든하게 먹어두어야 합니다."

"이걸 어떡해!" 보나시외 부인이 가슴에 손을 대고 말했다. "가슴이 답답해서 걷지를 못하겠어요."

"용기를 내세요. 자, 용기를 내세요! 십오 분 후면 당신은 살아나는 거예요. 당신이 이제부터 하는 행동은 모두 그분을 위한 일입니다."

"오! 그래요, 모두 그이를 위해서죠. 그 한마디에 기운이 나네요. 그럼 곧 당신 방으로 갈게요."

밀레디가 급히 자기 방으로 올라가 보자 로슈포르의 하인이 와 있었다. 그녀는 그에게 지시를 내렸다.

대문 앞에서 기다리고 있을 것, 만약 총사들이 나타나면 재빨리 마차를 몰아 수도원에 인접한 숲 너머의 작은 마을에서 기다릴 것을 지시했다. 그럴 경우에 밀레디는 뜰을 가로질러 마을까지 걸어갈 작정이었다. 앞에서 말했듯이, 밀레디는 이 고장의 지리를 구석구석 잘 알고 있었다.

총사들이 나타나지 않는다면 일은 약속대로 진행될 터였다. 보나시외 부인이 작별 인사를 하는 척하면서 마차에 오르면 그대로 데려간다는 계획을 하인에게 알려주었다.

보나시외 부인이 들어왔다. 밀레디는 혹시라도 이 여자가 의심하면 곤란하다 싶어서, 보나시외 부인이 보는 앞에서 하인에게 내렸던 지시의 마지막 부분을 다시 한 번 되풀이했다.

밀레디가 마차에 관해 몇 가지 물어보았다. 마부가 한 사람 딸려 있는 삼두마차였다. 로슈포르의 하인이 마차 앞에서 달리게 되어 있었다.

혹시 보나시외 부인이 의심하는 것은 아닐까 하는 밀레디의 걱정은 괜한 것이었다. 가엾게도 보나시외 부인은 너무나도 순진해서 상대가 그토록 간악한 여자라고는 꿈에도 생각하지 못했다. 게다가 원장이 말한 윈터 백작 부인이라는 이름도 그녀로서는 처음 듣는 이름이었다. 보나시외 부인은 한 여자가 자신의 인생에 그토록 치명적인 불행을 초래하리라는 것을 전혀 모르고 있었다.

"다 보았죠." 하인이 나가자 밀레디가 말했다. "준비는 다 되어 있어요. 원장은 아무 눈치도 못 채고 추기경 측에서 나를 데리러 온 줄로만 알아요. 하인이 마지막 채비를 할 테니까, 우리는 조금이라도 식사를 하죠. 포도주도 좀 마시고요. 그리고 떠납시다."

"그러죠." 보나시외 부인이 고분고분하게 말했다. "그래요, 떠나요."

밀레디가 그녀에게 자기 앞에 앉으라고 손짓하더니 에스파냐 포도주를 조그만 잔에 따라주었다. 그리고 닭 요리의 흰 살도 권했다.

"보세요." 밀레디가 말했다. "모든 일이 척척 맞아 들어가지 않나요? 벌써 밤이 됐어요. 먼동이 틀 무렵에는 이미 은신처에 도착해 있을 거예요. 아무도 우리가 어디 있는지 모를 겁니다. 자, 용기를 내세요. 음식도 좀 드시고요."

보나시외 부인이 몇 입 건성으로 먹고 술잔에 입술을 축였다.

"자, 자." 밀레디가 술잔을 입술로 가져가면서 말했다. "이렇게 들이켜라고요."

그러나 보나시외 부인은 술잔을 입으로 가져가다가 딱 멈춰버렸다. 길에서 말들이 달려오는 소리를 들었던 것이다. 거의 동시에 말 울음소리도 들리는 듯했다.

마치 폭풍우 소리가 아름다운 꿈을 깨뜨리는 것처럼 이 소리는 밀레디를 기쁨에서 깨어나게 했다. 그녀는 새파랗게 질린 얼굴로 창가로 달려갔다. 보나시외 부인은 와들와들 몸을 떨면서 일어나더니 넘어지지 않으려고 의자에 기댔다.

아직 아무것도 보이지는 않았으나, 말발굽 소리는 점점 가까워지고 있었다.

"오, 하느님!" 보나시외 부인이 말했다. "저 소리가 뭘까요?"

"우리 편 사람들이 아니면 적이겠죠." 밀레디가 무서우리만큼 침착한 태도로 말했다. "당신은 거기 그냥 있어요. 내가 내다볼 테니까."

보나시외 부인은 조각상처럼 창백한 얼굴로 말없이 우두커니 서 있었다.

소리가 더욱더 커졌다. 150여 미터도 채 떨어져 있지 않은 게 틀림없었다. 다만 길이 구부러져 있어서 아직 보이지 않을 뿐이었다. 발굽 소리로 말이 몇 마리인지까지 셀 수 있을 정도로 소리가 똑똑히 들려왔다.

밀레디는 모든 주의력을 집중하여 창밖을 바라보고 있었다.

아직은 사람의 얼굴을 알아볼 수 있을 정도로 날이 환했다.
 갑자기 그녀의 눈에 길 모퉁이에서 계급장을 단 모자가 번쩍이더니 깃털 장식이 나부꼈다. 두 명, 다섯 명, 이어서 여덟 명의 기사가 나타났다. 그들 중에서 한 사람이 말 두 마리쯤의 거리를 두고 다른 사람들보다 앞서서 달려왔다.
 밀레디가 억누르는 듯한 울부짖음 소리를 냈다. 선두에 선 기사가 바로 다르타냥임을 알아봤기 때문이다.
 "오, 맙소사! 하느님!" 보나시외 부인이 외쳤다. "무슨 일인가요?"
 "추기경의 근위대 제복이에요. 잠시도 머뭇거릴 시간이 없어요!" 밀레디가 외쳤다. "달아납시다, 달아나요!"
 "예, 그래요, 달아나요." 보나시외 부인이 되풀이했다. 그러나 두려움에 사로잡힌 나머지 제자리에 못 박힌 듯 한 걸음도 뗄 수가 없었다.
 말발굽 소리가 창 아래에서 들려왔다. 기사들이 창 아래로 지나갔다.
 "어서 와요! 어서 오라니까!" 밀레디가 젊은 여자의 팔을 잡아 끌면서 외쳤다. "뜰을 통과해서 도망칠 수 있어요. 열쇠도 있고. 아, 글쎄, 빨리빨리. 오 분 후면 이미 늦어요."
 보나시외 부인은 걸으려고 했으나 두어 걸음 걷고는 풀썩 주저앉아 버렸다. 밀레디가 일으켜 끌고 가려고 해보았지만 아무래도 불가능했다.
 그때 마차 굴러가는 소리가 들렸다. 로슈포르의 하인이 총사들을 보고 급히 마차를 출발시킨 모양이었다. 그러더니 총소리가 서너 번 들려왔다.

"자, 이제 마지막으로 말하겠어요. 갈 거예요?" 밀레디가 외쳤다.

"오! 하느님! 아, 어떡하면 좋아! 보다시피 이렇게 힘이 빠져 버려서요. 혼자 달아나세요."

"혼자 달아나라고! 당신을 여기 두고! 안 돼요, 절대 안 돼요." 밀레디가 외쳤다.

별안간 그녀의 눈에서 새파란 빛이 번쩍였다. 그러더니 그녀는 미친 듯이 탁자로 뛰어가 독특한 손놀림으로 잽싸게 반지의 보석을 열었다. 그러고는 그 속에 들어 있던 것을 보나시외 부인의 포도주잔 속에 넣었다.

불그레한 알약은 곧바로 녹았다.

그런 뒤에 술잔을 보나시외 부인에게 들이댔다.

"자, 마셔요." 그녀가 말했다. "이 포도주를 마시면 기운이 날 테니까, 어서 마셔요."

그러면서 입술에 잔을 갖다 대자 여인은 무의식적으로 마셨다.

"아! 이런 식으로 복수하고 싶지는 않았는데." 밀레디가 악마 같은 미소를 지으면서 술잔을 탁자에 도로 내려놓고 말했다. "어쩔 수 없어! 할 수 있는 것이라도 하는 거지."

그녀는 방에서 뛰쳐나갔다.

보나시외 부인은 그녀가 달아나는 것을 보고만 있을 뿐, 따라갈 수가 없었다. 마치 꿈속에서 쫓기면서도 달아날 수 없는 그런 상황과 같았다.

이삼 분이 흘렀다. 문에서 무시무시한 소리가 났다. 보나시외 부인은 밀레디가 나타나기를 기다렸으나 밀레디는 다시 나타나지 않았다.

보나시외 부인의 이마가 불덩어리처럼 뜨거워졌다. 식은땀도 몇 차례 솟아났는데, 이는 아마 공포 때문이었을 것이다.

이윽고 삐걱거리며 쇠살문이 열리는 소리가 들렸다. 쿵쿵거리는 장화와 박차 소리가 계단에서 울렸다. 웅성거리는 목소리가 차츰 다가왔다. 웅성거림 속에서 그녀의 이름을 부르는 소리가 들리는 듯했다.

그녀는 갑자기 기쁨의 소리를 지르면서 문 쪽으로 뛰어갔다. 다르타냥의 목소리를 알아들은 것이다.

"다르타냥! 다르타냥!" 그 여자가 외쳤다. "여기예요, 여기."

"콩스탕스! 콩스탕스!" 젊은이가 대답했다. "어디요? 어디 있소?"

이와 동시에 방문이 열렸다. 열렸다기보다는 충격으로 떨어져 나갔다. 사나이들이 방 안으로 뛰어들어왔다. 보나시외 부인은 안락의자에 쓰러진 채 손가락 하나 움직일 수 없었다.

다르타냥은 아직도 연기를 뿜고 있는 권총을 던져버리고 사랑하는 여자 앞에 무릎을 꿇었다. 아토스도 허리에 권총을 도로 넣었다. 포르토스와 아라미스는 손에 빼 들고 있던 칼을 칼집에 도로 꽂았다.

"오! 다르타냥! 내 사랑하는 다르타냥! 마침내 오셨군요. 거짓말이 아니었어요. 바로 당신이군요!"

"그렇소, 그래요. 콩스탕스! 이제야 만났소!"

"아! '그 여자'는 당신이 안 오실 거라고 했지만, 저는 오시길 은근히 바라고 있었어요. 저는 달아나고 싶지 않았어요. 참 잘한 일이죠! 아, 행복해요!"

조용히 앉아 있던 아토스가 그 여자라는 말에 벌떡 일어났다.

"그 여자! 그 여자라니, 누구요?" 다르타냥이 물었다.
"제 친구예요. 저에 대한 우정으로 저를 박해에서 구출해 주려고 했어요. 당신들을 추기경의 근위대원인 줄 알고 방금 달아났어요."
"당신의 친구?" 다르타냥이 새하얗게 질린 얼굴로 외쳤다. "친구라니, 어떤 친구 말이오?"
"대문 앞에 있던 마차의 임자인데, 당신의 친구라고 했어요, 다르타냥. 당신이 그녀에게 모든 걸 다 이야기하셨다고 하던데요."
"그 여자의 이름은! 그 여자의 이름은!" 다르타냥이 외쳤다. "맙소사! 이름을 모르오?"
"알고 있어요. 누군가 말하는 걸 들었거든요. 잠깐만요……. 참 이상하다. 오, 하느님! 머리가 멍해요. 눈이 안 보여요."
"이리 와보세요, 친구들, 이리 와보세요! 손이 얼음장 같아." 다르타냥이 외쳤다. "몸 상태가 안 좋아. 오, 맙소사! 의식을 잃었어!"
포르토스가 목청껏 사람을 불렀다. 아라미스는 물을 한 컵 가져오려고 탁자로 달려갔다. 그러나 탁자 앞에 서 있는 아토스의 무섭게 변한 얼굴을 보고 멈춰 서버렸다. 아토스는 머리카락이 곤두선 채 얼빠진 듯한 눈으로 술잔 하나를 바라보고 있었다. 끔찍한 생각에 휩싸인 모습이었다.
"오!" 아토스가 말했다. "오! 설마, 있을 수 없는 일이야! 이런 죄는 하느님도 용서하실 리 없어."
"물, 물." 다르타냥이 외쳤다. "빨리 물을!"
"오 가엾은 여자, 가엾은 여자!" 아토스가 낙심한 목소리로 중얼거렸다.

다르타냥의 입맞춤에 보나시외 부인이 눈을 떴다.

"깨어났다!" 젊은이가 외쳤다. "오! 하느님! 하느님! 감사합니다!"

"부인." 아토스가 말했다. "부인, 제발! 이 빈 술잔은 누구의 술잔입니까?"

"제 술잔이에요." 보나시외 부인이 죽어가는 목소리로 대답했다.

"그런데 누가 이 술잔에 포도주를 따랐습니까?"

"그 여자가요."

"그 여자라니 누구죠?"

"아! 이제 생각납니다." 보나시외 부인이 말했다. "윈터 백작 부인……."

네 사람이 한꺼번에 비명을 질렀다. 아토스의 비명이 가장 컸다.

그 순간 보나시외 부인은 고통을 견디다 못해 헐떡거리며 포르토스와 아라미스의 품으로 쓰러졌다. 얼굴에 핏기가 없어졌다.

다르타냥은 이루 말할 수 없이 고통스러운 표정을 지으면서 아토스의 손을 잡았다.

"이럴 수가!" 그가 말했다. "자네 생각으로는……."

그의 목소리가 흐느낌 속에 묻혀버렸다.

"나는 모든 걸 생각하고 있네." 아토스가 입술에 피가 나도록 깨물면서 말했다.

"다르타냥, 다르타냥!" 보나시외 부인이 외쳤다. "어디 계세요? 제 옆을 떠나지 마세요. 전 곧 죽을 거예요."

다르타냥은 떨리는 손으로 여태껏 쥐고 있던 아토스의 손을 놓고 그녀에게로 달려갔다.

그토록 아름다웠던 여인은 이제 얼굴이 완전히 변해 버렸다. 눈도 이미 빛을 잃어 흐려졌다. 몸에는 경련이 일고 이마에는 식은땀이 흘러내렸다.

"제발! 뛰어가서 누구라도 좀 불러줘. 포르토스, 아라미스, 도움을 청해 주세요. 누구한테라도 가서 사람 좀 살려달라고 해요!"

"소용없네." 아토스가 말했다. "부질없는 일이야. 그 여자가 탄 독은 해독제가 없어."

"그래요, 아, 도움을, 도움을!" 보나시외 부인이 중얼거렸다. "도움을!"

그러고는 마지막 힘을 다 짜내어 다르타냥의 머리를 두 손으로 그러안더니 한순간 그를 바라보았다. 마치 그녀의 온 넋이 이 눈길에 담긴 듯했다. 그러다가 흐느끼는 외침과 동시에 자신의 입술을 그의 입술에 갖다 댔다.

"콩스탕스! 콩스탕스!" 다르타냥이 외쳤다.

보나시외 부인의 입에서 한숨이 새어나와 다르타냥의 입을 스쳐갔다. 이 한숨은 하늘로 올라가는, 그토록 순결하고 상냥한 영혼이었다.

이제 다르타냥이 품에 안고 있는 것은 싸늘한 시체일 뿐이었다. 다르타냥은 절규했다. 죽은 보나시외 부인만큼 파리한 얼굴과 차디찬 몸으로 그녀의 옆에 쓰러졌다.

포르토스는 울었다. 아라미스는 하늘을 향해 주먹을 쳐들었다. 아토스는 성호를 그었다.

그때 한 사나이가 문에 나타났다. 그는 방에 있는 사람들과 마찬가지로 얼굴이 창백했다. 그가 주위를 둘러보았다. 죽어 있는 보나시외 부인과 까무러쳐 있는 다르타냥이 눈에 띄었다. 그는 바로 참극이 벌어진 뒤의 허망한 순간에 나타난 것이었다.

"역시 내가 생각했던 대로야." 그가 말했다. "저기 다르타냥 씨가 있군요. 당신들은 그의 친구인 아토스, 포르토스, 그리고 아라미스 씨겠죠?"

그들은 미지의 사나이가 자신들의 이름을 말하자 놀라서 그를 쳐다보았다. 모두 그를 아는 것 같았다.

"여러분께서도 나처럼 한 여자를 찾고 계시는군요." 새롭게 나타난 사나이가 말을 이었다. "그 여자는……." 그가 끔찍한 미소를 지으면서 덧붙였다. "이곳을 틀림없이 지나갔나 보군요. 여기 이렇게 시체가 있는 걸 보니!"

세 친구는 아무 말도 하지 않았다. 얼굴도 낯익었고 목소리를 듣고 보니 더욱더 만난 적이 있는 사람이라는 생각이 들었으나, 무슨 일로 만났던 사람인지는 아무래도 생각이 나지 않았기 때문이다.

"여러분에게 두 번이나 목숨을 빚진 사람을 못 알아보시니, 이 몸이 직접 이름을 말하지 않을 수 없군요. 나는 그 여자의 아주버니인 윈터 경입니다."

세 친구는 경악하며 소리를 질렀다.

아토스가 일어서서 손을 내밀었다.

"잘 오셨습니다, 남작님." 그가 말했다. "당신은 우리의 친구입니다."

"나는 그 여자보다 다섯 시간 늦게 포츠머스를 출발했습니다. 불로뉴에 도착했을 때는 그 여자보다 세 시간이 늦었고, 생 토메르에서는 이십 분 차이로 그 여자를 놓쳤습니다. 릴리에에 서는 결국 그 여자의 행방마저 잃어버렸습니다. 그래서 만나는 사람마다 물어보면서 무턱대고 찾아다니다가, 여러분이 말을 타고 달려가는 것을 보았습니다. 다르타냥 씨를 알아보았죠. 소리쳐 불렀습니다만 여러분이 워낙 빨리 달려서인지 대답을 하지 않았습니다. 여러분 뒤를 쫓아가려 했습니다만 내 말이 너무나 지친 상태여서 좀처럼 따라갈 수가 없었지요. 그런데 여러분이 그토록 급히 서둘렀는데도 늦게 말았군요!"

"보시다시피 이 모양입니다." 아토스가 윈터 경에게 보나시외 부인의 시체와 다르타냥을 가리키면서 말했다. 포르토스와 아라미스가 다르타냥의 의식을 회복시키려 애쓰고 있었다.

"두 분 다 돌아가셨습니까?" 윈터 경이 냉정하게 물었다.

"아닙니다." 아토스가 대답했다. "다행히 다르타냥 씨는 잠시 의식을 잃었을 뿐입니다."

"아! 참으로 다행입니다!" 윈터 경이 말했다.

바로 그때 다르타냥이 눈을 떴다.

그는 포르토스와 아라미스의 팔을 뿌리치고 미친 사람처럼 연인의 시체 위에 몸을 던졌다.

아토스가 일어났다. 느리고 엄숙한 걸음으로 친구에게 다가가더니 친구를 다정스럽게 안아주었다. 친구가 오열하기 시작하자, 그토록 고매하고 호소력 있는 목소리로 그에게 말했다.

"친구, 사나이답게 울음을 거두게. 여자는 죽은 사람을 애도하고, 사나이는 죽은 사람의 복수를 한다네!"

"오! 그래요." 다르타냥이 말했다. "그래요! 이 여자의 복수를 하기 위해서라면 언제든지 당신을 따르겠어요!"

아토스는 자신의 불행한 친구가 복수에 대한 희망으로 기운을 되찾는 순간을 틈타서 포르토스와 아라미스에게 원장을 불러오라고 신호했다.

두 친구가 복도에서 원장을 만났다. 너무나 많은 사건이 한꺼번에 일어나는 바람에 원장은 넋을 잃고 어리둥절해 있었다. 원장이 수녀를 몇 명 불렀다. 그러자 당시 수녀원의 관습에는 좀 어긋났지만, 수녀들이 다섯 사나이들 앞에 나타났다.

"원장님······." 아토스가 다르타냥의 팔을 끼며 말했다. "이 불행한 여자의 시체를 원장님에게 맡깁니다. 이 여인은 하늘에 올라가 천사가 되기 전에 이미 이 세상에서 천사였습니다. 이분을 당신네 수녀로 받아주십시오. 우리도 나중에 이분의 무덤에 찾아와 기도를 드리겠습니다."

다르타냥이 아토스의 가슴에 얼굴을 파묻고 흐느끼기 시작했다.

"울어라." 아토스가 말했다. "울어, 사랑과 젊음과 생명으로 가득 찬 마음이여! 아! 나도 너처럼 울 수 있다면 얼마나 좋을까!"

그가 아버지처럼 자애롭게, 신부처럼 따뜻하게, 숱한 고통을 겪은 사람처럼 고매하게 친구를 이끌었다.

수종을 거느린 다섯 명의 사나이는 말고삐를 잡고 베튄 시를 향했다. 변두리 동네가 보이자 제일 먼저 눈에 띈 주막 앞에 멈춰 섰다.

"그런데." 다르타냥이 말했다. "그 여자를 쫓아가지 않을 건가요?"

"나중에." 아토스가 말했다. "내게 생각이 있어."

"그 여자는 달아나 버릴걸요." 다르타냥이 말을 이었다. "아토스, 그 여자가 달아나면 당신 책임이에요."

"그래, 내가 책임지겠어." 아토스가 말했다.

다르타냥은 언제나 이 친구의 말을 신뢰해 왔으므로 이번에도 고개를 숙이고 말없이 주막으로 들어갔다.

포르토스와 아라미스는 아토스의 자신감이 쉽게 이해되지 않았는지 서로 얼굴을 마주 보았다.

윈터 경은 아토스가 다르타냥의 슬픔을 가라앉히려고 짐짓 자신감을 내보이면서 말한 줄로만 생각했다.

"자, 여러분, 이제 다들 각자 방으로 가게나." 아토스가 말했다. 여관에 빈 방이 다섯 개 있다는 것을 확인한 후였다. "모두들 혼자 있을 필요가 있네. 다르타냥은 울어야 할 테고 자네들은 잠을 자야 하니까 말일세. 모든 것은 내가 책임질 테니 여러분은 걱정 마시게."

"그렇지만." 윈터 경이 말했다. "백작 부인에게 어떤 조치를 취하려는 거라면, 나와 관계가 있습니다. 그 여자는 내 제수이니까요."

"나로 말하자면." 아토스가 말했다. "그 여자는 내 아내입니다."

다르타냥이 몸을 떨었다. 복수를 결심하지 않고서는 이런 비밀을 밝힐 리 없다고 생각했기 때문이다. 포르토스와 아라미스는 파랗게 질려 서로 얼굴을 마주 보았다. 윈터 경은 아토스가 미쳤다고 생각했다.

"자, 다들 방으로 가게나." 아토스가 말했다. "내게 맡겨. 자네들도 이제 알았겠지만, 나는 그 여자의 남편이니, 내 문제가 아니겠나? 다르타냥, 그 사나이의 모자에서 떨어진 종이 쪽지, 도시 이름이 적힌 종이 쪽지 말일세, 아직 가지고 있다면, 이리 주게."

"아!" 다르타냥이 말했다. "이제 이해되는군요. 그 여자가 손으로 적은 지명······."

"분명히 알겠지, 다르타냥." 아토스가 말했다. "하늘에는 하느님이 계시네!"

붉은 망토의 사나이

아토스의 절망은 이제 어떤 진한 고통으로 바뀌면서 이 사나이의 빛나는 정신력을 더욱 명석하게 해주었다.

그는 한 가지 생각에만 몰두했다. 자신이 한 약속과 자신이 맡은 책임만을 생각했다. 그러다가 맨 마지막으로 방에 들어간 다음 여관 주인에게 그 지방의 지도를 갖다 달라고 부탁했다. 몸을 굽혀 지도를 면밀하게 살펴보았다. 베퇸에서 아르망티에르로 가는 길이 네 갈래라는 사실을 파악한 뒤 수종들을 불렀다.

플랑셰, 그리모, 무스크통, 그리고 바쟁이 아토스의 방으로 들어와 그에게 명료하고 빈틈없는 중대한 명령을 받았다.

그들은 이튿날 아침 새벽에 출발하여 각각 다른 길로 아르망티에르에 가기로 되어 있었다. 네 수종들 중에서 가장 머리가 좋은 플랑셰는 로슈포르의 하인이 따라붙은 마차, 바로 네 총사들이 총을 쏘아 멈추게 하려고 했던 그 마차가 달려간 길을 따라가도록 명령받았다.

아토스는 수종들이 먼저 활동을 개시하도록 했다. 총사들의 시중을 들기 시작한 이래, 그들에게 저마다 다른 장점이 있다는 것을 알고 있었기 때문이다.

게다가 수종들이라면 길 가는 사람에게 무언가를 물어보아도 주인들보다 의심을 덜 살뿐더러 상대방으로부터 호감을 사기도 쉽다.

마지막으로 밀레디가 주인들의 얼굴은 알고 있지만 수종들의 얼굴은 알지 못했다. 반면에 수종들은 밀레디의 얼굴을 잘 알고 있었다.

네 명의 수종은 이튿날 11시에 지정된 장소에 집합하기로 되어 있었다. 밀레디의 은신처를 발견하면 세 명은 남아서 감시하고, 나머지 사람이 베퇸으로 돌아와 아토스에게 알린 다음 네 친구들을 그곳으로 안내하기로 약속했다.

이러한 조치가 정해지자 수종들은 모두 물러갔다.

그러자 아토스는 의자에서 일어나 칼을 차고 망토로 몸을 감싼 다음 여관 밖으로 나갔다. 10시쯤이었다. 시골에서는 밤 10시쯤 되면 길을 다니는 사람이 거의 없었다. 그렇지만 아토스는 분명히 자신의 질문에 대답할 만한 사람을 찾고 있었다. 이윽고 행인 한 사람과 마주치자 그에게 다가가 몇 마디를 했다. 그의 말을 들은 행인이 공포에 질려 뒷걸음질쳤다. 그러면서도 총사가 묻는 질문에는 손가락으로 가리켜 대답했다. 아토스는 그에게 반 피스톨을 주면서 같이 가자고 했으나 그는 거절했다.

아토스는 행인이 손가락으로 가리킨 길로 들어섰다. 그러나 네거리에 이르러 또다시 걸음을 멈추었다. 당황한 모습이 역력했으나 네거리라면 다른 곳보다 행인과 마주칠 기회가 더 많을 것이라는 생각에 거기에서 기다렸다. 실제로 잠시 후에 야경꾼한 사람이 지나갔다. 아토스는 그에게도 똑같은 질문을 했다. 야경꾼도 처음 마주쳤던 사나이와 마찬가지로 몹시 두려워하는 기색이었다. 그 역시 아토스와 같이 가기를 거절하고는 대신 손으로 길을 가리킬 따름이었다.

아토스는 야경꾼이 가리킨 방향으로 걸어가다 도시의 변두리에 이르렀다. 그가 친구들과 함께 이 도시로 들어왔던 길과는 정반대되는 곳이었다. 거기까지 다다르자 그는 또다시 불안하고 당황한 모습을 내보였다. 이제 세 번째로 걸음을 멈추었다.

때마침 거지 하나가 지나가다가 아토스에게 다가와 동냥을 구했다. 아토스는 자신과 함께 간다면 은전 한 닢을 주겠다고 말했다. 거지가 잠시 망설이더니 어둠 속에서 반짝이는 은전을 유심히 바라보았다. 이내 마음을 정하고는 아토스의 앞장을 서서 걸어갔다.

길모퉁이에 이르자 거지가 멀리 보이는 음산한 외딴집 한 채를 가리켰다. 아토스가 그 자그마한 집으로 가까이 다가갔다. 거지는 이미 약속한 돈을 받고 황급히 달아나고 있었다.

아토스가 집을 한 바퀴 돌았다. 붉은색으로 칠을 한 집이었다. 한가운데에 출입문이 나 있었다. 겉창 틈으로 불빛 하나 새어나오지 않고 인기척도 전혀 없었다. 사람이 살고 있다고 생각할 수가 없을 정도였다. 고요했고 음침한 것이 마치 무덤 같았다.

아토스가 세 번이나 문을 두드렸으나 아무 대답도 없었다. 그렇지만 세 번째로 두드렸을 때 안에서 발소리가 났다. 현관문 쪽으로 다가오는 소리가 들리더니 마침내 문이 살짝 열렸다. 키가 큰 사나이 한 사람이 나타났다. 검은 머리카락과 검은 수염에 창백한 얼굴이었다.

그는 아토스와 나지막한 목소리로 몇 마디 말을 주고받더니 들어와도 좋다는 손짓을 했다. 아토스가 곧바로 들어가자 문이 다시 닫혔다.

아토스가 이렇게 멀리까지 와서 간신히 찾아낸 이 사나이는 아토스를 실험실로 안내했다. 거기서 그는 철사로 해골을 조립하는 중이었다. 몸뚱이는 다 연결되어 있었으나 두개골은 아직 탁자 위에 놓여 있었다.

집주인이 자연 과학을 연구하는 사람이라는 것은 실내에 있는 가구로 알 수 있었다. 뱀이 잔뜩 들어 있는 병들에는 종류별로 꼬리표가 달려 있었다. 박제된 도마뱀들이 커다란 검은 나무틀 안에서 세공된 에메랄드처럼 반짝이고 있었다. 마지막으로 향기로운 들풀 다발들이 실험실 구석 천장에 매달려 있었다. 평범한 사람들에게는 알려져 있지 않은 효력이 있는 들풀임이 틀림없었다.

게다가 가족이나 하인도 없이 남자 혼자 살고 있었다.

아토스는 우리가 방금 묘사한 물건들을 냉정하고 무심한 눈으로 둘러보았다. 그러고는 그 남자의 권유로 옆에 놓인 의자에 앉았다.

그는 찾아온 이유를 설명하고 그 남자에게 자신이 요구하는 작업에 관해서도 설명했다. 그러나 총사가 용건을 말하자마자, 그 앞에 서 있던 사나이는 공포에 질린 표정으로 뒷걸음질치면서 거절했다. 그러자 아토스가 주머니에서 서명과 도장이 뚜렷이 보이고 두 줄의 글이 씌어져 있는 조그마한 문서 한 장을 꺼내어 너무 성급하게 거절하는 기색을 보인 그 사나이에게 보였다. 그가 두 줄의 글을 읽고 서명과 도장을 확인하더니 총사에게 허리를 굽혀 인사했다. 그렇다면 이제 거역할 수 없다, 언제든지 명령에 복종하겠다는 뜻이었다.

아토스는 더 이상 용건이 없었다. 일어나서 인사하고 밖으로 나와 왔던 길을 되돌아가 여관의 자기 방으로 들어갔다.

먼동이 틀 무렵 다르타냥이 아토스의 방으로 건너갔다. 어떻게 하면 좋겠느냐고 물었다.

"기다리게." 아토스가 대답했다.

잠시 후 수녀원장으로부터 통지가 왔다. 밀레디에게 희생된 보나시외 부인의 장례식이 정오에 거행될 예정이라고 알려왔다. 독살자에 관해서는 아직 아무런 소식도 없으며, 모래 위에 범인의 발자국이 찍혀 있고 뜰의 출입문은 닫혀 있었지만 열쇠가 없어진 점으로 미루어보아, 그 여자가 뜰로 달아난 것이 틀림없다는 내용도 들어 있었다.

정해진 시간이 되자 윈터 경과 네 총사들이 수녀원으로 갔다. 우렁차게 종이 울리고, 예배당의 문이 활짝 열려 있었다. 성가대석의 격자문은 닫혀 있었다. 성가대석의 중앙에는 생전에 입던 수련 수녀복을 입힌 희생자의 시신이 놓여 있었다. 성가대석의 양쪽과 수녀원 건물 쪽으로 나 있는 격자문 뒤에는 카르멜회 수녀들이 모두 나와 있었다. 수녀들은 속인들을 보지도 않았고, 속인들의 눈에 보이지도 않았다. 그 자리에서 성스러운 의식을 참관하며 사제들의 성가에 목소리를 보탰다.

예배당 문 앞에서 다르타냥은 또다시 기운이 쑥 빠졌다. 아토스를 찾으려고 돌아보았으나 아토스는 사라지고 없었다.

　아토스는 어디까지나 복수의 사명을 완수하고야 말겠다는 생각에서 안내를 요청해 뜰로 나가 있었다. 지나가는 곳마다 유혈의 흔적을 남긴 그 여자의 가벼운 발자국, 모래 위에 찍힌 그 발자국을 따라가자 숲으로 통하는 문이 나왔다. 아토스는 이 문을 열게 하여 숲 속으로 들어갔다.

　그러자 그의 의심이 모두 확실해졌다. 마차가 사라진 길이 숲 주위에 흔적을 남기고 있었다. 아토스는 땅바닥을 살펴보면서 한참 동안 길을 따라갔다. 희미한 핏자국이 길 위에 군데군데 남아 있었다. 분명히 어떤 상처에서 흘러나온 피였다. 안내를 하며 마차를 수행하던 사나이가 상처를 입었거나, 말 한 마리가 총에 맞았을 것으로 추정되었다. 3킬로미터 남짓 더 걸어 페스튀베르에서 40미터쯤 떨어진 곳에 이르자 더 넓은 핏자국이 나타났다. 흙이 말발굽으로 짓뭉개져 있었다. 이곳과 숲 사이에, 짓뭉개진 땅바닥에서 약간 뒤쪽으로, 뜰에 찍혀 있었던 것과 똑같은 조그만 발자국이 발견되었다. 마차가 멈춘 곳이었다. 바로 이곳에서 밀레디가 숲에서 나와 마차를 탔던 것이다.

　아토스는 자신의 의심을 확실하게 뒷받침하는 이 흔적을 발견하고 만족해하면서 여관으로 돌아갔다. 플랑셰가 그를 초조하게 기다리고 있었다.

　모두 아토스가 예측한 대로였다.

　마차가 달린 길을 따라갔던 플랑셰도 아토스와 마찬가지로 핏자국을 발견하였고, 말이 멈춘 장소도 보았다. 그는 아토스보다 더 멀리까지 가서 페스튀베르의 마을로 들어갔다. 어느 주막에서 술을 마시면서, 물어본 것도 아닌데 어제저녁 8시 반쯤 역마차로 여행하는 부인을 수행하던 한 사나이가 부상 때문에 더 이상 여행을 계속할 수 없어서 거기서 쉬고 있다는 사실을 알아냈다. 사고는 숲 속에서 마차를 정지시킨 도둑들의 탓으로 돌려졌다. 사나이는 마을에 남았고 여자는 역마를 바꿔 여행을 계속했다는 것이다.

플랑셰는 마차를 몰았던 마부를 찾아나섰다가 마침내 그를 발견했다. 마부는 부인을 프로멜까지 실어다 주었는데, 그 여자는 다시 아르망티에르로 떠났다고 했다. 플랑셰는 지름길로 해서 아침 7시에 아르망티에르에 도착했다.

거기에는 역참의 여관 하나밖에 없었다. 플랑셰는 실직한 하인 행세를 하고 일자리를 찾고 있다는 핑계로 그 여관에 나타났다. 여관 사람들과 십 분도 채 이야기를 나누지 않고서 홀로 여행하던 여자가 밤 11시에 도착하여 방을 하나 잡고는 주인을 불러 한동안 이 근처에서 살고 싶다고 말했다는 이야기를 들었다.

플랑셰는 더 이상 알아낼 필요가 없어 곧장 약속 장소로 달려갔다. 다른 세 수종도 어김없이 도착해 있었다. 플랑셰는 여관의 모든 출입구를 그들이 지키도록 하고는 아토스를 만나러 돌아왔던 것이다. 아토스가 플랑셰의 보고를 다 듣고 났을 때 세 친구가 돌아왔다.

모두 얼굴이 어두웠고 일그러져 있었다. 심지어 아라미스의 상냥한 얼굴도 마찬가지였다.

"어떻게 해야 하죠?" 다르타냥이 물었다.

"기다려야 하네." 아토스가 대답했다.

다들 자기 방으로 들어갔다.

저녁 8시가 되었다. 아토스가 말에 안장을 얹으라고 명령하더니 윈터 경과 친구들에게 출발 준비를 하도록 일렀다.

단숨에 다섯 사람 모두 준비를 갖추고 저마다 무기를 점검했다. 아토스가 제일 먼저 내려갔다. 다르타냥은 이미 말에 올라 초조하게 기다리고 있었다.

"조금만 더 기다리게." 아토스가 말했다. "아직 한 사람이 모자라."

네 명의 기사가 놀란 얼굴로 주위를 둘러보았다. 아무리 생각해도 모자라다는 한 사람이 누구인지 알 수 없었다.

그때 플랑셰가 아토스의 말을 끌고 왔다. 총사가 사뿐히 안장 위에 올라앉았다.

"나를 기다리게. 곧 돌아올 테니까." 그는 이렇게 말하면서 전속력으로 말을 달리기 시작했다.

십오 분 후에 아토스가 돌아왔다. 복면을 쓰고 커다란 붉은 망토를 걸친 한 사나이가 그를 따라왔다.

윈터 경과 세 총사가 서로 눈짓으로 물었지만 대답할 수 있는 사람은 아무도 없었다. 이 사나이가 누구인지 아무도 알 수 없었다. 그렇지만 아토스의 명령으로 일이 진행되고 있었으므로, 모두 붉은 망토 사나이의 동행을 당연한 일로 받아들였다.

9시에 플랑셰의 안내로 기마 행렬이 마차가 따라갔던 길을 따라 출발했다.

절망처럼 침울하고 징벌처럼 음산한 사나이 여섯이 저마다 생각에 잠겨 묵묵히 달리는 모습은 참으로 서글픈 광경이었다.

심판

뇌우라도 쏟아질 듯 어두컴컴한 밤이었다. 하늘에 구름이 짙게 끼었다. 한 무리의 구름이 별빛을 가리면서 흘러갔다. 자정이나 돼서야 달이 떠올랐다.

때때로 지평선에서 번개가 번쩍였다. 그럴 때에만 황량한 외줄기 길이 언뜻언뜻 모습을 드러내곤 했다. 번개가 잠잠해지면 온 천지가 다시 어둠 속으로 잠겼다.

다르타냥은 자꾸만 대열의 선두로 나서곤 했다. 그때마다 아토스가 다르타냥에게 대열을 유지하라고 권했다. 그러나 다르타냥은 잠시 후에 다시 대열을 벗어나 앞으로 나서곤 했다. 그는 전진해야 한다는 한 가지 생각밖에 없었다. 그래서 앞으로 나가곤 했다.

일행은 부상당한 하인이 머물러 있는 페스튀베르 마을을 조용히 가로질렀다. 그러고는 리슈부르 숲을 따라갔다. 에를리에에 이르자, 계속 대열을 이끌던 플랑셰가 왼쪽으로 접어들었다.

윈터 경이나 포르토스 또는 아라미스가 여러 차례 붉은 망토의 사나이에게 말을 걸어보려고 했다. 그러나 붉은 망토의 사나이는 질문을 받을 때마다 고개만 숙일 뿐이었다. 결코 대답을 하지 않았다. 다른 일행들은 미지의 사나이가 침묵을 지키는 데에는 무슨 곡절이 있으리라 짐작했다. 더 이상 그에게 말을 걸지 않았다.

게다가 뇌우의 기운이 더욱 거세졌다. 번개도 한결 잦아졌다. 천둥이 요란스럽게 울리기 시작했다. 태풍의 전조인 듯한 세찬 바람이 들판에서 획획 소리를 냈다. 기사들의 깃털 장식이 나부꼈다.

기마 행렬의 속도가 빨라졌다.

프로멜을 조금 지나자 드디어 뇌우가 휘몰아쳤다. 그들이 망토를 펼쳤다. 아직도 150킬로미터쯤은 더 가야 했다. 그들은 억수 같은 비를 맞으며 행진을 계속했다.

다르타냥이 모자를 벗었다. 망토도 걸치지 않았다. 불타는 듯이 뜨거운 이마와 신열로 떨리는 몸에 빗물이 흘러내렸다. 이렇게 비를 맞자 오히려 기분이 한결 나아졌다.

소규모 부대가 고스칼을 지나 역참에 도착할 무렵에, 한 사나이가 나무 아래에 바싹 붙어 비를 피하고 있다가 불쑥 나타났다. 입술에 손가락을 대면서 길 한복판까지 나아갔다.

아토스가 그를 알아보았다. 그리모였다.

"무슨 일이냐?" 다르타냥이 소리를 질렀다. "그 여자가 아르망티에르를 떠났느냐?"

그리모가 그렇다는 뜻으로 고개를 끄덕거렸다. 다르타냥이 이를 부드득 갈았다.

"잠자코 있거라, 다르타냥!" 아토스가 말했다. "내가 모든 것을 책임지고 있으니까, 그리모에게 질문하는 것도 내가 할 일이야."

"그 여자는 어디 있느냐?" 아토스가 물었다.

그리모가 손가락으로 리스 강 쪽을 가리켰다.

"여기서 머냐?" 아토스가 물었다.

그리모가 주인에게 집게손가락을 구부려 보였다.

"혼자더냐?" 아토스가 물었다.

그리모가 그렇다고 고개를 끄덕였다.

"여러분, 그 여자는 여기서 강 쪽으로 24킬로미터쯤 되는 곳에 혼자 있어요." 아토스가 말했다.

"좋아." 다르타냥이 말했다. "안내해라, 그리모."

그리모가 지름길로 접어들었다. 일행을 이끌었다.

400미터쯤 가자 냇물이 흐르고 있었다. 여울목으로 건넜다.

번개가 쳤다. 에르키넴 마을이 보였다.

"저기냐?" 다르타냥이 물었다.

그리모가 그렇지 않다고 머리를 가로저었다.

"잠자코 있으라니까!" 아토스가 말했다.

일행은 계속 전진했다.

또다시 번개가 번쩍했다. 그리모가 팔을 뻗었다. 푸르스름한 미광에 조그만 외딴집 한 채가 보였다. 나루터에서 800미터쯤 떨어진 강가였다. 창문 하나가 훤히 밝혀져 있었다.

"다 왔다." 아토스가 말했다.

그때 웅덩이 속에 누워 있던 한 사나이가 일어섰다. 무스크통이었다. 그가 손가락으로 환한 창문을 가리키면서 말했다.
"그 여자는 저기 있습니다."
"바쟁은 어디 있느냐?" 아토스가 물었다.
"제가 창문을 지켜보고 있는 동안, 그는 문을 지켜보고 있습니다."
"좋아." 아토스가 말했다. "너희들은 모두 충실한 부하들임을 인정한다."
아토스가 말에서 뛰어내렸다. 그리모에게 고삐를 넘겨주었다. 모두에게 문 쪽으로 돌아가라고 신호했다. 그러고 나서 혼자 창 쪽으로 걸어갔다.
이 조그만 집은 1미터가 채 안 되는 생울타리로 둘러싸여 있었다. 아토스가 울타리를 뛰어넘었다. 창 아래까지 갔다. 겉창은 없었다. 그러나 짧은 커튼으로 빈틈없이 가려져 있었다.
그가 커튼 위로 들여다보려고 바위 가장자리로 올라섰다.
어스레한 등불에 한 여자가 보였다. 어두운 색깔의 짧은 망토로 몸을 감싸고 있었다. 꺼져가는 난롯불 옆에서 보잘것없는 탁자에 팔꿈치를 대고, 상아처럼 하얀 두 손으로 머리를 받친 자세로 나무 의자에 앉아 있었다.
얼굴은 똑똑히 보이지 않았다. 그러나 아토스의 입술에 음산한 미소가 떠올랐다. 착각할 리가 없었다. 바로 그가 찾고 있는 여자였다.
그때 말 한 마리가 울었다. 밀레디가 고개를 들었다. 유리창에 꼭 붙은 아토스의 창백한 얼굴을 보고 비명을 질렀다.
아토스는 들킨 것을 깨닫고 무릎과 손으로 창문을 밀었다. 창문이 부서지면서 유리가 깨졌다.

그러자 아토스는 복수의 귀신처럼 방 안으로 뛰어들어갔다.
밀레디가 문으로 달려갔다. 문을 열었다. 거기서는 아토스보다 더 창백하고 더 무서운 얼굴을 하고 있는 다르타냥이 가로막고 있었다.
밀레디가 비명을 지르면서 뒷걸음질쳤다. 다르타냥은 그녀가 도주할 준비가 되어 있을 것을 걱정하여 허리띠에서 권총을 뽑아들었다. 그러나 아토스가 손을 들었다.
"무기를 도로 집어넣어, 다르타냥." 그가 말했다. "중요한 건 저 여자를 심판하는 것이지, 죽이는 것이 아니야. 조금만 더 기다리게 다르타냥. 자네도 만족하게 될 테니까. 자, 다들 들어오시게."
다르타냥이 그의 말에 따랐다. 아토스는 마치 하느님이 내려보낸 재판관 같은 엄숙한 목소리와 위압적인 몸짓을 보였기 때문이다. 다르타냥 뒤로 포르토스, 아라미스, 윈터 경, 그리고 붉은 망토의 사나이가 들어왔다.
네 명의 수종은 출입문과 창문을 지키고 있었다.
밀레디는 의자 위에 쓰러졌다. 마치 무서운 악귀를 쫓아내기라도 하려는 듯이 두 손을 휘저었다. 아주버니인 윈터 경이 나타나자 무시무시한 고함을 질렀다.
"당신들, 무엇을 원하죠?" 밀레디가 외쳤다.
"우리는 처음에는 라 페르 백작 부인으로 불리었고, 후에는 셰필드 남작 부인, 곧 윈터 경의 부인이 된 샤를로트 바크송이라는 여자를 찾아왔소." 아토스가 말했다.
"바로 나요, 나예요!" 그녀가 격심한 공포에 사로잡혀 중얼거렸다. "내게 바라는 게 뭐죠?"

"우리는 당신이 범한 죄에 따라 당신을 심판하려는 것이오."
아토스가 말했다. "스스로 변호할 수 있는 것은 변호해도 좋소. 맨 먼저 다르타냥 씨부터 죄를 밝혀주기 바랍니다."

다르타냥이 앞으로 나왔다.

"하느님과 사람들 앞에서, 어제 저녁 콩스탕스 보나시외를 독살한 죄로 이 여자를 고발합니다." 그가 말했다.

그가 포르토스와 아라미스 쪽을 돌아보았다.

"우리가 증인입니다." 두 총사가 입을 모아 말했다.

다르타냥이 계속했다.

"하느님과 사람들 앞에, 빌루아에서 가짜 편지와 함께 마치 친구들로부터 발송된 것인 양 보낸 포도주로 나를 독살하려고 한 죄로 이 여자를 고발합니다. 다행히 나는 무사했지만, 브리즈몽이라는 자가 내 대신 죽었습니다."

"우리가 증인입니다." 포르토스와 아라미스가 동시에 말했다.

"하느님과 사람들 앞에, 나를 부추겨 바르드 백작을 살해하려 한 죄로 이 여자를 고발합니다. 이 사건에 관해서는 진실 여부를 증언할 자가 없으므로 나 자신이 증인이고자 합니다. 이상입니다."

다르타냥, 포르토스, 아라미스가 한쪽으로 물러났다.

"다음은 남작님!" 아토스가 말했다.

이번에는 윈터 경이 걸어 나왔다.

"하느님과 사람들 앞에, 버킹엄 공작을 암살한 죄로 이 여자를 고발합니다." 그가 말했다.

"버킹엄 공작이 암살당해?" 모든 출석자들이 일제히 외쳤다.

"그렇습니다." 윈터 경이 말했다. "암살당했습니다! 여러분으로부터 주의하라는 편지를 받고 이 여자를 체포하여 충실한 부하에게 감시하도록 명령했습니다. 그런데 이 여자는 그를 유혹하고 그에게 칼을 주어 공작을 죽이게 했습니다. 아마 지금쯤 펠튼이라는 자는 자신이 저지른 그 흉포한 죗값으로 목이 날아갔을 것입니다."

그때까지 알려지지 않았던 범죄마저 드러나자 재판관들은 전율했다.

"이 암살 사건뿐이 아니오." 윈터 경이 밀레디를 보고 말을 이었다. "당신을 상속인으로 삼은 내 동생은 온몸이 납빛으로 변하는 해괴한 병으로 세 시간 만에 죽어버렸소. 제수씨, 도대체 당신 남편은 어떻게 죽었소?"

"아! 추악하도다!" 포르토스와 아라미스가 외쳤다.

"당신을 버킹엄의 암살자, 펠튼과 내 동생의 살해자로서 심판할 것을 요청합니다. 그리고 아무도 나의 요구를 들어주지 않는다면 내가 직접 심판할 것을 맹세합니다."

윈터 경이 다르타냥 옆에 가서 섰다. 다른 고발자를 위해 자리를 내준 것이다.

밀레디는 두 손으로 이마를 떠받쳤다. 지독한 현기증으로 어지러워진 머릿속을 진정시키려고 했다.

"제 차례입니다." 아토스가 마치 뱀을 본 사자처럼 부들부들 떨면서 말했다. "나는 가족의 반대를 무릅쓰고 처녀였던 이 여자와 결혼했습니다. 나는 이 여자에게 재산도 주었고 내 성씨도 주었습니다. 그런데 어느 날 나는 이 여자가 낙인의 형을 받았다는 사실을 알았습니다. 이 여자는 왼쪽 어깨에 백합꽃 낙인이 찍혀 있었습니다.

"오!" 밀레디가 일어서면서 말했다. "나에게 그 야비한 판결을 내린 재판정을 찾아낼 수 있다면 어디 말해 보세요. 그런 판결을 집행한 형리를 어디 한번 찾아내 보세요."

"조용히 하세요." 누군가가 말했다. "이에 대한 대답은 나의 몫입니다!"

이번에는 붉은 망토의 사나이가 걸어 나왔다.

"당신은 누구요, 누구냐니까?" 밀레디가 외쳤다. 공포로 숨이 막혔다. 머리카락이 풀어져서 창백한 얼굴 위에 흩어졌다.

모든 눈이 이 사나이를 향했다. 아토스를 제외하고는 아무도 그가 누구인지 알지 못했다.

아토스도 역시 다른 사람들만큼 경악하는 표정으로 그를 바라보았다. 서서히 해결되고 있는 끔찍한 이 참극에 이 사나이가 어떻게 관련되어 있는지 모르기는 아토스도 마찬가지였다.

미지의 사나이가 느리고 장중한 걸음걸이로 밀레디에게 다가갔다. 탁자 하나밖에 안 되는 거리에 이르자, 얼굴의 복면을 벗었다.

검은 머리카락과 구레나룻으로 둘러싸인 창백한 얼굴에는 얼음처럼 차가운 표정만이 감돌고 있었다. 밀레디는 더욱더 깊어가는 공포에 사로잡혀 그의 얼굴을 한동안 바라보았다. 그러더니 갑자기 소리쳤다.

"오! 아니야, 아니야." 그녀가 벌떡 일어나 벽까지 뒷걸음질치면서 말했다. "아니야, 아니야, 지옥에서 온 망령이야! 그 사람이 아니야! 사람 살려, 사람 살려!" 그녀는 마치 맨손으로 벽을 뚫기라도 하려는 듯이 벽 쪽으로 돌아서면서 쉰 목소리로 외쳤다.

"도대체 당신은 누구요?" 이 장면을 바라보던 모두가 외쳤다.

"이 여자에게 물어보십시오." 붉은 망토의 사나이가 말했다. "보시다시피 이 여자는 저를 알아보았으니까요."

"릴의 형리, 릴의 형리!" 밀레디가 외쳤다. 그녀는 엄청난 공포에 휩싸였다. 넘어지지 않으려고 벽에 붙어 몸을 기대고 섰다.

모두 옆으로 비켜섰다. 붉은 망토의 사나이만이 홀로 한복판에 서 있었다.

"오! 자비를! 자비를! 용서를!" 파렴치한 계집이 무릎을 꿇으면서 외쳤다.

미지의 사나이는 주위가 조용해지기를 기다렸다.

"제가 아까 말씀드린 대로, 이 여자는 저를 알아보았습니다!" 그가 말을 이었다. "그렇습니다, 저는 릴 시의 형리입니다. 제 사연을 이야기하겠습니다."

모두들 이 사나이를 응시하면서 불안과 갈망이 뒤섞인 표정으로 그의 이야기를 기다렸다.

"이 젊은 여자는 옛날 처녀 때에도 오늘만큼이나 아름다웠습니다. 이 여자는 탕플마르의 베네딕트회 수녀원의 수녀였습니다. 그 수녀원의 교회에는 마음이 순박하고 신심이 두터운 한 젊은 사제가 있었습니다. 이 여자는 그 사제를 유혹하려고 시도하여 급기야 성공했습니다. 이 여자라면 아마 성자라도 능히 유혹했을 것입니다.

그들 두 사람의 서원은 신성하고 되돌릴 수 없는 것이었습니다. 그들의 관계가 오래 지속된다면 둘 다 파멸할 수밖에 없었습니다. 이 여자는 젊은 사제를 꼬드겨 둘이서 그 고장을 떠나기로 합의했습니다. 막상 그 고장을 떠나 프랑스의 다른 고장으로 가서 아무도 모르게 평온하게 살아가기 위해서는 돈이 필요했습니다. 둘 다 돈이 없었습니다. 사제가 성물(聖物)을 훔쳐 팔았습니다. 그러나 함께 달아나려던 순간에 둘 다 붙잡혔습니다.

 일주일 후에 이 여자는 감옥지기의 아들을 유혹하여 탈주했습니다. 젊은 사제는 십 년의 징역과 낙인형을 받았습니다. 조금 전에 이 여자가 말했듯이, 저는 릴 시의 형리였습니다. 저는 직책상 그 죄인에게 낙인을 찍지 않으면 안 되었습니다. 그런데 그 죄인은 바로 저의 아우였습니다.

 그래서 저는 아우를 파멸시킨 이 여자, 아우의 공범자, 아니 그 이상이었던 이 여자도 최소한 똑같은 형벌을 받게 하겠다고 맹세했습니다. 이 여자가 숨어 있는 곳을 찾아다녔습니다. 이 여자를 추적했습니다. 결국 붙잡았습니다. 그리고 아우에게 찍었던 것과 똑같은 낙인을 이 여자에게도 찍었습니다.

 제가 릴로 돌아온 이튿날, 이번에는 아우가 탈옥했습니다. 저는 공모의 죄를 뒤집어쓰고 아우가 자수할 때까지 아우 대신 징역살이를 하게 되었습니다. 아우는 저에게 이런 판결이 내려진 것도 모르고 이 여자와 함께 베리로 도망을 쳤습니다. 거기에서 사제직을 얻었습니다. 이 여자는 제 아우의 누이동생 행세를 했습니다.

 그런데 그 사제가 있는 지방의 영주가 이 여자를 보고 반했답니다. 청혼까지 하게 되었습니다. 그러자 이 여자는 자신 때문에 파멸한 남자를 버렸습니다. 장차 또 파멸당하고 말 그 남자에게로 가서 라 페르 백작 부인이 되었습니다……."

 모든 이가 아토스 쪽을 돌아보았다. 방금 그의 본명이 밝혀졌기 때문이다. 아토스는 형리의 말이 진실이라는 뜻으로 고개를 끄덕거렸다.

"그러자 내 불쌍한 아우는……." 그 형리가 이야기를 계속했다. "미칠 지경이었습니다. 절망했습니다. 이 여자 때문에 명예와 행복을, 그 모든 것을 빼앗겨버린 생활을 떨쳐버리려고 결심했습니다. 그래서 릴로 돌아왔습니다. 내가 자기 대신 구금되어 있다는 것을 알고 자수했습니다. 그러고는 바로 그날 저녁에 감방의 환기창에 목을 매달아 자살했습니다.

그리고 저에게 형을 선고한 사람들이 정당한 판결을 내려 동생의 시체 검증이 끝나자마자 저는 석방되었습니다.

제가 고발하는 이 여자의 죄는 이상과 같습니다. 제가 이 여자에게 낙인을 찍은 이유를 이제 아셨을 것입니다."

"다르타냥 씨." 아토스가 말했다. "이 여자에게 어떤 형벌을 요구합니까?"

"사형입니다." 다르타냥이 대답했다.

"윈터 경." 아토스가 계속했다. "당신은 이 여자에 대해 어떤 형벌을 요구합니까?"

"사형입니다." 윈터 경도 똑같이 대답했다.

"포르토스 씨와 아라미스 씨." 아토스가 계속했다. "이 여자의 재판관인 당신들은 이 여자에게 어떤 형을 언도하실 생각입니까?"

"사형입니다." 두 총사가 희미한 목소리로 대답했다.

밀레디는 무릎을 꿇은 채 끔찍하게 울부짖으면서 심판자들 쪽으로 몇 걸음 기어갔다.

아토스가 그 여자 쪽으로 손을 뻗었다.

"안느 드 브뢰유, 라 페르 백작 부인, 밀레디 드 윈터 !" 그가 말했다. "그대의 죄는 지상에서 사람들을 진저리치게 했고 하늘에서 하느님을 노하게 했다. 기도를 알고 있다면 기도를 드려라. 그대는 사형 선고를 받고 곧 죽을 것이기 때문이다."

모든 희망을 앗아가는 이 한마디에 밀레디는 벌떡 일어나 입을 열려고 했다. 그러나 힘이 빠져버렸다. 그녀는 강력하고 냉혹한 손길이 자신의 머리카락을 움켜쥐고 마치 인간의 운명만큼 돌이킬 수 없이 자신을 끌고 간다고 느꼈다. 그래서 저항조차 하지 않았다. 그녀가 밖으로 나갔다.

윈터 경, 다르타냥, 아토스, 포르토스, 그리고 아라미스가 그 여자의 뒤를 따라 나갔다. 수종들도 주인들을 따랐다. 초가집만이 황량하게 남았다. 창문은 부서졌고 문은 열려 있었다. 안에서는 탁자 위의 등불이 연기를 뿜으면서 쓸쓸하게 타고 있었다.

사형 집행

거의 자정에 가까운 시간이었다. 뇌우의 마지막 흔적으로 붉게 물든 그믐달이 작은 도시 아르망티에르 뒤편에서 솟아오르고 있었다. 집들의 희미한 윤곽과 종탑의 뚜렷한 골조가 희끄무레한 달빛을 받아 그 모습을 드러냈다. 도시 정면으로 리스 강의 강물이 녹은 주석처럼 흘러가고 있었다. 한편 건너편 강기슭에서 시커먼 숲이 한바탕 퍼부을 듯한 하늘을 배경으로 윤곽을 드러내고 있었다. 한밤중인데도 적갈색의 짙은 구름으로 인해 하늘에는 꼭 노을이 드리워진 듯했다. 왼쪽에 솟아 있는 낡은 풍차는 버려진 지 오래였다. 날개가 돌지 않았다. 폐허가 된 풍차 방앗간 안에서 부엉이의 날카로운 울음소리가 이따금씩 들려왔다. 음울한 행렬이 지나가는 길 양편의 들판 여기저기에서 키 작고 땅딸막한 나무들이 몇 그루씩 나타나곤 했다. 마치 이 불길한 시간에 웅크리고 숨어서 사람들을 노리는 추악한 난쟁이들 같았다.

때때로 기다란 번개가 번쩍였다. 지평선이 멀리 모습을 드러내고 검은 나무들 위로 뱀처럼 구불거렸다. 무시무시하고 시퍼런 칼날처럼 하늘과 강물을 두 쪽으로 갈라놓았다. 무겁게 가라앉은 대기에서는 바람 한 점 일지 않았다. 죽음 같은 고요가 대기를 짓누르고 있었다. 조금 전에 내린 비로 땅이 축축했고 미끄러웠다. 그리고 다시 생기를 띤 풀들이 향기를 한결 강하게 풍기고 있었다.

밀레디는 두 명의 수종에게 양팔을 붙잡힌 채 끌려가고 있었다. 그 뒤로 형리가 따라갔다. 또 그 뒤로 윈터 경, 다르타냥, 아토스, 포르토스, 그리고 아라미스가 줄지어 걸어갔다.

플랑셰와 바쟁은 맨 뒤에 오고 있었다.

두 수종이 밀레디를 강 쪽으로 이끌어갔다. 그녀의 입은 굳게 닫혀 있었다. 그러나 그녀의 눈은 좌우의 두 사람을 번갈아 바라보면서 무언가를 애원하고 있었다.

그녀는 몇 걸음쯤 더 앞장서게 되자 두 수종에게 말했다.

"나를 풀어준다면 당신들에게 1,000피스톨씩 주겠어요. 그러나 나를 주인들 손에 넘긴다면 이 근처에 매복해 있는 나의 추종자들이 내 죽음에 비싼 대가를 치르도록 할 겁니다."

그리모는 망설였다. 무스크통은 사지를 덜덜 떨었다.

아토스가 밀레디의 목소리를 듣고서 얼른 다가왔다. 윈터 경도 뛰어왔다.

"하인들을 바꾸세." 그가 말했다. "이 여자가 두 사람에게 말을 걸었으니 이제는 그들도 믿을 수 없네."

플랑셰와 바쟁을 불렀다. 이들이 그리모와 무스크통을 대신했다.

강가에 이르자 형리가 밀레디에게 바짝 다가오더니 그녀의 손발을 묶었다.

그러자 그녀가 외쳤다. 침묵이 깨졌다.

"너희들은 비겁한 놈들이야, 비열한 살인자들이야. 여자 한 명을 죽이는 데 열 사람이나 달려들다니. 조심하라고, 아무도 나를 구해 주지 않는다 해도, 원수를 갚고 말 테니까."

"넌 여자가 아니야." 아토스가 냉혹하게 말했다. "넌 인간도 아니야. 지옥에서 빠져나온 악마야. 우리가 너를 지옥으로 돌려 보낼 테다."

"흥! 고결한 남자 양반들!" 밀레디가 말했다. "조심하라고, 내 머리털 하나라도 손대는 놈은 살인자가 될 테니까."

"형리는 사람을 죽여도 살인자가 되지 않아." 붉은 망토의 사나이가 긴 칼을 두드리면서 말했다. "형리는 마지막 재판관이지. 더 이상 말할 필요도 없어. 이웃 독일에서는 '나흐리히터(재판관 뒤에 오는 사형집행인──옮긴이)'라고 한다고."

그가 이렇게 말하면서 밀레디의 몸을 묶었을 때, 밀레디는 두세 마디 사나운 고함을 질렀다. 이 고함 소리가 어둠 속을 날아올라 깊은 숲 속으로 사라지면서 음산하고 야릇하게 울려 퍼졌다.

"하지만 내게 죄가 있다면, 너희들이 고발한 범죄를 내가 범했다면." 밀레디가 아우성을 쳤다. "나를 재판소로 끌고 가란 말이야. 너희들은 판사가 아니니까 나를 재판할 수 없어."

"나는 당신에게 타이번 섬을 제안했어." 윈터 경이 말했다.

"왜 싫다고 했지?"

"죽고 싶지 않았기 때문이야!" 밀레디가 몸부림을 치면서 외쳤다. "죽기에는 아직 너무나 젊단 말이야!"

"베튄에서 당신이 독살한 여자는 당신보다 훨씬 더 젊은 여자였소, 부인. 그런데도 당신은 그녀를 죽였소." 다르타냥이 말했다.

"수녀원에 들어가겠어요, 수녀가 되겠어요." 밀레디가 말했다.

"넌 예전에도 수녀원에 있었어." 형리가 말했다. "그리고 거기에서 나왔어. 내 아우를 파멸시키려고 말이야."

밀레디가 경악하는 소리를 지르며 무릎을 꿇고 쓰러졌다.

형리가 그녀를 일으켜 세워 배가 있는 쪽으로 끌고 가려고 했다.

"오! 맙소사!" 그 여자가 외쳤다. "맙소사! 나를 물에 빠뜨려 죽이려고 하다니!"

너무나도 비통한 절규였다. 처음에는 밀레디를 추격하는 데 가장 앞장서던 다르타냥도 나무 그루터기에 앉아 고개를 숙이고 두 손으로 양쪽 귀를 막았다. 그럼에도 불구하고 그녀의 위협과 절규가 여전히 들렸다.

그들 중에서 가장 젊었던 다르타냥은 용기가 한풀 꺾였다.

"오! 이 끔찍한 광경을 볼 수가 없구나! 저 여자가 이렇게 죽는 건 찬성할 수 없어!"

밀레디가 이 말을 들었다. 다시 희미한 희망의 빛을 보았다.

"다르타냥! 다르타냥!" 그 여자가 외쳤다. "내가 당신을 사랑했다는 것을 기억하세요!"

다르타냥이 벌떡 일어서서 그녀 쪽으로 한 걸음 나갔다.

그러나 아토스가 느닷없이 칼을 빼들었다. 다르타냥의 앞을 가로막았다.

"한 걸음만 더 나오면, 다르타냥, 칼부림이 날 거야." 그가 말했다.

다르타냥은 그 자리에서 무릎을 꿇고 기도했다.

"자, 형리." 아토스가 말했다. "직무를 이행하라."

"명령대로 거행하겠습니다." 형리가 말했다. "제가 착한 가톨릭 신자라는 것이 진실이듯이 이 여자에게 제 직무를 수행하는 것이 정당함을 저는 확신합니다."

"좋아."

아토스가 밀레디 쪽으로 한 걸음 걸어 나갔다.

"나는 당신이 나에게 끼친 해악을 용서한다." 그가 말했다. "내 장래를 망쳐놓았고 내 명예를 훼손했으며 내 사랑을 더럽혔을 뿐만 아니라 나를 절망 속에 빠뜨림으로써 나의 구원을 영원히 어렵게 만든 것을 용서한다. 편히 죽어라."

이번에는 윈터 경이 앞으로 나왔다.

"나는 당신이 내 동생을 독살한 것도, 버킹엄 공작 각하를 암살한 것도 용서한다. 가련한 펠튼을 죽게 한 것도, 나 자신을 해치려고 한 것도 용서한다. 편히 죽어라."

이번에는 다르타냥이 말했다. "내가 귀족에 합당하지 않은 사기 행위로, 당신의 분노를 불러일으킨 것을 용서하시오, 부인. 그 대신 당신이 내 가엾은 애인을 살해한 것과 나에 대한 당신의 잔혹한 복수를 용서하오. 당신을 용서하고 당신을 애도하오. 편히 가시오."

"다 글렀구나!" 밀레디가 영어로 중얼거렸다. "죽을 수밖에 없구나."

그녀 스스로 몸을 일으켰다. 눈에서 불꽃이 솟아나는 듯한 시선으로 주위를 둘러보았다.

아무것도 보이지 않았다.

그녀가 귀를 기울였다. 아무것도 들리지 않았다.

주위에는 적들뿐이었다.

"어디서 죽는 거죠?" 그녀가 말했다.

"저쪽 강기슭에서." 형리가 대답했다.

형리가 그녀를 조각배에 태웠다. 그도 막 타려고 했다. 그때 아토스가 그에게 약간의 돈을 주었다.

"자." 그가 말했다. "사형 집행의 대가요. 우리가 재판관으로서 행한다는 것을 인정해 주겠지."

"저는 직무가 아니라 의무를 수행하는 것입니다. 이번에는 제가 그 점을 저 여자에게 납득시켜야겠습니다." 형리가 말했다.

그가 돈을 강물 속으로 던져버렸다.

배가 죄인과 사형 집행인을 태우고 리스 강 왼쪽 기슭을 향해 멀어져갔다. 나머지 사람들은 모두 오른쪽 기슭에 남아 무릎을 꿇었다.

배가 도선 밧줄을 따라 미끄러져가고 있었다. 그때 배 바로 위쪽 구름의 가장자리에서 희미한 반사광이 새어나왔다. 배가 건너편 강기슭에 닿았다. 불그레한 지평선 부근에서 두 사람이 검은 그림자로 드러났다.

밀레디는 배를 타고 가는 동안, 발에 묶여 있는 끈을 풀어내는 데 성공했다. 강기슭에 도착하자마자 사뿐히 땅으로 뛰어내려 줄행랑을 놓았다.

그러나 땅이 축축했다. 비탈에서 미끄러져 무릎을 꿇고 쓰러졌다. 아마 잠시 미신을 떠올리며 하늘이 자신을 등졌다고 생각했을 것이다. 밀레디는 두 손이 묶인 채 고개를 숙인 자세로 가만히 있었다.

그때 형리가 두 팔을 천천히 쳐드는 모습이 맞은편 기슭에서 보였다. 달빛이 널따란 칼날에 반사되었다. 두 팔이 아래로 내려왔다. 공기를 가르는 칼 소리와 희생자의 비명이 들려왔다. 머리를 잃은 몸이 힘없이 쓰러졌다.

그러자 사형 집행인이 몸에 걸치고 있던 붉은 망토를 벗어 땅바닥에 폈다. 거기에 몸을 눕히고 머리를 던져 넣었다. 그런 다음에 망토의 네 귀퉁이를 묶어 어깨에 짊어지고 다시 배를 탔다.

강 한복판에서 배가 멈췄다. 그가 그 짐을 강물에 던질 준비를 마쳤다.

"하느님의 심판을 받아라!" 그가 큰 소리로 외쳤다.

시체가 깊은 물속으로 빠져들었다. 강물이 시체를 삼켜버렸다.

사흘 후에 네 사람은 파리로 돌아갔다. 휴가가 거의 끝나가고 있었다. 그들은 파리에 도착한 바로 그날 저녁에 평소처럼 트레빌을 찾아갔다.

"어, 다들 돌아왔군!" 친절한 대장이 그들에게 물었다. "여행은 즐거웠나?"

"예, 대단했습니다." 아토스가 이를 악물고 대답했다.

추기경의 사자

다음 달 6일 국왕은 라 로셸로 돌아오겠다는 추기경과의 약속을 지키기 위해 파리를 떠났다. 파리는 버킹엄이 암살되었다는 소식으로 여전히 크게 술렁거리고 있었다.

왕비는 그토록 사랑했던 사람이 위험에 처해 있다는 것을 알고 있었다. 그럼에도 불구하고 그가 죽었다는 소식을 들었을 때는 곧이들으려 하지 않았다. 심지어는 헛소문이라고 외치기까지 했다.

"거짓말이다! 그는 얼마 전에도 내게 편지를 보냈다."

그러나 이튿날에는 왕비도 그 죽음의 소식을 믿지 않을 수 없었다. 찰스 1세의 명령 때문에 영국을 떠나지 못하고 발이 묶여 있었던 라 포르트가 버킹엄의 마지막 선물을 가지고 돌아왔기 때문이다.

국왕의 기쁨은 대단했다. 기쁜 기색을 감추려 하지도 않더니 심지어 왕비 앞에서까지 희색을 내보였다. 정신적으로 성숙하지 못한 사람이 그렇듯이, 루이 13세에게는 아량이 부족했다.

그러나 오래지 않아 국왕은 또다시 침울해지고 건강도 나빠졌다. 본디 밝은 표정을 오랫동안 유지하는 성격이 아니었다. 주둔지로 돌아가면 다시금 속박의 나날을 보내게 되리라고 느꼈지만 그래도 주둔지로 돌아갔다.

추기경은 국왕을 옴짝달싹 못하게 만드는 뱀과 같은 존재였다. 그리고 국왕은 이 가지에서 저 가지로 날아다니지만 추기경으로부터는 끝내 벗어나지 못하는 새였다.

그런 만큼 라 로셀로 복귀하는 여행은 극도로 침울한 분위기였다. 특히 네 총사가 동료들을 놀라게 했는데, 이들은 모두 우울한 표정으로 고개를 숙인 채 나란히 가고 있었다. 아토스만이 간혹 훤칠한 이마를 쳐들었다. 그의 눈에서는 어떤 섬광이 반짝였고 입술에는 씁쓸한 미소가 떠올랐다. 그러나 곧바로 다른 친구들과 마찬가지로 깊은 생각에 잠겨버렸다.

호위대가 어느 도시에 도착하여 국왕이 숙소로 안내되자마자 네 친구들은 숙소나 외딴 술집에 틀어박혔다. 노름을 하지도 않았고 술을 마시지도 않았다. 다만 누가 엿듣지 않는지 주위를 조심스럽게 살피면서 낮은 목소리로 이야기할 뿐이었다.

어느 날 국왕이 까치 사냥을 위해 멈추었을 때, 네 친구는 여느 때처럼 사냥에 동행하지 않았다. 대신 길가 술집에서 쉬고 있었다. 그때 라 로셀 쪽에서 전속력으로 말을 달려오던 한 사나이가 한잔 하기 위해 술집 앞에 멈추더니 네 총사가 앉아 있는 식당 쪽으로 눈길을 던졌다.

"어이! 다르타냥 씨!" 그가 말했다. "거기 다르타냥 씨 아니오?"

다르타냥이 고개를 들더니 환성을 질렀다. 그가 유령이라고 부르는 그 사나이였다. 묑에서, 포스와외르 가에서, 그리고 아라스에서 스쳐지나간 미지의 사나이였다.

다르타냥이 칼을 빼서 단숨에 문 쪽으로 뛰어갔다.

그러나 이번에는 미지의 사나이도 달아나지 않고 말에서 뛰어내리더니 다르타냥 쪽으로 걸어왔다.

"아!" 다르타냥이 말했다. "마침내 만났군. 이번에는 달아나지 마시오."

"나도 그럴 생각이 없소. 이번에는 내가 당신을 찾고 있었으니까. 국왕의 이름으로 당신을 체포하겠소. 저항하지 말고 순순히 나에게 칼을 건네시오. 미리 알려두지만, 목숨에 관계되는 일이오."

"대관절 당신은 누구요?" 다르타냥이 칼을 내렸으나 아직 내주지는 않으면서 물었다.

"나는 로슈포르 기사요." 미지의 사나이가 대답했다. "리슐리외 추기경님을 모시는 신하지. 당신을 추기경 예하께 연행하라는 명령을 받았소."

"우리는 추기경 예하께 돌아가는 중이오." 아토스가 앞으로 나오면서 말했다. "다르타냥 씨로부터 곧장 라 로셸로 돌아가겠다는 구두 약속을 받으면 될 것이오."

"나는 이 사람을 근위대에 넘겨주어야 하오. 근위대가 진지까지 연행할 것이오."

"우리가 하겠소. 귀족의 명예를 걸고 말이오. 또한 귀족으로

서 맹세하거니와." 아토스가 눈살을 찌푸리면서 덧붙였다. "결코 다르타냥 씨가 우리 곁을 떠나게 하지 않을 것이오."

로슈포르가 얼른 뒤를 돌아보았다. 포르토스와 아라미스가 자기와 문 사이에 버티고 있었다. 그는 자신이 이 네 사나이에게 완전히 포위되어 있다는 것을 깨달았다.

"여러분." 그가 말했다. "다르타냥 씨가 칼을 넘겨주는 데 동의하고 방금 당신이 말한 대로 약속한다면, 당신들이 다르타냥 씨를 추기경 예하의 숙영지까지 데려가겠다는 약속을 받아들이겠소."

"약속하겠소." 다르타냥이 말했다. "자, 칼을 받으시오."

"나도 더 편하게 됐소." 로슈포르가 덧붙였다. "여행을 계속해야 하니까."

"만약 당신의 여행이 밀레디를 만나기 위한 것이라면." 아토스가 냉정하게 말했다. "공연한 헛수고일 것이오. 다시는 못 만날 테니까."

"그녀가 도대체 어떻게 된 거요?" 로슈포르가 다급하게 물었다.

"주둔지로 돌아가면 알게 될 것이오."

로슈포르가 한동안 생각에 잠겼다. 추기경이 국왕을 마중 나오기로 되어 있는 쉬르제르까지는 하룻길에 불과했으므로, 아토스의 충고대로 그들과 함께 돌아가기로 결심했다. 게다가 이렇게 함께 돌아가면 다르타냥도 직접 감시할 수 있으니 그에게도 이로울 터였다.

국왕의 행렬이 다시 길을 떠났다.

이튿날 오후 3시에 이들은 쉬르제르에 도착했다. 추기경이 루이 13세를 기다리고 있었다. 그와 국왕이 수차례 포옹을 나눴다. 유럽 여러 나라를 결집시켜 프랑스에 대항하던 악착스러운 적이 우연치 않게 제거된 행운에 두 사람 모두 기뻐했다. 다르타냥이 체포되었다는 보고를 이미 로슈포르로부터 받은 추기경은 빨리 다르타냥을 만나보고 싶어서, 국왕에게 제방 공사가 완결되었으니 다음날에라도 나와보시라고 말하면서 국왕과 헤어졌다.

저녁에 추기경이 퐁 드 라 피에르의 숙영지로 돌아왔다. 숙소 문 앞에는 칼을 차지 않은 다르타냥과 무장한 삼총사가 서 있었다.

이번에는 제대로 인사를 받은 추기경이 준엄한 시선으로 그들을 바라보았다. 그러더니 다르타냥에게 따라오라고 눈과 손으로 신호했다.

다르타냥이 명령에 복종했다.

"우린 여기에서 기다리고 있겠네, 다르타냥." 아토스가 추기경에게 들릴 만큼 매우 큰 소리로 말했다.

추기경이 눈살을 찌푸리며 잠시 걸음을 멈추었으나 한마디도 하지 않고 다시 걸어갔다. 다르타냥은 추기경의 뒤를 따라 들어갔다. 로슈포르도 따라 들어갔는데, 출입문의 경비가 삼엄했다.

추기경 예하가 집무실로 사용하는 방으로 들어가더니 로슈포르에게 다르타냥을 데려오라고 신호했다.

로슈포르는 명령에 따르고 물러갔다.

이제 다르타냥이 추기경 앞에 홀로 남게 되었다. 이것이 리슐리외와 두 번째 만나는 것이었다.

리슐리외는 벽난로에 몸을 기대고 서 있었다. 그와 다르타냥의 사이에 탁자가 하나 놓여 있었다.

"자네는 내 명령으로 체포된 걸세." 추기경이 말했다.

"알고 있습니다, 예하."

"이유는 알고 있나?"

"모릅니다, 예하. 제가 체포될 만한 단 하나의 이유는 예하께서 아직 모르고 계실 테니까요."

리슐리외가 젊은이를 뚫어지게 바라보았다.

"오, 이런!" 그가 말했다. "그게 무슨 뜻인가?"

"제가 뒤집어쓰고 있는 죄를 예하께서 먼저 알려주시면, 다음에 제가 한 일을 아뢰겠습니다."

"자네는 자네보다 지위가 높은 사람들의 목숨을 잃게 한 죄가 있어!" 추기경이 말했다.

"그게 무슨 죄입니까?" 다르타냥이 태연하게 물었다. 추기경이 놀란 기색을 보였다.

"왕국의 적들과 내통한 죄, 국가의 기밀을 누설한 죄, 사령관의 계획을 좌절시키려고 한 죄야."

"저에게 그런 죄를 뒤집어씌운 사람이 누구입니까?" 다르타냥은 이렇게 말하면서 밀레디가 고발했으리라 짐작했다. "국가의 사법 기관에 의해 낙인형을 받은 여자, 프랑스에서 한 남자와 결혼했으면서도 영국에서 또 다른 남자와 결혼한 여자, 두 번째 남편을 독살했을 뿐만 아니라 저까지도 독살하려고 했던 여자 아닙니까!"

"무슨 말을 하는 거야?" 추기경이 깜짝 놀라 외쳤다. "어떤 여자를 말하는 거지?"

"밀레디 드 윈터라는 여자입니다." 다르타냥이 대답했다.

"그렇습니다, 밀레디 드 윈터입니다. 각하께서는 그 여자가 저지른 범죄를 모르고 계셨을 것입니다. 그 여자를 신임하고 계셨으니까요."

"이보게." 추기경이 말했다. "만약 지금 자네가 말한 범죄를 밀레디 드 윈터가 저질렀다면, 그녀는 처벌받을 걸세."

"그 여자는 벌을 받았습니다, 예하."

"누가 처벌했는가?"

"저희들입니다."

"투옥되었나?"

"죽었습니다."

"죽었어!" 추기경이 멍하니 같은 말을 되풀이했다. 곧이들리지 않았기 때문이다. "죽었다니! 그 여자가 죽었단 말인가?"

"그 여자는 세 번이나 저를 죽이려고 했지만, 저는 용서했습니다. 하지만 그 여자는 제가 사랑하던 여자를 죽였습니다. 그래서 친구들과 제가 그 여자를 붙잡아 재판하여 그 여자에게 사형을 선고했습니다."

다르타냥은 베튄의 카르멜회 수녀원에서 보나시외 부인이 독살당한 일, 외딴집에서 그 여자를 재판한 일, 그리고 리스 강 기슭에서 사형에 처한 일을 이야기했다.

좀처럼 떨지 않는 추기경도 이 이야기를 듣고는 온몸에 전율을 느꼈다. 그러나 갑자기 어떤 생각이 떠오른 듯이, 그때까지 침울하던 추기경의 표정이 차츰 밝아지더니 마침내 말끔히 환해졌다.

"그런 식으로." 추기경이 준엄한 내용과는 대조적인 부드러운 목소리로 말했다. "자네들이 재판관 노릇을 했군! 처벌의 권한이 없는데도 처벌을 내리는 자는 살인자라는 사실을 몰랐다는 말인가?"

"예하, 예하께 저의 목숨을 변호할 생각은 한번도 해본 적이 없습니다. 예하께서 내리시는 벌을 달게 받겠습니다. 죽음을 두려워할 정도로 삶에 애착을 느끼고 있지는 않습니다."

"아무렴, 그렇겠지. 자네는 용감한 사나이니까." 추기경은 이제 다정한 목소리로 말했다. "그러니까 나도 자네가 재판을 받을 것이고 그러면 유죄를 선고받을 것이라고 미리 자네에게 말해 두는 것이라네."

"다른 사람이라면 사면장이 주머니에 있다고 대답할지도 모르겠습니다만, 저는 다만 '각하의 처분에 맡기겠습니다.' 라고만 말씀드리겠습니다."

"사면장이라고?" 리슐리외가 놀란 표정으로 말했다.

"예, 예하." 다르타냥이 말했다.

"누구의 서명? 국왕?"

추기경이 야릇한 경멸이 섞인 어투로 이 말을 내뱉었다.

"아닙니다, 예하의 서명입니다."

"내 서명? 자네 머리가 어떻게 되었나?"

"필적을 보시면 아마 아실 것입니다."

다르타냥이 추기경에게 소중한 문서를 보여주었다. 아토스가 밀레디에게서 빼앗아 다르타냥에게 무기로 쓰라고 준 문서였다.

추기경이 문서를 받더니 느린 목소리로 한마디 한마디에 힘을 주면서 읽었다.

이 서류의 소지자가 행한 일은 나의 명령에 의해, 그리고 국가의 이익을 위해 행한 일임을 증명함.

1627년 12월 3일
리슐리외

추기경은 다 읽고 나자 깊은 생각에 잠겼다. 그러나 이 문서를 다르타냥에게 돌려주지는 않았다.

'무슨 형으로 나를 죽일까 생각하고 있겠지.' 다르타냥이 마음속으로 생각했다. '그래, 좋다! 귀족이 어떻게 죽는지 보게 될 것이오.'

다르타냥은 영웅적으로 죽을 마음가짐을 이미 갖추고 있었다.

리슐리외는 여전히 무엇인가를 골똘히 생각하면서 두 손으로 서류를 접었다 폈다 하면서 만지작거리고 있었다. 마침내 고개를 들었다. 성실하고 활달하며 총명한 청년의 얼굴을 독수리 같은 시선으로 뚫어지게 응시했다. 길게 눈물 자국이 난 듯한 그의 얼굴에서 한 달 동안 그가 감내한 고통을 읽어낼 수 있었다. 이 스물한 살의 젊은이가 얼마나 전도양양하며 그의 활동력과 용기와 지혜가 훌륭한 주인에게 얼마나 큰 힘이 될 수 있는지 생각하며 연신 감탄했다.

한편으로는 밀레디의 죄악과 힘 그리고 악마 같은 재주를 두려워했던 것이 한두 번이 아니었던 그는 밀레디라는 위험한 공모자를 영원히 떨쳐버렸다는 사실에 은밀한 기쁨을 느꼈다.

그는 다르타냥이 그토록 선선히 건네준 문서를 천천히 찢었다.

'망했구나.' 다르타냥이 생각했다. 그러더니 '주여, 뜻대로 하소서!' 하고 기도하는 사람처럼 추기경 앞에 깊이 머리를 숙였다.

추기경이 탁자로 다가가더니 이미 3분의 2쯤 글씨가 씌어져 있던 양피지에 몇 줄을 더 써넣었다. 그러고는 도장을 찍었다.

'내 사형 선고겠지.' 다르타냥이 생각했다. '바스티유 감옥의 권태로움도, 재판의 지루함도 면하게 해주는구나. 아주 고마운 일이다.'

"자, 받게." 추기경이 다르타냥에게 말했다. "자네에게서 백지 위임장을 받았으니, 또 하나의 백지 위임장을 자네에게 주겠네. 이 위임장에는 이름이 적혀 있지 않으니 자네가 직접 써넣게."

다르타냥이 머뭇거리면서 서류를 받아들어 얼른 훑어보았다. 바로 총사대 부관으로 임명하는 사령장이었다.

다르타냥은 추기경의 발 아래 엎드렸다.

"예하!" 그가 말했다. "저의 생명은 각하의 것입니다. 원하시는 대로 처분해 주십시오. 그러나 저는 각하의 이 같은 호의를 받을 자격이 없습니다. 저보다도 훨씬 더 훌륭한 친구들이 제게는 셋이나 있습니다……."

"자네는 훌륭한 청년일세, 다르타냥." 추기경이 그의 말을 가로막고는 그의 어깨를 다정하게 두드렸다. 그토록 다루기 어려웠던 사나이를 감복시켰다고 생각하자 기쁘기 짝이 없었다. "이 사령장은 자네 마음대로 하게. 이름은 써넣지 않았지만, 자네에게 주는 것이라는 것만은 잊지 말게."

"결코 잊지 않겠습니다." 다르타냥이 대답했다. "그 점은 염려하지 않으셔도 됩니다."

"로슈포르!" 추기경이 돌아서서 큰 소리로 불렀다.

그가 바로 들어왔다. 아마 문 뒤에서 추기경의 명령을 기다리고 있었을 것이다.

"로슈포르." 추기경이 말했다. "여기 있는 다르타냥 군을 내 친구로 맞아들이겠네. 자, 서로 인사하게. 그리고 목숨을 중히 여긴다면 서로 현명하게 행동하도록."

로슈포르와 다르타냥이 서로의 볼에 살짝만 입맞추었다. 추기경은 그 모습을 날카로운 눈초리로 지켜보고 있었다.

그들은 함께 방에서 나왔다.

"또 만나겠지, 그렇지 않소?"

"당신이 좋을 때라면 언제든지." 다르타냥이 말했다.

"기회는 또 올 것이오." 로슈포르가 대답했다.

"무슨 얘기를 하고 있나?" 리슐리외가 문을 열면서 말했다.

두 사나이는 서로 웃는 낯으로 악수하면서 추기경에게 인사했다.

"걱정되던 차에 나오는군." 아토스가 말했다.

"자, 무사히 나왔습니다, 친구들!" 다르타냥이 대답했다. "무죄 석방에다가 포상까지 있군요."

"얘기해 줄 거지?"

"오늘 저녁에 해드리죠."

저녁이 되자마자 다르타냥은 아토스의 숙사로 갔다. 아토스는 에스파냐 포도주를 들이켜던 중이었다. 그가 저녁마다 마치 종교 의식이나 되는 양 꼬박꼬박 하는 일이었다.

다르타냥이 추기경과 만난 일을 이야기하고는 주머니에서 사령장을 꺼냈다.

"자, 받으세요, 아토스." 그가 말했다. "당연히 당신에게 돌아가야 할 것입니다."

아토스가 그에게 특유의 상냥하고 매력적인 미소를 지었다.
"이보게." 아토스가 말했다. "이 사령장은 아토스로서는 과분한 것이지만, 라 페르 백작으로서는 너무나도 하찮은 것이네. 이 사령장을 넣어두게. 자네 것이니까. 아, 정말 유감이네! 자네가 얼마나 값비싼 대가를 치렀는지 생각하면 말일세."

다르타냥이 아토스의 방에서 나와 포르토스의 방으로 들어갔다.

포르토스는 찬란하게 수를 놓은 화려한 옷을 입고 거울을 들여다보고 있었다.

"아! 자네로군!" 포르토스가 말했다. "내게 어울리는 것 같아?"

"근사하네요." 다르타냥은 대답했다. "그런데 당신에게 더 잘 어울리는 옷을 권하러 왔어요."

"그게 뭔데?" 포르토스가 물었다.

"총사대 부관복이죠."

다르타냥이 포르토스에게 추기경과 만났던 일을 이야기하고는 주머니에서 사령장을 꺼냈다.

"자, 받으세요." 그가 말했다. "여기에 당신 이름을 쓰시고 저의 좋은 상관이 되어주세요."

포르토스가 사령장을 흘끔 보고는 그냥 돌려주자 다르타냥은 크게 놀랐다.

"그래." 포르토스가 말했다. "나로선 무척 기쁜 일이지. 하지만 이러한 호의를 오랫동안 누릴 수 없게 되었네. 실은 우리가 베튄으로 원정을 가 있는 동안 후작 부인의 남편이 죽었어. 그 고인의 금고가 내게 손짓하지 뭔가. 난 곧 그 미망인과 결혼할 거라네. 지금 이렇게 입어보는 옷이 내 결혼 예복일세. 부관 사령장은 자네가 간직하게나, 자, 어서."

그가 사령장을 다르타냥에게 돌려주었다.

다르타냥은 이번에는 아라미스의 방으로 들어갔다. 아라미스는 기도대 앞에 무릎을 꿇고서, 기도책에 이마를 대고 있었다.

다르타냥은 추기경과 만난 일을 그에게 들려주고는 이제 세 번째로 주머니에서 사령장을 꺼냈다.

"아라미스, 당신은 우리의 빛이자 눈에 보이지 않는 보호자이지 않으십니까." 그가 말했다. "이 사령장을 받아주십시오. 누구보다 당신이 가장 적격자예요. 총명한 면으로 보나, 언제나 그토록 좋은 결과를 가져다주는 충고로 보나 당신이 가장 적임자입니다."

"아! 유감스럽겠지만." 아라미스가 말했다. "이번 사건으로 난 총사 생활에 완전히 싫증이 났어. 이번이야말로 내 결심은 요지부동이야. 이번 공격이 끝나면 나는 성 라자로회 수도원에 들어가겠어. 다르타냥, 이 사령장은 자네가 갖게. 이 자리는 자네에게 잘 맞아. 자네는 틀림없이 훌륭하고 용감한 대장이 될 거야."

다르타냥은 고마운 마음에 눈가가 촉촉하게 젖는 동시에 기쁨으로 눈이 반짝거렸다. 다시 아토스의 방으로 갔다. 아토스는 여전히 탁자 앞에 앉아서 말라가 포도주의 마지막 잔을 등불의 빛에 비춰보고 있었다.

"거 참 어렵네요!" 다르타냥이 말했다. "다른 친구들도 모두 거절했어요."

"이봐, 친구, 그건 자네보다 더 적임자가 없기 때문이야."

그가 펜을 들었다. 사령장에 다르타냥의 이름을 써서 그에게 건네주었다.

"그럼 이제 나에게는 친구가 없는 거로군요." 젊은이가 말했다. "아! 이제 남은 것은 씁쓸한 추억뿐……."

그가 두 손으로 머리를 감쌌다. 볼을 따라 두 줄기 눈물이 흘러내렸다.

"자네는 아직 젊어, 젊고말고." 아토스가 대답했다. "자네의 씁쓸한 추억이 달콤한 추억으로 바뀔 시간은 충분하네!"

에필로그

라 로셸은 영국 함대와 버킹엄이 약속했던 병력의 지원이 불가능해지자 포위된 지 일 년 만에 항복하고, 1628년 10월 28일 항복 문서에 조인했다.

국왕은 같은 해 12월 23일 파리로 돌아왔다. 마치 같은 민족이 아니라 적을 무찌르고 돌아오기라도 한 듯이 환호를 받으며 푸른 나뭇가지로 엮은 아치 모양의 문을 지나 생 자크 지구로 들어왔다.

다르타냥은 부관의 계급장을 달았다. 포르토스는 군직에서 물러나, 이듬해 코크나르 부인과 결혼했다. 그토록 탐냈던 금고에는 80만 리브르나 들어 있었다.

무스크통은 화려한 하인복을 입게 되었을 뿐만 아니라 늘 꿈꾸었던 소망, 즉 황금빛 사륜마차의 뒤에 타보고 싶다는 꿈도 이루었다.

아라미스는 로렌 지방으로 여행을 떠난 뒤 갑자기 행방을 감추었다. 친구들에게도 편지를 끊어버렸다. 나중에 자신의 몇몇 연인들에게 전한 슈브뢰즈 부인의 이야기를 통해, 그가 낭시의 수도원에 들어갔다는 것을 알게 되었다.

바쟁은 평수사(平修士)가 되었다.

아토스는 1633년까지 다르타냥 휘하에서 총사로 남아 있었다. 그해 투르 지방으로 여행을 다녀온 뒤, 루시용에서 얼마간의 유산을 상속받았다는 핑계로 역시 총사직을 그만두었다.

그리모는 아토스를 따라갔다.

다르타냥은 로슈포르와 세 번 결투하여 세 번 다 그에게 상처를 입혔다.

"네 번째에서는 아마 당신을 죽이게 될 것이오." 다르타냥이 로슈포르를 일으켜주려고 그에게 손을 내밀면서 말했다.

"당신을 위해서나 나를 위해서나 이쯤해서 그만두는 것이 좋겠소." 로슈포르가 말했다. "제기랄! 나는 당신이 생각하는 것보다 더 당신과 친해진 느낌이오. 맨 처음 만났을 때만 하더라도, 추기경에게 한마디만 했더라면, 당신 목을 날려보낼 수 있었을 것이오."

이번에는 그들도 다른 나쁜 감정 없이 다정하게 입을 맞추었다.

플랑셰는 로슈포르 덕분에 근위대의 하사관이 되었다.

보나시외는 아내가 어떻게 되었는지 알지도 못한 채 매우 태평스럽게 살아가고 있었다. 그러던 어느 날 경솔하게도 추기경으로 하여금 자신을 떠올리게 하는 어리석은 짓을 저지르고 말앗다. 추기경은 앞으로 무엇 하나 부족한 것 없이 살게 해주겠다는 답장을 그에게 보내도록 했다.

실제로 그 이튿날 보나시외는 저녁 7시에 집을 나가 루브르 궁에 간 뒤로 다시는 포스와외르 가에 나타나지 않았다. 정통한 소식통들에 따르면, 그는 관대한 추기경 예하의 선처로 어느 장엄한 성에서 숙식을 해결하고 있다고 했다.

〈끝〉

작품 해설

세기를 넘는 역사 모험 소설의 걸작

올해는 알렉상드르 뒤마(1802~1870)가 탄생한 지 이백 년이 되는 해이다. 프랑스에서는 기념사업의 일환으로 여러 행사가 이미 개최되기도 했고 앞으로 계획되어 있기도 하다. 가령 '뒤마를 좋아하는 사람들의 모임(La Société des Amis d'Alexandre Dumas)'이라는 단체에서는 "알렉상드르 뒤마, 영광의 두 세기"라는 전시회를 열었고, 파리 3대학에서는 10월 16일부터 18일 사이에 뒤마의 작품 세계에 관한 학술 대회를 개최했으며 《마가진 리테레르(*Magazine Littéraire*)》에서는 "알렉상드르 뒤마 이백 년 후"라는 특집을 마련했다(2002년 9월호). 또한 뒤마의 작품들이 재간행되기도 했고 뒤마에 관한 책들이 출판되기도 했다. 그런데 무엇보다도 눈길을 끄는 소식은 올해 초에 앞서 말한 단체(현 회장은 디디에 드쿠앵이다)에서 시라크 대통령에

333

게 뒤마 유해의 팡테옹 이장을 청원했는데, 3월 26일 화요일에 시라크가 이장 결정서에 서명했다는 사실이다. 이에 따라 11월 30일 토요일에 이장식이 거행될 예정이다. 알렉상드르 뒤마를 빅토르 위고, 앙드레 말로 등과 같은 프랑스 위인의 반열에 공식적으로 올리는 이 행사가 뒤마 탄생 이백 주년의 피날레를 장식하게 될 것이다. 지금 프랑스에서 뒤마를 다시 불러내는 것은 단순히 이백 주년이기 때문만은 아닐 것이다. 이 현상의 배후에는 무엇보다 시대적인 요청이 가장 큰 영향을 발휘한다고 볼 수 있다. 그렇다면 뒤마를 전면에 내세우는 시대적인 요청은 구체적으로 무엇인가? 뒤마의 생애와 뒤마의 여러 가지 면모, 그리고 삼총사의 세계를 차례로 살펴봄으로써 이 물음에 대한 답을 구해 보고자 한다.

뒤마의 생애

알렉상드르 뒤마의 할머니(마리 세세트 뒤마)는 흑인 노예이고 할아버지(알렉상드르 다비 드 라 폐예트리)는 노르망디의 시골 귀족이었는데, 카리브 해의 생 도맹그에서 농장을 경영할 때 마리 세세트 뒤마와의 사이에서 세 아들을 얻었다. 홀로 프랑스로 돌아와서는 웬일인지 큰아들만을 불러들였는데, 그가 알렉상드르 뒤마의 아버지(토마 알렉상드르 뒤마 다비 드 라 폐예트리, 1762~1806)이다. 그러나 그는 아버지와의 불화로 인해 다비 드 라 폐예트리라는 성을 쓰지 못하고 어머니의 성을 따랐다. 거구인 데다 힘과 용기가 특출 났던 그는 나폴레옹 군대에 병사로 들어가 칠 년 만에 장군이 되었고 수많은 전투에서 무훈을 세웠으나, 이탈리아의 감옥에서 수감 생활을 하고 나서는 나폴레옹의 총애를 잃고 빌레르코트레라는 작은 마을로 은퇴하여 말년에 상인 집안의 딸 마리 루이즈 엘리자베드 라부레와 결혼했다. 그는 1802년 알렉상드르 뒤마를 얻었다. 빅토르 위고가 태어난 해와 같은 해였다.

　네 살에 남편을 여읜 뒤마의 어머니는 기울어가는 가세에도 불구하고 어떻게든 아들을 공부시키려고 했으나 그는 라틴어에도 바이올린에도 도통 관심이 없었다. 그는 무기를 가지고 노는 일에만 매달렸다. 그는 레 숲에서 살다시피 하면서 용맹했던 아버지에 대한 기억과 함께 아버지 없는 상실감에 잠기곤 했을 것이다. 거기에서 그는 이미 삼총사와 다르타냥의 뒤를 잇는 다섯 번째 총사였으며, 레 숲은 그에게 상상력의 원천이었다. 열네 살이 되던 1816년 8월에는 직업 기술을 배우기 위해 한 소송 대리인 사무소의 사환으로 들어갔다. 혁명 영웅의 아들이 시골의 하급 서기의 길로 들어선 것이다(『삼총사』를 읽은 독자라면 포르토스가 소송 대리인 코크나르의 집으로 식사 초대를 받아 갔을 때 문틈으로 보게 되는 사환을 기억할 것이다. 식탁에 앉지도 못하고 음식 냄새만 맡으면서 빵을 뜯어먹고 있던 사환은 이 시기 뒤마의 모습이라고도 볼 수 있다. 포르토스의 체구가 뒤마의 아버지와 비슷하다는 점을 감안하면 더욱 그렇다). 그러나 그는 이미 청소년기에 파란만장한 자신의 삶에서 양극을 차지하게 되는 두 가지, 즉 여자들의 사랑과 문학에 대한 열정을 발견하게 된다. 첫 번째 애인 아글라에 텔리에를 만나고, 동갑내기 친구인 아돌프 리빙 드 뢰벤에 이끌려 문학에 입문하게 되며, 아돌프로부터 극작술의 기초를 배운다. 뒤마는 그때부터 19세기의 라스티냐크(발자크의 여러 소설에 등장하는 인물)들이 공유한 파리 정복의 야망을 불태우게 된다.

때마침 아버지의 옛 친구들이 도움의 손길을 보내준 덕에 그는 임시직의 하급 관리가 되었다. 그 후 오를레앙 공작을 위해 일하게 되면서 왕정복고기의 파리에 발을 들여놓았다. 뒤마는 이때부터 독학으로 왕성하게 책들을 탐독했고 신고전주의적인 성향이 지배하던 문학 살롱들에 드나들었다. 그러나 그는 곧장 낭만주의 운동에 적극적으로 참여했다. 야심에 찬 정열적인 문학청년으로서 고전주의의 이상적인 규범을 공격하면서 감수성을 변화시키는 낭만주의의 태동에 민감할 수밖에 없었던 것이다. 그는 자신의 아버지가 나폴레옹을 따라 무력으로 정복하려 들었던 민족들의 문학을 자신의 것으로 만들어가기 시작했다.

1823년부터 시작된 뒤마의 파리 생활은 문학을 빼놓는다면 크게 사랑과 우정으로 구분된다. 이를테면 돈 후안적인 측면과 알키비아데스적인 측면으로 나누어진다고 할 수 있다. 우선 돈 후안과 같은 여성 편력으로 말하자면, 그의 정력은 모든 사람들이 혀를 내두를 정도였다. 그는 지칠 줄 모르고 여자들을 쫓아다녔다. 여자들은 그의 아프리카 혈통과 당당한 풍채에 끌리곤 했다. 그는 큰 키에 다리도 매우 늘씬했고 지성이 번뜩이는 사파이어 빛의 눈동자에 지칠 줄 모르는 에너지를 갖추었다. 그의 말에 따르면, 애인이 한 사람뿐이었다면 일주일 내에 죽었을 것이기 때문에, 인정을 베풀어 애인을 끊임없이 바꾸었다는 것이다. 첫 번째 애인 아글라에 텔리에서 가게 여점원 발랑틴 혹은 사튀린으로, 루이즈 르루아에서 그의 아들 알렉상드르(1824년)

를 낳은 로르 라베로, 유식한 척하던 여류작가 멜라니 발도르에서 여배우 비르지니 부르비에로, 그의 딸 마리(1831년)를 낳은 푸른 눈의 미인 벨 크렐삼네르에서 유일하게 그의 정식 아내가 된 이다 페리에까지, 쉼 없이 여자들의 마음을 사로잡았다. 그의 인생에서 하루나 한 달, 일 년, 때로는 여러 해 동안 그와 관계를 맺었거나 짧은 사랑으로 흔적을 남기지 않은 여자들이 끝없이 긴 묵주의 알처럼 이어졌다. 이와 함께 뒤마는 낮에는 늘 친구들과 몰려다녔다. 그는 사람들을 좋아했다. 그가 남자들과 맺은 우정은 여자들과의 사랑보다 더 강하고 더 지속적이었다. 라마르틴, 위고, 들라크루아, 네르발과의 관계처럼 존경에 바탕을 둔 우정의 경우에는 더욱 그러했다.

또 알키비아데스와 같은 측면을 살펴보면, 1830년에 혁명이 일어나자 뒤마는 여행 계획을 접고 열광적으로 혁명군에 가담하여 가슴속에서 들끓던 에너지를 마음껏 발산시켰다. 자기 아버지를 군에서 쫓아내었고 사상의 자유를 억누른 부르봉 왕가에 대한 깊은 반감 때문이었다. 이 혁명에서 유일하게 총을 든 작가로 알려진 뒤마는 공화정의 도래를 확신한 참여 작가였을 뿐만 아니라, 제5공화국 시절에 팡테옹으로 이장된 빅토르 위고보다 더 한결같은 공화주의자였다. 그러나 1830년 혁명은 그 주역들에게 희망을 안겨주지 못했다. 뒤마는 문학을 통한 파리 정복의 환상이 깨짐과 동시에 정치적 환멸을 경험했다. 낭만주의는 실패로 끝났고, 코메디 프랑세즈의 점령은 일시적인 승리일 뿐이었다. 연극의 갱신을 주장한 위고, 비니, 뒤마는 배우들에게 배척당하면서 통속극으로 눈길을 돌렸다.

극작과 연극 분야에서 좌절을 겪고, 정치에 대해 실망한 동시에 개인적으로 낙담을 경험한 뒤마는 1834년 프랑스 남부로 여행을 떠난다. 그때부터 뛰어난 여행가로서의 면모를 유감없이 발휘하게 되는데, 극작을 하면서도 수시로 유럽 전역을 여행하면서 『여행 인상기』를 써나간다. 이 여행기가 그에게는 소설 습작으로 작용했다. 1838년에는 네르발과 함께 벨기에와 라인 강 연안을 여행하고 돌아와서 그의 주요한 협력자(공동 집필자)가 된 오귀스트 마케를 만났다. 『아르망탈의 기사』(1842)과 『실방디르』(1844) 이후로 오귀스트 마케와의 공동 작업은 '문학 산업'의 형태를 띠게 되었고, 뒤마는 『삼총사』, 『몬테크리스토 백작』를 비롯한 무수한 연재소설을 통해 엄청난 돈을 벌어들였다. 센 강이 굽어보이는 곳에 대저택을 세워 몬테크리스토 성이라고 이름 붙였으며, 자신의 소설을 연극으로 각색하여 공연할 '역사 극장'을 설립했다. 그리고 마흔다섯 살이 되던 1847년부터 『회고록』을 집필하기 시작했다. 이후 팔 년이라는 시간 동안 수차례 중단되기는 했지만 회고록 집필이 계속되었다.

그렇지만 1848년 혁명이 일어나면서부터는 연극의 위기와 서점의 침체, 연재소설을 싣는 신문들에 대한 인지세 인상으로 그의 수입이 고갈되었다. 더군다나 그는 몇 차례 의원 선거에 출마하여 고배를 마셨고 이전부터 이어진 낭비벽은 변함없이 계속되었다. 그 결과 1848년 7월에는 몬테크리스토 성을 팔아야 했으며 1851년에는 역사 극장의 문을 닫아야 했다. 그 해에 그의 파산 판결이 확정되자 그는 채권자들을 피해 브뤼셀로 달아나 계속해서 『회고록』을 써나갔다. 1852년에 다시 파리로 돌아오지만 이미 대중의 취향은 바뀌어 있었다. 사실주의가 낭만주의를 대신한 것이다. 1853년 11월 12일, 뒤마는 《총사》라는 문예

일간지를 창간하나 겨우 며칠 만인 11월 20일에 폐간하게 되었으며, 1857년 4월 27일에서 1860년 5월 10일까지는 《몬테크리스토》라는 문예 주간지를 혼자서 펴냈다. 이 기간에 그는 가스파르 드 셰르빌이라는 새로운 협력자를 받아들여 환상 소설, 전원 소설, 이국 소설 등 잡다한 장르의 소설들을 써내지만, 셰르빌은 예전의 오귀스트 마케에 미치지 못했으며 그와 함께 써낸 작품들은 대부분 독자의 흥미를 끌지 못했다.

창조력의 고갈을 의식한 그는 1860년부터 사 년 동안 이탈리아에서 남부 지방과 시칠리아를 부르봉 왕가의 지배로부터 해방시키려는 가리발디를 도왔다. 이는 부르봉 왕가에 버림받은 아버지를 위한 복수의 일환이 아니었나 생각된다. 뒤마에게 가리발디는 이탈리아 자유의 상징이었으며, 그의 아버지가 투옥되었던 이탈리아는 제2의 조국이었다. 그는 나폴리에서 가리발디를 위해 2개 국어 신문 《랭데팡당트》를 창간하여 부르봉 왕가의 썩은 뿌리를 근절하는 데 앞장섰다. 그러고 나자 다시 역마살이 든 뒤마는 이탈리아, 독일, 오스트리아, 에스파냐 등지를 돌아보았으며, 1867년에는 그의 마지막 애인 아다 맥켄을 만났다. 1969년에도 브르타뉴와 남 프랑스를 여행한 그는 병과 피로에 젖게 되었고 1870년 12월 5일 디에프 근처의 퓌이에 있는 아들의 집에서 숨을 거두었다.

자연인으로서의 뒤마는 엄청난 에너지와 무수한 작품들, 그에 못지않게 많은 애인들, 그리고 수시로 떠났던 여행으로 특징지어진다. 보들레르는 이러한 그에게서 '보편적인 생명력'을 보았다. 그러나 무엇보다도 그는 어느 한곳에 뿌리내리지 못한 존재였다. 나폴레옹의 뛰어난 장군이었으나 끝내 버림받은 흑

백 혼혈인 아버지를 일찍 여읜 뒤마는 사라진 신화적 영웅인 아버지에 대한 추억을 추구하는 동시에 아버지의 부재 앞에서 도피하는 모습을 보였으리라 추측된다. 이러한 이중적인 충동으로 그는 언제나 떠돌이이자 영원한 방랑자로 살 수밖에 없었던 것이다.

극작가로서의 뒤마

파리에 있을 때 그는 연극에 관심을 기울였다. 1825년에 처음으로 『사냥과 사랑』이라는 보드빌(vaudeville, 음악을 가미한 짧은 희극)을 공동 집필했다. 당시에는 셰익스피어 열풍이 파리를 휩쓸고 있었는데, 뒤마는 관객들이 격렬하고 격정적인 연극을 원한다는 사실을 꿰뚫어 보았다. 이러한 풍조에 맞춰 그는 코메디 프랑세즈에서 공연되기를 바라며 『크리스틴』이라는 희곡을 썼으나 끝내 무대에 올리지는 못했다. 그 후 뒤마는 낙담하지 않고 『앙리 3세와 그의 궁정』(1829)으로 재차 기회를 노렸다. 이 희곡은 38회나 공연되는 커다란 성공을 거두었으며, 책으로도 출간되었다. 『앙리 3세와 그의 궁정』은 프랑스에서 최초로 성공리에 공연된 희곡이었으며, 위고의 『에르나니』에 의해 낭만주의와 신고전주의의 싸움이 촉발되기 전에 낭만주의 희곡이 신고전주의 연극에 대해 거둔 최초의 승리였다. 이 연극을 통해 최초로 연출의 개념을 도입한 뒤마는 위고와 함께 낭만주의의 주요한 인물이 되었다. 두 사람이 처음 만났던 1829년 이후 줄곧 위고가 낭만파의 지도자 역할을 했지만 정작 낭만주의 연극에서 현대적인 드라마를 창안한 사람은 뒤마였다. 이 분야에서 뒤마는 언제나 위고보다 더 창의적이었다.『나폴레옹 보나파르트 혹은 프랑스 역사의 30년』,『테레자』,『앙젤』등 뒤마의 연극에는 갈수록 격렬한 장면이 많아졌다. 사생아가 주인공인『앙토니』(1834)는 사랑, 질투, 분노의 5막극으로 격렬함이 특히 두드러지는 작품이다. 이 극은 이어지는 낭만주의 세대에 등대 구실을 하게 되었다.

범죄의 통속극에서 뒤마는 마리 도르발, 프레데리크 르메트르, 보카주 등 뛰어난 배우들의 도움을 받아 수많은 젊은 관객들을 열광시켰다. 관객들은 뒤마의 드라마들이 뿜어내는 광적인 움직임에 매혹되었다. 예컨대『넬의 탑』은 검열 기관이 공연을 금지시킬 때까지 대중의 열광을 불러일으켰다. 그렇지만 극작가로서의 이러한 상승이 계속 이어지지는 않았다. 낭만주의 문학 혁명이 종언을 고함에 따라 뒤마도『킨 혹은 무질서와 천재』(1836)로 잠시 큰 성공을 거두었지만, 그 뒤로는 연이어 실패를 맛본다. 그는 연극 운동에 보다 충실하기 위해 극작을 일시 중단하고 1836년에 창간된 신문《라 프레스》에 연극 평론을 기고하기로 한다. 그러나 뒤마는 다시 싸움터에 뛰어들지 않고 시류와 타협하여 테아트르 프랑세에 비극『칼리귤라』를 올렸다. 그러나 이 작품은 무절도(無節度)의 과잉으로 인해 실패했으며『벨 일의 아가씨』,『루이 15세 시대의 결혼』,『생 시르의 아가씨들』등의 희극들은 이전의 혁신적인 원칙에서 멀어져 있었다. 다만 역사 소설로 뒤마가 부활할 것을 예고할 뿐이었다.

뒤마는 연극 무대에서 모든 것을 배웠다. 이 점은 역사 소설의 서술 기법에서도 분명히 확인할 수 있다. 특히 첫 장면부터 마지막 장면까지 호기심과 흥미를 자극한다는 점, 등장인물들의 행동이 분명하고 논리적이라는 점, 생동감과 움직임이 넘쳐난다는 점 등은 그의 소설 작품들에서도 확인되는 요소들이다. 그리고 뒤마는 연재소설의 대가가 되었을 때에도 연극에 대한 열정을 숨기지 못하고 소설들을 연극으로 각색하여 공연하곤 했다. 또한 1847년에는 앞서 말했던 것처럼 '역사 극장'을 설립하여 신문 연재를 통해 이미 대중화된 주인공들을 다시 무대에 올리는 일을 시도했다. 『여왕 마르고』, 『메종 루주의 기사』, 『몬테크리스토』, 『총사들의 청춘 시절』 등이 '역사 극장'의 무대에 올려진 작품들이다. 후세에는 뒤마가 소설가로 공인되었지만, 정작 뒤마 자신은 끝까지 극작가로 남고 싶었는지도 모른다.

소설가로서의 뒤마

그가 본격적으로 소설을 쓰기 시작한 것은 1840년대 초반이다. 물론 그 전에 여행기를 쓰면서 산문가로서의 면모를 갖추었고, 역사 연대기의 성공에 힘입어 샤를 6세 때부터 그 당시까지의 이야기를 담은 소설을 쓰고 싶다는 생각을 하게 되었다. 그렇지만 그가 본격적으로 소설의 길로 접어든 데에는 으젠 쉬의 연재소설 『파리의 불가사의들』의 엄청난 성공이 결정적인 계기로 작용했다. 뒤마는 처음에는 사교계 소설, 애정 소설, 환상 소설, 범죄 소설 사이에서 선택을 망설였으나 『삼총사』가 놀라운 성공을 거두면서 역사 소설이라는 장르를 개척하기에 이르렀다. 총사 삼부작(『삼총사』, 『20년 후』, 『브라줄론 자작』), 발루아

왕조 삼부작(『여왕 마르고』, 『몽소로 부인』, 『사십오인』), 『어느 의사의 회상록』이라는 사부작(『조제프 발삼』, 『여왕의 목걸이』, 『안 피투』, 『샤르니 백작 부인』)이 당시의 주요 신문들에 연재되어 독자들의 열렬한 사랑을 받았다. 처음에는 편집 전략에 불과했을 연재소설이라는 장르가 이제는 그에게 사명처럼 다가왔다. 그것은 프랑스 민족의 역사를 알고 있는 독자에게는 즐거움을 선사하고, 프랑스 역사를 알지 못하는 독자에게는 깨우침을 주는 것이었다.

프랑스의 저명한 역사가 쥘 미슐레의 말대로 뒤마는 다른 역사가들을 합해 놓은 것보다 더 많은 역사를 대중들에게 가르쳤다고도 말할 수 있다. 왜냐하면 당시 대부분의 프랑스인들은 전문적인 역사서가 아니라 뒤마의 소설을 통해 프랑스 역사를 알게 되었기 때문이다. 오늘날에도 프랑스인들에게 역사의 주요 시기들이 잊혀지지 않고 기억되는 것은 뒤마 소설의 주인공들 덕분이다.

또한 역사를 분석하는 그의 시선은 단순히 대중 소설가의 것으로 치부할 수 없을 정도로 통찰력이 뛰어나다. 뒤마는 장식적인 역사 소설을 쓰기보다는 개인의 운명을 역사의 흐름에 절묘하게 결부시키는 데 초점을 맞추었다. 게다가 그는 생 루이에서 그의 시대까지 소설 시리즈로 프랑스 역사를 쓰겠다는 원대한 계획을 세우기까지 했다. 발자크의 『인간 희극』처럼 작중인물들이 재등장하는 '프랑스의 드라마'를 구상한 것이다.

그의 역사 소설은 문체가 깔끔하고 군더더기가 없다. 쓸데없는 수사나 심리 분석이 끼어들지도 않는다. 이는 하루에 열두 시간씩 글을 썼다는 그의 집필 습관과도 관계가 있을 것이다.

집중적인 글쓰기로 인해 서술 흐름이 빨라지고 전체적인 조망이 가능했을 것이며, 정교한 심리 분석이나 수사학적인 표현에 눈길을 돌릴 겨를이 없었을 것이다. 이처럼 매우 현대적인 작법을 통해 연극적인 소설이 탄생하였다. 그의 소설들은 마치 연극이나 영화에서처럼 연속적인 대화로 이야기가 진행된다. 독자가 처음부터 끝까지 흥미를 잃지 않고 빠른 속도감을 느끼면서 그의 소설을 읽어 내려갈 수 있는 것도 뒤마 특유의 글쓰기, 그의 간결한 문체 덕분이다.

이러한 역사 소설을 통해 뒤마는 대중적으로 유례 없는 인기를 누렸다. 그러나 문단의 공식적인 평가는 싸늘했다. 문학계에서는 '문학 산업'이라는 비난 일색이었다. 특히 으젠 드 미르쿠르는 「소설 공장 뒤마 주식회사」(1845)라는 팸플릿을 통해 뒤마가 궁핍한 작가들에게 소설을 쓰게 한 뒤 자기 이름으로 펴냄으로써 그들을 착취한다고까지 비난했다. 그러나 사실은 그렇지 않았다. 19세기에는 공동 집필이 일반적인 관행이었으며, 뒤마가 공동 집필자들의 도움을 받은 것은 한참 뒤의 일이었다. 소설 집필은 『아르망탈의 기사』(1843)와 『실방디르』(1844) 이후에 주로 오귀스트 마케와 함께 연재 작업을 시작했다. 마케가 소재를 제공하면 뒤마가 그것을 가지고 소설로 만들었다. 물론 그들은 소설에 관한 견해를 서로 교환하면서 초안을 잡았다. 마케가 대화가 빠진 초안을 쓰면 뒤마가 특유의 역동성을 낳는 대사를 끼워넣으면서 마케의 텍스트를 재구성했다. 그러므로 마케는 구성만 했지 작품은 쓰지 않았다고 보는 것이 옳다. 뒤마 소설의 문체는 오직 뒤마에게서만 나온 것이다. 따라서 『삼총사』를 읽어보면 알 수 있듯이 대화가 많은 장면을 단위로 소설이 전개

된다는 점에서 연극적 역사 소설이라고 규정할 수 있는 장르가 뒤마의 이름으로 창안되었다는 것은 부인할 수 없는 사실이다.

이처럼 상서로운 시기에도 뒤마는 『엡슈타인 성』(1843)을 쓰는 등 순수한 상상의 세계를 슬쩍 넘보기도 했다. 그러나 뒤마가 실제로 환상 문학에 몰두한 것은 1849년의 일이다. 『벨벳 목걸이의 여자』, 『천일유령』, 『올리퓌스 영감의 결혼』, 『쇼블랭 씨의 유언』, 『로시니 집에서의 만찬』, 『시에라 모레나의 귀족들』이라는 여섯 편의 작품이 이때 쏟아져 나왔다. 이 작품들은 줄거리가 잘 짜여져 있고 재미도 있었으나 다른 한편으로 보면 스토리가 전형적인 데다 귀신이나 악령 이야기라면 사람들이 으레 따르곤 하던 방식으로 씌어진 것이었다. 달리 말하자면 강렬한 즐거움을 주기는 하지만 초자연적인 존재에 대해 독창적인 해석을 내놓지는 못했던 것이다. 몇 년 후에 뒤마는 다시 환상 문학에 뛰어들게 된다. 이번에는 사냥 문학의 전문가 가스파르 드 셰르빌와 협력하여 『내 할아버지의 산토끼』(1856), 『늑대 부리는 사람』(1857)이라는 뛰어난 환상 소설을 써낸다. 빌레르코트레 주변을 배경으로 늑대 망상증을 주제로 한 이 작품들에서 그는 초자연적인 존재의 매력에 굴복하며 인간 존재의 가장 깊은 곳에 숨어 있는 어두운 힘들을 탐색한다. 1860년에도 그는 셰르빌과 공동으로 작업하여 『불의 섬』이라는 마지막 환상 소설을 펴낸다. 이 소설의 배경은 당시에 세계의 끝으로 알려져 있던 자바 섬이다. 그 섬에서는 흡혈귀가 죽은 사람들의 피를 빨아먹고 다른 사람들의 볼을 훔쳐 자신의 볼에 붙임으로써 영원히 생명을 연장시킨다. 그 밖에도 가스파르 드 셰르빌과의 공동 작업으로 씌어진 소설들로는 『블랙』(1858), 『마슈쿨의 암늑

대들』(1858), 『가죽 사냥꾼』(1858), 『사냥용 오두막과 여름 별장 이야기』(1859), 『자바의 의사』(1859), 『라 륀 영감』(1860), 『에스코망 후작 부인』(1860) 등이 있다.

『삼총사』의 세계

머리말에서 뒤마는 『다르타냥 씨의 회상』을 언급하면서, 왕립 도서관에서 발견한 미지의 필사본을 복원한 것이 『삼총사』라고 말한다. 이 소설의 67개 장은 근위 총사대를 지휘하는 트레빌에게 보내는 아버지의 소개장을 가지고 1625년 루이 13세 치하의 파리로 상경하는 가스코뉴 청년 다르타냥이 겪는 사건들을 이야기한다. 총사들이 자신들의 앙숙인 리슐리외 추기경의 근위대원들과 벌이는 싸움에 합류하게 되면서 그는 본명이 발롱인 거구의 포르토스, 라 페르 백작인 아토스, 그리고 성직자의 소명을 받았으나 연애 사건 때문에 성직자의 길을 중단한 에르블레의 기사 아라미스와 친구가 된다. 다르타냥은 우연히 아토스의 옛 아내로 밝혀지는 부정(不貞)한 여자이자, 추기경의 가공할 밀정인 밀레디 드 윈터와 싸움을 벌이게 되며, 안느 여왕의 헌신적인 시녀 보나시외 부인과 사랑에 빠진다. 여왕은 자신의 연인인 버킹엄 공작 조지 빌리어스에게 왕의 선물인 열두 가닥의 다이아몬드 장식끈을 사랑의 증표로 건네준다. 왕비의 사랑을 얻지 못해 왕비를 파멸시키고자 하는 리슐리외는 루이 13세에게 다가올 궁정 무도회에서 왕비가 다이아몬드 장식끈을 달고 나오게 하라고 제안한다. 이에 우리의 네 주인공은 영국으로 출발한다. 여러 가지 돌발적인 사건들이 일어나지만, 다르타냥은 다이아몬드 장식끈을 다시 가져와 왕비를 곤경에서 구해낸다. 총사들이 라 로셸 공격에서 공훈을 쌓는 동안, 밀레디는 라 로셸의 신교도들과 동맹 관계를 맺은 버킹엄을 제거하려고 시도한다. 네 총사는 밀레디의 아주버니인 윈터 경에게 편지를 보내 밀레디를 감금시키는 데 성공하지만, 그녀는 감시를 맡은 해군 장교 펠튼을 교묘히 유혹해서 탈출한 뒤 버킹엄을 암살한다. 그러고는 프랑스로 돌아와 베튄의 수녀원에서 보나시외 부인을 만나 독살한다. 네 친구는 밀레디가 살해한 남편의 형인 윈터 경과 함께 밀레디를 찾아내어 그녀의 죄를 심판하고 릴의 형리에게 넘겨 처형시킨다. 리슐리외와 화해한 다르타냥은 총사대의 부관으로 승진한다. 아토스는 은퇴 후 시골로 돌아가고 포르토스는 결혼하며 아라미스는 사제가 된다.

　알렉상드르 뒤마의 『삼총사』는 기본적으로 시골 귀족 다르타냥을 주인공으로 하는 교양 소설이다. 다르타냥은 아버지로부터 받은 비루먹은 말과 약간의 여비, 그리고 몇 가지 조언과 총사대장 트레빌에게 내보일 소개장만을 손에 들고 파리로 올라온다. 그는 파리라는 적대적인 세계에서 사회적이고 정신적인 아버지와 같은 트레빌과 삼총사를 만나 그들과 함께 여러 가지 모험을 경험함으로써 고독한 자아에서 사회적 자아로 성장해 나가고 마침내 근위 총사대의 부관으로 승진한다.
　소설가로서 뒤마의 커다란 장점은 개인의 운명과 결부된 사건들을 역사상의 실제 사건들과 절묘하게 뒤섞는 데 있다. 게다가 그가 관심을 보이는 것은 일반적인 역사가 아니라 사적인 역사이다. 그래서 『삼총사』에서는 개인의 욕망이라는 관점에서 시대적·정치적인 배경이 이야기의 골격으로 사용된다. 가령 다르타냥과 삼총사의 모험을 촉발시키는 요인은 일차적으로 국왕 루이 13세(1601~1643)와 리슐리외 추기경의 대립이다. 역사적으로는 루이 13세가 리슐리외와 손잡고 왕권을 강화한 것이 사실이지만, 이 소설에서는 국왕에게 충성하는 총사대원들과 리슐리외가 거느린 강력한 근위대원들이 힘을 겨룰 기회만 있으면 충돌한다. 또한 모든 귀족 세력이 국왕에게 충성하지는 않았던 것으로 보인다. 이 점에서 『삼총사』의 시대 배경인 루이 13세 치하에서는 아직 절대 왕정이 확립되지 않았다는 사실을 엿볼 수 있다. 프랑스에서 절대 왕정이 확고해진 것은 루이 14세 시대의 일로, 이때 세워진 베르사유 궁전이 바로 절대 왕정의 상징이다. 그러므로 『삼총사』는 루이 13세의 아버지 앙리 4세에 의해 종교 전쟁이 끝나고 절대 왕정의 초석이 놓인 뒤 루이 14세에 의해 절대 왕정이 확립되기까지의 배경을 알아내기에 적합한 자료이다.

우선 루이 13세의 아버지인 앙리 4세(1553~1610)는 『삼총사』에서 평생 돈이 부족했던 왕으로 묘사되어 있다. 그는 원래 신교도로서 파리 정복 후에 프랑스의 왕이 되기 위해 가톨릭으로 개종한다. 그러면서도 낭트 칙령을 통해 프랑스의 신교도들에게 신앙의 자유가 보장된 몇몇 지역을 지정해 준다. 그 지역들 중에서 루이 13세 시대에 마지막으로 남은 곳이 바로 『삼총사』의 주요한 사건 현장들 가운데 하나인 라 로셸이다. 이 소설에서 앙리 4세는 다르타냥의 아버지 세대와 관계가 있다. 물론 트레빌의 아버지도 앙리 4세의 동향인으로서 앙리 4세를 위해 종군했다. 앙리 4세가 신성 동맹에 대항하여 전쟁을 벌일 때 그에게 충성을 다했던 것이다. 그런데 앙리 4세는 공을 세운 귀족들에게 하사할 돈도 땅도 없었다. 그래서 베아른 태생의 앙리 4세는 파리의 항복을 받아낸 뒤 트레빌의 아버지에게 "충성과 용맹"이라는 명구가 새겨진 붉은 바탕의 황금 사자 무늬를 문장(紋章)으로 하사했을 뿐이다. 그렇지만 실제로는 앙리 4세 때 왕권이 강화되었고 도시와 상공업이 크게 발전했다. 다만 농촌 경제가 피폐해지고 종교 갈등이 존속되면서 앙리 4세도 선왕 앙리 3세와 마찬가지로 암살을 당했고, 루이 13세가 아직 성인이 되기 전 무렵에는 종교 갈등이 다시 대대적으로 분출되었다.

앙리 4세의 아들 루이 13세는 소설에서 '공정왕(公正王)'이라고 불리며 스스로도 은근히 그렇게 불리기를 바란다. 그는 프랑스 왕국에서 손꼽히는 검술사이지만 국정은 리슐리외 추기경에게 맡겨놓고 주로 사냥이나 노름 또는 전쟁에 탐닉한다. 내정에서는 국왕보다 추기경의 권한이 더 강하고 백성들도 국왕보다 오히려 추기경을 두려워한다. 어쩌면 '공정왕'이라는 호칭은 그가 리슐리외 추기경이라는 거물 귀족의 손아귀에서 벗어나지 못한 현실을 대귀족들이 좋게 해석하여 붙여준 별명일지도 모른다. 실제로 그는 선왕 앙리 4세가 살해당했을 때 아홉 살에 지나지 않았으며 어머니 마리 드 메디시스의 친(親) 에스파냐 성향에 따라 열네 살이던 1615년에 에스파냐 국왕의 누이 안느 도트리슈와 정략적으로 결혼하게 된다. 그 후로 어머니의 섭정에서 벗어나 왕권을 강화하려던 그의 노력은 엉뚱하게 신교도 탄압으로 이어지면서 어머니와 대귀족들의 반발을 샀다. 1620년 퐁 드 세에서 공작들과 어머니의 군대를 패배시켰지만 혼란은 가시지 않았다. 그는 건강이 좋지 않았고 애정 없는 유년기를 보냈다. 이 탓에 성격이 그늘지고 소심하였으며 뤼인이나 생크 마르스에서 마리 드 오트포르나 라 파이에트 양과 열렬한 우정을 맺었다. 그리고 소설가의 역사라할 수 있는 『삼총사』에서는 아무리 자세히 읽어보아도 루이 13세의 여성 편력을 찾아볼 수가 없다. 그는 다만 안느 왕비를 의심하고 구박하며 어떻게든 몰아내려 할 따름이다. 왕비를 박해하는 일에 있어서는 리슐리외도 루이 13세와 공모한다. 리슐리외 추기경은 국왕 앞에서는 왕비를 위하는 듯하지만, 사실은 왕의 선물인 다이아몬드 장식끈을 이용하여 왕비를 곤경에 빠트리려는 술수를 생각해 내기도 하고 왕비와 가까운 사람이라면 누구라도 숙청하려 든다.

역사적으로 『삼총사』의 핵심적인 배경은 리슐리외가 입안한 라 로셸에 대한 공격, 프랑스와 영국의 대결, 프랑스에 대항하는 영국, 신성 로마 제국, 에스파냐 사이의 대동맹 결성이지만, 뒤마는 이 같은 국제 정세의 배후에 루이 13세와 안느 왕비의 비정상적인 부부 관계가 있다고 보았다. 그렇기에 독자인 우리로서는 리슐리외가 비록 실패로 돌아가 오히려 안느 왕비를 괴롭히게 되기는 했지만 처음에는 왕비의 사랑을 얻으려고 애썼고, 영국의 버킹엄 공작이 안느 왕비의 사랑을 얻기 위해 몇 차례나 왕비에게 접근한 것이 아닐까 하는 의혹을 갖지 않을 수 없다. 이 소설에서는 리슐리외의 라 로셸 공략이나 영국과의 전쟁 또는 밀레디에게 내리는 버킹엄 암살 지령이 안느 왕비의 사랑을 얻은 버킹엄에 대한 리슐리외의 복수심에서 비롯된 것으로 해석되어 있다. 또 실제로 소설에서는 왕비의 마음이 버킹엄에게로 향해 있다. 이에 대해 루이 13세는 아내의 사랑을 잃은 남편의 질투심으로 왕비를 박해하며 추기경은 사랑의 패배자로서 왕비를 파멸시키고자 교묘한 술책을 쓴다.

늘 권태로워하는 루이 13세와 유럽에서도 최고 미녀로 꼽히는 안느 왕비 사이의 납득하기 어려운 관계, 안느 왕비를 중심으로 한 리슐리외와 버킹엄의 경쟁 관계에서 우리는 숨겨져 있는 『삼총사』의 진정한 주제를 짐작할 수 있다. 그것은 절대 왕정의 확립자인 루이 14세가 과연 누구의 아들이냐 하는 문제와 관계가 있다. 루이 14세의 어머니는 분명히 안느 왕비이다. 그러나 아버지는 분명하지 않다. 뒤마는 루이 14세의 아버지가 리슐리외 추기경이 아니라 버킹엄이라고 암시하는 것일까? 아니면 총사 삼부작의 나머지 두 권인 『20년 후』와 『브라즐론 자작』에서 실력자로 대두되는 마자랭이라고 시사하는 것일까? 어쨌든 뒤마는 『삼총사』에서 루이 13세가 사실이건 아니면 단순한 가정이건 간에 성적으로 불구이며 그의 아들 루이 14세가 사실은 서자임을 강하게 암시한다. 이는 뒤마 자신의 혈통과도 관련이 있다고 여겨진다.

다르타냥과 삼총사의 모험은 루이 13세에게 충성하는 일이기도 했지만 그보다는 오히려 왕과 추기경으로부터 모욕과 위협을 당하는 왕비의 명예를 지키는 일이었다. 그들의 활약에 힘입어 안느 도트리슈는 왕비의 자리를 지킬 수 있었고 절대 왕정의 확립이라는 소명을 타고 태어난 루이 14세가 나중에 루이 13세의 뒤를 이어 왕위에 오를 수 있었다. 그러므로 뒤마의 관점에 의하면 절대 왕정의 산파역은 총사들이다. 그러나 절대 왕정의 도래와 더불어 그들은 태양왕의 눈부신 빛에 희생될 것이고 자신의 법과 질서를 강요하는 절대 권력자의 그늘 속으로 사라질 것이며 뒤마의 허구는 역사 속으로 사라질 것이다. 이를 예감케 하는 『삼총사』의 마지막 대목에서 독자는 아토스, 포르토스, 아라미스를 떠나보내는 다르타냥처럼 고아가 된 허전함에 젖는다.

　『삼총사』는 초등학생부터 성인에 이르기까지 모든 독자를 매혹시키기에 충분하다. 일단 읽기 시작하면 손을 놓기가 대단히 어렵다. 실제로 이 책을 읽으면 삼총사들이 주고받는 농담, 달관한 듯한 삶의 방식, 그리고 낙천주의에 젖어 즐겁고도 나른한 행복감에 빠져들 것이다. 더구나 빠른 이야기 전개, 문체의 간결성, 작중인물들의 일관성, 극작술에서 기인했을 효과 만점의 대사, 그리고 무엇보다도 '젊음의 서사시'라는 점 때문에 누구를 막론하고 이 작품에 매혹될 것이다. 모든 이의 상상 세계에서 확고한 자리를 차지하고 있는 다르타냥과 삼총사는 활력에 넘치는 비범한 존재들이며 돈 키호테와 산초 판사의 관계가 되살아난 듯한 네 친구와 그들의 하인 사이의 관계, 즉 다르타냥과 플랑셰, 아토스와 그리모, 포르토스와 무스크통, 아라미스와 바쟁의 관계도 작품의 재미를 더해 준다. 그렇기 때문에 『삼총사』을 두고 수많은 모방과 패러디가 이루어졌으며 속편과 이본이 계속해서 쓰여져 왔다. 또한 연극이나 영화 또는 텔레비전 프로그램과 같은 새로운 장르로도 수없이 각색되었는데, 『삼총사』을 부활시키려는 시도는 과거에 그랬듯이 지금도 진행되고 있으며 앞으로도 계속될 것이다.

　이처럼 흥미진진한 소설 『삼총사』는 전 세계적으로 폭넓게 읽히고 있다. 이는 뒤마가 "프랑스어의 대사"라는 칭호를 얻고 그의 유해가 파리의 팡테옹으로 이장되는 계기가 되었다. 또한 이 작품은 아동기에서 성년으로 넘어가는 시기에 읽기 적합한 작품으로서 청소년 문학에서 중요한 자리를 차지하고 있다. 미숙한 독서와 진지한 소설 사이에 연결 고리가 되어주는 『삼총사』는 최초로 문학에 들어서는 첫걸음으로 손색이 없다. 게다가 이 작품은 소설 읽기의 재미와 즐거움을 넘어 '역사 모험 소설'의 걸작으로서 프랑스 역사의 드라마를 보여준다. 이 작품을 통해 프랑스의 역사가 살아 있는 것으로, 이해 가능한 것으로 다가온다. 마지막으로 고매한 삶의 관념이 독자를 매혹시키는 힘에 실려 독자에게 전달된다. 음모의 시대를 헤쳐 나가는 이 작품의 주인공들로부터 유추할 수 있듯이, '귀족적'이라는 표현은 단순히 귀족으로 태어나는 것을 의미하지 않는다. 귀족성은 어떤 삶의 방식을 선택하느냐에 달려 있는데, 귀족적인 삶의 방식은 솔직성이나 경우에 따라서는 천진난만함, 그리고 언제나 너그러운 마음씨와 약자를 보호하려는 태도, 무엇보다도 충실성으로 특징지어진다. 여기에서 충실성이란 바로 믿음직함, 신뢰성, 자신이 한 말을 지킨다는 것을 의미한다. 이에 입각하여 우리의 네 친구는 자신들에게 주어진 임무를 언제나 흔들림 없이 최선을 다해 수행해 나간다. 요컨대 재미를 주는 동시에 역사를 가르친다는 점, 호의와 너그러움(달리 말하자면 이타성)의 윤리 및 책임 완수의 도덕을 제안한다는 점이 이 소설의 힘이다. 『삼총사』는 쉬운 책이기 이전에 모든 면에서 살아 있는 책이다. 이 소설을 통해 사람들은 계속해서 고매한 '삶의 방식'을 배우고 너그러움과 자유의 교훈을 얻는다. 신화는 사라지지 않는 것이다.

뒤마는 죽기 얼마 전에 『몬테크리스토 백작』보다 『삼총사』를 더 좋아한다고 말했다. 말하자면 그는 『삼총사』를 자신의 대표작으로 여긴 것이다. 이는 그가 작가로서 지닌 가장 귀중한 특성들이 이 작품에 가장 많이 구현되어 있다는 것을 의미한다. 첫 번째로 들 수 있는 것은 글과 그림의 밀착이 매우 두드러져 보인다는 점이다. 뒤마는 소설가가 되기 위해서가 아니라 극작가가 되기 위해 펜을 들었다. 그는 글쓰기를 위한 글쓰기를 택하지 않았다. 그에게 글쓰기는 자연스럽게 '볼 기회를 주는' 수단이었다. 그래서 『삼총사』의 매 장과 장면은 연극 무대를 보는 듯한 느낌을 준다. 사실 그의 소설, 여행기, 회고록 등은 모든 형태의 글들이 극화되고 연출되며 일종의 공연물로 변모하는 듯한 착각을 불러일으킨다. 그는 오늘날 같으면 뛰어난 시나리오 작가 아니면 영화감독이 되었을 것이다. 협력자와 공동으로 소설을 썼다는 것도 어떤 점에서는 현대의 영화 작업과 유사하다고 말할 수 있겠다. 실제로 『삼총사』는 예상치 못한 행동, 사건의 급변, 언제나 성공적인 대사가 있는 무대들의 연속이기 때문에 영화화하기에 어려움이 없었을 것이다. 요컨대 이 소설에는 혼합 장르의 특성이 있다. 이 사실은 또한 이미지 중심의 시대, 영화의 시대인 오늘날 뒤마가 주목을 받고 재조명되기 시작하는 이유이기도 하다.

두 번째 특성은 군더더기 없는 그의 문체이다. 간결한 문체 덕에 글에 속도감이 붙어서 독자는 알레그로 비바체의 속도로 읽어 내려가게 된다. 그의 글에는 뺄 것이 없다. 그와 동시대를 살아간 많은 작가들의 글은 근육보다는 지방질이 더 많은 것이 사실이다. 낭만주의가 워낙 감정의 토로(吐露)와 밀접한 관련이 있기도 하고, 대개 심리의 관점에서 글을 썼기 때문이기도 하다. 그러나 뒤마의 글은 이삼십 쪽을 단숨에 읽어나갈 수 있을 정도로 거침이 없다. 이는 작품의 구조를 결정하는 요소들을 엮어내는 재주, 줄거리 구성에 대한 타고난 감각이 없으면 불가능한 일이었을 것이다. 『삼총사』라는 소설 작품의 가장 인상적인 측면은 소설이 '잘' 구조화되어 있고 그 구조에 장식적인 요소가 거의 없다는 점이다. 이는 뒤마의 작업 방식에서 기인하는 것으로 추측되는데, 연재소설이라는 특성 때문인지는 몰라도 굉장히 짧은 시일에 매우 두꺼운 소설을 써냈다. 열두 시간 일하고는 먹으러 나가는 식이었다. 뒤마는 소설을 쓰면서 어떤 고뇌 같은 것을 내보이지는 않았던 것으로 알려져 있다. 이 점은 전통적으로 그에 대한 평판이 좋지 않았던 원인이었으나, 다른 관점에서 보자면 그의 현대성을 결정하는 요소라고도 볼 수 있다. 왜냐하면 이 같은 작업 방식은 소설가 자신의 단순성으로 말미암아, 소설이 산출되는 순간부터 이미 텍스트는 작가로부터 떨어져 나온 것으로 볼 수 있기 때문이다. 뒤마의 경우에는, 텍스트와 소설가 자신 사이에 처음부터 거리를 두었기 때문에, 해석학에서 말하는 '텍스트의 자율성'이 쉽게 확보될 수 있다. 그는 그의 주인공들이 살아 있는 존재가 아니라는 것도 잘 알고 있었다. 처음부터 반어적 거리에 의해 그와 그가 이야기하는 것 사이에 거리 두기가 가능했던 것이 텍스트에 대한 수많은 이해를 낳는 초석인 동시에 그토록 지속적으로 수많은 독자들을 유인한 매혹력(魅惑力)의 비밀이라고 생각된다.

『삼총사』에 구현된 마지막 특성은 이 작품의 세계에 대한 뒤마의 암묵적인 해석과 관계가 있다. 물론 『삼총사』의 세계는 읽는 사람마다 다르게 이해할 것이고 다르게 그려볼 것이다. 가령 영화감독 장 르누아르는 젊은 시절에 『삼총사』를 읽고 "내 자신이 총사가 된 느낌"이라고 토로했다. 그에게 총사는 명예의 상징이었고 따라서 그는 명예가 무엇인지는 정확히 몰랐지만 자신에게 명예가 있다는 기분에 젖어들었다고 말했다. 그에 의하면 『삼총사』의 세계는 '나'의 명예와 타자의 명예가 다같이 존중되는 세계라고 규정할 수 있을 것이다. 이 규정에 많은 독자가 동의하지 않을까 한다. 그리고 권력과 돈에 대한 비판의 관점에서 이 작품을 해석할 수도 있다. 그렇다면 싸움하기 좋아하는 괄괄한 성격의 시골 귀족 다르타냥이 그토록 되고 싶었던 총사들의 세계는 서로에 대해 권력이 너그러움으로 나타나고, 돈이 제자리를 차지하는 세계가 될 것이다. 그런데 뒤마가 『삼총사』를 자신의 대표작, 자신이 쓴 모든 작품 중에서 최고봉으로 꼽았을 때에는 이 작품이 가리키는 세계, 이 작품이 제안하는 세계를 '아버지 있는 세계'로 생각했기 때문이 아닐까? 아버지의 때 이른 죽음 때문에 힘겨운 삶으로 내던져진 뒤마에게 『삼총사』의 세계는 꿈에 그리던 세계, 아버지가 부재하지 않은 세계이지 않았을까? 다르타냥에게 총사대장 트레빌과 삼총사, 그 중에서도 특히 아토스는 아버지 같은 존재이지 않았을까? 그러나 이 세계는 현실의 세계가 아니다. 하나의 가능한 세계일 뿐이고 하나의 가능한 존재 방식을 제안할 뿐이다. 그러면서 '아버지 없는 현실'을 가리킨다. 여기에서 많은 물음들이 떠오른다. '가리킨다'는 것은 무엇인가? 문학 작품의 현실 지시 기능은 무엇인가? 물론 현실을 더 많이 생각하는 계기가 된다. 그렇지만 이 작품이 가리키는 아버지 부재의 현실에 대해서 더욱 많이 생각한다는 것이 그 현실에 무슨 영향을 미치는가? 독서를 통해 이 작품의 세계를 경험한 독자가 음모와 술수의 현실을 헤쳐 나가는 데 얼마나 힘을 보태줄 것이며 현실을 과연 얼마만큼 바뀌게 해줄 것인가? 이 경험에 의해 과연 새로운 현실이 만들어지는 것일까? 한마디로 『삼총사』라는 소설 텍스트의 가르침은 무엇인가? 이 해답을 찾기 위해서는 다시 『삼총사』의 텍스트로 돌아가지 않을 수 없다.

빅토르 위고는 1872년 뒤마의 유해가 퓌이에서 빌레르코트레로 이장될 때 뒤마의 아들에게 보낸 편지에서 "알렉상드르 뒤마의 이름은 프랑스를 넘어 유럽적이며 유럽을 넘어 세계적"이라고 말했다. 올해 다시 팡테옹으로 이장하게 된 것도 그가 이미 전 세계적으로 널리 읽히는 작가이기 때문이다. 실제로 그의 작품은 쉽게 읽히고 흥미를 유발한다. 그리고 그의 문체는 깔끔하고 명료하다. 그래서 뇌우가 몰아치는 어두운 밤의 장면에서도 지면에는 강한 빛이 환하게 감도는 느낌을 준다. 프랑스 고전극의 절도 있는 문체를 이어받아 대중화시킨 뒤마가 세계적으로 널리 읽히는 작가가 된 것은 어쩌면 당연한 일이다. 번역을 하면서도 『삼총사』만큼 읽고 싶은 갈증을 유발시키는 작품이 또 있을까 싶었다.

그러나 역설적이게도 프랑스에서나 다른 나라들에서나 뒤마는 거의 연구되지 않았던 것으로 보인다. 지금도 여전히 프랑스의 고등학교나 대학에서도 그의 작품을 가르치는 수업은 없다고 한다. 많은 사람들이 뒤마를 익살꾼쯤으로 여기고 진지하게 생각하지 않은 것이다. 이는 무엇보다도 어릴 때 어린이용으로 각색된 판본을 먼저 접하기 때문일 것이다. 그렇기 때문에 쉽다고 생각하며 너무 뻔한 내용이라는 편견에 빠져들기 쉽다. 이러한 감정이 나이가 들어서는 경멸로 변하는 것이다. 조너선 스위프트의 『걸리버 여행기』나 세르반테스의 『돈 키호테』도 같은 운명을 겪었다. 더군다나 알렉상드르 뒤마는 『삼총사』와 『몬테크리스토 백작』이 너무나 크게 성공을 거두었기 때문에 다른 중요한 작품들이 가려진 측면도 있다. 다행히도 최근에는 이 같은 작품들의 중요성이 서서히 인식되고 있으며, 뒤마를 발자크나 위고와 대등한 작가로 인정해야 한다는 주장도 제기되고 있다. 어쩌면 그는 19세기의 가장 위대한 작가일지도 모른다. 이제 뒤마를 연구하는 것은 부끄러운 일이 아니다. 그는 매우 현대적인 작가이기 때문이다. 그의 유해가 팡테옹으로 이장되는 것은 앞으로 그의 작품이 더 많이 이야기되고 그가 타당하게 평가받으리라는 것을 알리는 신호탄이 될 것이다.

번역을 하면서 중학교 3학년인 아들 녀석이 수시로 생각났다. 그를 독자로 생각하면서 번역 작업을 한 셈이다. 내가 적어도 이 번역을 하는 동안만큼은 그를 생각했다는 것을 아들이 알아주었으면 좋겠다.

끝으로 이 책은 갈리마르 출판사에서 플레야드 총서로 펴낸 알렉상드르 뒤마 전집(1962년 출판)을 대상으로 번역했음을 밝혀두는 바이다. 이 책이 나오기까지 불철주야 애쓴 민음사 편집부의 문학팀 여러분께 마음속 깊이 감사를 표한다.

2002년 10월
이 규 현

이규현

서울대학교 불어불문학과를 졸업하고 같은 과 대학원에서 박사학위를 받았다. 프랑스 부르고뉴 대학에서 철학 DEA를 취득했다. 현재 서울대학교와 덕성여자대학교에 출강하고 있다. 지은 책으로 『한국근현대문학의 프랑스 문학 수용』(공저)이, 옮긴 책으로 『카뮈를 추억하며』, 『헤르메스』, 『성의 역사 I ─ 앎의 의지』, 『기호의 정치경제학 비판』, 『프로이트와 문학의 이해』, 『알코올』 등이 있다.

삼총사 3

1판 1쇄 펴냄 2002년 10월 21일
1판 7쇄 펴냄 2010년 5월 2일
2판 1쇄 펴냄 2011년 9월 26일

지은이 알렉상드르 뒤마
옮긴이 이규현
발행인 박근섭, 박상준
편집인 장은수
펴낸곳 (주)민음사

출판등록 1966. 5. 19. (제16-490호)
서울 강남구 신사동 506 강남출판문화센터 5층 (135-887)
대표전화 515-2000 / 팩시밀리 515-2007
www.minumsa.com

ⓒ 이규현, 2002, 2011. Printed in Seoul, Korea

ISBN 978-89-374-8006-5   04860
ISBN 978-89-374-8003-4   (전3권)